THE

COMPLETE

BENKO GAMBIT

© Copyright John Fedorowicz

All rights reserved. No part of this work may be reproduced or transmitted in any form or by any means, electronic or mechanica., including photocopying and recording, or by any information storage or retrieval system, except as may be expressly permitted by the 1976 copyright act or in writing from the publisher.

First Summit Publishing Edition

ISBN: 0-945806-14-0

Cover design by James Henry

Printed and bound in the United States of America

SUMMIT PUBLISHING

The

Complete

Benko Gambit

by

John Fedorowicz

International Grandmaster

*I would like to dedicate this book to Paige,
who dragged me down to Mexico City
where I wrote a large portion of this book,
for Annette, Katya and Mathias,
who took care of me while I was in Mexico City,
for Barthotron, who took care of me after I returned from Mexico City,
and finally for my mother, my sister Angela
and my brother-in-law Keith.*

Explanation of Symbols

=	Equal chances
+=	White is slightly better
=+	Black is slightly better
+-	White is clearly better
-+	Black is clearly better
++-	White is winning
-++	Black is winning
+	Check
corr.	Correspondence game
1-0, 37	White won in 37 moves
1/2-1/2, 51	Drawn in 51 moves
0-1, 34	Black won in 34 moves

Table of Contents

Foreword i
Introduction with Tips for the Player ii

Part One: The Gambit Accepted 1
Chapter One:
        Fianchetto Lines 2
Chapter Two:
        Main Lines 39
Chapter Three:
        Modern 5 e3 Lines 70
Chapter Four:
        The Sharp 5 f3 System 115
Chapter Five:
        The Zaitsev Variation with 5 Nc3 axb5 6 e4 124
Chapter Six:
        Positional Treatment with 5 b6 140
Chapter Seven:
        Storming the Center with 7 f4 154

Part Two: The Gambit Declined 161
Chapter One:
        Main Line with 4 Nf3 162
Chapter Two:
        Miscellaneous Gambit Declined 207

Annotated Games 221
Game 1: Browne–Fedorowicz, World Open, Philadelphia 1989 221
Game 2: Tarjan–Benjamin, US Championship, Greenville 1983 224
Game 3: Portisch–Herndl, Vienna 1986 225
Game 4: Hort–Benko, US Open, New York City 1974 226
Game 5: Hort–Alburt, Decin 1977 227
Game 6: Van der Sterren–Fedorowicz, Wijk aan Zee 1989 229
Game 7: Henley–Fedorowicz, Orlando 1982 231
Game 8: Portisch–Geller, Interzonal, Biel 1976 232
Game 9: Giustolisi–Primavera, Italy 1976 233

Game 10:	Andruet–Fedorowicz, Wijk aan Zee 1989	234
Game 11:	Hamovic–Govedarica, Yugoslavia 1975	236
Game 12:	Foisor–Vaiser, Sochi 1985	237
Game 13:	Knaak–F. Portisch, Bratislava 1983	239
Game 14:	J. Whitehead–D. Gurevich, US Championship 1987	240
Game 15:	Chandler–Alburt, Hastings 1980/81	242
Game 16:	Arkhipov–Hebden, Moscow 1986	243
Game 17:	P. Nikolic–Fedorowicz, World Team, Lucerne 1989	244
Game 18:	Xu Jun–Fedorowicz, World Team, Lucerne 1989	247
Game 19:	Gulko–Alburt, US Championship, Long Beach 1989	249
Game 20:	Seirawan–Fedorowicz, US Championship 1989	250
Game 21:	Bareev–Adams, Hastings 1991/92	253
Game 22:	Brenninkiweyer–Kaidanov, New York Open 1993	254
Game 23:	Petursson–Fedorowicz, Reykjavik 1990	256
Game 24:	Petursson–D. Gurevich, St. Martin 1993	258
Game 25:	Bronzik–Nebora, USSR 1991	260
Game 26:	M. Gurevich–Miles, Manila Interzonal 1990	261
Game 27:	C. Hansen–Fedorowicz, Amsterdam OHRA 1990	263
Game 28:	Basin–Kaidanov, US Open 1992	264
Game 29:	Ginsburg–Waitzkin, New York 1993	265
Game 30:	M. Gurevich–Hertneck, Munich 1993	267

Index of Variations 271

Bibliography 276

Foreword

In 1973, when I first started playing chess at the Westfield New Jersey chess club, my curiosity was piqued by this unusual gambit.

What drew my interest? Aside from its obvious aggressiveness, the Benko Gambit brings the player into seemingly random and uncharted territories, which in the end, gives Black more chances to win than other more conventional openings.

Now it is sixteen years later, and I am writing this book to show players the ideas that have been rattling around my poor chess-fevered brain all this time.

It is my fervent hope that the ideas here, original and non-original, may help players of all strengths make use of this fun yet unbalanced opening.

Happy hunting!

GM John Fedorowicz

Introduction

Some Tips For The Player

The plans in the Benko Gambit are very straightforward but not simple. Black is sacrificing this pawn for open files on the a- and b-lines, active piece play and tactical counterchances.

One thing Black must never lose sight of is that he is down a pawn. This means that Black must always search for lines of play where he can build the pressure and then, and only then, regain his pawn — hopefully with continuing positional pressure.

Things To Look For

<u>1) White's ideal pawn structure</u>

White's ideal solid pawn structure is with pawns on a2 and b3.

The pawn on b3 is protected by the pawn on a2. This negates Black's pressure on the b-file and sends the second player elsewhere looking for counterplay. Black would have two options. The first is the ...c5-c4 pawn break, opening up both the b- and c-files when the pressure would be on

White's a2 square.

The second option is a central crack with ...e7-e6. To pull off this idea, Black must be sure that the squares d5 and d6 are sufficiently supported.

2) Key squares

Black's ability to put pressure on White is due in part to square control. Probably the most important pieces for Black in these cases are the Knights. Where are they best placed? In most situations, Black's Knights should be looking to hop into e5 via d7 or g4 (This is why White sometimes plays an early h2-h3. He prevents Black from playing his Knight from f6 to g4 and e5). From e5, Black's Knight keeps an eye on c4 and d3.

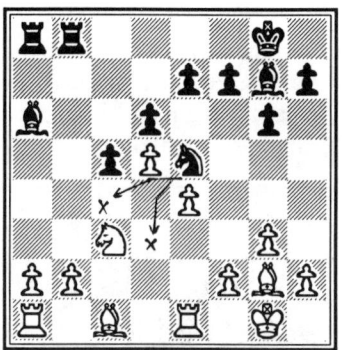

What's the significance of these squares to Black? From either square, a Black Knight hits b2, assisting the Rooks and Queen on the open lines. One other Knight maneuver is ...Nd7-b6-a4. What this does is increase energy on b2 and to exhange off a pair of Knights, slightly breaking down the queenside defense.

3) Should Black play ...c5-c4?

Sometimes. When White's Knights do not have easy access to d4. What does White's Knight do from d4? It is headed for c6, where it will attack the e7 square and severely restrict Black's queenside piece movement.

(Don't let the White Knight do this!)

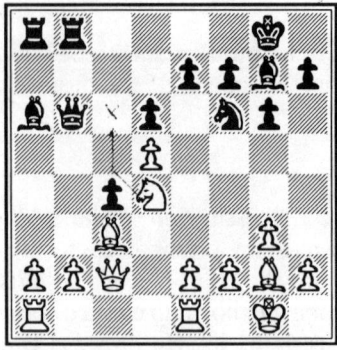

4) Getting clamped on the Queenside

In the variations where Black counts on a- and b-file line counterplay, Black must be careful not to let White block his files. The most common case arises when White has a Knight on b5 supported by a pawn on a4, and, in the worst case, another Knight on c3.

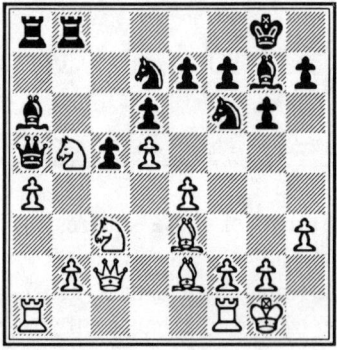

Even if everything above has occurred all is not lost. Black must either hit in the center with ...e7-e6 or break down White's control over b5. This could be achieved by exchanging Knights (for instance, via ...Ne8-c7) and light-squared Bishops on b5. With the b-file cleared of obstructions, Black would have his normal Benko counterplay or better, since White's queenside would be weaker with the a-pawn on a4.

PART ONE

The Gambit Accepted

Chapter 1

Fianchetto Variations

1.d4 Nf6 2.c4 c5 3.d5 b5 4.cxb5 a6 5.bxa6 g6!

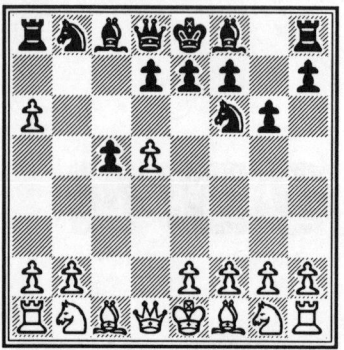

Before we start this section, it's important to say something about move orders. The move order in gambit accepted lines contains a few subtleties. By delaying the recapture on a6, Black opens up some possibilities for himself and also avoids some variations favorable to the first player. Usually Black will follow with ...Bc8xa6. However, if White plays the Double fianchetto system with g2-g3 and b2-b3, then taking on a6 with the Knight is possible in order to later play ...Na6-b4 with a double attack on the a2 and d5 pawns.

Variation A:

This chapter will be broken down in the following way: First we will cover the Double Fianchetto line with 5...Bxa6. This will show that Black's game is not easy and thus 5...Bxa6 is inaccurate.

Variation B:

We will take a look at lines in which Black captures on a6 with the Knight, or, at the very least, takes with the Bishop at a very late date.

Variation C:

This chapter will cover the main lines of the Fianchetto system in which White plays Ng1-f3, Nb1-c3, and g2-g3.

Variation A

The Double Fianchetto Variation

An important variation that is avoided by the delayed recapture at a6 is the Double Fianchetto. This line is particularly annoying to Black players, which is why they avoid it by 5...g6!

4 cxb5	a6
5 bxa6	Bxa6?!
6 g3	d6
7 Bg2	g6
8 b3!	Bg7
9 Bb2	

Now White's plan comes into clear view. He has solidified his queenside pawns and is countering Black's strong Bishop on g7 with one of his own on b2.

9 ...	O-O
10 Nh3	Nbd7
11 O-O	

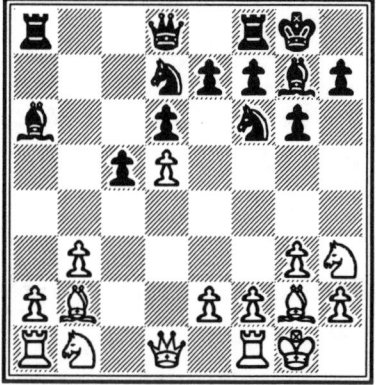

This is the starting position of the main lines of the Double Fianchetto. Black has tried the following five moves, though it is not clear if he can equalize with any of them: **A.1.** 11...Nb6; **A.2.** 11...Rb8; **A.3.** 11...Qb8; **A.4.** 11...Ra7; **A.5.** 11...Qb6.

A.1.

11 ...	Nb6?!
12 Nc3	Qd7
13 Qc2	Rab8
14 Rfd1	Qa7
15 Ng5	Rfc8
16 Bh3	Rc7
17 Rab1	Nbd7
18 Ba1	Rb4
19 a3	Rb8
20 Nf3	Qa8
21 e4	Rcb7
22 Re1 +-	

G. Garcia–Bellon, Las Palmas 1974.

A.2. 11 ... Rb8

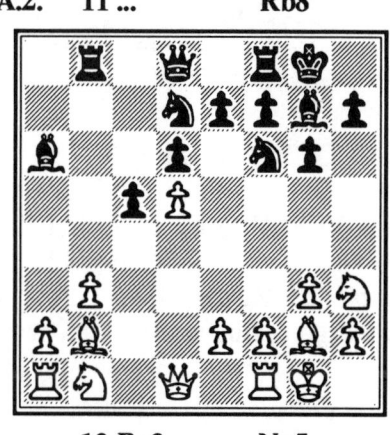

12 Bc3   Ne5

13 Re1	c4?
14 b4	Nfg4
15 a4	e6
16 Qd2	exd5
17 Bxd5	Bc8
18 Bg2	Re8
19 Na3	Bd7
20 Nc2	

White was better in Vilela–Knaak, Leipzig 1980.

A.3. 11 ... Qb8

12 Bc3

12 Qd2 Qb4! 13 Bc3 Ne4 14 Bxe4 Qxe4 15 Bxg7 Kxg7 16 Nc3 Qd4 17 Rfd1 Qxd2 18 Rxd2 Rfb8 19 Nf4 Ne5 20 Rb1 Ra7 21 f3 Rab7 22 Rdd1 c4, =, Pytel–Gheorghiu, Bucharest 1973.

12 ...	Ra7

12...Nb6 13.Re1 Ra7 14.Nf4 g5 15.Nh3 h6 16.f4!, +-, Gheorghiu–Miles, Teesside 1975.

13 Re1

13 Nf4 Qa8 14 a4 Rb8 15 Na3 Nh5 16 Bxg7 Nxf4 17 gxf4 Kxg7, unclear, Taimanov–Kuzmin, Minsk 1976.

13 ...	Rc8
14 Nf4	

14 Na3?! Bxe2 15 Rxe2 Rxa3 16 Rxe7 c4 17 Bb2 Ra8 18 Bd4 Qb4 19 Re2 cxb3 20 axb3 Nc5, =+, Vaiser–Kozlov, Yaroslavl 1979.

14 ...	Rb7
15 Na3 +=	c4
16 b4	Rxb4
17 Bxb4	Qxb4
18 Nc2	Qc5
19 Rb1	g5?!
20 Nb4! +-	

Portisch–Geller, Biel Interzonal, 1976.

A.4. 11 ... Ra7

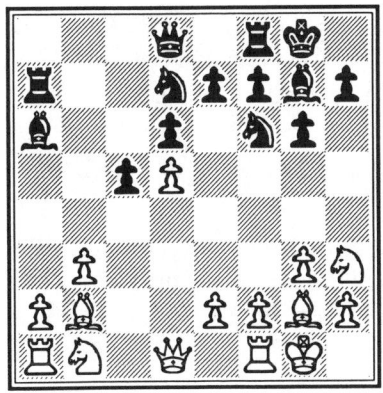

12 Nf4

Not so promising is 12 Re1 Qa8 13 e4 [13 Nf4 Rb8 14 h4 Nb6!? (Ernst suggests 14...c4, with equality) 15 Bc3 (15 Qd2 Rab7 16 Bc3 unclear) 15...Bb7 16 e4 Rxa2 17 Rxa2 Qxa2 18 e5 dxe5 19 Bxe5 Re8 20 Re2 Qa8 21 Nc3 Nbd7 22 Bc7 Qc8 23 Ba5 Bh6 24 Nh3 Ba6 25 Re1 Qb8 26 Ng5 Bg7 27 Qc2 Bb7 28 Qd2 Ba8 29 Rb1 Nb6 30 Re1 Nfd7 31 Nge4 Bd4 32 Nb5 Be5 33 f4 Nxd5 34 Nxc5 Qxb5 35 Bxd5 Qxc5+ 36 Kh2 Qxd5, 0-1, Csom–Ernst, 28th Olympiad, Thessaloniki 1988] 13...Rb8 14 Bc3 Ne8 [Also reasonable is 14...Ne5 15 Nf4 Bh6! with compensation] 15 Bxg7 Nxg7 16 Nd2 Ne5 17 Nf4 Bb5 18 a4 Ba6 19 Nf3 Nxf3+ 20 Qxf3 Rb4 [Black has good counterplay] 21 h4 Rab7 22 Re3 Qb8 23 Ra3 Ne8 24 Bf1 Bxf1 25 Kxf1 Nf6 26 Kg2 h5 27 a5 Ng4 28 Rc3 Ra7 29 Qe2 Qa8 30 Nd3 Rb8 31 f3 Rxa5 32 Rxa5 Qxa5 33 Rc4 Nf6 34 b4! cxb4 35 Qd2 Nd7 36 Rxb4, =, Gheorghiu–Beliavsky, Interzonal, Moscow 1982.

Even easier for Black is 12 Qd2 Qa8 13 Bc3 Rb8 14 Rc1 Bc8 15 e4 c4! 16 bxc4 Ne5, = +, Mohring–Knaak, East Germany 1977. In view of the threats of 17...Bxh3 and 17...Nxc4, Black has a strong initiative.

12 ...   Qa8

It looks like Black must find something else, since he does not get equality after White's theoreticaly recommended reply. Note that 12...g5? 13 Nd3 Nb6 14 e4 c4 15 Nb4 c3 16 Bxc3 Bxf1 17 Nc6 Qc7 18 Qxf1 is good for White.

13 Ne6!

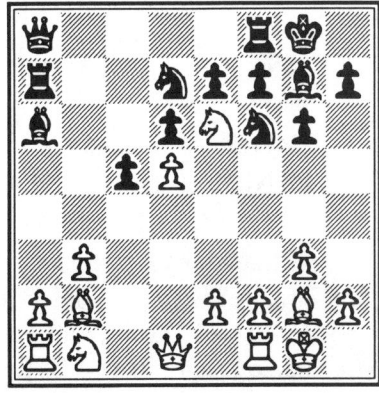

13 ...	fxe6
14 dxe6	Bb7
15 Bxb7	Qxb7
16 exd7	Qxd7
17 a4!	

After this move, intending to meet 17...Qh3 with 18 Bxf6, it is difficult to see how Black can equalize. He has light-square weaknesses, and White will squelch his queenside counterplay by posting a blockading Knight at b5. Alternatively, White could seek advantage in the more imbalanced line 17 f3!? Qh3 18 Nc3 Nh5! 19 Qe1 Be5 20 Rf2! Nxg3 21 hxg3 Bxg3 22 Ne4 Bxf2+ 23 Qxf2, though this position is not so easy to evaluate.

| 17 ... | e5?! |

Black stakes everything on a tactical operation that has a fatal flaw.

18 e4!	Qh3
19 f3	Raf7
20 Qe2	Bh6
21 Nc3!	

The winning move, preparing to refute 21...Ng4 with 22 Nd5! Rxf3 23 Rxf3 Rxf3 24 Qxf3 Qxh2+ 25 Kf1 Qxb2 26 Qxg4! Qxa1+ 27 Kg2 Qb2+ 28 Kh3 Qf2 29 Qe6+ Kh8 30 Qf6+ Qxf6 31 Nxf6 Bd2 32 Ne8 d5 33 exd5 e4 34 Kg2.

| 21 ... | Be3+?? |

Better 21...Qe6, though White maintains a strong grip with 22 Ra3, followed by Kg1-g2, Qe2-d3, and Nc3-d5.

22 Qxe3	Ng4
23 Qe2	Rxf3
24 Rxf3	Rxf3
25 Qxf3	

White won in a few more moves, Hertan–C. Jones, Boston 1985.

A.5. 11 ... Qb6

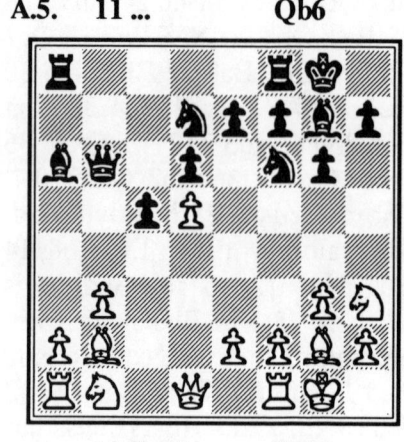

12 Bc3!   Rfb8

12...Ra7 13 Nf4 Rfa8 14 a4 Ne5 15 Nd2 Nfd7 16 Qc2 Rb7 17 Rfe1

Rab8 18 h3 Qa7 19 Rab1, +-, Pytel–Schaufelberger, Lodz 1974.

13 Re1

Other moves are also promising:

13 Nf4 Ne8 14 Bxg7 Kxg7 15 Nd2 Ne5 16 Qc2 Nc7 17 a4 Qb4 18 Rfe1 Ra7 19 h3 Rab7 20 Rac1, +-, Pytel–Levy, 21st Olympiad, Nice 1974.

Or 13 Nd2 Ne8 14 Bxg7 Kxg7 15 Re1 Nc7 16 a4 Qb4 17 Qc2, +-, Fokin–Platonov, USSR 1977.

13 ...   Ng4

13...Ne8!? 14 Bxg7 Kxg7 [14...Nxg7 15 Nd2 Ne5 leads to an unclear position, according to Gheorghiu] 15 Nd2 Ne5 16 Ng5! Nf6 17 Ngf3 Nfd7 18 Nxe5 Nxe5 19 a3!, +-, Gheorghiu–Pavlovich, Lugano 1983.

14 Bxg7   Kxg7
15 Nd2   c4

The problem from Black's side of the board is that the ...c5-c4 thrust is the only counterplay he can achieve, and, in most cases, it doesn't do very much.

16 bxc4   Nge5
17 Rc1   Rc8
18 Nf4   Nxc4
19 Bh3

Black must take care not to lose a piece.

19 ...   Nce5
20 Bxd7   Nxd7
21 Nb3   +-

Gheorghiu–Jacobs, London 1980.

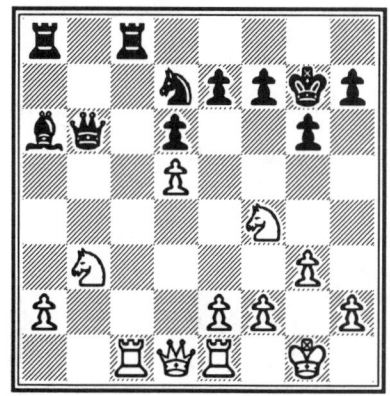

The conclusion was 21...Ne5 22 Rxc8 Rxc8 23 Qd2 Bc4 24 Rc1 Rb8 25 Rc3 Qb4 26 h4 Ra8 27 Qd4 Rxa2 28 Nd3!! Qa4 29 Nxe5 Bxb3 30 Nc4+ f6 31 Qe3! Bxc4 32 Qxe7+ Kh6 33 Qf8+! Kh5 34 Qxf6 Kh6 35 Qf8+ Kh5 36 g4+ Kxh4 37 Qh6+ Kxg4 38 Rg3+ Kf5 39 Qg5+, 1-0.

Variation B

Knight captures on a6

5 ... g6

Now White can play his Knight to f3 or h3. This is **B.1**.

Or White can still try to play the Double Fianchetto. This is **B.2**.

B.1. 6 g3

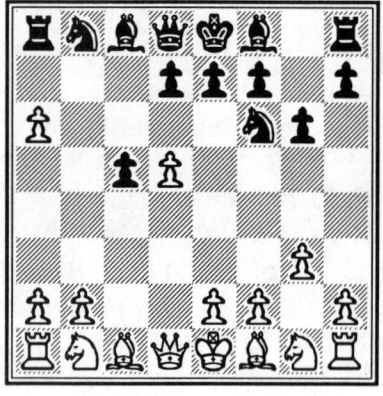

6 ... Bg7

In this position, 6...d6 is fine because the reply 7 e4 isn't very good.

7 Bg2

Rumanian GM Suba has tried to take advantage of Black's omission of ...d7-d6 by playing 7 d6 himself.

White's development is lagging, so the idea shouldn't work. The continuation was 7...Qa5+ [7...Rxa6 8 dxe7 Qxe7 9 Bg2 O-O is the best] 8 Bd2 Qxa6 9 dxe7 Qb7 10 Nf3 Ne4 11 Nc3! Qxb2 12 Nxe4 Qxa1 13 Nd6+ Kxe7 14 Bg5+ Ke6 15 Bh3+ f5 16 O-O Qxd1 17 Rxd1 [White is attacking in the Queenless middlegame] 17...Ba6 18 e4 Bd4 19 Bf4 Kf6 20 exf5 Be2 21 Bg5+ Kg7 22 Nxd4 h6 23 f6+ Kg8 24 Nxe2 hxg5 25 Bg2 Ra6 26 Nc3 g4 27 Nce4 Rh5 28 f7+ Kg7 29 Nf6 Rh8 30 Nxg4 Rxa2 31 Ne5 Ra4 32 Be4 Nc6 33 Ne8+ Kh6 34 Ng4+ Kg5 35 f4+, 1-0, Suba–Pasman, Beer-Sheva 1984.

Another idea is 7 Nh3 d6 8 Nf4 O-O 9 h4 Nbd7 10 h5 Ne5 11 hxg6 hxg6 12 Nc3 Qa5 13 Bg2 Bxa6 14 Qc2 Rfb8 15 O-O Nc4 16 Rb1 Nd7 17 Bd2 Nxd2 18 Qxd2 Nb6 19 Ne6 fxe6 20 dxe6 Rf8 21 Bxa8 Nxa8, Danner–Biriescu, Vienna 1986, and now Danner gives 22 Qg5! Rf6 23 Nd5 Rxe6 24 Nxe7+

Kf7 25 Nc6, +-.

**7 ...   d6
8 Nh3**

Benko–Berry, Canada 1971 saw a different way of opposing Bishops with the same basic idea as the Double Fianchetto line: After 5...Bxa6 6 g3 d6 7 Bg2 g6 8 Bd2

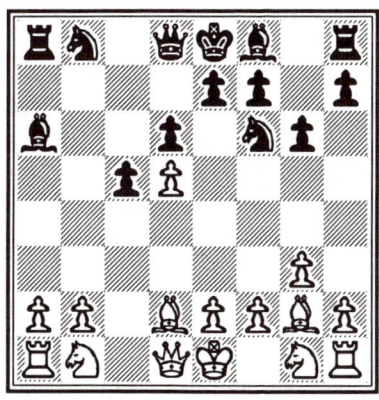

8...Bg7 9 Bc3 O-O 10 Nh3 Nbd7 11 O-O Nb6 12 Nf4 Qd7 13 b3 Ra7 14 h4 Rb8 15 Re1 c4 16 Bd4 Rc7 17 Nc3 cxb3 18 axb3 Bc8, and Black's game is miserable.

However, if Black defers recapturing on a6 and White tries to implement the same strategy, this is what occurs:

5 bxa6 g6 6 g3 Bg7 7 Bg2 d6 8 Bd2 O-O 9 Bc3 Nxa6 10 Nh3 Nc7 11 Nf4 Bb7 12 O-O Ra7 13 Na3, and White stood better, Birnboim–Pein, Ramat-Hasharon 1987.

Benko players need not panic, though! One improvement is 10...Nb4!? [Pein], threatening ...Nb4xa2, ...Ra8xa2, or ...Bc8xh3.

For White to avoid material loss he must play either 11 Bxb4 cxb4 12 O-O Bxh3 13 Bxh3 Ra5! 14 Bg2 Nxd5 15 Bxd5 Bb2, and Black is much better, or 11 Bxf6 Bxf6 12 Nc3. In this position, there isn't a way for Black to win his pawn back, but the two Bishops give Black excellent long range prospects and White lacks an active plan.

The development of the Knight to f3 is also possible: 8 Nf3 Nxa6 9 O-O O-O 10 Nc3 Nc7 [10...Bf5!? and 11...Nb4 deserves consideration] 11 e4 Ba6 12 Re1 Nd7 13 Bf4 [Black's move order has not given him very much] 13...Rb8 14 Rb1 Rxb2 15 Rxb2 Bxc3 16 Rb3 Bxe1 17 Qxe1 c4 18 Rb1 Nc5 19 Bh6 Re8 20 Nd4 e6 21 Qa5 exd5 22 Nc6 Qd7 23 exd5 Qf5 24 Rb8 Bc8 25 Qxc7 Re1+ 26 Bf1 Rxf1+ 27 Kxf1 Qd3 28 Kg1 Qd1+ 29 Kg2 Qxd5+ 30 f3, 1-0, Ninov–Inkiov, Bulgaria 1989.

8 ...   Nxa6
9 O-O

Another way of playing for White was seen in Gurgenidze–Georgadze, USSR 1983: 9 Nc3 O-O 10 Nf4 Nc7 [10...Nb4!?] 11 h4 Rb8 [Also good is 11...h5!? when Black can use the g4 square at some later date] 12 h5 Nb5! 13 hxg6 hxg6 14 Ne4 Bf5 15 Nxf6+ exf6!

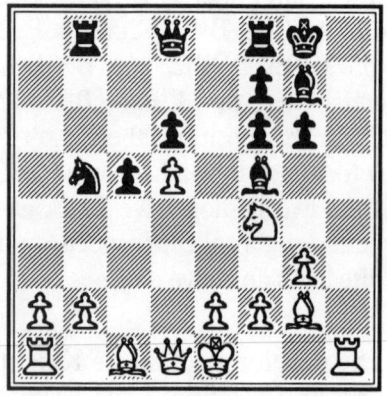

[The e-file will provide Black with a lot of counterplay] 16 e4 Re8 17 f3 [White's position is wide open] 17...Bd7 [17...c4!?] 18 g4 f5 19 gxf5 Bxf5 20 Ne2 Nd4 [20...Bd7!?] 21 Nxd4 Bxd4 [Black is completely developed, while White has only one piece off his first rank] 22 Qd2 Bg7 23 Bf1 Rb4 24 Qh2 Bxe4! 25 fxe4 Rbxe4+ 26 Kd1 Re1+ 27 Kc2 Qf6! 28 Bd3 c4! 29 Re1+ cxd3+ 30 Kd2 Qg5+ 31 Kd1 Qg4+ 32 Kd2 Qb4+ 33 Kxd3 Qd4+!, 0-1. White is mated after 34 Kc2 Rc8+.

9 ...   O-O

9...Qb6 10 Nc3 O-O 11 Nf4 Nd7? [11...Ng4 12 h4 Bd7 13 Ne4 Rfb8 gets compensation] 13 Ne6! fxe6 13 dxe6 Bb7 14 exd7 Bxc3 15 Bd5+ Kg7 16 bxc3 Bxd5 17 Qxd5 Ra7 18 Qe6, +-, Spasov–Bellon, Surakarta/Denpasar 1982.

10 f4?

10 Nf4 is more sensible.

10 ...   Ng4
11 e3   c4!

Thematic and very strong. White's d3-square is already a big weakness.

12 Na3	Nb4
13 Nxc4	Ba6
14 Qxg4	Bxc4
15 Rf2	

White is up two pawns, but Black's pieces are hyperactive.

15 ...	Nd3
16 Rd2	Qb6
17 Qf3	Rfc8
18 Nf2?!	

18 Bf1!? puts up more of a fight.

18 ...	Ne1!

Black is winning, Formanek–Conquest, Hastings 1985/86.

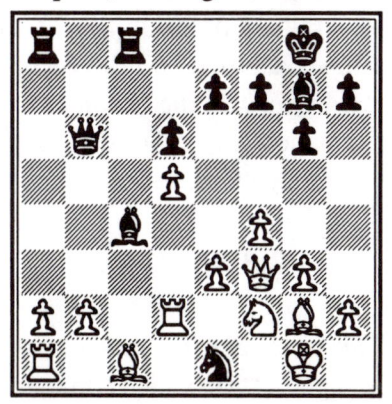

The conclusion was 19 Qe4 Rxa2 20 Rxa2 Bxa2 21 Rd1 Nxg2 22 Kxg2 Bb3 23 Rf1 Qb7 24 Qf3 f5 25 Rd1 Bxd1 26 Qxd1 Rc5 27 e4 fxe4 28 Be3 Rxd5 29 Qa4 Rb5, 0-1.

Black played well and White's play was disjointed, but it's a good illustration of the ideas Black has.

Now let's see what kind of counterplay Black gets against the Double Fianchetto if he doesn't waste a tempo with the immediate 5...Bxa6.

B.2.	5 ...	g6!
	6 b3	

If White insists on the setup with crossfiring Bishops, he better play b2-b3 now, otherwise he loses the chance.

6 ...	Bg7
7 Bb2	O-O

This may not be the best Black can do. He can attempt to squeeze more from the idea 7...d6 8 g3 Nxa6 9 Bg2 Bf5!?, threatening 10...Nb4. Then 10 e4 Bg4 11 Ne2 O-O gives Black good counterplay. More importantly, it's coming from more than one direction.

After 7...d6, the move 8 e4? doesn't mesh well with the queenside fianchetto, as 8...O-O 9 Nd2 Re8! puts the Rook on the same file as the White King and threatens the cheapo 10...Nxe4. Neither 9 Bd3 Nxa6, threatening 10...Nb4, nor 9 f3, which leaves dark-squared gaps, gets White out of trouble.

8 g3   Nxa6
9 Bg2   Bb7

10 e4

10 Nh3 e6! [=] 11 Nf4 Nxd5 [Also interesting is 11...g5 12 dxe6 Bxg2 13 exf7+ (13 e7 Qxe7 14 Nxg2 Nb4 15 a3 Ng4!, with compensation) 13...Rxf7 14 Nxg2 Ne4 15 Bxg7 Nxf2 16 Qd2 Nxh1 (or 16...Kxg7!) 17 Bb2 d5, -+] 12 Bxg7 Kxg7 13 Nxd5 Bxd5 14 Bxd5 exd5 15 O-O d4 16 Nd2 Nb4 17 a3 Nd5 18 Qc2 Rc8 19 Qd3 Re8 20 Nc4 Re6 21 b4 Nc3 22 e3 d6, -+, Forintos–Alvarez,

Metz 1985.

10 ...   Qa5+

If for some reason this seems ridiculous, then Black has a pleasant alternative in 10...e6 11 dxe6 fxe6.

As in other lines, White has difficulty holding the e4 point. White's position looks to be in dire straits. For example, 12 f3 permits 12...Nxe4!? 13 Bxg7 Kxg7 14 fxe4 Qf6, winning. Another example where the delayed capture on a6 would aid Black.

11 Bc3 Nb4 12 Ne2

This is clearly in Black's favor. The big question which some annotators ignore is what happens on 12 a3!?

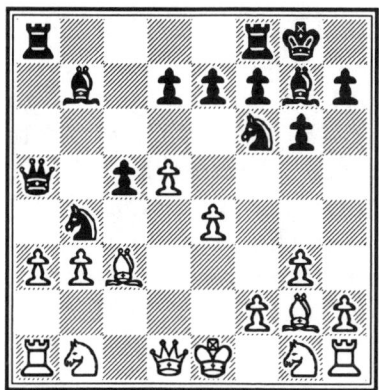

Then 12...Nxe4 13 Bxe4 [Not 13 Bxg7?? Nd3+] 13...Bxc3+ 14 Nxc3 Nxd5 15 b4! wins for White. Does this mean we are facing more Russian Folly? Not at all! By 12...Ne8 [12...Ng4!? is also interesting] Black escapes from the pin, i.e. 13 e5? Bxe5!

12...	Qb5
13 a4	Nd3+
14 Kf1	Qa6
15 Bf3	e6
16 Kg2	exd5
17 exd5	Nxd5
18 Bxg7	Kxg7
19 Nec3	N5b4

Lputian–Bikhovsky, Irkutsk 1983.

It is clear that the Double Fianchetto after 5...g6! holds no terrors for Black.

Variation C

Main Line Fianchetto System

1 d4	Nf6
2 c4	c5
3 d5	b5
4 cxb5	a6
5 bxa6	g6
6 Nc3	

Another plan involves the development Ng1-h3 by 6 g3 Bxa6, and now:

1) 7 Nh3 d6 8 Nf4 Bg7 9 h4 h5 10 Qc2 Nbd7 11 Ne6?! fxe6 12 dxe6 Ne5 13 f4 Bd3! 14 exd3 Nf3+ 15 Kf2 Nd4 16 Qd1 Ng4+ 17 Kg2 Ra3! 18 Nc3 Nf5 19 Qe1 Bxc3 20 bxc3 Qa8+ 21 Kg1 Rxa2 22 Rxa2 Qxa2, -+, Danner–Sulava, Slavonska Pozega 1985.

2) 7 Nc3 d6 8 Nh3 Bg7 9 Nf4 O-O 10 h4

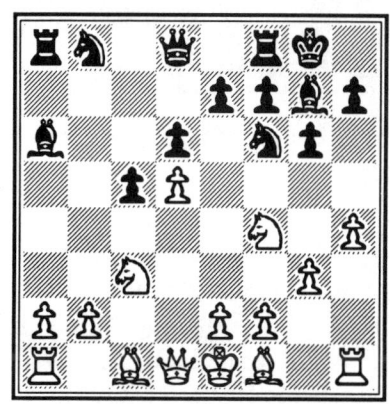

By creating an attack on the

kingside, White tries to distract Black from the queenside. The game Rytov–Shereshevsky, Daugavpils 1987, continued 10...Nbd7 [h5?! 11 Qc2, +-, menacing Nf4xg6] 11 h5 Qa5 [11...Ne5 12 hxg6 hxg6 13 Bh3 Qa5 14 Qc2 Rfb8 15 Ne6 Bh8 16 f4 Ned7, Kovacs–Benko, Debrecen 1975, 17 Bd2!?, +=/unclear] 12 Bd2 Rfb8 13 hxg6 hxg6 14 Qc2 Ne5 15 Ne4 Qb6 16 Bc3 Bc4 17 Nxf6+ exf6 18 b3 Bb5 19 Bg2 f5 20 O-O, +=.

3) 7 Bg2 d6 8 Nh3 Bg7

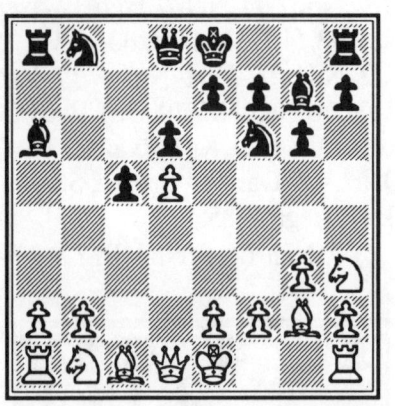

White has tried 9 O-O and 9 Nf4:

9 O-O O-O 10 Nc3 Nbd7 11 Bg5 Rb8 12 Qd2 Rb4 13 Rfd1 Qb6 14 b3 Rb8?! [14...c4 15 Be3 is unclear] 15 Rac1! [+=] Qd8 16 Rc2 Qf8 17 Qc1!, +-, Skembris–Damjanovich, Thessaloniki 1980. After 11 Qc2, either 11...Qc7 12 Rd1 Rfb8 13 Rb1 Ne5! 14 Ng5 Bc8 15 Nge4 Nxe4 16 bxe4 Bh3, =, Sloth–Larsen, Denmark 1971, or 11...Qa5 12 Bd2 Rfb8 13 Rfb1 Qc7 14 Nf4 c4 15 h4 h5 16 Ne4 Ng4, Feuerstein–Fedorowicz, New York City 1976, gives Black at least equality.

9 Nf4 Nbd7 10 h4 h6 11 Qc2 [Skembris–Novicevich, Yugoslavia 1982, varied with 11 Bd2 Qb6 12 Bc3 Rb8 13 Qc2, when 13...O-O 14 Nbd2, followed by Nd2-f3, is slightly in White's favor] 11...Ne5 12 Nc3 O-O 13 O-O Rb8 14 Ne4?! Qd7 15 Nxf6+ exf6 [with good compensation] 16 Rb1 was A. Petrosian–Cheshkovsky, Erevan 1980. A. Petrosian suggests 16...g5! 17 Nh5 Qg4 18 Nxg7 Kxg7 19 Qe4 Qxe4 20 Bxe4 Bxe2 21 Re1 Nf3+, -+.

Instead of 10...h6, Skembris recommends 10...Nb6!? 11 Bd2 Bc4 12 Bc3 Na4, with compensation. Zaichik–Vasiukov, USSR 1983, went 10...Qb6 11 Qc2 O-O 12 Nc3 Rfb8 13 Rb1 Ng4 14 O-O Bd4 15 Ne4 c4?! 16 e3 Bg7 17 Bd2, +=, but Zaichik prefers 15...Bb5 16 b3 Rc8, again with compensation for the pawn.

Fianchetto Lines

6 ...	Bxa6
7 Nf3	Bg7
8 g3	

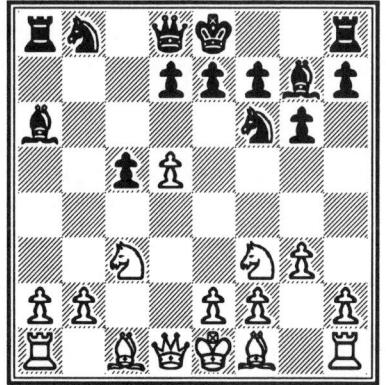

In this variation, White takes the pawn and calmly brings his forces out, asking Black to find the compensation for his sacrifice.

8 ...	d6

8...O-O?! allows White the chance for 9 d6!? Nc6 10 Bg2 exd6 11 Qxd6 Re8 12 Qxc5 Ne4 13 Nxe4 Rxe4 14 O-O Bxe2 [14...Rc8!?] 15 Re1 Bxf3 16 Rxe4 Bxe4 17 Bxe4, Meleghegy–Dr. Sallay, Budapest 1972. Black is completely lost.

9 Bg2

One alternative rarely seen nowadays is 9 Bh3. White tries to complete two objectives with one move. First, White develops his Bishop. Second, he prevents Black's maneuver ...Nf6-g4-e5.

After 9...Nbd7 10 O-O, we get the starting position of 9 Bh3.

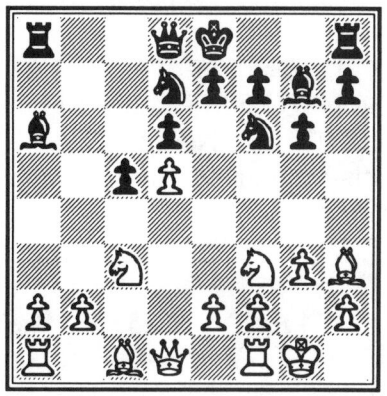

In Novorovsky–Georgadze, Tbilisi 1971, White stood well after 10...O-O 11 Re1 Qa5 12 e4 Nb6 13 e5 Ne8 14 Bf4 Nc4 15 Qc1 Qc7 16 exd6 exd6 17 Bh6 Nf6 18 Bxg7 Kxg7 19 b3 Nb6 20 Qb2. However, Black did better in Beliavsky–Vaganian, USSR 1977, with 11...Qc7 12 Bf4 Rfb8 13 Qd2 Rb4 14 Rac1 h5! [=] 15 Bh6?! Bxh6 16 Qxh6 Rxb2 17 e4 Bc8, = +.

Another possibility is 11...Nb6 12 e4 Nc4 13 e5?! [Qc2 Qa5, with compensation] Ne8! [= +] 14 exd6 exd6 15 Qc2 Qa5 16 Rb1 Nc7 17 Nd2 Ne5 18 Re3 f5! 19 f4 Nc4 20 Nxc4 Bxc4 21 Bf1 Bxf1 22 Kxf1 Qa6+ 23 Qd3 Bxc3! 24 Qxa6

Rxa6, with a clear advantage to Black in Vdovin–A. Odeev, corr. 1988.

Another branch begins 10...O-O 11 Qc2, with these possibilities:

1) 11...Qa5 12 Rd1 Rfb8 13 Rb1 Nb6 14 b3 Bb7 15 e4 Bc8 16 Bxc8 Nxc8 17 Bb2 Nd7 18 Na4, +-, Toth–Formanek, Reggio Emilia 1975/76.

2) 11...h5 12 Ng5 Ng4 13 f3 Bd4+ 14 Kg2 Ne3+ 15 Bxe3 Bxe3 16 Ne6, +-, Timman–Webb, London 1975.

3) 11...Bc4 12 Rd1 Ra7 13 e4 Qa8 14 a3 Rb8 15 Nd2 Ba6 16 Bf1 Rab7 17 Ra2 Bxf1 18 Rxf1 Ne8 19 b3 Qa6 20 Nd1 Qe2 21 Qc4 Qh5, and Black had compensation in Furman–Geller, USSR 1975.

4) 11...Qc7 12 Rd1 Rfb8 13 Rb1

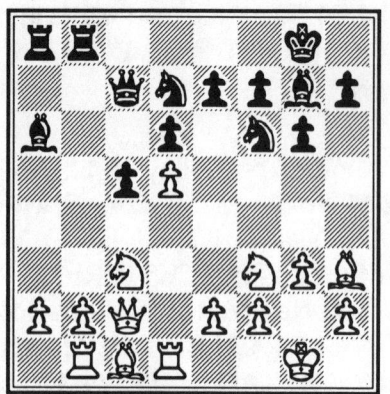

13...Rb8 [Better than 13...Rb4 14 b3 Rab8 15 Ba3 R4b7 16 Bb2 Qa5 17 Ba1 Rb4 18 Na4 Qb5 19 Nc3 Qb7 20 e4, +=, Vaganian–Vasiukov, USSR 1975] 14 e4 [Less effective is 14 b3 Bc8 15 Bxc8 Qxc8 16 Kg2 Qa6 (16...Ne8!? plans ...e7-e6) 17 Bb2 c4 18 b4 Na4 19 Nxa4 Qxa4 20 Qxa4 Rxa4 21 a3 Ne4 (21...c3!?) 22 Bxg7 Kxg7 23 Rbc1 c3 24 Nd4 Rxa3, and Black has no problems, Furman–Barle, Ljubljana-Portoroz 1975] 14...Bc8 [14...Nfd7 15 b3 Ne5 16 Nxe5 Bxe5 17 Bb2 Nd7 18 Na4 Bxb2 19 Rxb2 Ne5 20 Rbb1 Qa5? 21 Kg2, and White was doing well in Osnos–Palatnik, USSR 1982. Black had improvements such as 20...Bc8, which gives him some counterplay] 15 Bxc8 Nxc8 [15...Qxc8 is better] 16 b3 Nd7 17 Bb2 Qb7 18 Ba1 Ne5 19 Nxe5 Bxe5 20 Na4 Bxa1 21 Rxa1 Nb6 22 Nxb6 Qxb6 23 Re1.

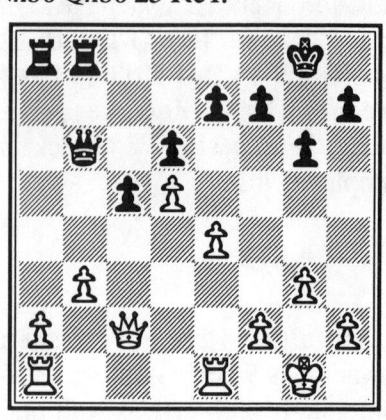

Black had little or no compensation for the pawn in Podgaets–Buchman, Rostov on Don 1976. One case where Black focused on the queenside without ever considering a break with ...e7-e6.

Black can also try 10...Nb6, tying White's Queen to the defense of d5. After 11 Re1 O-O,

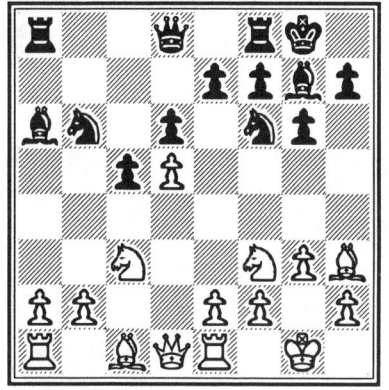

White has tried the following moves:

1) 12 a3 [This isn't impressive] 12...Qc7 13 Rb1 Nfd7 14 Bg2 Rfb8 15 Nd2 Ne5 16 Qc2 c4 17 Nde4 h6 18 Rd1 f5 and White isn't doing much, Hort–Bellon, Las Palmas 1975.

2) 12 Bf4!? Nc4 13 Qc1 Qa5 14 Rb1 Rfb8 [14...Rab8 15 Nd2 Nxb2! (15...Ne5? 16 Bxe5 dxe5 17 Qc2 +-, Kraidman–Bellon, 22nd Olympiad, Haifa 1976) 16 Nb3 Qa3 17 Qxb2 Qxb2 18 Rxb2 c4 19 Bd2 cxb3 20 Rxb3 Rxb3 21 axb3 Rb8 22 Rb1, +=, analysis by Liberzon] 15 Nd2 Ne8 16 Nxc4 Bxc4, with compensation.

3) 12 Rb1? loses the pawn back after 12...Bc4 13 e4 Bxa2 14 Nxa2 Rxa2 15 Bd2 Qa8 16 Bc3 Na4 17 Bxf6 Bxf6 18 e5 dxe5 19 Qb3 Nxb2! 20 Rxb2 Ra3 21 Qb6 Rxf3 22 Qxc5 e4 23 Rb5 Qa2 24 Bg2 e3!, 0-1, Farago–Knaak, Novi Sad 1979.

4) 12 e4 Nfd7 13 Qc2 Nc4!

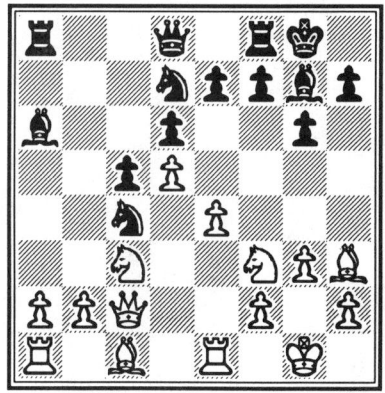

14 Bf4 Nde5 15 Bxe5 Nxe5 16 Nxe5 Bxe5 17 Bf1 Qa5 18 Bxa6 Rxa6 was better for Black in Williams–Day, 22nd Olympiad, Haifa 1976.

Also good for Black is 14 Bf1 Qa5 [Even better is 14...Nce5! 15 Nxe5 Nxe5 16 Kg2 Bxf1+ 17 Rxf1 c4] 15 Bxc4 Bxc4 16 Bd2 Qa6 17 Bf4 Rfb8 18 e5 Qb7 19 Qe4 Nb6, Gerusel–Miles, Bad Lauterberg 1977.

Trading also seems to be fine for Black: 14 Bxd7 Qxd7 15 b3 Ne5 16 Nxe5 Bxe5 17 Bb2 f5!? [17...Rfb8 18 Nd1 Bxb2 19 Nxb2 Qb7 20 Re3 Bb5 21 Nd1 Bd7 22 Rc3 Ra3 23 Ne3 Bb5 24 Qb2, and White was much better in Beliavsky–Palatnik, Kiev 1978] 18 Nd1 Bxb2 19 Nxb2 f4 20 Nc4 Qh3 21 Qd3 Rf6 22 Qf3 Bxc4 23 bxc4 Ra3!

24 Qg2 Qg4, and Black had the initiative in Kakageldiev–Alburt, USSR 1978.

5) One final unsuccessful try was seen in Szabo–Vasiukov, Wijk aan Zee 1973. White played the weird 12 Bg2, which is really hard to figure. The game continued 12...Qd7 [12...Bb7!?] 13 Nd2 Rfb8 14 Qc2 Bb7 [14...c4!? or 14...Bc8 might be considered] 15 e4 Ng4 [15...Na4!?] 16 h3 [16 Bh3 Ne3!] 16...Ne5 17 f4 Nec4 18 Nxc4 Nxc4 19 b3 Bd4+ 20 Kh2 Na3 21 Qd2 Bc8, and Black has enough counterplay.

9 Bh3 is an interesting attempt by White, but not sufficient for gaining an opening edge.

A recent experiment by the Russian player Malinin is the ultra sharp 9 h4!?

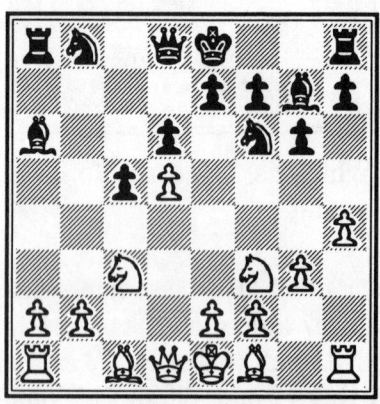

Then 9...O-O 10 h5 Nbd7 led to fireworks in Malinin–Savinov, Leningrad 1988: 11 hxg6 hxg6 12 Bh3 Re8 13 Qc2 Rb8 14 Be3?! Nxd5! 15 Qxg6!!? fxg6?! 16 Be6+ Kf8 17 Nxd5 Rxb2 [17...Nf6 18 Nf4 Bh8 19 Ng6 Kg7 20 Nge5! Ne4 21 Ng4 Rxb2 22 Bh6+ Kg6 23 Nh4+ Kh7 24 Bd2! Rxd2 25 Nf5+ Kg6

26 Rh6+ Kg5 27 f4+ Kxg4 28 Rh4 mate – analysis by Malinin] 18 Ng5 Nf6 [18...Qa5+ 19 Kf1 Be2 20 Kg2 Reb8 21 Bxd7 gives White compensation, according to Malinin] 19 Nf4 Qa5+ 20 Kf1 Bxe2+ 21 Kg1 Reb8 22 Bf7 Rb1+ 23 Kh2 Ng4+ 24 Kh3 Rxh1+ 25 Rxh1 Nxf2+ 26 Bxf2? [26 Kg2! Qa8+ 27 Kxf2 Qf3+! 28 Nxf3 Bxf3 29 Kxf3, and White is clearly better – Malinin] 26...Bg4+! 27 Kxg4 Rb4 28 Kf3 Qa3+ 29 Be3? Qa8+? 30 Bd5? Qa5 31 Nfe6+ Kg8 32 Nc7+ e6 33 Bxe6+ Kf8 34 Nh7+ Ke7 35 Bg5+ Bf6 36 Bxf6 mate.

A critical position arises from 9...O-O 10 h5 Nxh5 11 Rxh5 gxh5 12 Qc2.

White has an attack for the sacrificed exchange, but Black should be able to successfully defend: 12...Nd7 13 Bg5 [13 Ng5?! Nf6 14 Nce4 Nxd5 15 Nxc5 Nf6 16 Nce4 Re8, and Black is better – Malinin] 13...Nf6 14 Bg2 Rb8 15 O-O-O Qa5 16 Rh1 Nxd5 17 Nxd5 Rxb2? [17...Bxb2+ 18 Qxb2! Rxb2 19 Nxe7+ Kg7 20 Nf5+ Kg6 21 Ne7+ draws – Malinin] 18 Nxe7+ Kh8 19 Qxh7+! Kxh7 20 Rxh5+ Bh6 21 Rxh6+ Kg7 22 Nf5+ Kg8 23 Bf6 Rc2+! 24 Kxc2 Qxa2+ 25 Bb2 Qc4+ 26 Bc3 f6 27 Ng5! Re8 28 Bd5+ Qxd5 29 Rh8+! Kxh8 30 Bxf6+ Kg8 31 Nh6+ Kf8 32 Nh7 mate, Malinin–Andreev, Leningrad 1989.

All very interesting, but Black should probably meet 9 h4 with 9...h5. Black can use the g4 square, answering Bf1-h3 by ...Ba6-c8, or he can apply pressure to d5 by ...Nb8-d7-b6. In my opinion, 9 h4 is nothing to fear.

Let's return to the main line, 9 Bg2.

9 ...   Nbd7

This is Black's most flexible continuation.

10 O-O

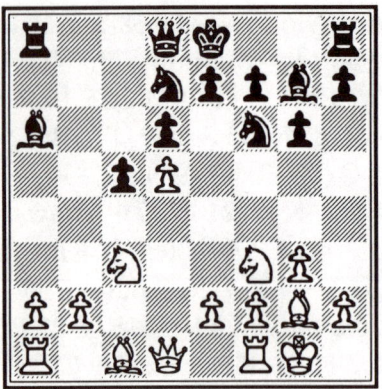

Now Black plays either **C.1. 10...Nb6** or **C.2. 10...O-O**.

C.1.   10 ...   Nb6

An idea of American GM Lev Alburt. Black puts pressure on the d-pawn and controls the key c4 square.

11 Re1!

Other moves aren't as effective:

1) 11 Bf4?! [A strange move, developing without a real purpose.] 11...h6 [11...O-O!?] 12 h4 [12 Re1!?] 12...Qd7 13 Re1 Ng4 14 Qc2 Qf5 15 Qb3 Rb8 16 Qa3 Qc8 17 Bh3 f5 18 e4 O-O

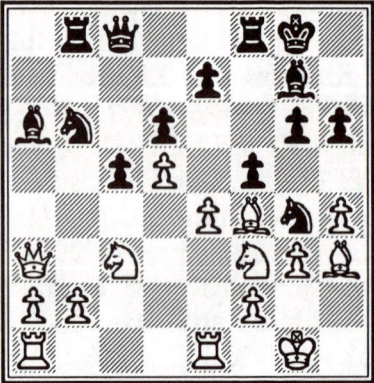

with a ridiculous position. This must be some kind of Russian joke. Ehlvest–Vasiukov, USSR 1982.

*2) 11 Rb1? Bc4! [This simply wins a pawn. Instead, 11...O-O? 12 b3 Qc7 13 h3 Rfb8 14 Bb2 Ra7 15 Re1 Nbd7 16 Nd2 is good for White, Popov–Markland, 21st Olympiad, Nice 1974] 12 Nd2 Bxa2 13 Nxa2 Rxa2 14 Qb3?! [14 b4 Nbxd5 15 bxc5 dxc5 16 Qb3 Nb4 17 Bc6+ Nxc6 18 Qxa2 O-O 19 Qc4 was good for White, Dzyuban–Gorelov, Barhaul 1984. However, 14...Nfxd5 15 bxc5 dxc5 16 Qb3 Nc3 17 Bc6+ Nd7 and 14...cxb4!? are also fine for Black] 14...Ra8 15 Qb5 Nfd7 16 Nb3 [Aiming for the c6 square. 16 b4

Na4! puts White in a heap of trouble] 16...Rb8 17 Qc6? [If White wants to live, he must try 17 Qa5 although after 17...Nc4 18 Qxd8 Kxd8 19 Nd2 Nxb2, he is down one pawn, without compensation] 17...O-O

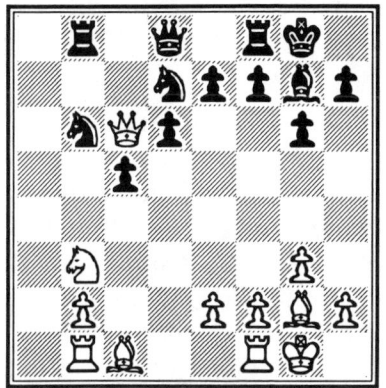

[The threat 18...Ne5 is a biggie] 18 f4 Nc4 19 Na1? [19 Nd2 Ne3 20 Re1 Rb6 21 Qa4 Nf6 is also quite hopeless] 19...Na3! Black wins the exchange, so... 0-1, Saeed–Alburt, Interzonal, Taxco 1985.

3) 11 Nd2 O-O 12 Qc2 Bb7!

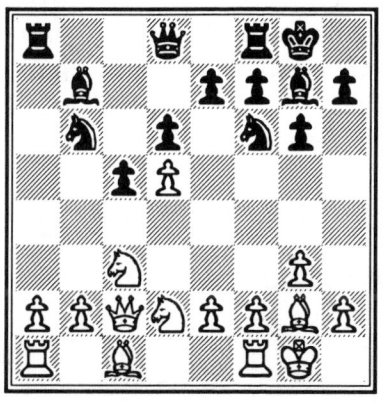

Forcing White to weaken d3. 13 e4 Ba6 14 Rd1 Ng4 15 Nf3 Nc4 16 h3 Nge5 17 Nxe5 Nxe5 18 b3 Qa5, Butnoris–Alburt, Kiev 1975. Black has good counterplay after 19 Bb2 Rfc8!?, with ...c5-c4 to follow. Also note that 19 Bd2 Bd3 20 Qc1 Rfc8 would leave White under pressure.

4) 11 Ne1

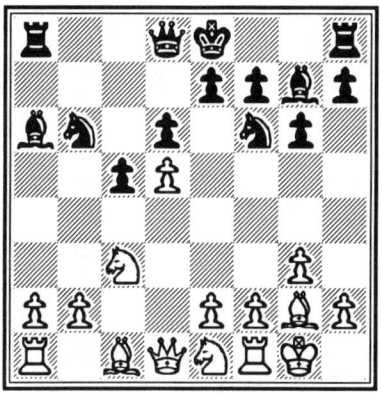

This retreat is an old idea. White wants to move his Knight via c2 to e3, guarding c4 and making possible an eventual attack with Ne3-g4.

Not so good is 11...O-O 12 Nc2 Qc7. Litinskaya–Fishdick, Baden 1980, continued 13 b3 Nfd7 14 Bd2 Rfb8 15 a4 Nc8 16 Rb1 Rb7 17 Na3 Rab8 18 Ncb5, shutting off Black's queenside play. Better is 12...Nc4! 13 Rb1 Nd7 14 Ne4 Qa5

15 a3 Rfb8 16 b3 Nce5 17 a4 Ra7, with Black at least equal in Lapenis–Palatnik, Vilnius 1979.

After 11...O-O, the alternative 12 Nd3 Ra7 13 h3 Qa8 14 a3 Bc4 15 Re1 Nfd7 [both 15...Nfxd5!? and 15...Nbxd5!? are worth a look] 16 e4 Na4 17 Nxa4 Rxa4 18 Rb1 permits repetition by 18...Ba2 19 Ra1 Bc4. Instead, Kakageldiev–Korzubov, USSR 1982, went 18...Bb5 19 Bf1 Rb8 when 20 b3 Ra7 21 a4 Bxa4 22 Bg5!? looks better for White.

The problem with 11 Ne1 is 11...Nc4! 12 Nc2 Nd7 13 Ne3 Nde5 with good play for Black. In Ehlvest–Fedorowicz, New York City 1989, White changed plans with 11...Nc4! 12 Nd3 Nd7 13 Qc2 O-O 14 h4 [If 14 b3, Black has the strong 14...Qa5. But to understand why White loses this game, the reader should investigate 14 h4 and 18 h5. Both moves lose tempos] 14...Qa5 15 a3 Rab8 [I played this Rook to b8 so as to leave my other Rook for defense of the kingside] 16 Ra2 Nce5 17 Nxe5 Nxe5 18 h5 Qb6

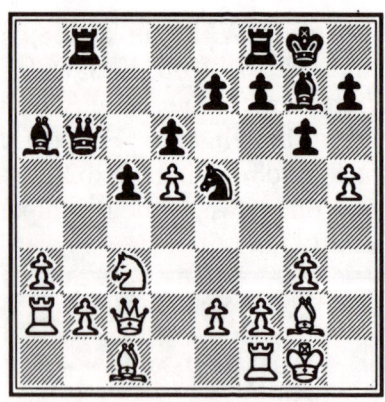

19 Qe4 [After the game, White criticized this move and recommended 19 f4. But Black would still be happy with this position] 19...Qb3 20 Ra1 Qc4 21 Qc2 [21 Qxc4 Nxc4 22 Ra2 Rb3! is very good for Black] 21...Rb3 22 hxg6 hxg6 23 f4 Ng4 24 Bf3 Bd4+ 25 Kg2 Nf6 26 Qd1 Rfb8 27 Rh1 Rxb2 28 Bxb2 Rxb2 29 Na4 [29 Nb1 Nxd5! kills White] 29...Rb3 30 Rb1 Rxb1 31 Qxb1 Qxa4 32 f5 g5 33 Qc1 Nh7 34 Qb1 Bf6 35 Qb8+ Nf8 36 g4 c4 37 Rb1 c3 38 Qd8 Bxe2, 0-1. Ehlvest probably looked at 39 Rb8 Bxf3+ 40 Kxf3 Qf4+ and 39 Bxe2 Qe4+, followed by 40...Qxb1.

11 ...   O-O

14 Bf4

Now White has: **C.1.a. 12 e4; C.1.b. 12 Nd2; C.1.c. 12 Bf4!**

Rather useless is 12 h3 Nfd7 13 Qc2 Qc7 14 Rb1 Bc4 15 a3 Bxd5 16 Nxd5 Nxd5 17 Nh2 e6, = +, Botterill–Stean, British Championship, England 1974.

C.1.a. 12 e4?!   Nfd7
**   13 Qc2   Nc4**

Black is eyeing d3, with good play.

Bad is 14 b3? Qa5! Also poor is 14 Nd2? which quickly allowed Black to get the upper hand in Gurieli–Marinkovic, Smederevska Palanka 1991, after 14...Nce5 15 Bf1 c4 16 Kg2 Nc5 17 Nf3 Ncd3 18 Bxd3 Nxd3 19 Rf1 Rb8 20 Rb1 Qd7 21 Be3 f5.

14 Rd1 Qa5 15 Nd2 Na3! 16 bxa3 Qxc3 17 Qxc3 Bxc3 18 Rb1 c4, and Black was much better in Averkin–Miles, Dubna 1976. 15 Bf1 was Donner–Miles, Vissengen, but this doesn't appear to be much of an improvement. Simply 15...Rfb8 [Threatening 16...Nxb2] 16 Rb1 Na3!? looks good for Black.

14 ...	Qa5
15 Rac1	Rfb8
16 b3	Na3
17 Qd2	c4
18 Na4	Bb5

18...Qxd2!? is a thought.

19 Qxa5	Rxa5

White has nothing, Janosevich–Despotovich, Smederevska Palanka 1977. The finish was 20 Nc3 cxb3 21 axb3 Ba6 22 e5! dxe5 23

Nxe5 Nxe5 24 Bxe5 Rxb3 25 Bxg7 Kxg7 26 Ne4 Nc4 27 Bf1 Rb4 28 Ra1 Rxa1 29 Rxa1, 1/2-1/2.

C.1.b. 12 Nd2?!

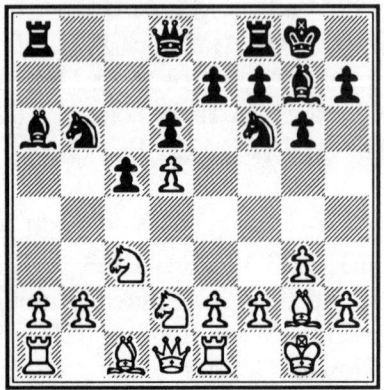

12 ... Qc7

12...Nfd7 13 Qc2 Qc7 14 Rb1 Rfc8 15 b3 Qa7 16 Bb2 Ne5 17 h3 is better for White, Teilman–Berg, Berlin 1984.

Even worse is 12...Ra7?! 13 h3 Qa8 14 e4 Nfd7 15 f4 Rb8 16 Qc2 Nc4 17 Nf3! Qb7 18 b3 Qb4 19 e5!, +-, Kakageldiev–Peshina, USSR 1979.

13 Nb3

Alternatives are:
1) 13 Nf1 Ng4 14 Qc2 Nc4 15 h3 Nge5 16 Rd1 Qa5 17 a3 Rfb8 18 Ra2 Qb6 19 f4 Nd7 20 Nh2 Qb3, with a strong queenside initiative, Averkin–Alburt, Odessa 1974.
2) 13 Rb1 Qb7! 14 b3 Nfxd5 15 Nxd5 Nxd5 16 Ne4 [16 Nf1? Nc3!! 17 Bxb7 Bxb7 18 Qd3 Be4 19 Qe3 Bd4 20 Qh6 Bxb1 21 a3 Ba2 22 Nd2 Rfb8, -+, Hort–Alburt, Decin 1977] 16...Rad8 17 Bb2 Bxb2 18 Rxb2 Qb4 is equal according to Bagirov.
3) 13 Qc2?! Bb7 14 e4 e6! 15 dxe6 fxe6 16 Nb5?! Qd7 17 Nxd6 Ng4! 18 Qxc5 Na4, =+, Bautz–Stephan, corr. 1985.

13 ...	Nc4
14 h3	Rfb8
15 Qc2	Qb6
16 Rb1	Nd7
17 Bf4	Nde5
18 Rec1	Bc8

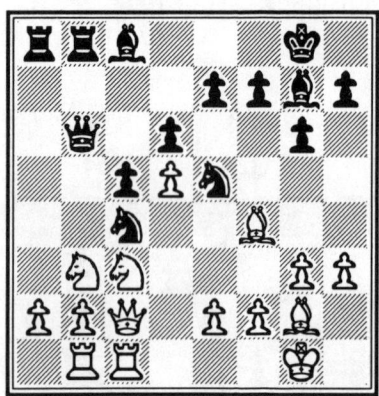

The threat of ...Bc8-f5 will force e2-f4, softening up the d3 square.

19 e4?!

Greenfield suggests 19 Kh1, but I don't see why, since after 19...Bf5

20 e4 Bd7, Black looks better.

19 ...	Bd7
20 Kh1	Ba4?

Best is 20...Qb4!, keeping White all tied in knots – Greenfeld.

21 Nxa4	Rxa4
22 Nxc5	Rxa2
23 Nd7	Nxd7
24 Qxc4	Rxb2
25 Rxb2	Qxb2
26 Qc7	

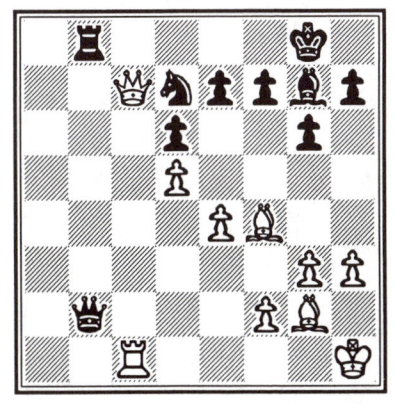

Greenfeld claims an advantage for White, but surely it must be microscopic. Korchnoi–Greenfeld, Beer-Sheva 1984, continued 26...Rb7 27 Qc8+ Bf8 28 Kh2 Ne5 [28...Nc5!? 29 Rxc5 dxc5 30 d6 Qb5] 29 Rc2 Rb8 30 Qc7 Qb3 31 Bxe5 Rb7 [31...dxe5 32 Qxe5 Qxc2 33 Qb8 Qxf2 34 e5 is good for White, according to Greenfeld, but how does White proceed after something like 34...Qd2!?] 32 Qc8 dxe5 33 Rc3 Qb6 34 Rf3 Rb8 35 Qc6 Bg7 36 Bf1 Bf6 37 Bc4 Kg7 38 Kg2 Qd4 39 Bd3 Rb3 40 Qa6 Rc3 41 h4 h5 42 Re3, 1/2-1/2.

C.1.c. 12 Bf4!

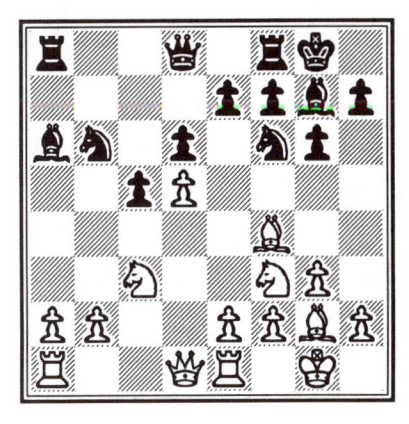

This treatment has brought success to Yugoslav GM Predrag Nikolic.

12 ...   Nc4?!

I don't think this is Black's best. Chasing the dark-squared Bishop by 12...Nh5! 13 Bg5 h6 looks all right for Black. Then 14 Bc1?! doesn't make much sense, as 14...Nf6 is equal. In Van der Sterren–Fedorowicz, Wijk aan Zee 1989, Black answered 14 Bc1 with the overambitious 14...Rb8!?, but White ended up with the advantage after 15 Qc2 Nc4 16 Nd2! Ne5 17 f4 Nd7 18 Nf3 Nhf6 19 h3 Re8 20 e4.

More testing is 14 Bd2, leading to an odd position.

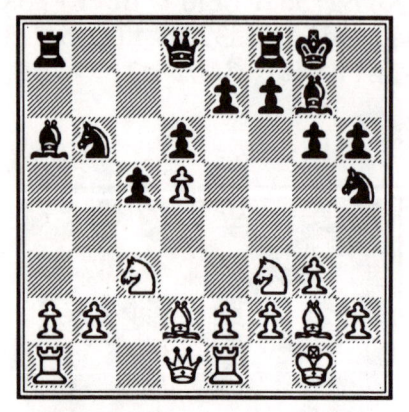

Black has two interesting moves at his disposal. Let's have a look at them.

Probably Black's most logical procedure is 14...Nc4 15 Bc1!? [Preserving the Bishop and hoping for Nf3-d2 before the action on the b-file gets going. Other tries are 15 Qc2 Qa5 16 Rac1 Nxd2 (16...Bc8!?) 17 Qxd2 Nf6 18 e4 Nd7, when Black has a reasonable game, and 15 Qc1 16 Qxd2 Nf6 17 e4 Nd7, when Black's two Bishops give him enough play] 15...Rb8! [In the Benko, it isn't always necessary to have double-barrelled Rooks on the a- and b-files] 16 Qc2 [The only move] 16...Qa5 [Threatening 17...Nxb2!] 18 Bxb2 Rxb2 19 Qxb2 Bxc3].

What can White do? If 17 Rb1 Na3! 18 bxa3 Qxc3! 19 Qxc3 Bxc3 20 Bd2 Bg7, White's doubled a-pawns are goners and the passed c-pawn will be a terror. Or, if 17 Nd2, then 17...Nxb2 18 Bxb2 Rxb2 19 Qxb2 Bxc3 20 Nb3 Qb4 [20...Bxb2!?] 21 Qc4 c4! gives Black a won position. Finally, 17 Nd1? Na3! wins for Black. It appears that 15 Bc1!? isn't so great.

After 14 Bd2, Black could also consider 14...Nf6.

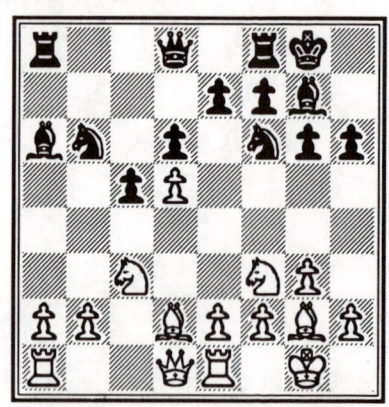

Black is willing to repeat the position by 15 Bf4 Nh5 16 Bd2 Nf6. I doubt that White can achieve more. If 15 e4 Nc4 16 Rb1 Ng4, Black directs his Knights toward d3 and gets good pressure. Harmless is 15 Qc1 Kh7. And 15 Nh4 leaves White's Knight hanging out, watching the game from the bleachers. There could follow

Fianchetto Lines

15...Nc4 16 b3 Nxd2 17 Qxd2 Qa5 18 Rac1 Nd7 19 f4 c4! 20 f5 Ne5 [instead 20...g5 21 f6!? confuses the issue], with Black better because he controls the dark squares.

Greenfeld introduced the new idea of 12...Ra7!? in his game with Karolyi in Budapest 1989.

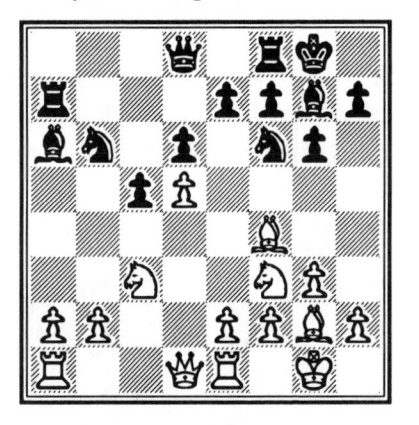

The continuation was 13 Nd2 [or 13 e4 Nh5 14 Bg5 Nc4 15 Qc2 Qa5, is unclear – Greenfeld] 13...Qa8 14 e4 Rb8 15 Qc2 [Black keeps compensation after 15 e5 Nh5 16 Be3 Bxe5 17 Bxc5 Bxc3 18 Bxb6 Rxb6 19 bxc3 – Greenfeld] 15...Ng4! 16 Bf3 Ne5 17 Be2 Bxe2 18 Rxe2 Na4 19 Nxa4 Rxa4 20 Bxe5 Bxe5 21 Nc4 Bg7 22 a3 Rbb4 23 axb4 Rxa1+ 24 Kg2 cxb4 25 Qd3! Rc1 26 Rc2 Rxc2 27 Qxc2, 1/2-1/2. It is clear that 12...Ra7 could use some more tests.

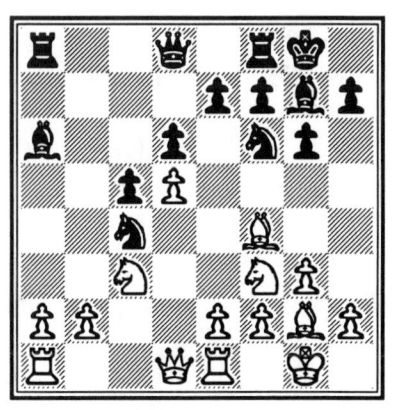

13 Qc1	Qa5
14 Nd2	Rfb8
15 Nxc4	Bxc4
16 Bd2	Nd7
17 b3	Ba6
18 Na4	

Also good is 18 Ne4 Qd8 19 Bc3 Qf8 20 Nd2 Ra7 21 Qb2 [Nikolic prefers 21 f4! Bxc3 22 Qxc3 Qg7 23 Rac1] 21...Rb4 22 Bf1 f5 23 Bg2 Bxc3 24 Qxc3 Qf6 25 Qc1 Ne5 26 a3 Rb8 27 b4 Rc8 28 Qc3 Rac7 29 Rab1 cxb4 30 Qxb4 Rc2 31 Qa5 Qf8? [31...R8c5 32 Qxa6 Rxd2 33 Rec1 – Nikolic] 32 Nb3 Bxe2 33 Nd4 R2c5 34 Qd2 Bd3 35 Rbd1 Bc2 36 Rc1 Nd3 37 Ne6 Qf7 38 Nxc5 Nxe1 39 Ne6, 1-0, P. Nikolic–Greenfeld, 28th Olympiad, Thessaloniki 1984.

18 ...	Qd8
19 Bc3	Qf8
20 Bh3	f5?!

This isn't the way to get counterplay in this opening.

21 Bg2	Nf6
22 Bb2	c4
23 Bd4	Ne4

23...cxb3 24 axb3 Rxb3 25 Nb6 Ra7 26 Ra4 Qb8 27 Nc8! Rc7 28 Nxe7+ Rxe7 29 Rxa6 is very good for White, but 23...Nd7 24 Bxg7 Qxg7 25 Rb1 keeps White's advantage to manageable levels.

24 Qe3

Even stronger is 25 Bxg7! Qxg7 26 Qe3.

24 ...	Bxd4
25 Qxd4	

White is in complete control, P. Nikolic–Vaganian, Sarajevo 1987. The conclusion was 25...Qf6 26 Qe3 Bb5 27 Bxe4 Bxa4 28 bxa4 fxe4 29 Qxe4 Rxa4 30 Rab1 Rba8 31 Rb7 c3 32 Qe3 Rc4 33 Rxe7 c2 34 Rc1 Rf8 35 Rb7 Kh8 36 f3 [36 Qh6 mates] 36...Rfc8 37 Kf1 R4c7 38 Rxc7 Rxc7 39 Qf4 Qd8 40 Qd4+ Kg8 41 Qe4 Qb8 42 Qe6+ Rf7 43 Kg2 Qc7 44 Qe4 Re7 45 Qd3, 1-0.

C.2.   10 ...   O-O

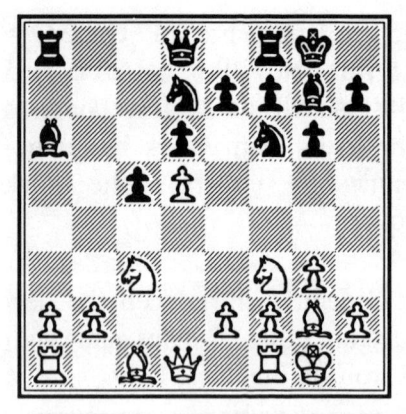

In this very important position, White has tried the following ideas: **C.2.a. 11 Qc2; C.2.b. 11 h3; C.2.c. 11 Re1; C.2.d. 11 Bf4!**

C.2.a. 11 Qc2

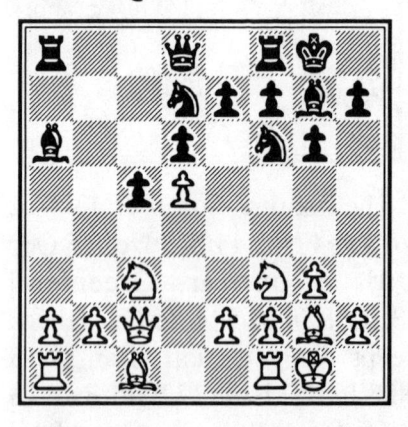

Black's three main choices now are: **C.2.a.1. 11...Qa5; C.2.a.2. 11...Qb6; C.2.a.3. 11...Ra7.**

One other possibility is: 11...Qc7 12 Rd1 Rfb8 13 Rb1 [13 h3 Nb6 14 Nd2 Nfd7 15 Rb1 Nc8 16 b3 Qa5 17 Bb2 c4 18 Ba1 cxb3

19 Nxb3 Qc7 20 Nd4, +=, Korchnoi–Gurgenidze, USSR 1957] 13...Qd8 14 b3 Ne8 15 Bb2 Nc7 16 Nd2 Nb5 17 Nxb5 Rxb5 18 Bxg7 Kxg7 19 Nc4 Kg8 20 Qc3 Rb4 21 a3 Rbb8 22 e4 Bb5 23 f4 Rb7 24 e5 Bxc4 25 bxc4 Rab8 26 Rxb7 Rxb7 27 Bh3 Nf8 28 Re1 Qb8 29 exd6 exd6 30 Qf6 Rb1 31 Rxb1 Qxb1+ 32 Bf1, 1/2-1/2, in 51, Hort–Ekstrom, Mendrisio 1986.

C.2.a.1.11 ...   Qa5

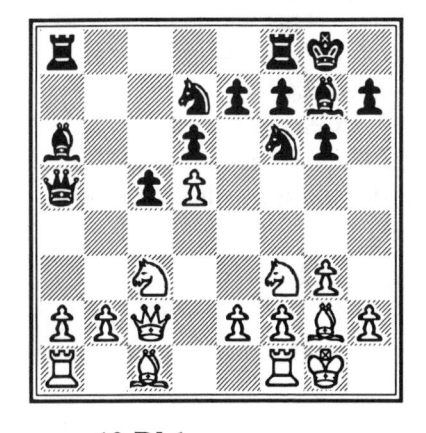

12 Rb1

A perfectly reasonable alternative is 12 Rd1 Rfb8 13 Bd2 Nb6 14 b3 Ne8 15 e4? [15 Rab1! is good for White] 15...c4 16 Na4 Qb5 17 Nxb6 cxb3 18 Qxb3 Qxb6 19 Rab1 Qc7 20 Qe3 Qc2 21 Rbc1 Qxa2 22 Nd4 Qa4, 1/2-1/2, Aevoznik–E. Bilek, Balatonszeplak 1971.

Or 12 Bd2 Rfb8 13 h3 Ne8 14 Rfe1 Nc7 15 b3 c4 16 Rac1 cxb3 17 axb3 Nb5 18 Nxb5 Qxb5 19 Qe4 Re8 20 Nd4 Nc5 21 Nxb5 Nxe4 22 Bxe4 Bxb5 23 Rc2, +=, 1/2-1/2, 36, Donner–Browne, Wijk aan Zee 1975.

12 ...   Rfb8

12...Nb6!? 13 Rd1 Nc4 14 Nd2 Nd7 15 Bh3?! [Weak, but 15 Nxc4 Bxc4 is fine for Black] 15...Ndb6 16 a3 Nxd2 17 b4 Nxb1! 18 Qxb1 Nxd5 19 Nxd5 cxb4 20 axb4 Qd8 21 Bg5 Re8 22 b5 Bb7, -+, Forintos–Browne, 20th Olympiad, Skopje 1972.

12...Ng4 13 Bg5 Rfe8 14 Qd2 [14 Qc1!?] 14...Nde5 15 Nxe5 Nxe5 16 Bh6 Nc4 17 Qc1 Bh8, and White's queenside is ready to collapse, Babev–Panov, Bulgaria 1974.

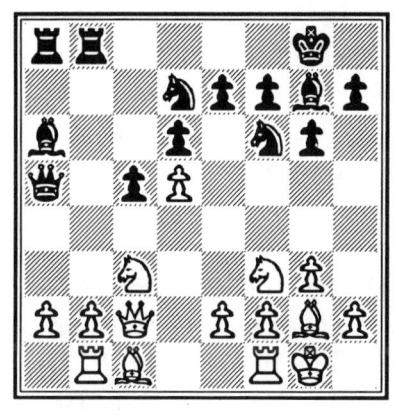

13 Bd2

Other moves are also interesting:

1) 13 Rd1 Ne8 14 Bd2 Ra7 15 Bh3 Qd8 16 b3 Nc7 17 a4 Rab7 18 e4 Ne5 19 Nxe5 Bxe5 20 Na2, Forintos–Anikaev, 1974. White threatens 21 b4, and Black is in trouble.

2) 13 Bg5 Nb6 14 Rfd1 h6 15 Bd2 Nc4 16 Be1 Ne8 17 Qc1 Bc8 18 b3 Na3, Zheliandinov–Shereshevsky, USSR 1974. Black has a good position. He refutes 19 Na4 by 19...Qxa4 20 bxa4 Rxb1 21 Qd2 Nc4 22 Qd3 Bf5!

13 ...   Nb6

13...Qc7 14 Rfc1 Bc4 15 b3 Bxd5 16 Nxd5 Nxd5 17 Ne1 e6 18 a4 Qa7 19 Nd3, Ivkov–Miles, Novi Sad 1975. Now Black can try 19...Ne5 20 Nf4 Nxf4 21 gxf4 [21 Bxf4 d5 22 Qxc5 Qxc5 23 Rxc5 Rxa4] 21...Ng4 22 Bxa8 Qxa8 23 h3 Nf6, with good play for the exchange.

13...Ng4 14 h3 Nge5 15 Nxe5 Nxe5 16 b3 Qa3 17 Bc1 Qa5 18 Bd2 Qa3 19 Qc1 Bc8 20 Qxa3 Rxa3 21 Rfc1 Bf5, = +, Ivkov–Lakic, Yugoslavia 1976.

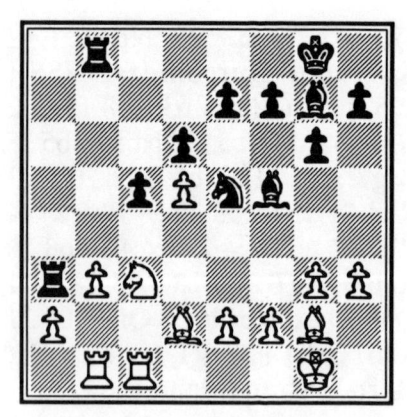

White must avoid 22 e4? Bxh3 23 Bxh3 Nf3 +, while 22 Ne4 drops the a-pawn and 22 Rb2 loses to 22...Nc4. That leaves 22 Ra1, when Black has 22...c4! If 23 f4, then 23...cxb3 24 axb3 Rxa1 25 Rxa1 Nd7 26 e4 Rc8 27 Rc1 Nc5! 28 Ne2 Nxb3 29 Rxc8 + Bxc8 30 Be3 produces a drawish endgame.

14 b3	Qa3
15 Bc1	Qa5
16 Rd1	Ne8

16...Bc8!? is possible.

17 Bb2	Nc7
18 e4	Nd7
19 Bh3	

White has the better chances, Zaltsman–Benko, Lone Pine 1981. However, after 19...Bc8, Black is not without counterplay.

Fianchetto Lines

C.2.a.2.11 ...   Qb6

12 Rd1

12 Rb1?! Rfb8?! [Bad is 12...Bc4? 13 Nd2! However, Black's strongest move is 12...Qb7! 13 Bg5 (13 Rd1 Bc4! 14 Nd2 Bxa2 15 Ra1 Bxd5!) 13...Nb6 14 Bxf6 Bxf6 15 Rfd1 Bxc3 16 bxc3 Bc4 17 Rb2 Qa6 18 Qe4 Qa4 19 Rdb1 Bxd5 20 Qxe7 Nc4, and Black stood well in Jacobsen–Westerinen, Linkoping 1969] 13 b3 Ne8 [13...Ng4 14 Bb2 c4 15 Ba1 Qc5 16 h3 cxb3 17 axb3 Nge5 18 Rfc1, +=, Cooper–Biriescu, Teesside 1973] 14 Nd2 Qa5 15 Bb2 c4 16 Rfc1 Ne5 17 Ba1 Rb4 18 bxc4 Nxc4 19 Rxb4 Qxb4 20 Nxc4 Bxc4 21 Bh3! [+=] Nc7 22 e4 Bd4? [22...Na6! 23 Bd7 Nc5 keeps Black in the game] 23 Bd7 Na6 24 Bc6 Ra7 25 Rb1 Qa5 26 Nb5!

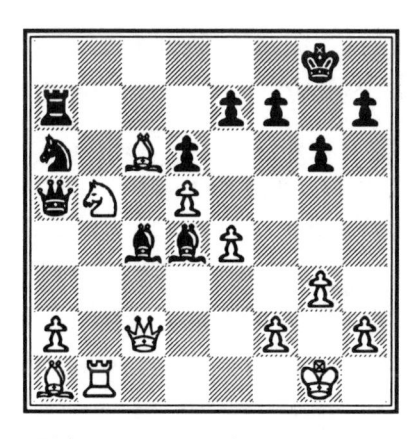

Things are hanging all over the place! 26...Bxa1 27 Qxc4, 1-0, Korchnoi–Quinteros, Interzonal, Leningrad 1973.

12 ...   Rfb8
13 Rb1   Ne8!?

Black has also tried:

13...Qb7 14 b3 Ng4 15 e4 Qb4 16 Ne2 Ndf6 17 Ne1 c4 18 Nd4 Nxd5? [Hoping for 19 exd5? Bxd4 20 Rxd4? Qxe1 +] 19 Nc6 cxb3 20 Rxb3 Nc3 21 Rxb4 Rxb4 22 Bf3 Nxd1 23 Nxb4 Ndxf2 24 Bxg4 Nxg4 25 Nxa6, 1-0, Buckley–Plaskett, England 1988.

13...Ng4 14 h3 [14 Bd2 Nge5 (14...c4!?) 15 Nxe5 Nxe5 16 b3 Bc8 17 h3 Qa6 18 f4 Nd7 19 e3 Qa3 20 Na4 Nb6 21 Nxb6 Rxb6 also leaves Black with adequate play, Vukic–Bukic, Sarajevo 1973]

14...Nge5 15 Nh2?! [15 Nxe5] 15...Nc4 16 Ng4 Qb4 17 Bh6 Bh8 18 Qe4 Nde5 19 Nxe5 Bxe5 20 Qh4 Nxb2 21 Ne4 f5 22 Bc1 fxe4 22 Rd2 e3 23 Qxb4 Rxb4 24 Rdxb2 Bxb2 25 Rxb2 Rxb2 26 Bxb2 Rb8, 0-1, Zaltz–Bukal, Berlin 1984.

14 Bg5	Qd8
15 Bf1	h6
16 Bd2	Nc7
17 b3	Nb6
18 e4	Bxf1
19 Kxf1	Qd7
20 Re1	Kh7
21 Kg2	e6!

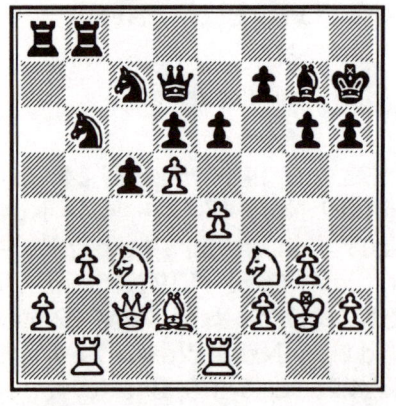

White has consolidated his queenside, so Black looks for counterplay elsewhere.

22 dxe6	Nxe6
23 Ne2	d5
24 Nf4	dxe4
25 Rxe4	Nd4

26 Nxd4   cxd4

Black's King is very safe and his passed d-pawn gives him counterplay. Vukic–Benko, Sarajevo 1967, continued 27 a4? Qb7! 28 f3 Nxa4 29 Rbe1 Qxb3 30 Qxb3 Rxb3 31 Re7 Rb2 32 R1e2 Nc3 33 Bxc3 bxc3 24 Rxf7 Raa2 35 Kf1 g5 36 Rxg7+ Kxg7 37 Ne6+ Kf6 38 Nd4 Rxe2 39 Nxe2 Ra1+, 0-1.

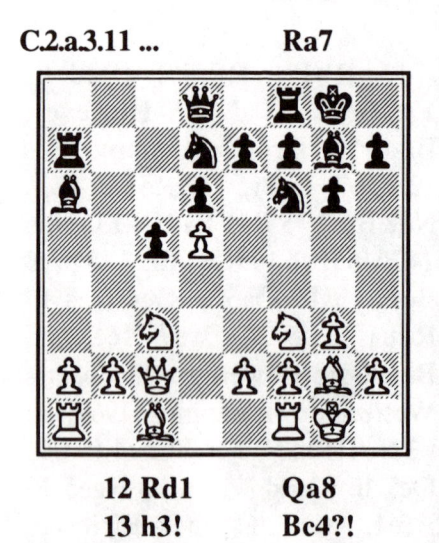

C.2.a.3.11 ...   Ra7

12 Rd1	Qa8
13 h3!	Bc4?!

This is based on a faulty concept. Instead, 13...Rb8 or 13...Nb6 is indicated.

14 a3   Rb8

The d5 pawn is taboo:

14...Nxd5?? 15 Nd2 wins, or 14...Bxd5 15 Nxd5 Nxd5 16 Nd2, with Nd2-c4 and e2-e4 to follow.

15 Nd2   Ba6

The Bishop's mission failed.

16 b3!   Ne8

To get counterplay, Black must induce e2-e4. Therefore 16...Nb6! makes more sense.

17 Bb2   Nc7
18 a4!

Stopping ...Nc7-b5-d4. White has the edge.

18 ...   Qb7?!

18...Bb7!? is better.

19 Rab1	Qc8
20 Ba1	Rab7
21 Kh2	Ne5?!
22 f4	Nd7
23 e3	Qe8
24 Re1	Ra7
25 Nd1!	

Black was slowly suffocated in Barbero–Fedorowicz, Montpellier 1987.

C.2.b. 11 h3

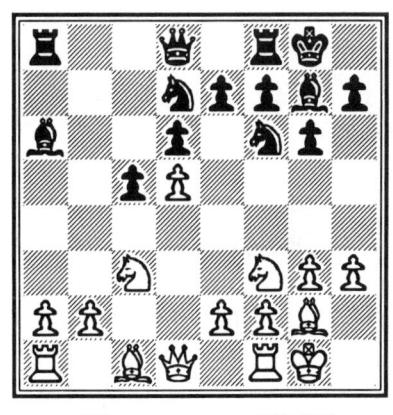

11 ...   Nb6!?

11...Qc7 12 Rb1 Nb6 13 b3 Rfb8 14 Bb2 Ra7 15 Re1 Rab7 16 Nd2 Nbd7 17 a3 Qa5 18 Qc2, +=, Popov–Markland, 21st Olympiad, Nice 1974.

12 Nd2

Tukmakov now claims "+=", but further play does not bear this out.

Poor is 12 Rb1?! Bc4 13 Nd2 Bxa2, =+, Estevez–Vasiukov, Cienfuegos 1975.

12 ...	Ra7
13 Re1	Qa8
14 e4	Nfd7
15 f4	Bd3
16 e5	

16 Nf3 c4 17 Be3 Na4.

16 ...	Na4
17 Nxa4	

17 Nce4 dxe5 18 d6 Qb8 is unclear.

17 ...	Rxa4
18 Ne4	

18 e6!? Bd4+ 19 Kh2 Nf6 20 exf7+ Rxf7 21 Nf3 Be4 22 Ng5 Bxg2 23 Nxf7 Bxd5 24 Ng5 h6 leads to unclear play, according to Rodin.

18 ...	Bxe4
19 Rxe4	Rxe4
20 Bxe4	dxe5
21 f5	Qa6
22 g4	Rb8 =+

Groiss–Rodin, corr. 1985.

C.2.c. 11 Re1

Now Black has the following: C.2.c.1. 11...Qb6; C.2.c.2. 11...Qa5; C.2.c.3. 11...Qc7.

C.2.c.1. 11 ... Qb6
12 h3

Poor is 12 e4? Ng4! 13 Qc2 Rfb8 14 h3 Nge5 15 Nxe5 Nxe5 16 b3? [16 Rd1 is forced] 16...Nd3 17 Rd1 c4 18 Be3 Qb4 19 Bd2 Qc5 20 Rf1 [20 Be3 cxb3! wins for Black] 20...cxb3 21 axb3 Nb4 22 Qb2 Rc8 23 Qa3 Bxc3 24 Bxc3 Qxc3 25 Rfc1 Qd4 26 Bf1 Rc2 0-1, Aspler–Benko, Vancouver 1971.

Or 12 e4? Ng4 13 h3 Nge5 14 Na4 Qb7 15 Re3 Nxf3+ 16 Rxf3 Bb5 17 Nc3 Bc4 18 Bf1 Bxf1 19 Qxf1 Rfb8 [19...Ne5 20 Re3 Qa6!?] 20 Nd1 Bd4 21 a4 Ne5 22 Rfa3 f5!?

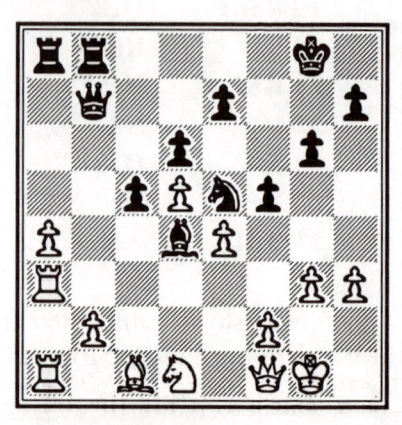

23 Qe2 fxe4 24 Qxe4 Qd7, and Black was better in Karlsson–Akvist, Ekjso 1970.

12 ...	Rfb8
13 Rb1	Ne8
14 Qc2	

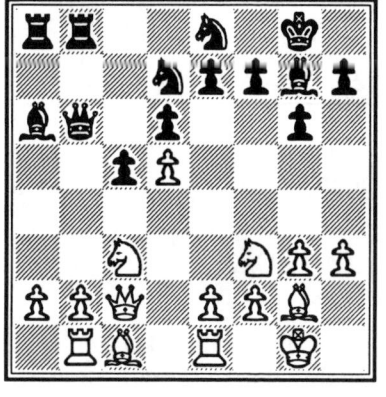

14 ...   Bc4!?

Sharpest. The older 14...Nc7 15 Bg5 Kf8 16 Qd2 Nb5 17 Bh6 Nxc3 18 Qxc3 Nf6 19 Bxg7+ Kxg7 20 e4 gave White the upper hand in K. Grigorian–Georgadze, USSR 1972, but 15...e6!? may improve.

Black certainly does not fear 14...Nc7 15 e4 Nb5 16 Nxb5 Bxb5 17 Re3 Rxa2 18 Ra3 Rxa3 19 bxa3 Qa6 20 Nd2 Bd4 21 Bf1 Bxf1 22 Rxb8+ Nxb8 23 Nxf1 Nd7 24 Bb2 Ne5 25 Kg2 Nd3 26 Bc3 Qc4, 0-1, Thorbergsson–Gheorghiu, Reykjavik 1972, or 17 a3 Ba4 18 Qc4 Bb3 19 Qe2 Ra4 20 Nd2 Ne5 21 Nxb3 Qxb3 22 Qd1 Qxd1 23 Rxd1 Rxa3 24 Bf1 Ra4 25 f4 Nd7 26 Bd3 Rab4, Charpenter–Hook, Panama 1970.

15 Nd2	Bxa2
16 Ra1	Bxc3
17 bxc3	Bxd5
18 Rb1	Qc6
19 e4	Be6
20 e5	d5

20...Bd5!? deserves consideration.

21 Rxb8   Rxb8

Speelman–W. Watson, Commonwealth Championship, London 1985. Black has an excellent position. The continuation was 22 c4 Nb6 23 Nf1 Qc8 24 cxd5 Nxd5 25 Qd2 Nb4 26 Qh6 Nd3 27 Rd1 c4 28 Bg5 Qc5 29 Ne3 Qxe5 30 Bxe7 Qg7 31 Qh4 Qb2 32 Rf1 Rc8 33 Bd5 Qe5 34 Bxc4 Bxc4 35 Nxc5 Qe6 36 Nd2 Ne5, 1/2-1/2. One has the feeling that Black missed some good winning attempts along the way.

C.2.c.2.11 ...   Qa5

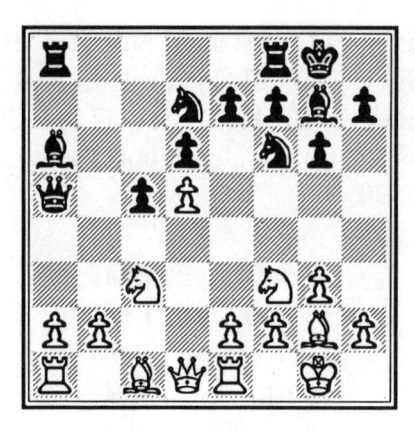

12 h3

12 e4?! Ng4 13 h3 Nge5 14 Nxe5 Nxe5 15 Bf1 Rfb8 16 Bxa6 Qxa6 17 Kg2 Nd3, -+, Mista–Spiridonov, Cienfuegos 1972.

12 Bd2 Rfb8 13 Qc1 Qb6 14 b3 Bb7 15 e4 Ng4 16 h3 Nge5 17 Nxe5 Nxe5 18 Qc2 Ba6 19 Na4 Qb7, and Black was O.K. in Nikolic–Lakic, Banja Luka 1981.

12 ...	Rfb8
13 e4	Ne8
14 h4	Nc7
15 h5	Nb5
16 Ne2	Bc8
17 h6	Bh8
18 a4	Qb6

The game is unclear, Ragialis–Lukin, USSR 1973.

C.2.c.3.11 ...   Qc7!?

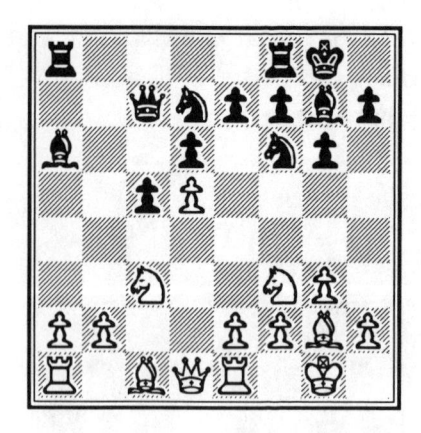

The safest square. Black's Queen stays out of harm's way.

12 Qc2

Black is getting play against d3 after this. The alternatives are:

1) 12 e4? Ng4 13 Bf1 Bxf1 14 Rxf1 Rfb8, with no problems for Black in Rohrl–Toran, Paignton 1970.

2) 12 Bd2 Nb6 13 Bf4 Rfb8 [13...Nc4!?] 14 b3 Ng4 [14...Bb7!?] 15 Bd2 Nc8 16 h3 Ne5 17 Nxe5 Bxe5 18 Rb1 Na7 19 Qc2, Spassky–Szabo, Goteborg 1971. Black's minor pieces are on very strange squares. Some authorities recommend 19...c4, when 20 b4 Nb5 21 a4 Na3 wins the exchange but probably favors White. Perhaps 20 a4!? is best, screwing up the Knight at a7. Black has com-

pensation, but it's somewhat iffy.

3) 12 h3 Nb6 13 e4 Nfd7 14 Qc2 Nc4, 1/2-1/2, in Szabo–Toran, Kapfenberg 1970.

4) 12 Rb1 Rfb8 13 h3 Ng4 14 Qc2 Nge5 15 Nxe5 Nxe5 16 b3 c4 17 b4 Nd3!, -+, Rodriguez–Bellon, Torremolinos 1975.

12 ...	Rfb8
13 Bf1	Qc8
14 e4	Ng4!
15 Bxa6	Qxa6
16 Bf4	Nge5
17 Nxe5	Nxe5
18 Bxe5	Bxe5
19 Re2	Rxb2

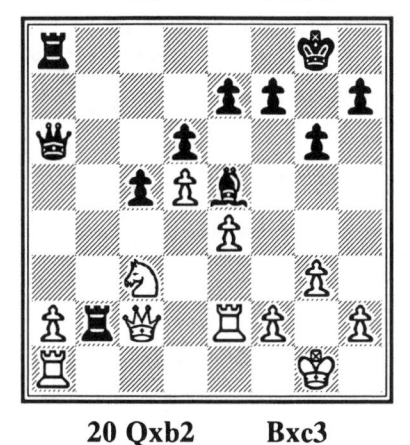

20 Qxb2	Bxc3
21 Qxc3	Qxe2

Black regains the gambit pawn with advantage, Trikaliotis–Toran, 19th Olympiad, Siegen 1970.

C.2.d. 11 Bf4!

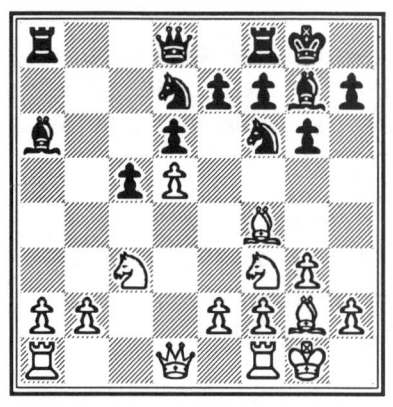

White aims for GM P. Nikolic's favorite formation. Compare C.1.c. on p. 25.

11 ...   Qb6!?

After 11...Nb6 12 Re1 Nc4 13 Qc1 Qa5 14 Nd2 Rfb8 15 Nxc4 Bxc4 16 Bd2, White will post his Bishop on c3.

12 Rb1   Qb7
13 Re1!

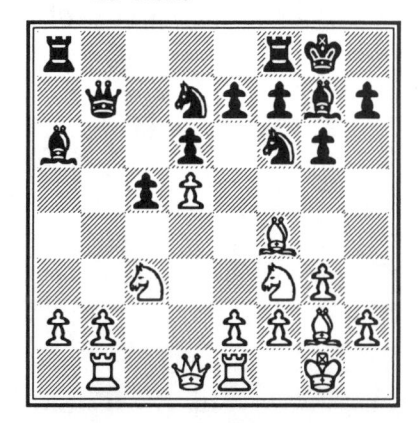

13 ... Bc4!?

Better is 13...Rfb8, when 14 b3 allows 14...Ng4 and ...c5-c4, with activity. After 13...Rfb8, Wilder analyzes 14 h3 Bc4 15 b3 Bxd5 16 Nxd5 Nxd5 17 Ne5 dxe5! 18 Bxd5 Qc7 19 Bxa8 exf4 20 Bg2 fxg3 21 fxg3 Bc3! 22 Rf1 Bd4+ 23 Kh2 h5, with reasonable compensation for the exchange.

14 b3   Bxd5
15 Nxd5   Qxd5

Not 15...Nxd5? 16 Ne5! N7f6 17 Ng4 e6 18 Nxf6+ Bxf6 19 Bxd6 Rfd8 20 Bxd5, with an extra pawn.

16 Nd2   Qh5
17 Bxa8   Rxa8
18 a4   e5
19 Be3   d5
20 f3   Re8

Insufficient is 20...d4 21 Bf2 Nd5 22 Qc2.

21 Bf2   e4

22 fxe4   dxe4?

Black maintains a strong bind with 22...Ng4 23 Nf1 Rxe4.

23 Nf1   Ne5
24 Qc2!   Qh3?
25 Bxc5   Rc8
26 b4   Bf8
27 Rec1   Qf5
28 a5!   Nfg4
29 a6   Bxc5+
30 bxc5   Qf2
31 Kh1   Qf5

Browne gives 31...e3 32 a7 Nf3 33 exf3 e2 as Black's last chance, though he still falls after 34 Qxe2 Qxe2 35 fxg4 Qe4+ 36 Kg1 Qa8 37 Ra1 Rc7 38 c6 Rxa7 39 c7.

32 a7   Nc6
33 Qa4
1-0

Lalich–Wilder, Saint John 1988.

Chapter 2

Main Lines

1 d4	Nf6
2 c4	c5
3 d5	b5
4 cxb5	a6
5 bxa6	g6

We covered 5...Bxa6 in Chapter One, page 3. The only other alternative is the rarely seen 5...d6, with the logical follow-up 6 Nc3 g6 7 e4 Bg7 8 Bb5+ Nfd7:

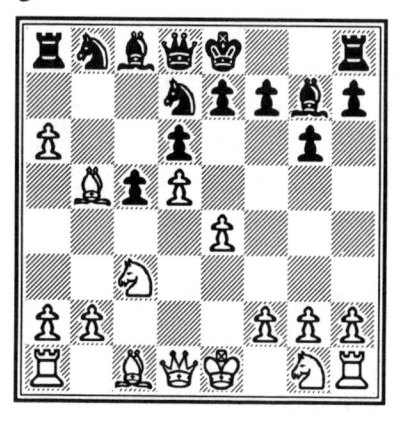

This succeeded for Black in the wild game Hertneck–Plaskett, Lucerne 1985: 9 Nge2 O-O 10 O-O Nxa6 11 a4 Nc7 12 Bg5 Ne5 13 f4 Nxb5 14 axb5 Rxa1 15 Qxa1 Nc4 [15...h6 is possible when 16 Bh4 is met by 16...Nc4 and 16 fxe5 is answered by 16...hxg5 17 exd6 exd6 – Murey] 16 Qa7 Re8 17 h3?! [17 f5 Bd7 is unclear] 17...f5 18 e5?! h6 19 Bh4 dxe5 20 Qxc5 Nxb2 21 Rb1 Nd3 22 Qc4 Nxf4 23 Nxf4 exf4 24 d6+ Kh7 25 Bxe7 Qb6+ 26 Kf1! f3 27 g3?? [27 Nd5! fxg2+ 28 Kxg2 Bb7 29 Kf1 Bxd5 30 Qxd5 Qe3 keeps matters very unclear] 27...Qe3 [Now Black is winning] 28 Nd1 Qe5 29 Kf2 Be6 30 Qd3 Ra8 31 d7 Ra2+ 32 Rb2 Rxb2+ 33 Nxb2 Bxd7 34 Ba3 Bxb5 35 Qxf3 Qc7 36 Nd1 Bd4+ 37 Ke1 Qa5+, 0-1, Hertneck–Plaskett, Lucerne 1985.

However, stronger is 9 a4 O-O 10 Nf3 Bxa6 11 Bg5 f5 12 O-O h6 13 Bd2 Ne5 14 Nxe5 dxe5 15 exf5 gxf5 16 Qh5 Qd6 17 g4!, +-, Formanek–Plaskett, Hastings 1985-86.

6 Nc3	Bxa6
7 e4	

Often White will play 7 Nf3,

when 7...d6 8 e4 transposes into lines that will be considered later. However, after 7 Nf3 d6, White can give the game an individual character by playing 8 Nd2 Bg7 9 e4.

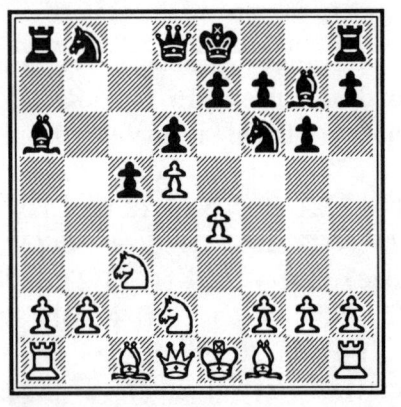

White wants to retain the possibility of castling after the exchange of Bishops; he will meet 9...Bxf1 by 10 Nxf1, then follow with Nf1-e3 and O-O. From e3, the Knight can hop to c4. This was a popular system for White in the early 1970's, but has gone completely out of fashion.

Taimanov–Benko, Wijk aan Zee 1970, one of Benko's few losses with the gambit, went 9...Bxf1 10 Nxf1 O-O 11 Ne3 Na6 12 O-O Nd7 13 Qe2 Qc7 14 Bd2 Qb7 15 Rab1 Nc7 16 b3 e6 17 a4 Rfe8 18 Nc4 Qa6 19 Qf3, +=, 1-0 in 58. Improvements are easily found. Vukic–Bukic, Yugoslavia 1972, varied with 11...Nbd7 12 O-O Qb6 13 Qc2 Rfb8 14 Rb1 Ne8 15 Bd2 Qa6 16 b3 Nc7 17 a4 Nb6 18 Rfc1 Rb7 19 Ncd1 e6 20 Nc4, +=, but 17...Ne5!? equalizes. Or Black can disrupt White's maneuvers with 10...Qa5, threatening 11...Nxe4. Then 11 Bd2 O-O 12 Ne3 Nbd7 13 O-O Qa6 14 Qc2 c4 15 Ne2 Nc5 16 Ng3 Rfc8 17 Bc3 Qa4, =, Spassov–Tringov, Varna 1973, is harmless. And 11 Nd2 Nfd7 [or 11...O-O 12 O-O Nbd7 13 Nc4 Qa6 14 Qe2 Rfb8 15 Re1 Rb4 16 Na3, =, O'Kelly–Damjanovich, Olomouc 1972] proved satisfactory for Black after both 12 O-O O-O 13 Qe2 Bxc3 14 Nb3 Qa6 15 Qxa6 Nxa6 16 bxc3 Nc7 17 Bh6 Rfb8 18 Rfb1 Nb5 19 Bd2 Na3, =+, Romm–Damjanovich, Netanya 1973, and 12 Qc2 Qa6 13 a4 O-O 14 Nb5 Qb7 15 Nc4 Na6 16 O-O Nb4 17 Qb3 f5!, Kraidman–Damjanovich, Netanya 1973.

Black can also deviate at move 9. Not so good is 9...Qa5 10 Bxa6 Qxa6 11 Qe2 O-O [11...Nbd7 12 Qxa6 Rxa6 13 Nc4 O-O 14 f3 Rb8 15 Kd1! Rb4 16 Ne3 Ne5 17 Kc2, intending Bc1-d2 and Rh1-b1, +-, Toth–Bukal, La Spezia 1973] 12 Nb5! Nbd7 13 a4 Rfc8 14 Nc4 Ne8 15 Ra3 Nc7 16 Nxc7 Rxc7 17 Bd2 Nb6 18 b3 Rb7 19 Na5 Rc7 20 Qxa6 Rxa6 21 Ke2, +-, Kuzmin–

Stein, USSR 1972.

But 9...O-O is an excellent alternative. Examples are 10 Nc4 Nfd7 11 Be2 Nb6 12 Ne3 Bxe2 13 Qxe2 Na4 14 Ncd1 Qa5+ 15 Bd2 Qa6, with compensation; 10 Be2 Nfd7 11 O-O Qa5 12 Bxa6 Nxa6 13 Nc4 Qb4 14 Qe2 Nb6 15 Nxb6 Qxb6 16 Nd1 Nc7, with compensation, Benko-Chellstorp, US Open, Ventura 1971; and 10 Bxa6 Nxa6 11 O-O Nd7 12 Nc4 [or 12 Qe2 Nb6 13 Nf3 Nc7 14 Rd1 Na4 15 Nxa4 Rxa4 16 b3 Bxa1 17 bxa4 Bg7 18 Qc2 Qd7 19 Bd2 Rb8, =, Ghitescu-Benko, 19th Olympiad, Siegen 1970] 12...Nb6 13 Ne3 [13 Qe2 Nxc4 14 Qxc4 Qb6 15 Nd1 Nb4 16 a3 Qa6 17 Ne3 Nd3 18 Rb1 Rfb8 19 Qc2 Qb5, Tatai-Browne, Malaga 1970, gives Black enough compensation] 13...Qc7 14 Bd2 Rfb8 15 Qe2 c4 16 Rfc1 Nc5 17 Nxc4? [17 Be1 is unclear] Nxc4 18 Qxc4 Rxb2 19 Be3 Qb7, -+, Soos-O. Jakobsen, Stockholm 1971/72.

If this does not appeal to Black, he can try answering 8 Nd2 with 8...Qa5. White has nothing better than 9 e4 Bxf1 10 Kxf1 [10 Nxf1? Nxe4 drops a pawn] Bg7 11 g3, when Black gets good chances from 11...O-O, 11...Nbd7, or 11...Qa6+ 12 Kg2 O-O.

| 7 ... | Bxf1 |

It is very illogical not to capture on f1. One example will suffice: 7...d6 8 Bxa6 Nxa6 9 Nf3 Bg7 10 O-O O-O 11 Re1 Qb6 12 e5 dxe5 13 Nxe5 Qb7 14 Bg5 Qxb2 15 Qf3 Nb4 16 d6 exd6 17 Nc4 Qxc3 18 Qxc3 Ne4 19 Qxg7+ Kxg7 20 Rxe4 d5 21 Rh4 Rfe8 22 Bh6+ Kg8 23 Ne3 d4 24 Ng4 Re6 25 Bg5 Nd5 26 Kf1 h5 27 Nh6+ Kg7 28 g4 hxg4 29 Rxg4, 1-0, Seirawan-Alburt, World Active Chess Championship, Mazatlan 1988.

| 8 Kxf1 | d6 |

Forced. Otherwise 9 e5 becomes annoying.

Now White has the choice of four plans: **A. 9 f4!?; B. 9 g4!?; C. 9 Nge2; D. 9 Nf3.**

A. **9 f4!?**

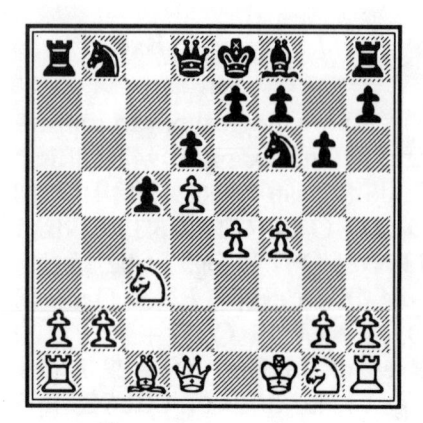

White hopes to advance in the center with an eventual e4-e5 push. The problem with 9 f4 is that it uses up a tempo and weakens the kingside. Nowadays the move is almost never seen.

In Hoi–Hodgson, Copenhagen 1985, White tried this idea in a somewhat different form: 9 g3 Bg7 10 Kg2 O-O 11 f4 Nbd7 12 Nf3 Qb8 13 Re1 Ne8! 14 Re2 Nc7 15 e5 Qb7 16 exd6 exd6 17 f5 Bxc3 18 bxc3 Nxd5 19 Qc2 Ne5 20 Qe4 Ra4! 21 Qxa4 Nxc3 22 Rxe5 Nxa4 23 Re1 Qd5 24 Bf4 Nb2 25 Bh6 Ra8 26 fxg6 hxg6 27 a4 Nd3 28 Red1 c4 29 Rd2 c3 30 Rc2 Rb8, 0-1.

9 ...	Bg7
10 Nf3	O-O
11 g3	Na6

Dubious is 11...e6?! 12 dxe6 fxe6 13 Kg2 Nc6 14 Re1 Ne8 15 Be3 Rb8 16 Qd2 Qa5 17 Rac1, +-, Gerusel–Schaufelberger, Luxemburg 1971. However, 11...Nbd7 12 Kg2 Qb8 13 Re1 Ne8, as in Hoi–Hodgson above, can be considered.

12 Kg2	Qb6
13 Re1	

13 e5?! Ne8 14 Qe2 Nec7 15 Rd1 Nb4 16 Be3 Qb7 17 Bf2 dxe5 18 fxe5 Nbxd5 was clearly better for Black in Voiculescu–Ghinda, Rumania 1973.

13 ...	Rfb8
14 Re2	Nb4

Also possible is 14...Nc7!? 15 Qd3?! Qa6! 16 Qxa6 Rxa6 17 Rc2 Nd7 18 Nd2 f5!, = +, Antoshin–Palatnik, Bad Bereburg 1975.

15 Be3

15 a4, intending Nc3-b5, is adequately met by 15...Qa6! 16 Ra3 Qc4 17 Nd2 Qd3, =, Malich–Ciocaltea, Vrnjacka Banja 1977.

15 ...	Qa6
16 Rd2	Qc4
17 Qf1	Qxf1+
18 Kxf1	Nd7 =

Gerusel–Markland, Wijk aan Zee 1973.

It is clear that Black has nothing to fear from 9 f4.

B.   9 g4!?

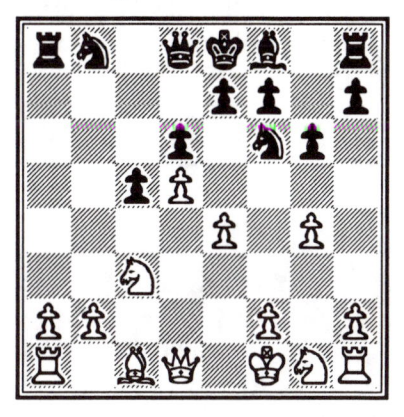

Yasser Seirawan's favorite. This move looks strange, but Black should not underestimate it, as kingside threats could turn up very quickly. A delayed version of this plan was seen in the game Garcia Palermo–Ernst, Malmo 1987-88: 9 Nge2 Bg7 10 f3 O-O 11 g4 Na6 12 Kg2 Qa5 13 Bg5 Rfb8 14 Rb1 Rb7 15 Qd2 Rab8 16 Rhc1 Nb4 17 a3 Na6 18 b4 cxb4 19 axb4 Nxb4 20 Nd4 Rc7 21 Ncb5 Rxc1 22 Rxc1 Qa2 23 Qxa2 Nxa2 24 Rc7 h6 25 Bd2 Nh7 26 Kf1 Ng5 27 Ke2 e5 28 dxe6 Nxe6 29 Nxe6 Rxb5 30 Nxg7 Kxg7 31 Rc2 Nb4 32 Rb2 Nc6 33 Bc3 +, 1-0.

9 ...   Bg7

Black just goes about his business, waiting for White to reveal his intentions. Black has other ideas that deserve attention:

1) 9...h6!? has not been tested in practice. It slows down White's pawn demonstration and may intend ..Qd8-c8, forcing a concession, or simply ...Bf8-g7 and ...O-O.

2) 9...h5!? clarifies the situation on the kingside. Sakovich–Lanka, USSR 1980, continued 10 g5 Nfd7 11 Kg2 Bg7 12 f4 Na6 13 Nf3 O-O 14 Qe2 Qc7 15 Be3 Rfb8 16 Rad1 Qa5 and Black stands better. He has the usual Benko counterplay, and it was very nice of White to weaken his King position as a bonus.

3) 9...Qc8 10 h3 Bg7 11 Kg2 O-O 12 Nge2 Na6 [12...Nbd7!?] 13 Be3 Qb7 14 Qd2 Nc7 15 f3 Rfb8 [15...e6!?] 16 b3 Nb5 17 Rac1 Nd7 18 Nxb5 Qxb5 19 Rc2 Ne5 20 Nc1 Qa6 [20...c4!? seems like counterplay] 21 Rf1 Rb4?! [21...c4!] 22 Rf2 Rab8 23 Qe2 Qxe2 24 Rfxe2 h6? [Black's problem in this game is his inability to pull the trigger on the push ...c5-c4] 25 f4 Nd7 26 Kf3 R4b7 [Black's numerous missed opportunities finally catch up with him as he starts getting pushed

back] 27 Nd3 Rf8 28 Bd2 f5 [A sure sign of desperation] 29 exf5 gxf5 30 Rxe7 fxg4+ 31 hxg4 Rf7 [31...Ne5+ 32 Nxe5 Rxe7 33 Ng6 doesn't change Black's predicament] 32 Re6 Bf8 33 f5 h5 34 Bg5 hxg4+ 35 Kxg4 Rg7 36 Rh2 Rb5 37 f6 Rf7 38 Kf5 Nb6 39 Nf4 c4 40 bxc4 Nxc4, 1-0, Seirawan–D. Gurevich, NY Open, New York City 1987. Well played by White, but Black's passivity helped a great deal.

10 Kg2

10 f3 led to a quick death in Visier–Benko, Malaga 1969 after 10...O-O 11 Nge2 e6!

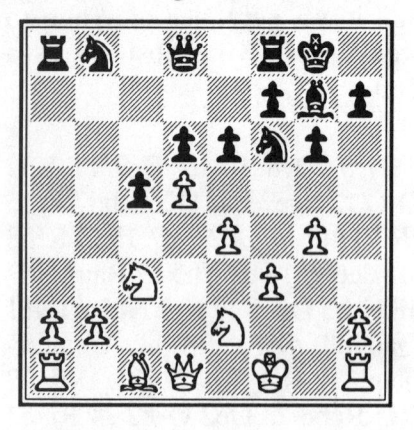

12 Kg2 exd5 13 Nxd5 Nc6 14 Nec3 Nxd5 15 exd5 [15 Nxd5!? was better] 15...Nb4! 16 h4 f5! 17 g5 [17 Bg5 Qd7 isn't an improvement] 17...c4 18 a3 Nd3 [Black's pieces filter into White's position.

The end is near.] 19 Rb1 Qb6 20 Qc2 Rfe8, and White said, "No Mas." Benko gives 21 Kg3 Be5+ 22 Kg2 Bxc3 23 bxc3 Qc5!, winning.

Before 10 Kg2 gained popularity, White's main move was 10 g5.

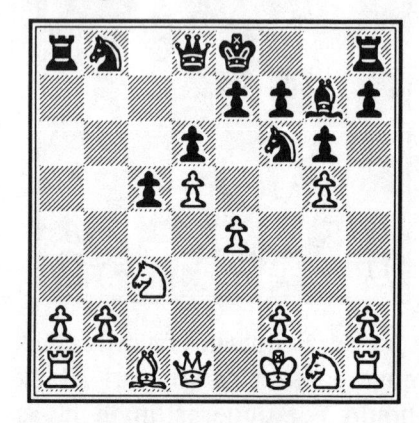

Possible is 10...Nfd7, encouraging h2-h4-h5. However, Black usually stops this advance by 10...Nh5, with these possibilities:

1) 11 Kg2 O-O 12 Nge2 f5!? [12...Qc8!?] 13 gxf6 [13 Ng3 f4 14 Nxh5 f3+! favors Black. Adrian recommends 13 exf5 Rxf5 14 Ng3 Nf4+, with an unclear position] 13...Rxf6 14 Bg5 Rf7 15 Qd2 Qf8! 16 Raf1?! Nd7 [= +] 17 f4? Nb6 18 Ng3 h6 19 Nxh5 Bxc3 20 Qxc3 hxg5 21 Ng3 gxf4 22 Ne2 Rxa2 23 Qb3 Ra4 24 Nc3 Rb4 25 Qc2 Nc4, 0-1, Haik–Hauchard, Val Thorens

1988.

2) 11 Nge2 Qc8 12 Kg2 Qg4+ 13 Ng3 Nf4+ 14 Bxf4 Qxf4 15 h4 O-O 16 Rh3

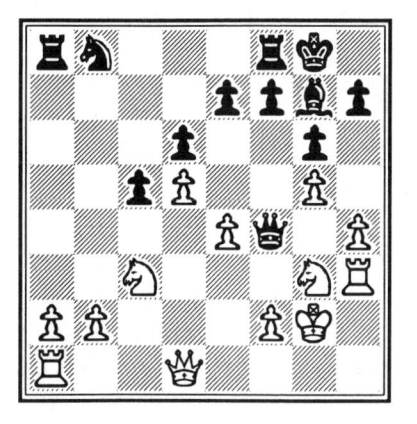

16...Bxc3! [16...Na6? led to trouble in Knaak–Pokojowczyk, Polnica Zdroj 1979, after 17 Nge2 Qg4+ 18 Rg3 Qd7 19 h5 c4?! (White gets an attack even after the better 19...Rfb8 20 hxg6 hxg6 21 Qh1 Rxb2 22 Rf1) 20 Qh1 Rfb8 21 hxg6 hxg6 22 Qh4 Nc5 23 Rh1 Nd3 24 Rgh3 f6 25 Qh7+, 1-0] 17 bxc3 f6! 18 Qe2 fxg5 19 hxg5 Nd7 20 a4 Ne5 21 Nf1 c4 22 Qe3 Nd3 23 Ra2 Qe5 24 Rf3 Rxf3 25 Kxf3 Qxc3 26 Kg2 Qb3 27 Ra1 Qb2 28 Rd1 Rxa4 29 Rd2 Qe5 30 Kh3 Ra3, 0-1, Baumbach–Despotovich, corr.

3) 11 Nge2 Qc8 12 Kg2 h6!? 13 gxh6 [Neither 13 h4 Nd7 14 Ng3 Nxg3 15 Kxg3 c4!, -+, nor 15 fxg3 Bxc3 16 bxc3 h5!? 17 Bf4 c4 18 Qd4 O-O, -+, worries Black] 13...Bxh6 14 Bxh6 Rxh6 15 f3 Nd7 16 Qd2 Rh7 17 h3 c4 18 Nd1 Ne5 19 Nf2 g5! 20 a4 f6 21 a5 Kf7 22 Ra3 Ng6 23 Kf1 Qa6 [23 Ngf4!?] 24 Ke1 Rhh8 25 Kd1 Rab8 26 Nd4 Nhf4 27 Kc2 Ne5 28 Kb1 Rhc8 [28...Rb7] 29 Rc1 c3! 30 Rcxc3 Rxc3 31 Rxc3 Nc4 32 Rxc4 Qxc4 33 Nc6 Rb3 34 Qc2 Qf1+ 35 Ka2 Rxf3 36 e5! [=] Ng6 37 Nd8+ Kg7 38 Ne6+ Kh7 39 Nf8+ Kg8 40 Qxg6+ Kxf8 41 Qh6+ Kg8 [Not 41...Ke8?? as 42 Qh5+ picks off the Rook] 42 Qg6+ Kf8 43 Qh6+ Kg8, 1/2-1/2, Seirawan–Alburt, U.S. Championship, Estes Park 1986. Complicated and highly entertaining!

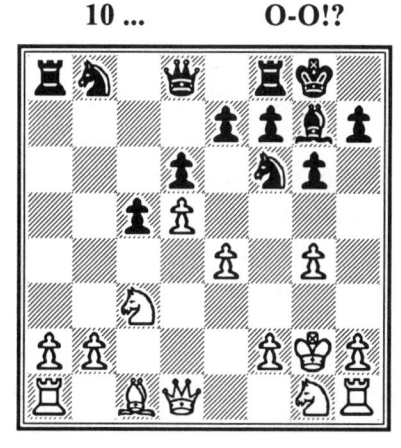

10 ... O-O!?

Seirawan considers this an error, but matters are hardly so cut and dry. In Seirawan–Alburt, NY Open, New York City 1989, Black made a point of delaying castling with 9...Nbd7 10 Kg2 Qb6 11 g5 Nh5 12 Nge2 h6 13 h4 Bg7 14 Rb1 Ne5 15 b3 O-O 16 gxh6 Bh8 17 Ng3 Nxg3 18 fxg3 Qb4 19 Bb2 c4 20 Ba1 Rfc8 21 Rf1 Bf6 22 h5 g5 23 Rxf6 exf6 24 Qf1 Nd7 25 Qf5 Ra7 26 Kh3 cxb3 27 Nb5 Rxa2 28 h7+ Kg7 29 h6+ Kxh6 30 Bxf6 g4+ 31 Qxg4 Nxf6 32 Qf4+ Kg7 33 Qg5+ Kxh7 34 Qxf6 Qxe4 35 Nxd6 Qg2+ 36 Kg4 Ra4+, 0-1. However, White was much better throughout, and should have won this game.

Superior alternatives to 10...O-O are 10...Qc8!? and 10...Nbd7 11 f3 Ne5 12 Nge2 Qc8, followed by ...Qc8-a6, eyeing the d3 square. This last line looks OK for Black.

11 g5

The best follow-up. Against 11 h4, Benko recommends 11...h5! Inferior is 11 h3?! e6 12 dxe6?! [12 Nge2 exd5 13 exd5 Nbd7, =] 12...fxe6 13 e5 Ne8 [As 13...dxe5 mangles Black's pawn structure] 14 exd6 Nxd6 15 Qe2 Qd7 16 f4 Nc6 17 Nf3 Nd4 [Benko suggests 17...Rae8 and ...e6-e5] 18 Nxd4 cxd4 19 Ne4 Qc6 20 Re1 Rfd8 21 Qf3 Nxe4 22 Rxe4 d3 23 Bd2 Bxb2 24 Rd1 Rxa2 25 Rb4 Qd6 26 Kg3 Bf6 27 Qe4 Rxd2! 28 Rxd2 Bc3 29 Rbb2 Bxb2 30 Rxb2 d2 31 Rxd2 Qa3+!, 0-1, Avram–Benko, U.S. Open, Snowmass 1968.

In Seirawan–Fedorowicz, U.S. Championship, Long Beach 1989, Yaz tried 11 f3 Nbd7 12 Nge2. After 12...Qa5 13 Bf4 Rfb8?! 14 Qd2 Ne8 15 Rac1 Ne5? 16 b3 Qa6 17 Bxe5! Bxe5 18 Rc2 Rb4? 19 Nd1, White enjoyed a clear advantage. However, improvements are not hard to find. Instead of 13...Rfb8?!, Black should play the more accurate 13...Nb6! Next, ...Nb6-a4 will swap a pair of Knights, increasing the pressure on the h8-a1 diagonal and weakening a2. Another improvement is 15...c4!? [Instead of the weak 15...Ne5?] 16 Rc2 Nc5 17 Nd4 Bxd4 18 Qxd4 Nd3, with counterplay.

11 ...   Nfd7

11...Nh5 12 Nge2 e5 13 h4 Nd7 14 Qd3 Qe7 15 Bd2 Rae8 16 Rag1! f6 17 Kf1 fxg5 18 hxg5 Rf7 19 Rxh5! gxh5 20 Ng3 c4 21 Qxc4 Qf8 22 Be3 Kh8 23 Rh1 Rf3 24 Kg2 Qf7 25 Qe2 Rf8 26 Nxh5 Nc5 27 Nf6 Bxf6 28 Qxf3 Qg6 29 Qf5 Rg8 30 Qxg6 Rxg6 31 Rh6 Rxh6 32 gxh6 Nd3 33 b3 Kg8 34 a4 Kf7 35 a5 Nb4 36 Na2 Na6 37 b4, 1-0,

Akhsharumova–Abhyanker, 13th Women's Olympiad, Thessaloniki 1988.

12 h4!   Na6?!

12...c4!, eyeing d3, gives Black counterchances.

**13 h5   Qc7
14 Qg4!**

Transferring the Queen to the h-file for attack. White's strategy has succeeded.

**14 ...   Rfb8
15 hxg6   hxg6
16 Qh4   Nf8
17 Nf3   Qd7**

17...Nb4 18 Nh2 Nc2 19 Ng4 Nxa1 20 Nh6+ Bxh6 21 Qxh6 f6 22 gxf6 exf6 2 Qh8+ Kf7 24 Rh7+.

18 Nh2

White will dunk a Knight on f6 or h6. Also good is 18 Nd1 Nb4 19 b3 Nd3 20 Bd2 Bxa1 21 e5 – Yaz.

18 ...   Nb4

18...f5!? [Panic time!] comes under consideration.

**19 Ng4   Nd3
20 Rh3!   Nxc1
21 Rxc1   Rxb2
22 Rch1   Rab8!
23 Nf6+!**

Not 23 Nh6+? Bxh6 24 Qxh6 Qg4+ 25 Rg3 Rxf2+! 26 Kxf2 Rb2+ 27 Kf1 Qf4+!, and Black mates first.

**23 ...   exf6
24 gxf6   Bxf6
25 Qxf6   Nh7
26 Qf4   g5
27 Qg3
1-0**

Seirawan–Belotti, Lugano 1988.

Evidently, 9 g4 is a dangerous system. Black must play actively and get rapid counterplay to equalize.

C.   9 Nge2

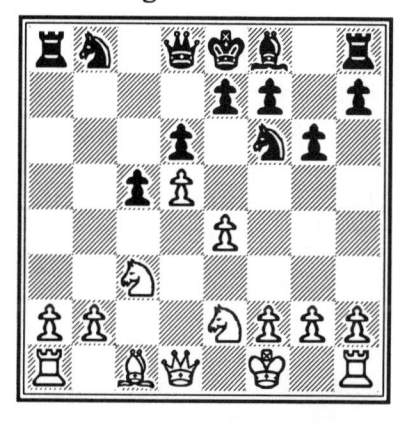

This plan solidifies White's position, but it has the drawback that it virtually eliminates any chance for the e4-e5 break.

9 ...	Bg7
10 g3	O-O
11 Kg2	Qb6

Also perfectly reasonable is 11...Na6!? 12 Rb1 Qd7 13 b3 Nc7 14 f3 Rfb8 15 Qc2 Nb5 16 Nxb5 Qxb5 17 a4 Qa6 18 Nc3 c4!? 19 b4 Nd7 20 a5 Ne5 21 Bd2 Nd3 22 Na4 Bd4 23 b5 Rxb5 24 Rxb5? [24 Qxc4! Rxa5 25 Qxa6 R5xa6, = +] 24...Qxb5 25 Rb1 Qa6 26 Nb6 Rb8 27 Bh6 Bxb6 28 Rxb6?? Rxb6 29 axb6, 0-1, Goldin–Bareev, USSR 1986. Due to 29...Ne1+.

A second alternative is 11...Nbd7 12 Qc2 Ra6 13 Rd1 [13 a4 Qa8? 14 Nb5 Qb7 15 Rd1 Rfa8 16 Nec3, +-, Korchnoi–Borik, Vienna 1986] 13...Qa8 14 b3 [14 Bf4!? Ng4 15 a4!? Nge5 16 Nb5 Rc8 17 Ra3!? is unclear. Perhaps Black should consider 14...Rb8!?] 14...e6!

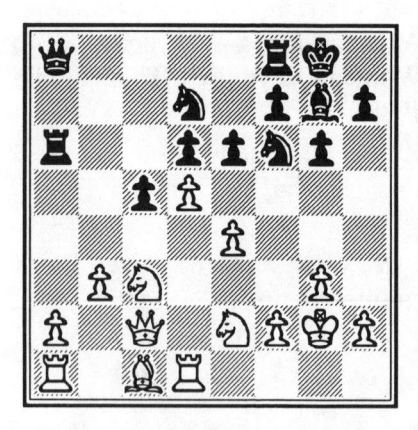

15 dxe6? [Conquest analyzes 15 Bb2 exd5!? (15...Re8!?) 16 Nxd5 Nxd5 17 Bxg7 Nb4 (Or 17...Ne3+) 18 Qb2 Re8 19 f3 d5, unclear] 15...fxe6 16 f3 d5 17 Bb2 [17 Rb1 d4!? 18 Na4 e5, = +] 17...dxe4 18 Nxe4 Nd5 19 Kf2 Ne5 20 Bxe5 Bxe5 21 Rab1? [Black refutes 21 Nxc5 with either 21...Ne3! 22 Qxe4 Nxd1+ or 21...Bxa1 22 Nxa6 Qxa6 23 Rxa1 Qb6+ 24 Ke1 Rxf3. According to Conquest, best is 21 Rac1 Rxa2 22 Qxc5 Bc7 23 Rxd5!?, and White is still fighting] 21...Rxa2 22 Qxc5 Bc7 23 Qb5 Bb6+ 24 Kg2 Ne3+ 25 Kh1 Rxf3 26 Qe5 [26 Qxb6 Rf1+! mates] Nxd1 27 Rxd1 Rxe2 28 Qxe6+ Rf7, 0-1, W. Schmidt–Conquest, Poznan 1986. The recipe for victory is a well timed break with ...e7-e6!

12 Rb1

12 ... Na6

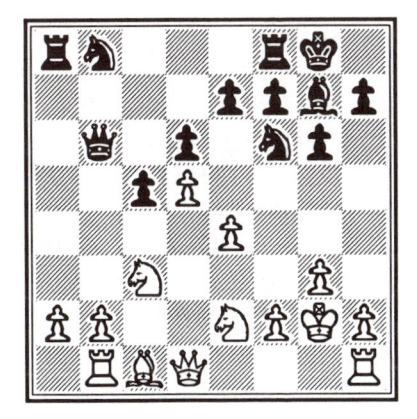

12...Nbd7 13 Bf4 Ng4 14 h3 Nge5 15 b3 Qa6 16 Qd2 Qd3 17 Qxd3 Nxd3, with equal chances, Lebredo-Palatnik, Hradec Kralove, 1981.

13 a3

Gross-Benko, US Open, Snowmass 1968, continued 13 b3 Nc7 14 f3 e6! 15 dxe6 fxe6 16 Be3 Qc6 17 Qd2 [17 b4!? cxb4 18 Rxb4 d5 19 Rb6 Qc4 20 Qb3 Qd3 is good for Black – Benko] 17...d5 18 exd5 exd5 19 Bf4 d4 20 Na4 Nfd5 21 Rhf1 Ne6 22 Rf2 d3!

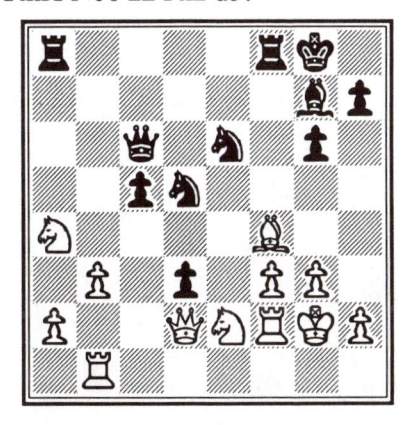

23 Ng1 [23 Qxd3 Rxf4!] 23...Nexf4+ 24 gxf4 Nxf4+ 25 Kh1 Bd4 26 Rff1 Ne2!, 0-1. A perfect illustration of the drawbacks of playing 9 Nge2. White never got a chance for active play.

13 ... Rab8

Threatening 14...Qb3!

14 b3   e6
15 Qd3   Nc7
16 dxe6?!

After 16 Rd1 exd5 17 exd5 Rfe8, Black has an easy game.

16 ...   fxe6
17 Bf4   Rbd8
18 b4   Ng4!
19 Nd1   d5
20 bxc5   Qc6
21 Bxc7

Or 21 Rb6 Qxc5 22 Bxc7 Qxc7 23 Rxe6 Qf7 24 Nf4 g5 25 Qe2 Nxf2 26 Qxf2 gxf4 27 exd5 f3+ 28 Kg1 Rxd5, winning – Sznapik.

21 ...   dxe4!
22 Qb5   Qxc7
23 h3

If 23 Qb7, then 23...Qxc5 24 Rf1 Rxd1 wins.

23 ...	**Rb8**
24 Qa6	**Rxb1**

Black is in complete control. The conclusion of the game Nowak–A. Sznapik, Poland 1986, was: 25 Qxe6+ Qf7 26 Qxf7+ Rxf7 27 hxg4 Rc7 28 Ne3 Rxh1 29 Kxh1 Rxc5 30 Kg2 Ra5 31 Nc4 Ra4 32 Nd6 Be5 33 Nb7 Rxa3 34 Nc5 Ra2 35 Kf1 Ra1+ 36 Kg2 Re1 37 Nf4 Bd4 38 Nce6 Bb6 39 g5 Kf7!, 0-1. Zugzwang!

D.	**9 Nf3**	**Bg7**

Now White has to make a decision about the placement of his King. He can play **D.1. 10 g3** and put it on g2, or he can play **D.2. 10 h3** and place it on h2.

D.1.
10 g3	O-O
11 Kg2	Nbd7

Hort–Bellon, Zurich 1984, saw Black try a different approach with 11...Na6 12 Qe2 [With Black's Queen Knight so far away from the e5 point, 12 Re1 seems more sensible: 12...Qb6 13 Re2 (Poor is 13 e5 dxe5 14 Nxe5 Qb7 15 Qf3 Nb4! 16 Nc6 e6, = +) 13...Rfb8 14 Bf4!? (Thinking of Ra1-b1 and e4-e5!?) 14...Nc7 15 Rb1 Nb5 16 Nxb5 Qxb5 17 b3, and White retains a small plus] 12...Qb6 13 Rd1 Nc7 [With possibilities of ...e7-e6 or ...Rf8-b8 and ...Nc7-b5 to follow] 14 e5 dxe5 15 Nxe5 Qb7! 16 Qf3 Ra6 [Inviting 17 Nc6 e6!] 17 Rb1 Nb5 18 Be3 Nd4 19 Bxd4 cxd4 20 Rxd4 Nd7 21 Nxd7 [21 d6!? Qxf3 22 Nxf3 Bxd4 23 dxe7 Re8 24 Nxd4 Rxe7 gives White compensation] 21...Bxd4 22 Nxf8 Rf6! 23 Qe4 Rxf2+ 24 Kh1 [Or 24 Kh3 Bxc3 24 bxc3 Qc8+ 25 Ne6 fxe6 26 Qxe6+ Qxe6+ 27 dxe6 Rxa2, with a probable draw] 24...Bxc3 25 bxc3 Qa6 26 Ne6 Rf1+ 27 Kg2 Rxb1, 1/2-1/2.

After 11...Nbd7, we have another parting of the ways:

D.1.a. 12 h3; D.1.b. 12 Re1;
D.1.c. 12 Qe2; D.1.d. 12 Nd2;
D.1.e. 12 Qc2.

With 12 h3, White prevents the maneuver ...Nf6-g4-e5. With the alternatives, White develops, protects his second rank, and prepares for the thrust e4-e5.

D.1.a. 12 h3

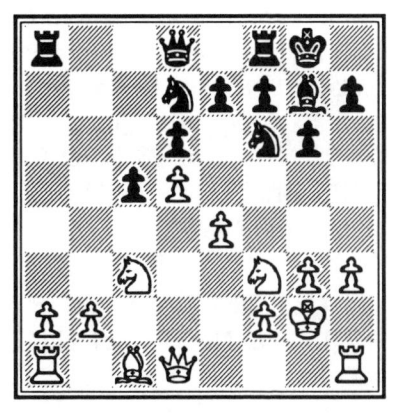

12 ...   Ra7

Black has several interesting alternatives:

1) 12...Qb6 13 Re1 [13 Qe2 Rfb8 14 Rb1 Qa6 15 Qxa6 Rxa6 16 Bd2 Ne8! with compensation, Stigar-Tisdall, Oslo 1986] 13...Ne8 [13...Qb7 14 Re2 Nb6 15 Bg5, +=, Salov-Andrianov, USSR 1984] 14 Qc2 Nc7 15 Rb1 Rfb8 16 Bg5 h6 17 Bd2 [Although 17 Bxe7 Re8 18 Bh4 g5 19 Nxg5 hxg5 20 Bxg5 gives White four pawns for the piece, Black has the advantage. The piece play potential outweighs White's chances of doing something with the pawns] 17...Na6!

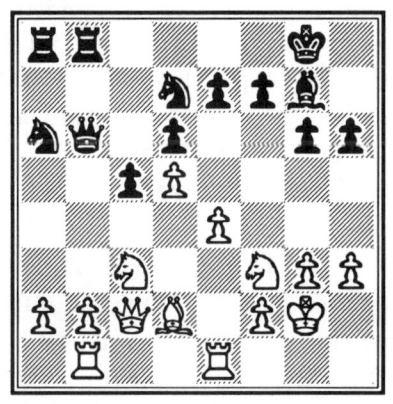

[The threat of 18...Nb4 forces a weakness on the White queenside] 18 a3 c4 19 Be3 Nac5 20 Na2 Qb3! 21 Qxb3 Rxb3 22 Nd2 Rxb2 23 Rxb2 Bxb2 24 Nxc4 Bxa3 25 Bxh6 Bb2 26 Nxb2 Rxa2 27 Nc4 f6 28 h4 Nd3 29 Rf1 N7c5 30 Nd2 g5 31 Rd1 Na4 32 hxg5 Nc3 33 Rf1 Rxd2 34 gxf6 Ra2 35 fxe7 Kf7 36 Be3 Nxe4, and Black went on to victory in D. Gurevich-Alburt, Hastings 1983/84.

2) 12...Qa5 13 Re1 Nb6 14 e5 Nfd7 15 Bg5 Rfe8 16 e6 fxe6 17 dxe6 Nf6 18 Re2 Qa6 19 Bxf6 Bxf6 20 Ne4 Bg7 21 h4 Rf8 22 h5 gxh5 23 Neg5 Rf5 24 Qc2 Raf8 25 Nf7 Rd5 26 N3g5 Qd3 27 Qd3 Rd3 28 Rh1 Rd5? [28...h6 29

Ne4 Rd5 30 g4!] 29 Nh3! [+-] c4 30 Nf4 Rb5 31 Nxh5 Bxb2 32 Rh4, 1-0, 49, Knaak–Vaganian, Moscow 1982.

3) 12...Qb8 13 Qc2 Nb6 14 Re1 Qb7 15 Rb1 Nfd7 16 b3 f5! 17 exf5 Rxf5 [Byrne and Mednis analyze 17...Nxd5! 18 Nxd5 Qxd5 19 Qc4 Qxc4 20 bxc4 Ne5 21 Nxe5 Bxe5 22 fxg6 hxg6 23 Re2 Ra4 24 Rc2 Rfa8 25 a3, =] 28 Re7 Raf8? [18...Rxf3! 19 Kxf3 Ne5+ 20 Rxe5 Bxe5 gets enough for the sacrificed pawns] 19 Bf4 Bf6?! 20 Rbe1! Bxe7 21 Rxe7 Nc8 22 Re3 Ndb6? 23 Bh6 Rd8 24 Qe2 Qd7 25 g4 Rf7 26 Ng5 Re7 27 Nce4 Rxe4 28 Nxe4 Nxd5 29 Rd3 Nce7 30 Qf3 Qe6 31 Rxd5! 1-0, D. Gurevich–Alburt, Philadelphia 1982.

4) 12...Nb6 13 Qe2 Na4! 14 Nd1 Qd7 [Sharpest is 14...Re8! and ...e7-e6] 15 Rb1 e6 16 dxe6 fxe6 17 b3 Nb6 18 Nc3 Nh5 19 Bb2 d5 20 a4 d4 [Beliavsky suggests 20...c4!?, =] 21 Nb5 Rf7?! 22 Rhf1 Raf8 23 Ng5 Rf4 24 Bc1, +-, Beliavsky–Tseshkovsky, USSR Championship, Minsk 1987.

Or 12...Nb6 13 Re1 Qd7, with the following examples:

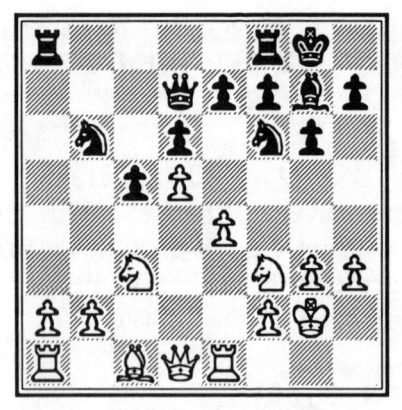

14 a4 Qb7 15 Ra2 Nfd7 16 Qc2 Nb8?! [Huzman recommends 16...f5!?] 17 a5 Nc4 18 Ra4 Ne5 19 Nxe5 Bxe5 20 Nd1 Qb5 21 Bd2 Na6 22 Ne3 Qxb2 23 Qxb2 Bxb2 24 Rb1 Bf6 25 Nc4, +-, Huzman–Lanka, USSR 1986.

14 Qc2 Qb7 [14...Rfb8 15 b3 Qb7 16 Bb2 Nc4 17 Bc1 Na3 18 Bxa3 Rxa3 19 Na4 Nd7 20 Rab1, +=, Gligorich–Zivkovich, Yugoslavia 1977] 15 Bg5 h6 16 Bxf6 Bxf6 17 Qb3 Rfb8 18 e5 dxe5 19 Nxe5 e6 20 Rad1 exd5!, 1/2-1/2, Gligoric–Benko, Lone Pine 1975. Benko says that the game could have continued 21 Nxd5 Nxd5 22 Qxd5 Qxd5 23 Rxd5 Rxb2 24 Rxc5 Raxa2 25 Nd3, with a dead position.

14 Qc2 Qb7 15 Rb1 e6 16 Bf4 [6 b4!?] 16...exd5 17 Bxd6 Rfc8 18 exd5 Nbxd5 19 Qb3 Qc6 20 Be5 c4 21 Qb5 Nxc3 22 Qxc6 Rxc6 23

Bxc3 Rxa2, =, Fokin–Lanka, USSR 1986.

After 12...Ra7:

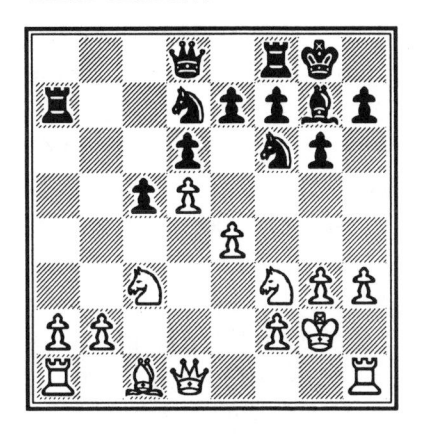

13 Re1   Qa8

Black plans ...Nf6-e8-c7 and either ...e7-e6 or ...f7-f5.

14 Re2

14 e5? dxe5 15 Nxe5 Nxe5 16 Rxe5 loses to 16...Nxd5! 17 Rxe5 e6.

14 Qc2 Nb6 15 a4 Ne8 16 Qb3 Rb7 [16...Ra6!] 17 a5 Nd7 18 Qa4 Nb8 [18...Nef6!? sets up ...Rb7-b4] 19 Na2 Ra7 20 Bd2 Bxb2? [20...f5!?] 21 Rab1 Bg7 22 Nc1 [+=] Nc7 23 Nd3 e6 [Not 23...f5?! 24 Nf4!, +-] 24 dxe6 Nxe6 25 Rb6 Ra6 26 Rxa6 Qxa6 27 Nf4

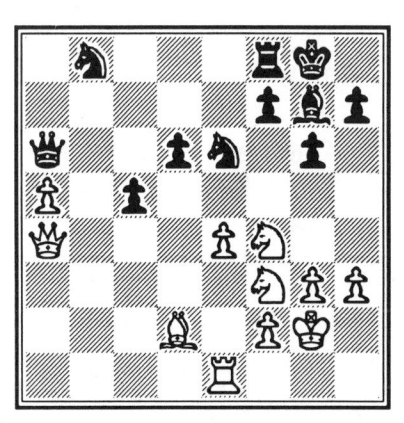

27...Nxf4+?! [Black is fine after 27...Nc6! 28 Nxe6 fxe6 29 Qa2 c4, or 28 Nd5 Ncd4 29 Nxd4 Nxd4 30 Rb1? (30 Bc3!?, =) 30...Qxd3] 28 Bxf4 [+=] Bc3? [Correct is 28...c4! 29 Rd1 Qc6!? 30 Qxc6 Nxc6, with enough counterplay] 29 Rc1 Qxa5 30 Qb3! [White's pieces are very active] 30...Bb4 [30...Bg7 31 Bd6 Rc8 32 Ng5!] 31 Bxd6 Re8 32 Ne5 Qa7 33 Qd5! Re6 34 Bxc5 Bxc5 35 Rxc5 Re8 36 Rb5, 1-0, Yusupov–Benjamin, Winnipeg 1986. If 36...Qe7, White wins with 37 Rb7 Qe6 38 Qxe6 fxe6 39 Ng4 Rf8 40 Nh6+ Kh8 41 Nf7+ Kg8 42 Ng5.

In this game, Black violated one of the maxims of the Benko Gambit – to regain the pawn under his own terms, keeping the positional advantage while doing so.

14 ...   Nb6
15 Qd3   Na4

15...Nfd7!? 16 Bg5 Ne5 17 Nxe5 Bxe5 18 Bh6 Rb8, =.

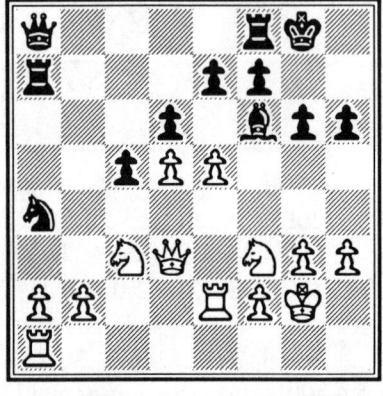

16 Bg5	
17 Bxf6	h6
18 e5	Bxf6

| 18 ... | dxe5?! |

Correct is 18...Bg7! 19 e6 f5 20 Rb1 Rb8 21 Nxa4 Rxa4, and Black is much better.

| 19 Nxe5 | Nxb2 |
| 20 Qf3? | |

White could still hold onto equality with 20 Qe4! Na4 21 Rc1.

20 ...	Ra3!
21 Rc1	Na4
22 Nd7!?	Bxc3
23 Nxf8	Bb2
24 Qe4	Qxf8?!

24...Bxc1 25 Nxg6 Bg5! wins.

25 Rxb2	Nxb2
26 Rxc5	Ra8
27 Rc7	Rc8

Black has a clear advantage, Rajkovich–Fedorowicz, Brussels 1987. The finish was 28 Rxc8 Qxc8 29 Qxe7 Nc4 [29...Qa8!] 30 Qb4 Qa6 31 a4 Nd6 32 a5 Nc4 33 Qb8 Kg7 34 Qc7 Nxa5 35 d6 Qa8+ 36 Kh2 Nc6 37 d7 Nd8 38 Qc5 Kh7 39 Qe7 Qa5 40 h4 Kg7 41 Kg2 Qd5+ 42 Kg1 Ne6 43 Kf1 g5 44 hxg5 hxg5 45 Kg1 Qd4 46 Kf1 Qf6 47 Qe8 Kg6 48 Kg2 Kf5 49 f3 Kg6 50 Qg8+ Kh6 51 Kh3 Qf5+, 0-1.

It was Christmas day, and the player of the White pieces didn't turn up for adjournment. It seems that his wristwatch was off by some 1 1/2 hours. No matter... Black's winning plan is simple: put the Knight back on d8, transfer the Queen to c7, forcing the White Queen back to e8, bring the King to f6, put the Knight back on e6, move the Queen to e7, put the Knight back on d8, and at last it's possible to cross the e-file with the King at the proper time.

D.1.b. 12 Re1

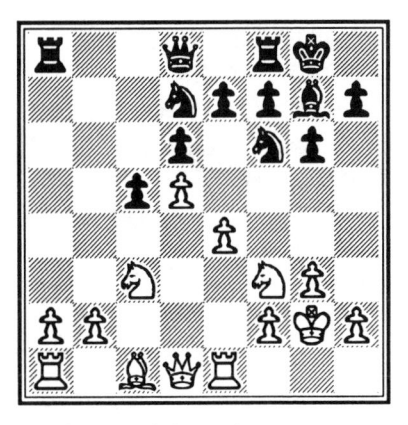

This position has occurred countless times. Black has tried seven different moves here: D.1.b.1. 12...Ng4; D.1.b.2. 12...Ra7; D.1.b.3. 12...Qa5; D.1.b.4. 12...Qb8; D.1.b.5. 12...Qc7; D.1.b.6. 12...Nb6; D.1.b.7. 12...Qb6.

D.1.b.1.
12 ...   Ng4

It is tempting to take advantage of the omission of h2-h3 with this move.

13 Qe2

13 Re2 Qa5 [Better is 13...Nge5 14 Nxe5 Nxe5 15 b3 Nf3 16 Kxf3 Bxc3 17 Bb2 Bxb2 18 Rxb2 f5 19 exf5 Rxf5 20 Kg2 Qd7, =, or 15 Qc2 c4 16 Bd2 Nd3 17 Rd1 f5!?, with counterplay. If 14 Nd2?, either 14...Nd3, 14...Nb6, or 14...f5 gives Black an excellent position] 14 Bg5!

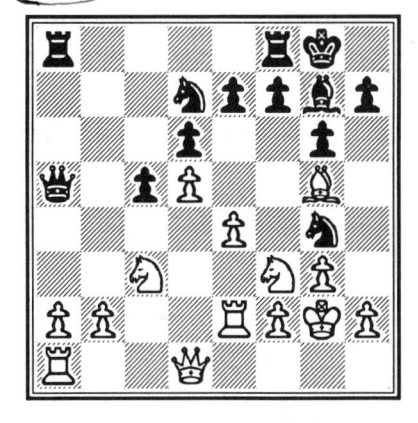

[Precisely what Black must avoid. With one move, White solves his queenside problems, developing with tempo, and, as an added bonus, misplaces one of Black's pieces] 14...Rfe8 [14...Bxc3! 15 bxc3 f6 16 Bd2 Qa4! 17 Bf4 g5 18 h3 Nh6 19 Be3 Nf7, with compensation, Gavrikov–Meskov, USSR 1981] 15 Rc1! [Less convincing is 15 Qc2 h6 16 Bd2 Qa6 17 Rd1 Rfb8, with compensation, L. Popov–Vasiukov, Varna 1971] 15...Nb6 16 h3 Ne5 17 Nxe5 Bxe5 18 Qd3 Qb4?! [18...Ra7! (with the idea of ...Re8-b8, ...c5-c4, and ...Nb6-a4) 19 b3 Rc8 20 Nd1 Qa3! still leaves Black with some compensation] 19 a3 Qa5 20 Nd1! c4 [Bad is 20...Na4 21 Rcc2! Rab8 22 Ne3!, +-, according to Van Mil. Perhaps 20...Qa6!? could be considered] 21 Qd2 Qa6 22 Ne3 Bg7 23 Ng4 Nd7 [Black had to try 23...c3!? 24 bxc3 Nc4, with counterplay] 24 Bh6 Bh8 25 Be3 Rab8 26 Bd4 Bf6 27 Rc3 Qa4 28 Bxf6 exf6 29 Qd4 Kg7 30 Rf3 Re5 31 Nxe5 dxe5 32 Qd2 and Black had nowhere near enough compensation for his material deficit, Spassky–Vaganian, Linares 1985.

13 Nd2!? Nge5 14 f4 Nd3 15 Re3 Nb4 16 a3 Nb6 17 Rb1 Bd4 18 Rf3 Na6 19 Nb5 Bg7 20 b3 Qd7 21 a4 f5 22 Nc4 fxe4 23 Re3 Rab8 24 Bb2 Rf5 25 Nxb6 Rxb6 26 Bxg7 Kxg7 27 Rxe4 Nb4?? [27...Nc7] 28 Rxb4!, 1-0, Gheorghiu–Gass, Zurich 1986.

13 ...   **Nge5**

13...Qc7 14 Nd2 Ngf6 15 Nc4 Nb6 16 Bd2 Nxc4 17 Qxc4 Nd7 18 b3 Nb6 19 Qe2 e6 20 dxe6 fxe6 21 Rac1 Qc6 22 a4 Rf7 23 f3 Raf8 24 Rf1 Nd7 25 Nb5 d5 26 Bf4 e5 27 Bd2 Nf6 28 Nc3 Qb7 29 exd5 Nxd5 30 Ne4 Qxb3 31 Rxc5 Nf6 32 Nxf6+ Bxf6 33 Qc4 Qb2 34 Rf2 e4? 35 fxe4 Bd4 36 Rb5! Qa1 37 Rxf7 Rxf7 38 Bh6!, 1-0, Levitt–Nicholson, Southampton 1986.

14 Nd2

Better is 14 Nxe5 Nxe5 15 b3 c4 16 Bd2, with equal chances.

14 ...   **Nb6**
15 f4?

White loosens his position for no reason. Anything is better than this, even 15 Nf3.

15 ...   **Ned7**
16 Nf3   **Nf6?!**

Correct is 16...Na4!, with very good chances:

The removal of White's Knight increases the scope of Black's Bishop, while undermining White's central pawns. The game Hort–Ermenkov, Tunis 1985, continued 17 Nd1 Ra7! 18 Rb1 Qa8 19 Qc2 Nab6 20 a3 e6 21 dxe6 fxe6 22 Nf2 d5 23 e5?! Nc4 24 Re2 Rb8 25 Nd3 Rab7 26 b4 Bf8 27 Qa2 Ra7 28 Qc2 [White lacks a constructive plan] 28...Rc8 29 Qd1 d4 30 Rb3 cxb4 31 Nxb4 Nc5 32 Rb1 d3 33 Ra2 Rd8 34 Kh3 Ne4 35 Qb3 d2 36 Bxd2 Ncxd2 37 Qxe6+ Kh8 38 Rxd2 Nxd2 39 Nxd2 Bxb4 40 Ne4 Be7 41 Nd6 Bxd6 42 Qf6+ Kg8 43 exd6 Qc8+ 44 Kh4 Ra5 45 g4 Rf8 46 Qd4 Qc5, 0-1.

17 Bd2	Na4
18 b3	Nxc3
19 Bxc3	Ra7
20 Qc4!	Qa8
21 a4!	Rb8
22 a5	Rab7
23 Ra3	Ra7?
24 b4	Nd7
25 bxc5	Nxc5
26 Nd4	Rab7
27 Nc6	Bxc3
28 Qxc3	Rb2+
29 Kh1	R8b3
30 Rxb3	Rxb3
31 Nxe7+	
1-0	

Staniszevsky–Papatheodorov, Gausdal 1986.

D.1.b.2.

12 ...   Ra7

This is a good setup for Black, as the Black Queen on a8 does double duty, putting pressure on a2 and keeping an eye out for tactics on the a8-h1 diagonal.

13 Nb5?!

13 h3 transposes to D.1.a., p. 51.
13 Qe2 Qa8 14 Bd2 Rb8 15 Rab1 Ne8 16 Bf4 Nb6 17 e5 Nxd5 18 Nxd5 Qxd5 19 exd6 Nxd6 [19...exd6!? 20 b3 is unclear] 20 b3 Rba8 21 a4 Rb7 22 Be5!, 1/2-1/2, Dlugy–Fedorowicz, US Championship, Estes Park 1985.

13 ...   Ra6?

This is very stupid. It's harder

for Black to achieve the correct setup after 13...Ra6. The simple and logical 13...Rb7 14 Qd3!? [14 a4 Ne8 and ...Ne8-c7 gives Black good play] 14...Qb8 [14...Ne8!?] 15 a4 Ne8 [15...Nb6 16 Nc3 Nfd7!?] 16 Bg5 Nb6 17 Nc3 h6 is O.K. for Black.

14 Bd2   Nb6

14...e6!?

15 a4   Qd7
16 b3?!

16 Nc3!? is preferable.

16 ...   Rfa8

Some lazy annotators say that Black should have played 16...Nxe4 17 Rxe4 Bxa1 18 Qxa1 Qxb5 19 Bh6, with mutual chances. But after 19...f6 20 Rxe7, Black's position looks lost.

17 Rc1

White stands better, Ftacnik–Biriescu, Vienna 1986.

D.1.b.3.

12 ...   Qa5

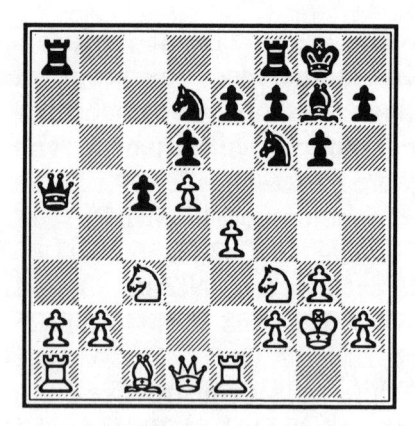

Probably one of Black's worst choices. White has real chances of gaining an advantage now.

13 e5

Not wasting a second. Of course White can play slower with:

1) 13 Bg5 h6 14 Bxf6 Bxf6 15 Qd3 Rfb8 16 Re2 Rxb2! 17 Rxb2 Qxc3 18 Qxc3 Bxc3 19 Rab1 Bxb2 20 Rxb2 Ra4, -+, Parr–Browne, Adelaide 1971.

2) 13 Bd2 Ng4 14 Qc2 Rfb8 15 Nd1 Qb5 16 Bc3 Nde5 17 Nxe5 Nxe5 18 Re2 c4 19 a3 [19 a4? Qa6 20 Ne3 Rc8 21 Ra3 Rab8, = +, Makogonov–Korsunsky, USSR 1975] 19...Rc8, and Black has compensation.

3) 13 h3 Nb6 14 e5 Nfd7 15 Bg5 Rfe8 16 e6 fxe6 17 dxe6 Nf6 18

Re2 Qa6 19 Bxf6 Bxf6 20 Ne4 Bg7 21 h4!, and White had the initiative in Knaak–Vaganian, Moscow 1982.

Or 13 h3 Rfb8

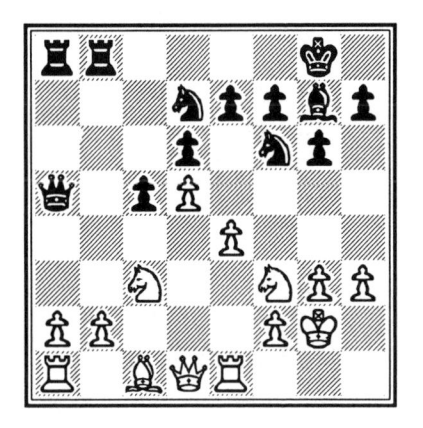

And now: 14 Re2 Ne8 [14...Rb7!?] 15 Bg5 Ne5 [15...h6 16 Bxe7!? f6 17 Qc2 Kf7 18 e5 is unclear. 15...Ra7!? 16 Bxe7?! Bxc3 17 bxc3 f6 is Morovic–Milos, Santiago 1989, where Black quickly triumphed after 18 Qc1? Nb6 19 Bxd6 Nxd6 20 e5 Re8 21 Qe1 Rae7 22 e6 Nxd5. Why White decided to sacrifice a piece instead of bailing out with 18 e5 is unclear to me.] 16 Nxe5 Bxe5 17 Rc1 Ra7 18 Qd3 Nc7 19 f4 Bf6 20 Bxf6 exf6 21 b3 Nb5 22 Nxb5 Qxb5 23 Qf3 Ra3 24 Rcc2 Rba8 25 Qc3 Kg7 26 g4 R8a4 Qb2 Qa6 28 bxa4 Qd3 29 Qc1 Qg3+ 30 Kh1 Rd3 31 Qf1, 1-0, Knaak–Bellon, Pula 1975.

14 e5! dxe5 [14...Ne8!?] 15 Nxe5 Nxe5 16 Rxe5 Ra7 17 Qe2 Qd8 [17...Rbb7 18 g4? (18 Bf4! Nh5 19 Rxh5 gxh5 20 Re1! Qa6 21 Qxh5 Rxb2 22 Be5! Qg6 23 Qf3 unclear. While 20...Rxb2 21 Qxb2 Be5 22 Rc1 Rd7 is equal.) 18...Ne8?! (18...h5! 19 f4 hxg4 20 hxg4 Nd7!) 19 Re3 Nd6 20 a4!? c4?! (20...Bd4! 21 Rf3 Qa6!) 21 Rf3 Bc3! with equal chances in Spassky–Ivanchuk, Linares 1990.] 18 Bf4 Rab7 19 b3 Nh5 20 Rxh5 Bxc3 21 Rc1 gxh5 22 Bxb8 Qxd5+ 23 Qf3 Qxf3+ 24 Kxf3 Bd4 25 Bf4 Ra7 26 Rc2 e5 27 Be3 f5 28 Re2 Ra5 29 a4 Kf7 30 Bxd4 cxd4 31 Ra2 Rc5 32 a5 Rc3+ 33 Ke2 Rxb3 34 a6 Rb8 35 a7 Ra8 36 Kd3 h4 37 gxh4 Kg6 38 Ra5 Kh5 39 Rxe5 Rxa7 40 Rxf5+ Kxh4 41 Kxd4 Kh3, 1/2-1/2, Huss–Greenfeld, Beer-Sheva 1985.

13 ...	Ne8
14 Bf4	Ra6
15 e6	fxe6
16 Rxe6	Bf6
17 Qe2	Nc7
18 Rxe7	Bxe7
19 Qxe7	Nf6
20 Ng5	Nce8
21 Nce4	h6
22 Nxf6+	Nxf6
23 Nf3	Rf7
24 Qe6	Kg7
25 Bxh6+	Kg8

26 Ng5
1-0

Ristovich–Zivkovich, Bela Crkva 1986.

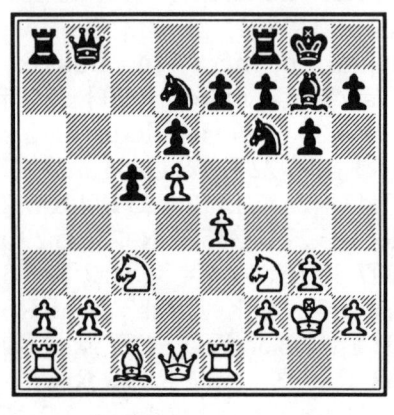

**D.1.b.4.12 ...				Qb8**

13 Re2

Black gets good play against 13 Qc2 with 13...Qb7!? 14 a4?! Rfb8 15 Ra3 Ng4 16 Nb5 Nb6 17 b3 c4 18 Nbd4 Bxd4 19 Nxd4 Ne5 20 b4 Nd3 21 Bd2 Nxd5 22 exd5 Qxd5+ 23 Nf3 g5 24 h3 h5 25 Re3 g4 26 hxg4 hxg4 27 a5 gxf3+ 28 Rxf3 Ne5, winning in Monin–Kaidanov, Pinsk 1986. But Kaidanov suggests an improvement: 25 g4 f5 26 Rxe7 Re8 27 Rxd3 cxd3 28 Qc7 Rxe7 29 Qxe7 fxg4 30 hxg4 hxg4 31 Bc3, which Kaidanov says is unclear. But is it really? After 31...gxf3+ 32 Kf1!? Qf7 33 Qxg5+ Kf8 34 Qh6+ Ke8, Black should be better.

As usual, 13 h3 is not a bad idea: 13...Ra7?! 14 Re2 Qa8 15 Rc2 Rb8 16 Qe2 Ne8 17 a3 Rc7 18 Rb1 c4?! 19 Be3 e6 20 Nd4 Nc5 21 Nc6, +-, An-gocheva, 12th Women's Olympiad, Dubai 1986.

13 ...	Qb7
14 Bf4	c4?

14...Rfb8 is better.

15 Be3!	Rfc8
16 Rc1	Nc5
17 Bxc5	Rxc5
18 Nd4	Rcc8
19 Nc6	e6
20 b3	cxb3
21 Qxb3	Qxb3
22 axb3 +-	

Marin–Conquest, Oakham 1986.

**D.1.b.5.12 ...				Qc7**

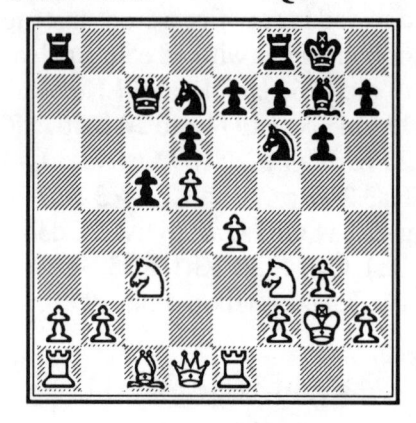

13 h3	Qb7
14 Re2	Nb6
15 Rb1	Ne8!
16 Bf4	Nc7
17 Qc1	f5!?

Forintos–Rajkovich, Bela Crkva 1986.

D.1.b.6.

12 ...   Nb6

Black stops e4-e5 and hopes for ...Nb6-a4.

13 Re2

13 h3 transposes into lines with 12 h3. See D.1.a. on p. 51.

13 ...	Qd7
14 Qd3	Na4
15 Rb1	Rfc8
16 h3	c4
17 Qc2	Nc5
18 Be3	e6

19 dxe6	fxe6
20 Bxc5	Rxc5
21 e5	dxe5

Equal. Salov–Tseshkovsky, USSR Championship, Minsk 1987, continued 22 Ne4 Nxe4 23 Rxe4 Qc6 24 Rc1 Bh6 25 Rce1 Rxa2 26 Rxe5 Rxe5 27 Rxe5 Bg7 28 Qe4 Qxe4 29 Rxe4 Rxb2 30 Rc4 Bf6, 1/2-1/2, 41.

D.1.b.7.

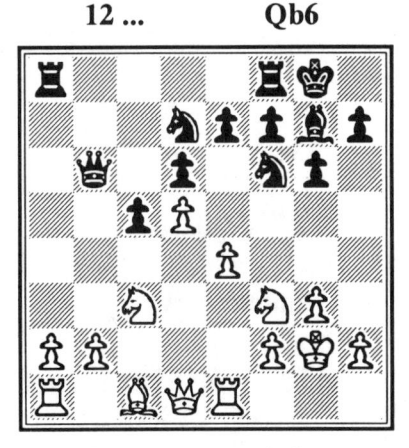

12 ...   Qb6

This deployment of the Queen seems most accurate. Black exerts pressure on the b-file, tying White to the defense of b2.

13 Re2

The Rook looks safe here, but may become a target after ...Qb6-a6. 13 Qe2 used to be popular, until Black discovered the strong

13...Qa6! Browne and Alburt demonstrated that Black is equal or better in various Benko-endings, and should strive for them rather than avoid them. They scored very well with Black in the early 1970's until this "endgame secret" became common knowledge.

13 h3 transposes to D.1.a. on p. 51, while 13 Qc2 Qb7!? transposes to D.1.b.4. on p. 60.

Too quick is 13 e5?! Ng4 14 e6 Nde5.

13 ...   Rfb8

A very good alternative is 13...Ng4!?, which Alburt calls equal. White can try:

1) 14 h3 Nge5 15 Nxe5 Nxe5 16 f4 Nc4 17 Qd3 Qb4 18 Rc2 Rfb8 19 Nd1 Ra4!?, with mutual chances.

2) 14 Bf4 Rfb8 15 Rc1 Ra5 16 Rcc2 Qa6, 1/2-1/2, Ross–Nickoloff, Winnipeg 1986.

3) 14 Qc2 c4!, aiming for d3, gives Black the advantage.

Another possible try is 13...Qb7:

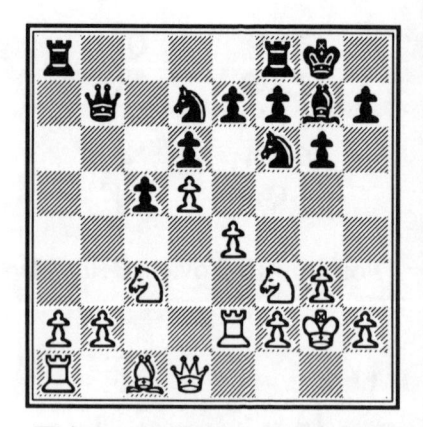

This is an inferior version of the maneuver ...Ra8-a7 and ...Qd8-a8. 14 h3 Nb6 15 Rb1 Nfd7 [Forintos–Rajkovich, Bela Crvka 1986, varied with 15...Ne8!? 16 Bf4 Nc7 17 Qc1 f5, with threats brewing on the a8-h1 diagonal] 16 Bf4 Nc4 17 b3 Nce5 18 Nxe5 Nxe5 19 Qc2 f5 20 Rd1 Qb4 21 Nb1 fxe4 22 a3 Qb7 23 Rxe4 Rf7 24 a4 Raf8 25 Nc3 g5 26 Be3 Nf3 27 Nb5 h6 28 Re6 Qxd5!? 29 Rxd5 Ne1+ 30 Kf1 Nxc2 31 Rd2 Nb4 32 Kg2 Nc6 33 Re4 Ne5 34 Rd5, and Black had slightly better chances in Vilela–Estevez, Cuban Championship 1984.

14 h3   Qa6
15 Bg5?!

Alburt says that this may be an error. Against most moves, Black would play ...Nf6-e8-c7-b5, with a very good game. Alburt feels that, after 14...Qa6, Black already has an edge! This is a bit optimistic, though. Best is 15 e5! dxe5 16 Nxe5 Nxe5 17 Rxe5 Qb7!?, with an unclear position.

15 ... h6
16 Be3 Nb6! = +
17 Rc1

17 e5 loses to 17...Nfxd5. Also bad is 17 b3 Nfxd5! 18 Nxd5 Nxd5 19 exd5 Bxa1 20 Qxa1 Qxe2 21 Bxh6 f6, and Black will win.

17 ... Nc4
18 b3 Nxe3+
19 Rxe3 Nd7
20 a4?

Intending to play 21 Nb5, followed by Nf3-d2, blockading the queenside. One source gives 20 Na4 Nb6 21 Nxb6 Rxb6 22 a4 Rab8 23 Nd2 += .

20 ... c4! = +
21 Nb5

21 bxc4 Qxc4 leaves Black with a clear endgame advantage, as he will eventually win the a-pawn while retaining pressure on the e-pawn. Note also that White's King is not as safe as Black's. After 21 bxc4, White would have to work hard to draw, with no hope for a victory — Alburt.

21 ... cxb3
22 Nc7 Qxa4
23 Nxa8 Nc5!!

With the idea of ...b2, winning the Rook back with advantage.

24 Bxc5

24 Nc7 b2 25 Rb1 Qxd1 26 Rxd1 b1=Q 27 Rxb1 Rxb1, = +.

24 ... dxc5
25 Nc7 c4
26 e5 Qa5
27 d6 b2
28 Qb1 c3
29 e6 fxe6!

Avoiding the pitfall 29...c2? 30 exf7+ Kxf7 31 Qc2 b1=Q 32 Qc4+ e6 33 Qxe6 Kf8 34 d7 Qa4 35 Nh4! And not 36 Ng5 hxg5 37 Rf3+ Qf5 38 Rxf5+ gxf5, when Black is still living.

30 Re1

Hjartarson–Alburt, USA vs. Scandinavia Visa Match, Reykjavik, 1986. Now 30...Qf5 wins immediately. The actual game went 30...exd6 31 Nxe6 Qf5 32 Ned4 Qxb1 33 Rxb1 Re8 [The rest is very simple] 34 Kf1 Bxd4 35 Nxd4 Re5 36 Kg2 Re4 37 Nc2 Kf7 38

Kf3 Re5 39 h4 Kf6 40 Rd1 Ke6 41 g4 Rd5 42 Re1+ Kd7 43 Na3 Rd3+ 44 Ke4 Rd2 45 f4 c2 46 Nxc2 Rxc2 47 Rb1 Ke6 48 h5 gxh5 49 gxh5 Kf6 50 Kd5 Kf5 51 Kxd6 Kxf4, 0-1. Black's King runs towards b1, while his Rook cuts off the White King.

D.1.c. 12 Qe2

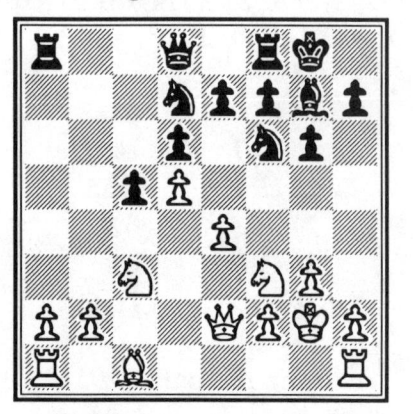

This move is seen less often than 12 Re1 as it provides less support for the e4-e5 break. White plans to bolster his center with Rh1-d1.

12 ... Qb6

12...Qa5 13 Bd2 Rfb8 14 Rab1 Ne8 15 Rhd1 Nc7 16 a4 Qa6 17 b3 Qxe2 18 Nxe2 Rb7, 1/2-1/2, Pergericht–Delaney, Berlin 1980. Black is a bit better in the final position.

12...Nb6 13 h3 [13 Bf4?! Nh5 14 Rhd1 Na4! 15 Nxa4 Nxf4+ 16 gxf4 Rxa4 17 b3 Bxa1 18 bxa4 Bg7, -+, Ivanchuk–Grigorian, Minsk 1986] 13...Na4 14 Nd1 [Forced. White would find himself very passively placed after 14 Nxa4 Rxa4 15 Nd2 Qa8!] 14...Qd7 [14...Ra7, followed by ...Qd8-a8, is interesting. Sharpest is 14...Re8! and ...e7-e6] 15 Rb1 e6 [15...Rfb8!?] 16 dxe6 fxe6 17 b3 Nb6 18 Nc3 Nh5 [18...d5!? looks fine for Black] 19 Bb2 d5 20 a4 d4 [20...c4!?] 21 Nb5 Rf7?! 22 Rhf1 Raf8 23 Ng5 Rf4 24 Bc1! d3 25 Qd1 R4f6 26 h4 h6 27 Nh3 Nxg3 28 Kxg3 Rf3+ 29 Qxf3 Rxf3+ 30 Kxf3, and White was winning in Beliavsky–Tseshkovsky, USSR Championship, Minsk 1987.

13 Rd1

13 h3 Rfb8 14 Rb1 Qa6 15 Qxa6 Rxa6 16 Bd2 Ne8 is about equal, Stigar–Tisdall, Oslo 1986.

13 ...	Qa6!
14 Qxa6	Rxa6
15 Nd2	Rb8
16 a3	Nb6

16...Ng4!? also deserves consideration.

17 Ra2	Ng4
18 Ne2	f5

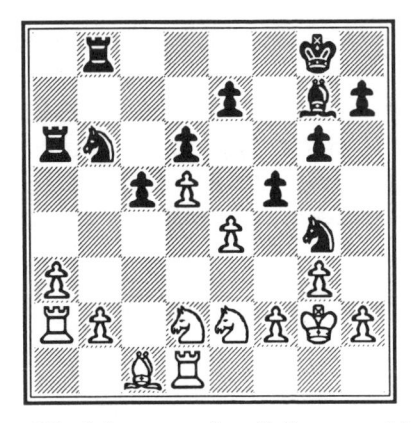

Black has an edge. I. Ivanov–Alburt, Hastings 1983/84, continued 19 h3 Ne5 20 Nf4 Na4 21 exf5 gxf5 22 Re1 c4 23 Nf1 Bh6 24 Re2 Rb3 25 Rc2 Nb6 26 Ra1 Bxf4 27 Bxf4 Nd3 28 Be3 Nxd5 29 Rxc4 Nxb2 30 Rd4 Nc3 31 Rf4 e6 32 g4! Ne2 33 Rf3 Nc4 34 Re1 fxg4 35 hxg4 Nxe3+ 36 Nxe3 Nd4 37 Rf4 Rd3 38 Rb1 Raxa3 39 Rb7 Rab3 40 Rxd4 Rxe3 41 Re7 Red3 42 Rf4 e5 43 Rff7 Rd4, 1/2-1/2. Black was on top most of the way.

D.1.d. 12 Nd2

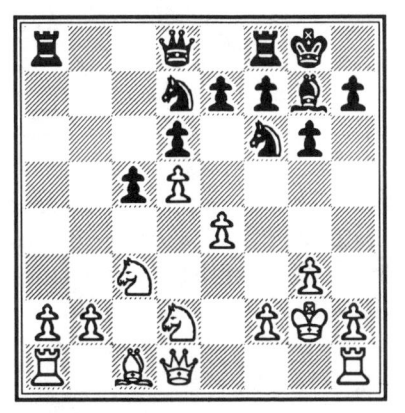

White dreams of putting his Knight on c4. But he can't keep it there, so the whole Knight tour becomes somewhat pointless.

12 ...   Qa5

Not the only good move. In Mecking–Szabo, Buenos Aires 1970, Black got good play with 12...Nb6 13 Qe2 Re8 14 Nc4 Nxc4 15 Qxc4 Qb6 16 Rd1 Qb4 17 Qe2 Nd7 18 a3 Qb3.

Also interesting is 12...Qb8!? 13 Nc4 Nb6 14 Nxb6 Qxb6 15 Qc2 Rfb8 16 Rb1 Ng4 17 h3 Ne5 18 b3 Qa6, with good compensation, Mesing–Vukic, Sarajevo 1974.

13 Nc4

13 Qc2 Qa6 14 a4 Rfb8 15 Ra3 Rb4 16 Nb5 Ne8 17 b3 Nb6 18 Re1 c4 19 Nc4 Nxc4 20 bxc4 Rc8, with good play for Black, Kraidman–Browne, Netanya 1971.

13 ...   Qb4

Also good is 13...Qa6 14 Qe2 Rfb8 15 Re1 Rb4 16 Na3 Ne5 17 Nc2 Nd3, with a complicated game, Domes–Zilberman, USSR 1975.

14 Qe2   Nb6

15 Nxb6	Qxb6
16 Rb1	Nd7

White managed a small edge after 16...Rfb8 17 Bd2 Ne8 18 b3 Nc7 19 a4 Rb7 20 Rhc1 Rab8 21 Qd3, Donner–Browne, Amsterdam 1971.

17 Bd2	Qa6!
18 Qxa6	Rxa6

Black has good play in the endgame.

D.1.e. 12 Qc2

The rarest of White's 12th moves, as it serves only one function, to defend b2.

12 ...	Qb6
13 Rb1	Ng4

Donner–Benko, Palma de Mallorca 1971, saw the strange-looking 13...Rfc8 14 b3 Ng4 15 h3 Nge5 16 Nxe5 Bxe5 [16...Nxe5!] 17 Bd2 c4 18 Rhc1 cxb3 19 axb3 Qb4 20 Nd1 Rxc2, 1/2-1/2. Benko says Black is a shade better after 21 Bxb4 Rxc1 22 Rxc1 Rb8.

14 h3	Nge5
15 Nxe5	Nxe5
16 b3	Qa6
17 a4	Rfc8

17...Qd3!? 18 Qxd3 Nxd3 19 Nb5 c4!? is equal.

18 Be3	Qd3
19 Qxd3	Nxd3
20 Nb5	

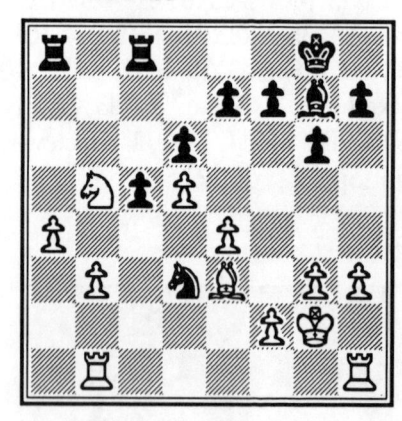

Kremenetzky–Gorelov, Moscow 1980. This is supposed to favor White, but I don't see why the position isn't completely equal after 20...c4 21 Na7 Rc7 22 Nc6 Ne5.

D.2. 10 h3

White clears h2 for his King. This line is the sister of D.1. 10 g3, in which White moves his King to g2. The march to h2 takes an extra move; on the other hand, 10 h3 prevents ...Nf6-g4, and the placement of the King on h2 avoids many of the tactical tricks on the a8-h1 diagonal that occur after 10 g3 and Kf1-g2. There is limited practice with 10 h3.

10 ...   O-O
11 Kg1

An experiment gone bad is 11 Ke2?! Na6 12 Re1 Qb6 13 Kf1 Nb4 14 Re2 [14 e5 dxe5 15 Nxe5 Rfd8, =+] 14...Qa6 15 Ne1 Nd7! 16 Bf4 c4! 17 Be3 [17 a3 Rfb8!, with the idea of ...Nd3, -+] 17...Nd3 18 Qc2 Rfb8 19 Rb1 Rb7 20 Rd2 [Z. Polgar gives 20 b3 Nxe1 21 Rbxe1 cxb3 22 axb3 Rc7!, winning for Black] 20...N7e5 21 Kg1 Rab8 22 b3 cxb3 23 axb3 Nxe1 24 Rxe1 Rxb3 25 Bd4 Nc4 26 Rdd1 Na3 27 Qe2 Qa5!, 0-1, F. Portisch–Z. Polgar, Hungary 1986.

11 ...   Nbd7

Mistaken is 11...e6? 12 dxe6 fxe6 13 e5! dxe5 14 Qxd8 Rxd8 15 Bg5 Nc6 16 Kh2 Rdb8 17 Bxf6 Bxf6 18 Ne4, and White was much better in O'Kelly–Honfi, Budapest 1972.

An important alternative is 11...Na6 12 Kh2 Qb6 [12...Nd7 13 Re1 Qa5 14 Bg5 Rfb8 15 Re2 Qd8 16 Rc1 Rb7 17 Kg1 Ne5 18 Nxe5 Bxe5 19 b3, +=, Smejkal–Jansa, Luhacovice 1971] 13 Re1 [13 Qe2 Rfb8 14 Nd2 Nc7 15 Nc4 Qa6 16 Bd2 Nd7 17 Rhe1 Ne5 18 Nxe5 Bxe5+ 19 f4 Bd4 left Black with good compensation in Camara–Benko, Sao Paulo 1973] 13...Nd7

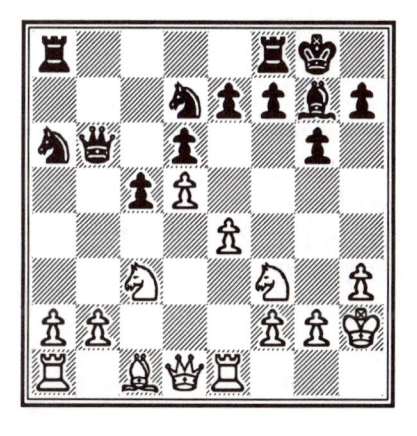

In Carlsson–J. Polgar, Copenhagen 1986, White gave 14 Qe2 a try, but after 14...Rfb8 15 Kg1 Ne5 16 Nxe5 Bxe5 17 f4 [Loosening, but White has trouble getting his forces mobilized] 17...Bd4+ 18 Kh1 Nb4 19 a3 Qa6!, Black was much better due to White's weakness on the b-file and the vulnerability of d3.

White has tested 14 Re2 several times. Then 14...Nb4 [14...Nc7 15 Bg5 Rfe8 16 Rc1 Nb5 17 Nxb5 Qxb5 18 b3, +-, Vyzmanavin–Zlocevski, USSR 1981] 15 Bg5 [15 a4 c4 16 Be3 Nc5 17 Nd2 Nbd3 18 Nxc4 Qb4 19 Bxc5 Qxc4 20 Ba3 f5 was unclear in Trapl–Knaak, Czechoslovakia vs. East Germany Match, Bamberg 1972] 15...Rfe8 16 a3 Qa6 17 Qd2 Nd3 18 Bh6 Bh8 19 Ne1 c4 gave Black good compensation, Forintos–Bukic, Vrnjacka Banja 1973.

12 Kh2   Qa5

12...Qb6!? 13 Re1 Ne8 [13...c4!? deserves a look, as it isn't easy for White to unravel] 14 Re2 Ne5 15 Nxe5 Bxe5+ 16 Kh1 Nc7 17 Bg5 Rfe8 18 Rc1 Ra7 19 Qd3 Qa6 20 Qd2 1/2-1/2, Ogaard–Gheorghiu, Finland 1972.

13 Re1   Rfb8

14 Re2

14 Qc2 Ne8 [Probably inferior is 14...Nb6 15 Nd1 Qa6 (15...Na4!?) 16 Bd2 Qc4 17 Bc3 Nfd7 18 b3 Qa6 19 a4 Nc8 20 Nd2 h5 25 Ne3 and White was better in Gligorich–Browne, Skopje 1970] 15 Bd2 Qa6 16 a4 Rb4 17 a5 Rab8 18 Nd1 R4b7 19 Rb1 Nc7, intending ...Nc7-b5, gave Black good compensation in Pytel–Peev, Lublin 1972.

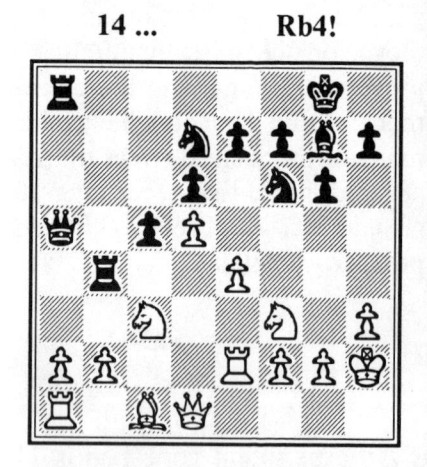

14 ...   Rb4!

This move has a good reputation. The alternatives are:

1) 14...Ne8 15 Rc2 Nc7 16 Bd2 Nb5 17 a4 Nxc3 18 Bxc3 Bxc3 19 bxc3 Ne5 20 Nxe5 dxe5 21 Qd3 Rb3 22 Qg3 Qc7 23 h4 h5 24 a5 Ra6 25 Rca2 c4. White's advantage is microscopic, Hort–Jimenez, Palma de Mallorca 1970.

2) 14...Ra7 15 Rc2 Nb6 16 Qe2 Na4 [16...Qa6!] 17 Bg5 Rab7 18 Nxa4 Qxa4, Kane–Browne, US Championship, El Paso 1973, and now Tukmakov says that 19 Bxf6! Bxf6 20 b3 is slightly better for White.

3) 14...Qb4 15 Kg1 Ne8 16 Qe1 Nc7 17 Bg5 Re8? [17...e6!?] 18 Rd1 Nb5 19 Nxb5 Qxb5 20 b3 Bc3 21 Qf1, and White is slightly better, Andrianov–Dokhoian, USSR 1982.

15 Kg1

Worthy of consideration is 15 Qe1 Ne8 [15...Rab8!?] 16 Nd1 Qa7 [16...Ra4!?] 17 Bd2 Ra4!? 18 a3 Ne5 19 Nxe5 Bxe5+ 20 f4 Bd4 [20...Bg7!] 21 Nc3, Garcia-Nogueiras, Cienfuegos 1984. After 21...Ra5, Black has the worst of it.

15 ...   Ne8
16 Rc2

16 a3? is what Black hopes for, because it creates a big hole on b3. After 16 a3, the game Portisch–Vasiukov, Manila 1974, continued 16...Rb7 17 Rc2 Rab8 18 Qe2 Ne5 19 Nxe5 Bxe5, with good pressure against White's weakened queenside.

16 ...   Qa6

16...Rab8!? [16...Nc7!?] 17 Qe2 Nc7 18 Bg5 Bf6? [Why not 18...e6?] 19 Re1 R4b7 20 Bxf6 exf6 21 b3 left Black with a disgusting position in Andrianov–Konstantinov, Moscow 1982.

Suicidal is 16...Bxc3? 17 bxc3 Rxe4 18 c4, +-.

17 Bd2   Nb6
18 Rb1   Nc4
19 Be1   Qb7

Black had pressure in Andrianov–Vasiukov, Moscow 1982.

Chapter 3

The Modern Lines With 5 e3

1 d4	Nf6
2 c4	c5
3 d5	b5
4 cxb5	a6
5 e3	

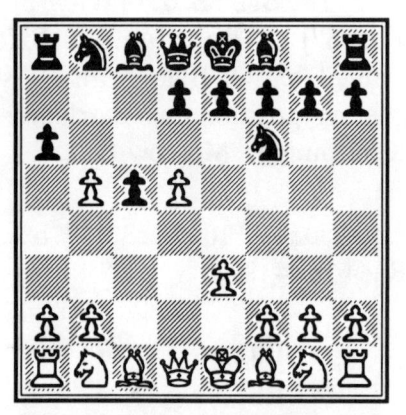

With this move, White tries to clamp down on the b5 square, taking away some of Black's counterplay on the b-file. Here Black has A. 5...axb5; B. 5...g6; C. 5...Bb7; D. 5...e6.

A rarely seen alternative is 5...Qa5+!?, as played in Keene-Garcia, Madrid 1982. That game continued 6 Bd2 Qb6 7 Nc3 e6, and now White must play 8 dxe6 fxe6 9 a4!?, with a slight advantage. Instead, Keene tried 8 e4?!, and after 8...axb5 9 Bxb5 Nxe4 10 dxe6 Nxc3! 11 exd7+ Nxd7 12 Bxd7+ Bxd7 13 Bxc3 O-O-O! [Rather unusual in this opening!] 14 Qf3 Bc6 15 Qf5+ Bd7 16 Qf3 Bc6, a draw was agreed. However, Black can play to win with 15...Kb8 16 Nf3 Qb5, with a very complicated position.

A.
5 ...	axb5
6 Bxb5	Qa5+

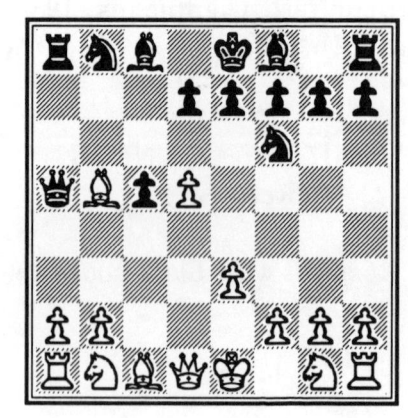

To the best of this author's knowledge, this became popular around 1984, led by the American GM Lev Alburt.

Also seen from time to time is the older 6...Ba6 7 Bxa6. Then:

1) 7...Qa5+ 8 Nc3 Qxa6 transposes to the variation 6...Qa5+ 7 Nc3 Ba6 8 Bxa6 Qxa6, below.

2) 7...Nxa6 8 Nc3 g6 9 e4 d6 10 Nf3 Bg7 11 O-O O-O 12 Bf4 [12 Re1 Nb4 13 Re2 Qb6 14 Bg5 h6 15 Bh4 g5 16 Bg3 Nh5 17 a3 Qa6 leaves both sides with chances, Farago–Alburt, USSR 1978] 12...Rb8 13 Qd2 Rb4?! 14 Rfe1 Qb6 15 Rab1, +=, Beliavsky–Damjanovich, Vilyandi 1978. If White can prepare the e4-e5 break, Black will be much worse.

3) 7...Rxa6 8 Nc3 d6

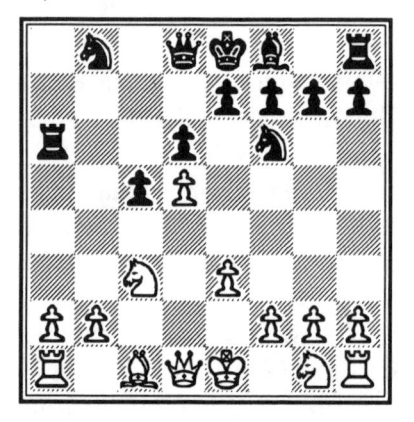

9 Nge2! [Better than 9 Nf3 g6 10 O-O Bg7 11 e4 O-O 12 Qe2 (12 Re1!?) 12...Rb6 13 Bf4 Nbd7, when Black gets adequate compensation, Hoi–L. Hansen, Copenhagen 1986] 9...g6 10 O-O Bg7 11 Nb5!? [11 Rb1 O-O 12 b4, +=] 11...O-O 12 Nec3 Ne8 [White is clearly better after both 12...Ra8 13 e4 Na6 14 Be3 and 12...Nbd7 13 e4, with the idea of 14 Rb1 and 15 b4. Analysis by Pinter and Lukacs] 13 a4 Nc7 14 Rb1 Nd7 [14...Nxb5 15 Nxb5 Qa5 16 b3 Nd7 17 Qd2, +−] 15 e4 Nb6 16 b3 Nxb5 [16...c4 17 Be3! Nxb5 18 axb5 Ra8 19 Bd4!, +−] 17 Nxb5 Qd7 18 Be3 Rfa8 19 Qe2 Qb7 20 h4! Nd7 21 Rfc1 Nf6 22 Bd2 Ne8 23 a5! Rxa5?! [23...e6!? 24 dxe6 fxe6 25 b4, +−] 24 Bxa5 Rxa5 25 Nc3 Nc7 26 Qc4 Bxc3?! [Black lasts longer with 26...Na6! 27 Ra1 Rxa1 28 Rxa1 Nb4, according to Pinter and Lukacs] 27 Qxc3 Rb5 28 h5 Rb4 29 h6 f6 30 Qh3 Rxe4 31 Qd7 Qxd5 32 Qxc7, 1-0, Pinter–Weemaes, Budapest 1987.

7 Nc3 Bb7

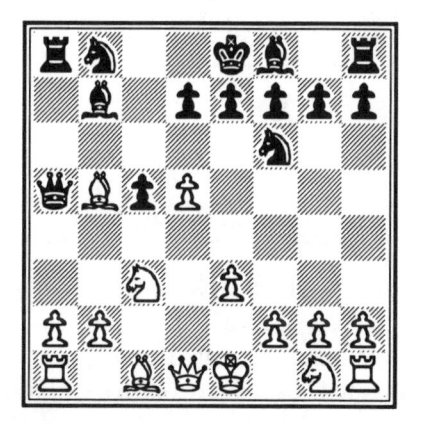

The most critical move, though Black has experimented with 7...Ba6 8 Bxa6 Qxa6, and now:

1) 9 e4 d6 10 Nf3 [10 f4 g6 11 e5 Nfd7 12 e6 fxe6 13 dxe6 Nf6 14 Nge2 Bg7 15 O-O Nc6 16 f5, +=, Hansen-N.J. Fries-Nielsen, Arhus 1986] 10...Nbd7 11 Qe2 Qxe2+ 12 Kxe2 g6 13 h3 Bg7 14 Nd2 Nb6 15 a4 O-O 16 a5 Nfd7 17 Ra3 [Better is 17 Ra2! Nc8 18 Nc4] 17...Rfb8 18 f4 Ra6 19 Kd3 Na8! 20 Nc4 Nc7 21 Re1 e6! 22 g4! Bxc3 23 bxc3 exd5 24 exd5 Nxd5 25 f5 Kg7 26 fxg6? [26 Kc2 Nc7 27 Re7 Rd8 28 Bf4] 26...hxg6 27 Kc2 Kf6!, 0-1, 37, Komljenovich-Bukal, Yugoslavia 1986.

9 Nge2 g6 10 O-O Bg7

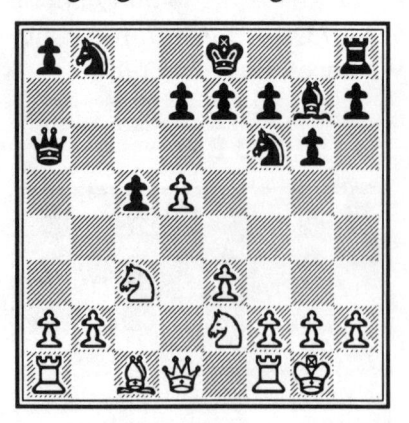

11 a4 [11 Rb1!? is promising. Lukacs-Bukal, Pernik 1976 continued 11...d6 12 e4 O-O 13 b4 Qc4 14 Qb3 (14 bxc5 Nxe4 15 Nxe4 Qxe4 is drawish) 14...Qxb3 15 Rxb3 cxb4 16 Rxb4 Rc8 17 Bd2, +=. Or 11...d6 12 b4 Nfd7 13 b5 Qa5 14 Rb3 Qc7 15 Ra3, +=, Didishko-Shereshevsky, Minsk 1979] 11...d6 12 Nb5 Qb7 [12...Qa5 13 Bd2 Qb6 14 Nec3! and 15 e4 is quite good for White] 13 Nec3 O-O 14 e4 Na6 15 Bg5 Rfe8 [White is also better after 15...Nc7 16 Qe2!, with the idea of 17 f4] 16 Qe2 Nc7 17 Nxc7?! [17 f4 is stronger] 17...Qxc7 18 Nb5 Qb7 19 Bd2! [+=] Nd7 20 Bc3 Bf8? 21 Qd3!, Farago-Bukal, Rome 1986. White has a clear advantage, but Black could have equalized with 20...Bxc3! 21 bxc3 Ra5 22 Rfb1 Nb6! 23 Qc2 Rea8 24 c4 Rxa4 25 Rxa4 Rxa4 26 Nxd6 Qc7 27 Nb5 Qe5.

Less common is 7...e6 8 dxe6 [Gufeld suggests 8 Bd2!? Na6 9 dxe6 fxe6 10 Qb3] 8...fxe6 9 Qb3 [This looks like a cheap move. Both 9 Nf3 and 9 Nge2 seem better] 9...Qb6 [9...Be7 is weak because of 10 Qxe6 Qxb5 11 Qxe7+!, with two pawns more] 10 Nf3 Be7 11 O-O O-O 12 e4 Qc7 13 Bg5 Bb7, Tukmakov-Gutman, Ashkabad 1978. After 14 Rad1!, White's pieces are harmoniously placed, and Black has little compensation for the pawn.

After **7...Bb7** we have a separation of ways: **A.1. 8 Bd2** and **A.2. 8 Nge2**.

Dubious is 8 Bc4?! e6! 9 Kf1? [9 Bd2 transposes into a line looked at in A.1.] 9...Qb4 10 Qb3 Ba6 11 Qxb4 cxb4 12 Bxa6 Rxa6 13 Nb5 Nxd5, and Black was already much better, Afifi–Ermenkov, Tunis 1985.

A.1.   8 Bd2

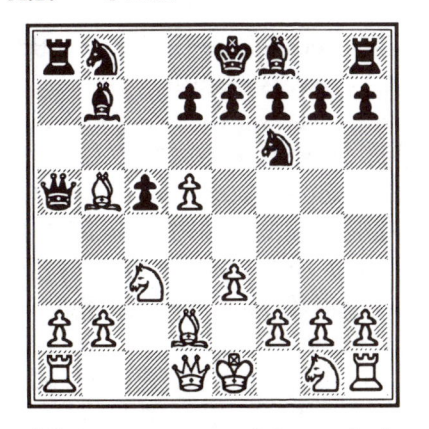

The stem game of the variation 8 Bd2 is Benjamin–Alburt, US Championship, Berkeley 1984.

8 ...   Qb6

Moving out of harm's way and threatening to regain the sacrificed pawn with a central majority.

9 Qb3

Sharpest. White tries to hang on to everything. There are several alternatives. One was seen by transposition, in Lein–Fedorowicz, New York 1985: 9 Nf3 Nxd5 10 Nxd5 Bxd5 11 Bc3 e6 12 a4 Qb7? [12...f6!?] 13 h4 f6 14 h5 Be7 15 Rh3 O-O 16 Nh4 Rf7 17 Rg3 Nc6 18 Nf5 Kf8 19 e4! Bxe4 20 Nd6 Bxd6 21 Qxd6+ Kg8 22 Qxc5 Ne7 23 Kf1 Rc8 24 Qb4 Nf5 25 Rg4 d5 26 Re1 e5 27 Rgxe4! dxe4 28 Bc4 Rxc4 29 Qxc4 e3 30 fxe3 g6 31 hxg6 hxg6 32 e4 Nd6 33 Qd3 Qc6 34 Bb4 Nb7 35 b3 f5 36 Qc4 fxe4+ 37 Ke2 Qf6 38 Kd2 Nd6 39 Bxd6 Qxd6+ 40 Kc2 Kg7 41 Qxe4 Rf2+ 42 Kb1 Kg8 43 Qxe5 Qd3+ 44 Ka1 Qxb3 45 Qe8+ Kg7 46 Qd7+ Kh6 47 Rh1+ Kg5 48 Qb5+, 1/2-1/2. One would have to say that White had the upper hand most of the way.

The improvement for Black was played in Portisch–Nogueiras, Reggio Emilia 1986/87. Instead of the dubious 12...Qb7, the more intelligent 12...Be7 gave Black a decent position.

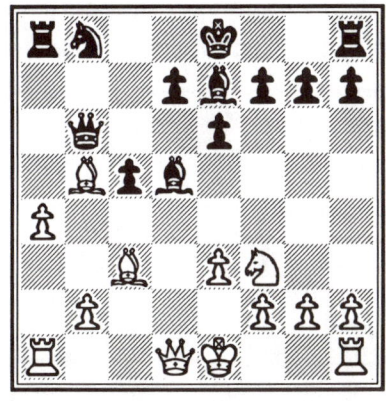

The game continued 13 O-O [13 Bxg7 Rg8 14 Be5 Rxg2 15 Bg3

Qb7! 16 Be2 Bb3 17 Qd2 Bd5 18 Qd1 Bb3, forces a draw] 13...Qb7 14 Ne1 O-O 15 Qg4 f6 16 Nf3 Na6 17 Rfc1 Rfd8 [17...Nb4!?] 18 Nd2 Nc7 19 Bd3 Ne8 20 e4 Bc6 21 b3 Rdb8 22 Rab1 Qc7 23 Nc4 [23 f4 with the idea of f4-f5 keeps White's advantage] 23...g6! [Black will regroup with ...Ne8-g7, guarding the crucial e6 point and preparing ...d7-d5] 24 e5 f5 25 Qe2 Ng7 26 Qd2 Qd8 27 Ba5 Qf8 [White appears to be playing without a plan] 28 f3 Ra7 29 Bc3 Bd5 30 Rb2 Nh5 31 Rcb1 g5 32 Nd6 Nf4 33 Bf1 Bc6 34 Qe1 Qg7 35 Bd2 Ng6 36 Nc4 Nh4 37 Be3 f4 38 Bf2 Bxf3! 39 Nd6 [39 b4!? was a last ditch attempt] 39...Bd5 40 Bxc5 Rc7 41 Bf2 Ng6 42 Bc4 Bxc4 43 bxc4 Rxb2 44 Rxb2 Bxd6 45 exd6 Rxc4 46 Rb8+ Kf7 47 Rb7 Ne5 48 a5 Ra4 49 Kh1 Qf6 50 Qd1 Rxa5 51 Bd4 Rd5 52 Qa1 Kg6 52 h3 g4 54 Bxe5 Qxe5 55 Qb1+ Qf5, 0-1.

A second try that aims for a grip on d5 and fast castling is 9 Bc4.

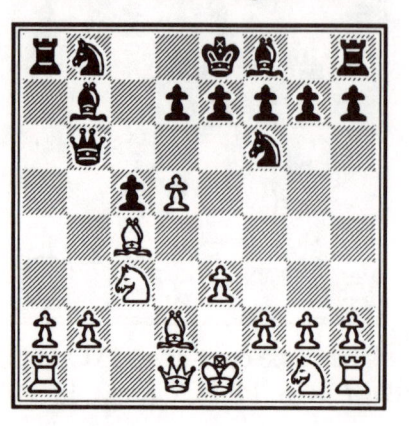

Accurate play from Black, though, should keep White from achieving his goal. With 9...e6!, Black challenges White's control of d5 and causes serious discomfort on the a8-h1 diagonal.

The reply 10 e4 is almost automatic. Instead, 10 Qf3? is too dangerous. Wolff analyzes 10...exd5 11 Nxd5 Nxd5 12 Bxd5 Bxd5 13 Qxd5 Qxb2 14 Qxa8 [14 Rd1 Qxa2 15 Qe4+ Be7 16 Bc3 Qa4! leaves White groping for compensation] 14...Qxa1+ 15 Ke2 Bd6 16 Qd5 Be7 17 g3 O-O 18 Nh3 Qb2 unclear. Even worse for White is 10...Na6! 11 e4 Nb4 12 O-O-O Ba6 13 Qe2 Be7 14 Bf4 O-O 15 Nf3 Nh5! 16 Be3 Rfb8, -+, Alexeev–Kruglikov, Moscow 1986. Not exactly model play against the Benko. Perhaps too much vodka?

The only other alternatives to 10 e4 are 10 Bc1?, which no one in his right mind would play, and 10 Qb3?!, which will be looked at later in the chapter by transposition.

Thus 9 Bc4 e6! 10 e4 Nxe4 is critical.

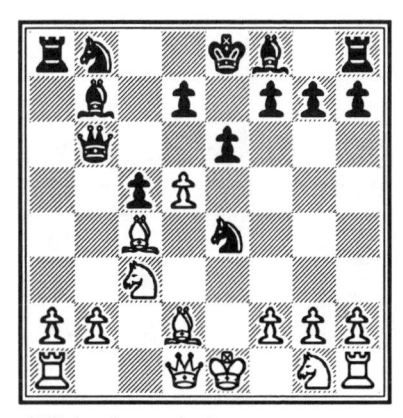

White has tried:

1) 11 Nxe4 exd5 12 Bb3 dxe4 leaves White down one pawn. After 12 Bxd5 Bxd5, Black has the advantage because of his powerful Bishops.

2) 11 Nf3 Nf6 [11...Nxd2!? 12 Qxd2 Be7 is unclear] 12 O-O exd5 13 Re1+ Be7 14 Bb3 c4! 15 Ba4?! [15 Bc2! Nc6 16 Bg5 O-O 17 Bxf6 Bxf6 18 Nd5 Qd8! 19 Nxf6+ Qxf6 20 Qxd7 Nb4 21 Bxh7+ Kxh7 22 Qxb7 Nc2 23 Qe4+ Qg6 24 Qxc4 Nxa1 25 Rxa1 is unclear] 15...Ne4! 16 Be3 Qa5 17 Bd4!, Guliev–Hacijan, USSR 1986, and now 17...O-O 18 Nd2 f5! = +.

3) 11 Nge2!? is White's latest attempt.

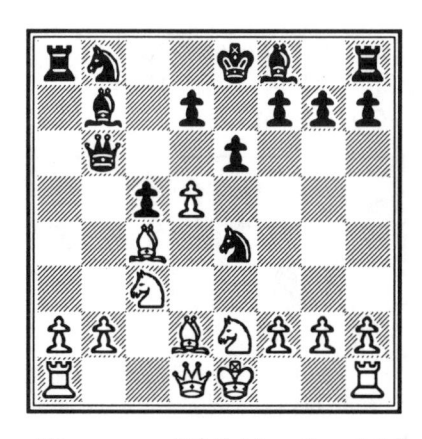

The game Didishko–Sagalchik, Minsk 1988/89, continued 11...Nxd2 12 Qxd2 Be7 13 O-O O-O 14 Rfd1 [Gelfand suggests 14 Rab1!? Ba6 15 b3 +, =] 14...Ba6 15 b3 Bxc4 16 bxc4 Na6 17 a3 Qb3 18 Qd3 Bf6! 19 Rab1 [19 Rdb1 Nb4! is unclear. If 19 dxe6 dxe6 20 Rdb1 Nb4 21 Qxh7+ Kxh7 22 Rxb3 Rfd8, Black would have good compensation for the sacrificed material according to Sagalchik and Gelfand] 19...Qxa3 20 Ra1 Qb3 21 Rab1, 1/2-1/2. All this is very interesting, but Black should consider answering 11 Nge2 with 11...Nf6!? 12 Nf4 Be7 13 O-O Na6.

4) 11 dxe6 Nxc3 is greedy. Incredibly sharp play follows after 12 exf7+ [12 Bxc3!? Bxg2 probably transposes but gives Black a chance to flunk out with 12...fxe6?? 13 Qh5+!] 12...Kd8 13 Bxc3 Bxg2 14 Bd5 [14 Qg4 looks

good, but the simple 14...Qg6! refutes it] 14...Bxh1 15 Bxh1 Nc6 16 Qg4! Kc7 17 Ne2

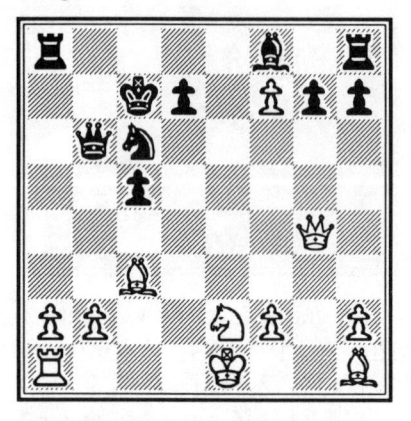

This doesn't seem very healthy for Black.

More solid is 11...fxe6, when 12 Nxe4 Bxe4 13 Qh5+ Bg6 14 Qf3 Qxb2 15 Rd1 [15 Bc3!?] 15...Qe5+ 16 Ne2 Qe4 17 Qb3 was Grooten–Alekhina, Kecskemet 1984. Is this for real? White is, for the moment, one pawn to the minus. Of course, he has a lot of development, but where should he focus his attack? If 17...Qxg2 18 Rg1 Qe4, Black has threats like ...Nb8-c6-e5 to keep White scrambling. It just goes to show you: "Development a game does not make."

We have done enough dreaming, let's get back to the real world (more or less).

The strange 9 Qf3!? has been mentioned on occasion, but it has been used in few, if any, games:

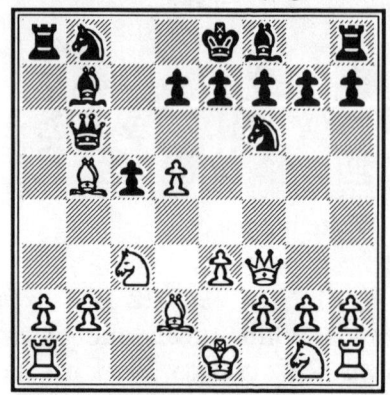

Patrick Wolff analyzes 9...e6 [9...Na6!?] 10 e4 exd5 11 exd5 Nxd5 12 Nxd5 Qe6+ 13 Ne2 [13 Qe2!? Bxd5 14 Nf3] 13...Bxd5 [13...Qxd5 14 Qxd5 Bxd5 15 O-O Be7 16 Nf4 Be6 17 Nxe6 fxe6 18 a4, +=] 14 Qg3 Bd6 15 Qxg7 Be5 16 Qg5 h6 [16...Bxb2 17 Rb1 Bf6 18 Qg3 Be5 19 f4 Bd4 is tremendously unclear, although Black seems to be fine. For example, 20 f5 Qxf5 21 Bd3 is met by 21...Bf2+!] 17 Qe3 Bxb2 18 Rb1 Qxe3 19 Bxe3 Rxa2 20 O-O Be4 21 Rbd1 Ra5 22 Bc4, with compensation for White.

Finally we come to 9 Nge2!?

Modern 5 e3 Lines

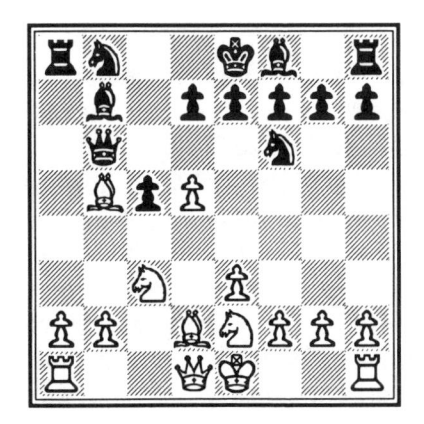

9...Nxd5 10 O-O e6 [10...Nc7 11 a4 Nxb5 12 Nxb5 e6 13 e4 Be7 14 Bf4 O-O 15 Nec3 Qc6, Ruban–Martynov, USSR 1986, and now 16 Nd6 Na6 17 Ncb5 Nb4 18 Ra3 is clearly better for White, according to Martynov] 11 a4 [I doubt if this is White's best. 11 e4 seems more accurate, and after 11...Nxc3 12 Nxc3 Be7 12 a4 O-O 13 Qh5, White is a bit better] 11...Nb4 [11...Nf6!? 12 Ng3 (12 a5 Rxa5 13 Nd5 Rxa1 14 Nxb6 Rxd1 15 Rxd1 Nc6 — J. Berry) 12...Nc6 13 e4 Be7 14 Re1 d6 15 Bg5! O-O 16 Bxf6 Bxf6 17 Qxd6 Be5 18 Qd2 Nd4 19 Ra3 Rfd8 20 Qc1 c4! gave Black good play in Hutchings–Berry, corr. 1990] 12 e4 N8c6 13 Be3 Be7 14 Na2 [14 Ng3!?] 14...Nxa2 15 Rxa2 O-O 16 b3 d5 17 exd5 exd5 18 Nf4 Nb4 19 Re2 Bc6 20 Bxc6 Qxc6 [Black's center gives her the better game] 21 Bd2 Bd6 22 Bxb4 Bxf4 23 Bd2 Bd6 24 Re3 d4 25 Rh3 Rfe8 26 Qg4 Re6 27 Rc1 Qa6 28 Qf5 g6 29 Qd3 Qa7 30 Rf3 Rae8 31 Kf1 Qb7 [White's Rook is out of the game] 32 Re1 Rxe1+ 33 Bxe1 Bxh2 34 g3 Qd7 35 Kg2 Bxg3, 0-1, C. Ionescu–J. Polgar, Bucharest 1989. After any capture on g3, Black plays 36...Rxe1, with two extra pawns.

9 Qb3

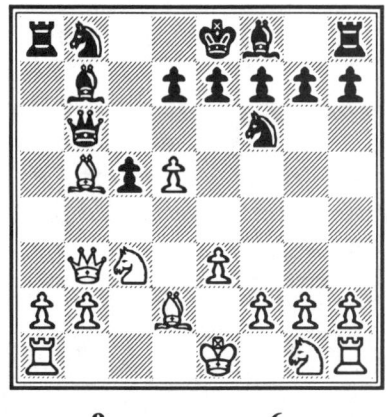

9 ... e6
10 e4

10 dxe6? Bxg2 11 exf7+ Kd8 gives White insufficient compensation for the lost material.

10 Bc4 heads for the endgame, where White hopes he has the better chances. This position can also arise by 9 Bc4 e6 10 Qb3.

Hjartarson–Fedorowicz, Hastings 1985/86, continued 10...Qxb3 11 Bxb3 exd5?! 12 Nge2 Na6! 13

O-O Be7 14 Rfd1 O-O 15 Be1 c4 [Too passive is 15...Nc7 16 Nf4 c4 17 Bc2 Bc6 18 Nfe2 Rfb8 19 Rab1, +-, Pinter-Ernst, 28th Olympiad, Thessaloniki 1984] 16 Bc2 Bc6 17 Nf4 Nb4 18 Bb1 Rfb8 19 h4 Bf8?! 20 Nce2 Na6 21 Bc3 Be7 22 h5, +=, 1/2-1/2, 42. Black can improve with 19...g6!, preparing ...Be7-f8-g7. Razuvaev-Tseshkovksy, Calcutta 1986, branched off earlier with 13...Nc7. After 14 Rfd1 Bd6 15 Be1 O-O 16 f3 Rfe8 17 Bf2 Be5 18 Rd2 Bc6 19 Rad1 h6, White was no more than microscopically better. Even stronger for Black is 10...Qxb3 11 Bxb3 Na6!

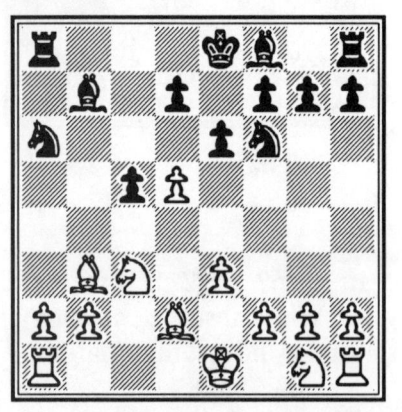

If 12 Nf3, White loses the option of playing Ng1-e2-f4, which applies pressure to d5. D. Gurevich-Benjamin, Chicago 1986, went 12 Nf3 exd5 13 O-O Be7 14 Rfd1 O-O 15 Bc1 Nc7, with a favorable game for Black.

Instead, 12 Nge2 permits 12...Nb4 13 dxe6 Nd3+ 14 Kf1 fxe6, when Black's active pieces assure an edge. The discovery of 11...Na6! makes 10 Bc4 harmless.

Finally, 10 Nge2 leads nowhere. In Quinteros-Schroer, New York 1984, 10 Nge2 Nxd5 11 O-O Be7 12 Nxd5 Bxd5 13 Bc4 Qxb3 14 axb3 Rxa1 15 Rxa1 Bc6 16 Nc3 favored White, as the a-file more than compensates for the weakness of the doubled b-pawns. However, the improvement 11...Nc7! gives Black a good game.

10 ... Nxe4!

The point of Black's play. Not as good is 10...exd5?!, when 11 exd5?! Nxd5! 12 Nxd5 [Plaskett suggests the obscure 12 O-O-O!?] 12...Qe6+ is strong for Black. However, with 11 Nxd5! Nxd5 12 exd5, White can retain an edge.

11 Nxe4 Bxd5
12 Qd3 f5!?

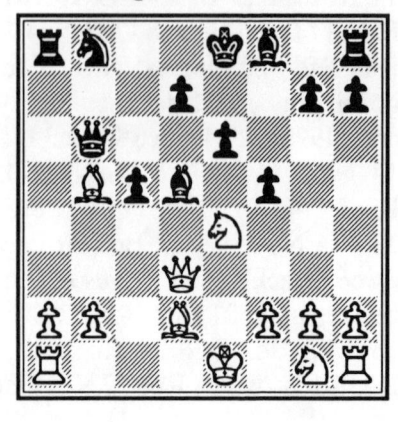

This move was in fashion for a time. The positions that follow 12...f5!? are very messy and Black's King in some cases feels airy.

There is an important alternative for Black. American GM Patrick Wolff found an amazing resource for Black after 12 Qd3, namely 12...Qb7!? In his own words, here's how he came to discover this move: "I had not done much work on the Benko for awhile, just superficial analysis. At the New York International in 1985, I played Black against Ivanov and we got to this position, only I followed theory with 12...f5. He wiped me out. Back home, I searched and searched the position, and the more I looked, the less I liked. Now I think 12...f5 is okay, but better for White. At the time I thought Black was clearly worse. Out of desperation, I came back to the position after 12 Qd3 and discovered Black could win back the piece with 12...c4, but White was better, e.g. 13 Bxc4 Bxc4 14 Qxc4 d5 15 Qc2 dxe4 16 Qxe4! Qxb2 17 Rc1 Rxa2 18 Nf3! and Black is in trouble. But if Ng1-f3 is so good for White, can't Black provoke a weakness somehow? And that's how I found 12...Qb7!"

Now, if White opts for 13 Ng3, he gets the worse game after 13...Bxg2 14 f3 Be7 [Or 14...Bxh1 15 Nxh1 Be7 16 a4 O-O 17 O-O-O Nc6 18 Bc3 d5, with a clear edge to Black, according to Wolff] 15 Qe4 Qxe4 16 Nxe4? O-O 17 Kf2 Bxh1 18 Nh3 Bxf3 19 Kxf3 d5, Bohm–Gupta, Dortmund 1986. In contrast to our main line with 12...f5, Black's King appears well-sheltered.

The critical position arises after 13 f3 c4! 14 Bxc4 Bxc4 15 Qxc4 [Bryan Nickoloff suggested 15 Nd6+ Bxd6 16 Qxd6, but 16...Qd5 17 Qxd5 Bxd5 18 a4 Nc6 19 Ne2 Ke7 is at least equal for Black – analysis by Wolff] 15...d5:

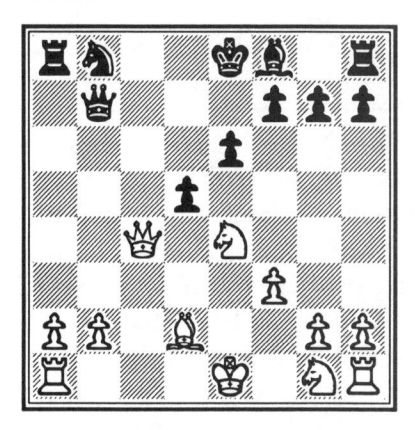

In this position, White has quite a few moves, but all of them give Black a very nice game:

1) 16 Qc2 dxe4, with these possibilities:

1.a.) 17 Rc1 Nd7 18 Qxe4 Qxe4+ 19 fxe4 Nc5 20 Ke2 Rxa2 [20...Nxe4 21 Nf3 Nxd2 22 Nxd2 Bd6, =] 21 Nf3 Rxb2 22 Rc4! [22 Ra1 Be7 23 Ra8+ Bd8 24 Rc1 Nxe4 25 Rcc8 Ke7 26 Kd3 Nxd2 27 Nxd2 Kd7 28 Nc4 Rb5!, and Wolff thinks Black should be able to squirm out and win] 22...Be7 23 Ra1 O-O 24 Ra7 Bd6 25 e5 Bb8 26 Re7 Nb3 27 Rb4

27...Nc1+? [Not the best, according to Wolff. Preferable is either 27...Bxe5 28 Nxe5 Rxd2+ 29 Ke3 Rxg2 30 Rxb3 Rxh2 drawing, or 27...Nxd2 28 Rxb2 Nxf3 29 Kxf3 Bxe5 30 Rb1!, and the game should be drawn, though Black is slightly better] 28 Ke3 Rxb4 29 Bxb4 Rc8 30 Bd6 Nb3 31 Rb7 Bxd6 32 exd6, and White had the better chances in Litvinchuk–Wolff, US Junior Championship, New York 1985.

1.b.) 17 Bc3 Bb4! 18 Ne2?! [Wolff suggests 18 fxe4 Bxc3+ 19 bxc3 (19 Qxc3!?) 19...O-O (Or 19...Nd7 20 Nf3 Qb6 21 Qf2 Qb5 22 Nd4 Qc4 23 Ne2 Qxe4, = +) 20 Nf3 Qb6 as being only slightly inferior for White] 18...exf3 19 gxf3 Bxc3+ 20 Qxc3 O-O 21 Rg1? [The ugly 21 O-O gives some hope] 21...g6 22 Rg3 Nc6 23 Rg4 Rfc8 24 Ng3 Rab8 25 Ne4 Qxb2 26 Nf6+ Kg7 27 Nh5+ Kf8 28 Qxb2 Rxb2 29 Ng3 Ne5, 0-1, Nickoloff–Wolff, Toronto 1985/86.

1.c.) 17 Qxe4? Qxe4+? 18 fxe4 Nd7 19 Ne2 Nc5 20 Nc3 Nd3+ 21 Ke2 Nxb2 22 Nb5 Ra4 23 Nc3 Ra8 24 Nb5 Ra4 25 Nc3 Ra8 26 Nb5, 1/2-1/2, Karpov–Miles, Tilburg 1986. But 17...Qxb2! is much stronger. Wolff analyzes 18 Rb1 (18 Qxa8 Qxa1+ 19 Ke2 Bd6 20 Qa4+ Ke7 21 Qc2 Qe5+ 22 Be3 Na6 23 Nh3 Nb4 24 Qd2 Rc8 25 Rc1 Qb5+ 26 Kf2 Rxc1 27 Qxc1 Nd3+ 0-1) Qxa2 19 Ne2 Nd7 20 Nc3 Qa6 21 Nb5 Rc8, −+, and 18 Rd1 Rxa2 19 Ne2 Bc5! 20 Bc3 Qa3 21 Bxg7 Rg8 22 Bf6 Nd7 23 Rxd7 Qb4+ 24 Qxb4 Bxb4+ 25 Bc3 Kxd7 26 Bxb4 Ra1+, winning.

1.d.) 17 fxe4 Nc6 [Wolff prefers 17...Nd7! 18 Nf3 Bc5 19 b4! Bxb4 20 O-O Bxd2 21 Qxd2 O-O, = +] 18 Nf3 Nb4 19 Bxb4 Bxb4+ 20

Kf2 O-O 21 Rhd1 Rfc8, =, Dlugy–D. Gurevich, US Championship, Estes Park 1985.

2) 16 Nc5 Qc6 [Wolff gives 16...Qxb2 17 Qc3 Qxc3 18 Bxc3 Bxc5 19 Bxg7 Rg8, -+] 17 Qc2 [Not so bad is 17 Qc3!? Qxc5 18 b4 Qxc3 19 Bxc3 Ra3! 20 Kd2 Ng6 (20...d4!?) 21 b5 Nc5, = +] 17...Qxc5 18 Qxc5 Bxc5 19 Ne2 Nc6 20 Rc1 Nb4 21 Bxb4 Bxb4 22 Kf2 Kd7 23 a3 Be7 24 Rc2 Bf6 25 Rd1 Rhb8, and White was in big trouble, Tataev–Naifelt, Moscow 1986.

3) 16 Qc3 dxe4 17 Ne2 Nd7 18 O-O Rc8 19 Qa5 Bc5+ 20 Kh1 e3 or 20...O-O is better for Black — Wolff.

4) 16 Qe2 dxe4 17 Bc3 Bb4 18 Qxe4 [Neither 18 fxe4 Bxc3+ 19 bxc3 Ra4!, -+, nor 18 Bxb4 Qxb4+ 19 Qd2 Qb6 20 fxe4 O-O 21 Ne2 Rd8 22 Qc3 Nc6, -+, is satisfactory for White] 18...Bxc3+ 19 bxc3 Qb2 20 Rb1 Qxc3+ 21 Kf1 Qa3 22 Ne2 O-O 23 Nc1 Nd7, and Black stands well.

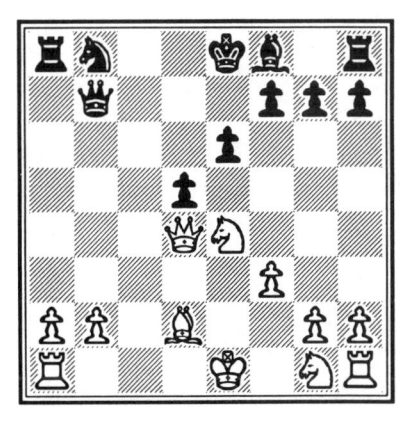

5) 16 Qd4

Best. White does not fear Alburt's suggestion of 16...Nc6, as 17 Qe3 dxe4 18 Qxe4 Bc5 [Black should settle for sterile equality with 18...Bb4! 19 Bxb4 Qxb4+ 20 Qxb4 Nxb4 21 Ke2 Ke7 22 Nh3 Rhc8 23 Rhc1] 19 Rc1 Qb6 20 b4! Bf2+ 21 Kf1 Rc8 22 b5 Ne7 23 Rxc8+ Nxc8 24 Ne2 O-O 25 a4 is good for White – analysis by Wolff. Mednis gives 16...dxe4 17 Bc3 Nd7 18 Qxe4 Qxe4+ 19 fxe4 Nc5 20 Nf3 Nxe4 21 Bd4 f6 22 Ke2 e5 23 Be3 Bd6, with complete equality. In a must-win situation, Black might risk 17...exf3 18 Nxf3 Nd7. Wolff analyzes 19 O-O-O Rxa2 20 Ne5 Ra1+ 21 Kc2 Ra7 22 Rhf1 f6! 23 Qg4 Nxe5 24 Bxe5 Qc6+ 25 Kb1 Qa6 26 Qh5+ g6 27 Qh4 Be7 28 Rxf6 Qe2 29 Qe1 Qxe1 30 Rxe1 Bxf6 31 Bxf6 O-O 32 Rxe6 Raf7, -+.

Overall, 12..Qb7!? is a good alternative to 12...f5 and may well be the better move.

Let's return to the position after 12...f5.

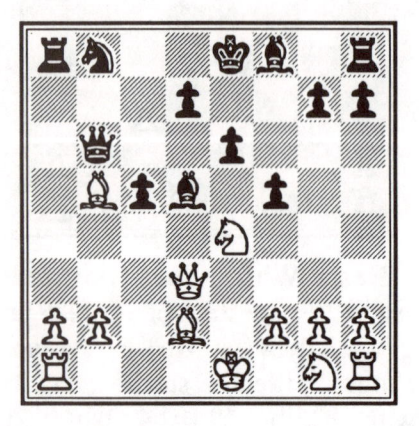

13 Ng3

The previously mentioned Benjamin–Alburt game continued 13 Ng5? Bxg2 14 Qe2 Bxh1 15 f3 Ra6 [Maybe 15...Ke7!? is even stronger] 16 a4 [Alburt mentions 16 Bxa6 Nxa6 17 Bc3 Be7 18 N5h3 Bh4+ 19 Kd2 Nb4, -+] 16...Be7 17 N1h3 h6 18 a5 Qb7 19 Nxe6 Rxe6 20 Qxe6 Qxb5 21 Qe2 Qxb2 22 Rd1 Nc6 23 Kf2 Qd4+ 24 Be3 Qh4+ 25 Kg1 Qxh3 26 Kxh1 Na5 27 Bxc5 Nc6 28 Bxe7 Nxe7 29 Rg1 Kf7 30 Rxg7 Kxg7, 0-1.

Worthy of more tests is 13 Nc3!? Bxg2 14 O-O-O Bxh1 15 f3 Qb7 16 Re1 Nc6 17 Nh3 Nd4 18 Ng5 Nxb5 19 Nxb5 Qc6? 20 Nxe6! dxe6 21 Rxe6+ Qxe6 22 Nc7+ Kf7 23 Nxe6, Micich–Sorensen, Albertslund 1986. After 23...Kxe6 24 Qb3+, White has a good attack on Black's King, as all the Black pieces are mere spectators.

13 ...   Bxg2
14 a4

Anchoring the Bishop at b5 and thinking about castling queenside.

14 Nf3? is bad. Beliavsky gives 14...Qb7 15 Ke2 Bxf3+ 16 Qxf3 Qxb5+ winning, while Pliester suggests 14...Bxh1 15 Nxh1 Bd6, -+.

More reasonable: 14 N1e2.

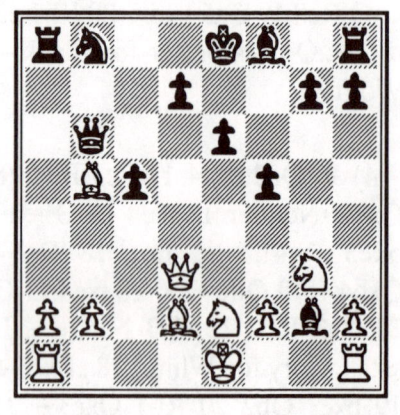

14...Bxh1 15 Nxh1 Be7 16 Nhg3 [White suffered a disaster in the game Farago–Ermenkov, Prague 1985: 16 Bc3 O-O 17 Bxd7?? Rd8 18 Qg3 Bf8, 0-1] 16...O-O 17 a4! [17 Nh5 Nc6 18 Bc3 Rf7 19 Nef4

Bf8 20 a4 d5! led to unclear play in Kogan–Dunning, USA 1985] 17...d5?! [Both 17...Ra7!? and 17...Kh8!? can be considered. 17...Nc6 would transpose into our main column lines] 18 Nf4 [Threatening 19 Nxd5!] 18...Ra7? [Black can survive 18...Na6 19 Bd7 Nc7 20 Nxe6! Nxe6 21 Qxd5, +=] 19 Kf1! Bf6? 20 Re1 Re7 21 Nxe6! Rxe6 22 Qxd5 Kf7 23 Bc4 Re8 24 Nxf5 Kg6 25 Rxe6 Rxe6 26 Qxe6, 1-0, Costa–Popovich, Reggio Emilia 1985.

14 ... Be7

Muse–Tatai, Berlin 1985, continued 14...Nc6 15 O-O-O Nd4 16 Be3! Bd6 17 Bxd4 cxd4 18 N1e2 Bxh1 19 Nxh1 Ra7. According to Tatai, 20 Nxd4! gives White the better of it. Tatai thinks 14...Qb7 15 f3 Nc6! is correct.

After 16 Bc3,

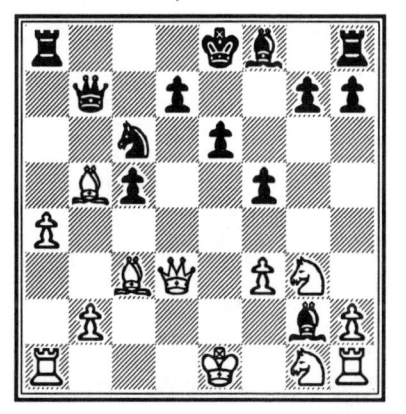

Tatai analyzes: 1) 16...Na7? 17 Qe2! Bxh1 [Relatively best is 17...Nxb5 18 Qxg2 Nxc3 19 bxc3 Rxa4 20 Rxa4 Qb1+ 21 Kf2 Qc2+ 22 N1e2 Qxa4, with three pawns for a piece] 18 Qxe6+! Be7 19 Nxf5 Nc8 20 Qxe7+! Nxe7 21 Nd6+, and White wins.

2) 16...Bxh1 17 Nxh1 Na7! lets Black use his central pawns. If 18 Ba6 Qc6 19 Ng3 d5, White's Bishop at a6 is threatened by ...c5-c4. Also 18 Bc4 d5 19 Ba2 Nc6 looks promising for Black.

Very reasonable is 14...Qb7 15 f3 Be7 16 N1e2 Bxh1 17 Nxh1 O-O 18 O-O-O.

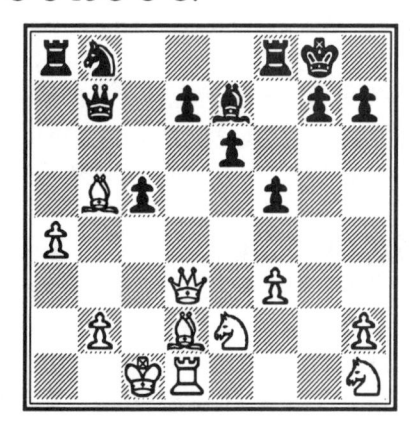

Two examples:

1) 18...Bf6 19 Bc3 d5 20 Nf4 Bxc3 21 Qxc3 Rf6 22 Ng3 Na6 23 Ngh5 Rf7 24 Nxe6 Nc7 25 Nxc7

Qxc7 26 Qd2 f4 27 Qxd5 Rf8 28 Qe6 Kh8 29 Rd7 Rxd7 30 Bxd7 Qd8 31 a5 Qg5 [31...Qxa5? loses to 32 Qe5 Rg8 33 Be6] 32 Qg4 Qxg4 33 Bxg4 g6 34 Bd7! Ra8! [Not 34...gxh5? because of 35 Bc6] 35 Nxf4 Rxa5 36 Kc2, +=, 1-0, 91, Beliavsky–Miles, 26th Olympiad, Thessaloniki 1984.

2) 18...Nc6 19 Kb1?! Ne5 20 Qe3 Nxf3 21 Bc3 Bg5 22 Qxc5 Qe4+ 23 Rd3? [After 23 Ka2 Be3 24 Qb4, the complications probably favor White] 23...Rfc8? [Black wins with 23...Qxe2 24 Rxd7 Qe4+ 25 Bd3 Nd2+!] 24 Qf2 Ne5 25 Qd4 [25 Bxe5!?] 25...Qxe2 26 Qxe5 Qf1+ 27 Ka2 Bf6 28 Qxf6! Rxa4+! 29 Kb3 Ra3+! 30 Kxa3 Qa1+ 31 Kb4 gxf6 32 Ng3 Qg1 33 Bd4 Qe1+ 34 Bc3 Qg1 35 Bd4 Qe1+ 36 Bc3 Qf2 37 Bd4 Qf4 38 Nh5 Qd6+ 39 Kb3 Rb8 40 Ka4 Ra8+ 41 Kb3 Rb8 42 Ka4 Ra8+ 43 Kb3 Ra5 44 Bc4 Qc6 45 Nxf6+ Kf7 46 Rh3 Ra1 47 Rxh7+ Kg6 48 Be2 Qa4+ 49 Kc3 Rc1+ 50 Kd3 Qc2+ 51 Ke3 Re1 52 Rg7+ 0-1, Kouatly–Ermenkov, Albena 1985.

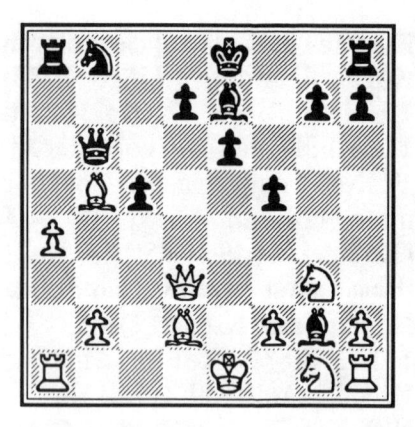

White can develop his Knight on g1 to either e2 or f3. We will treat the more popular 15 N1e2 as our main line, although, in my opinion, 15 Nf3 is stronger.

For example: 15 Nf3 Bxh1 16 Nxh1 Bf6 [16...O-O 17 Ng3 d5 18 Kf1 Qd6 19 Re1 Na6 20 Ne2 Bf6 21 Bf4 e5 22 Bxa6 exf4 23 Bc4, and Black has difficulties, I. Ivanov–Wolff, New York 1985] 17 Ng3 O-O 18 Kf1 d5 19 Re1 Na6 20 Bf4 c4 21 Qe2 Nc5 22 Be3 d4 23 Bxd4 Bxd4 24 Nxd4 f4 25 Ne4 Nd3 26 Bxc4 Qxd4 27 Qxd3 Qxd3+ 28 Bxd3 Rxa4 29 Nc5, +-, Novikov–Palatnik, Lvov 1986.

15 N1e2   Bxh1
16 Nxh1   O-O
17 Bc3   d5
18 Nhg3

14 ...   Be7

It seems wise for White to mobilize this Knight as quickly as possible. Less promising is 18 O-O-O Na6 19 Be5 Bf6! 20 Bxf6 Rxf6 21 Nf4 Nc7 22 Ng3 Rf7! 23 Qe2 Qd6 24 Nh3 h6 25 f4 Nxb5 26 Qxb5 Rfa7, with an overwhelming position for Black, Conover–Alburt, USA 1985.

18 ...   **Nc6**
19 Qe3   **e5**

Possibly better is 19...Nd8!?

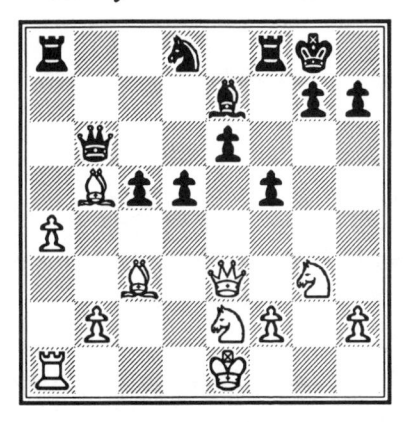

20 Nh5 d4 21 Nxd4 cxd4 22 Bxd4 Qb7 23 Bxg7 Qh1+ 24 Bf1 f4 25 Qe2 Rf5 26 O-O-O Qc6+ 27 Bc3 f3 28 Qd3 Qxa4 29 Ng3 Rd5, 0-1, D. Gurevich–Nicholson, Lugano 1985.

However, White can improve with 20 b4!?, when 20...d4 21 bxc5 Bxc5 22 Bxd4 is bad for Black and 20...f4 21 bxc5 Bxc5 22 Qe5 Bxf2+ 23 Kf1 Rf7 24 Nh5 Raa7 25 Nd4 Be3 26 Ke2! leaves Black at a loss for useful moves.

20 Bxe5   **Bg5**
21 f4   **Rae8**
22 Bxc6   **Qxc6**
23 Rc1   **Be7**
24 b4   **Bd6**
25 Rxc5   **Bxc5**
26 Qxc5

White is winning. Plaskett–Barlov, Bor 1985, concluded 26...Qxa4 27 Qxd5+ Kh8 28 Qd4 Rf7 29 Kf2 Qd7 30 Qxd7 Rxd7 31 Nxf5 Rb7 [Or 31...Rxe5 32 fxe5 Rf7 33 Nd4 g6 34 e6! Rf8 35 e7 Re8 36 Nc6! gxf5 37 b5, and White wins] 32 Nd6 Reb8 33 Nxb7 Rxb7 34 Bc3 Kg8 35 Nd4 Kf7 36 b5 Ke7 37 Bb4+ Kd7 38 Ke3 Rb8 39 Kd3 g6 40 Bc5 Ra8 41 b6 Kc8 42 Kc4 Kb7 43 Kb5 Ra2 44 Ne6 Rb2+ 45 Bb4 Kc8 46 Nc5, 1-0.

A.2.   **8 Nge2!?**

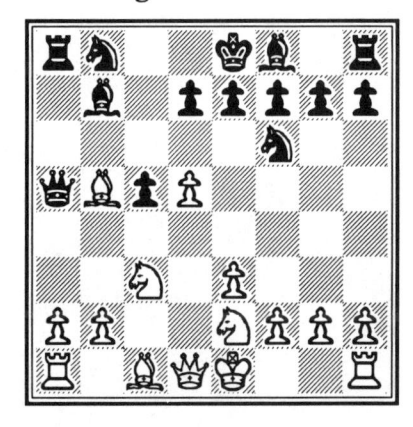

We will call this the Farago variation, after the Hungarian GM Istvan Farago. White abandons his extra pawn, hoping to gain attacking chances from his lead in development and Black's offside pieces.

Black has two serious choices: **A.2.a. 8...Bxd5** and **A.2.b. 8...Nxd5**.

Anything other than taking on d5 is ridiculous: 8...e6?! 9 e4 [Also good is 9 O-O exd5 10 Qb3 Bc6 11 Bxc6 dxc6 12 e4, +-, Farago–Z. Polgar, Amsterdam 1985] 9...Nxe4 10 O-O Nxc3 11 Nxc3 Be7 12 dxe6 fxe6 13 Qh5+ [13 Bd3!?] 13...g6 14 Qh6, with a strong attack.

Or 8...g6 9 O-O Bg7 10 a4 O-O 11 e4, and Black doesn't have any compensation for the pawn.

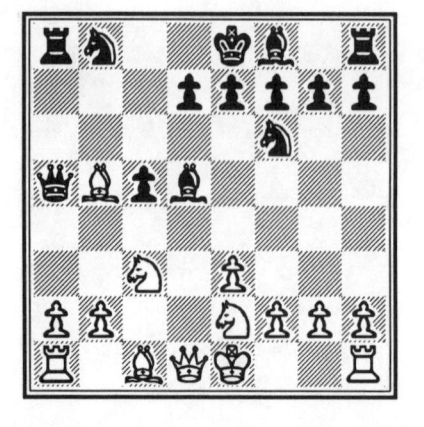

A.2.a. 8 ...   **Bxd5**

This is probably somewhat better than the capture with the Knight.

9 O-O   **Bc6**

9...Bb7 transposes to A.2.b.2, 8...Nxd5 9 O-O Nf6, on p. 83.

9...e6 10 Nxd5 Nxd5 11 a4 is just good for White. Black must always beware of White's Rook swinging over to the kingside via a3.

10 Qd3!?

An attractive alternative is 10 a4. Then 10...e6 11 Ng3 Be7 12 e4 O-O 13 e5 Nd5 14 Bd2 Qc7 15 Nxd5 Bxd5 16 Bc3 lets White attack with Qd1-g4 and Ng3-h5.

Nor does 10...g6 equalize. Co. Ionescu–Biriescu, Romania 1988, continued 11 Bd2 Qb6 12 e4 Bg7 [White gets good compensation from 12...Nxe4 13 Nxe4 Bxe4 14 Bc3 f6 15 Nf4] 13 Nf4! Nxe4 [Or 13...O-O 14 e5 Ne4 15 Bxc6 Nxc3 16 Bxc3 Qxc6 17 Nd5 Re8 18 Re1, +-] 14 Nfd5 Bxd5! 15 Nxd5 Qb7 16 Bf4 O-O 17 Nxe7+ Kh8 18 Qb3 d6 19 Qd5! Qxd5 20 Nxd5 Bxb2 21 Rae1 f5 22 Bh6 Rd8 23 f3 Bd4+ 24 Be3 Nc3 25 Nc7 Ra7 26 Ne6 Bxe3+ 27 Rxe3 Re7 28 Rfe1

Nd5. Now Ionescu recommends 29 Nxd8 Nxe3 30 Nf7+! Rxf7 31 Rxe3 Nd7 32 Re8+ Kg7 33 Rd8, +-.

In Fedorowicz-Berg, Ostende 1987, White refuted 10...Bxb5?! 11 Nxb5 d5? [Necessary is 11...e6] by 12 e4!

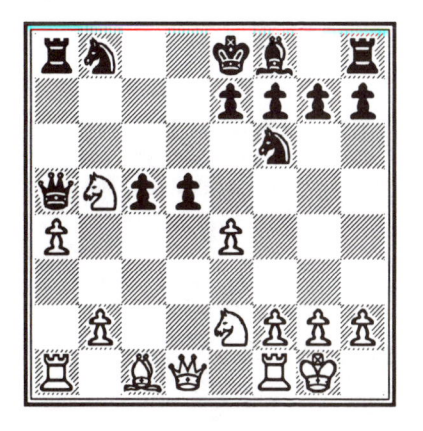

Hopeless is 12...d4 13 b4! cxb4 14 e5 Nd5 15 e6 fxe6 16 Nexd4. If 12...e6 13 exd5 Nxd5 14 Nf4 Nb4 15 Qg4, White threatens 16 Nh5. And 12...e6 13 exd5 exd5 14 Nf4 d4 [14...Qd8 15 Nxd5!] 15 Re1+ Be7 16 Nd6+ Kf8 17 Nf5 Bd8 18 b4! leaves Black suffering.

The game continued 12...dxe4 13 b4! Qd8 [13...cxb4 14 Qc2 wins for White] 14 Qc2! e6 15 bxc5 Na6 16 Rd1 Qc8 17 c6 Bc5 18 Be3! Qxc6 19 Rac1! [Black might survive 19 Rd6? Qxd6] 19...O-O?! [The best chance is 19...Nd7 20 Rxd7?! Kxd7 21 Bxc5 Qxc5] 20 Bxc5 Qxc5 [Neither 20...Rac8 21 Bxf8 nor 20...Rfc8 21 Na7! Rxa7 22 Bxa7 Qxc2 23 Qxc2 Rxc2 24 Rd8+ saves Black] 21 Qxc5 Nxc5 22 Rxc5. Black doesn't have enough for the piece.

10 ...   Bxb5

Worthy of serious consideration is 10...g6 11 e4 Bg7 12 Be3 [Karsa suggests 12 e5!? Ng4 13 f4] 12...O-O 13 Bxc5 Nxe4 14 Bxe7 Re8 15 Bxc6 Nxc6 16 Bd6 Qa6 17 Qxa6 Rxa6 18 Nxe4 Rxe4 19 Nc3, I. Farago-Karsa, Hungary 1987, when Black equalizes with 19...Rd4! 20 Rfd1 Rxd1+ 21 Rxd1 Bxc3 22 bxc3 Rxa2.

In A. Martin-Hodgson, Icklicki Masters, London 1989, Black played 10...e6 and won a nice game after 11 e4 Be7 12 Bf4 O-O 13 Bxc6 Nxc6 14 e5 c4! 15 Qxc4 Nxe5 16 Qd4 Nc6 17 Qd2 d5 18 Rfc1 Rac8 19 a3 Rfd8 20 b4 Qa8 21 Qd1 d4 22 Na4 Nd5 23 Bd2 Bf6 24 Rab1 d3! 25 Nec3 Nxc3 26 Bxc3 Nd4 27 Nb6 Ne2+ 28 Kf1 Qb8 29 Bxf6 Qxh2 30 Ke1 Qh1+ 31 Kd2 Qh6+ 32 Ke1 Rxc1 33 Rxc1 d2+, 0-1.

11 Nxb5

Lame is 11 Qxb5 Qxb5 12 Nxb5 Na6!, =.

11 ...	Nc6
12 Bd2	Qb6
13 a4	d5
14 e4!	dxe4
15 Qg3	e5
16 Nec3	Be7
17 Qxg7	Rg8
18 Nd5!!	

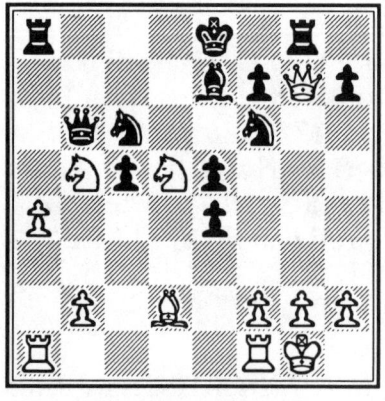

White has the initiative.

Farago–Stangl, Altensteig 1987, continued 18...Rxg7 19 Nxb6 Rb8 20 a5 [20 Nc4!?] 20...Nd7 21 Nd5 Kd8 22 Ndc3 f5 23 a6 Kc8 24 a7 Ra8 25 Nd5 Kb7 26 Ndc7 [26 Nxe7!?] 26...Nxa7 27 Nxa8 Nxb5 28 Ra5 Nd6? [Farago analyzes 28...Nd4! 29 Rfa1 Nf3+ 30 Kh1 Nxd2 31 Ra7+ Kc8 32 Rd1 Bg5 33 Nb6+ Kd8 34 h4 Bh6 35 Nd5, +=] 29 Rfa1 Nc8 30 Rb5+ Kc6 31 Rb3 Bd8 32 Ra6+ Kd5 33 Rb7 Rf7 34 Nc7+ Kc4 35 Ne6 Bf6 36 Ra4+ Kd5 37 Ra6 Kc4 38 Rc6 Kd5 39 Rxc8 Kxe6 40 Rc6+ Kd5 41 Rxf6 Rxf6 42 Rxd7+ Kc4 43 Bc3 Re6 44 Rxh7 f4 45 Kf1, 1-0.

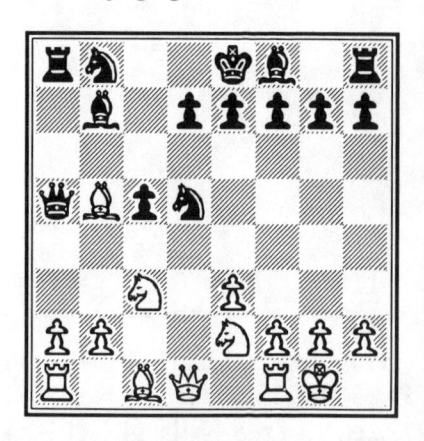

A.2.b.

8 ...	Nxd5
9 O-O	

Here Black has tried: **A.2.b.1.** 9...Nc7; **A.2.b.2.** 9...Nf6; **A.2.b.3.** 9...Nxc3.

Note that 9...e6 10 e4 Nxc3 11 Nxc3 transposes to 9...Nxc3 10 Nxc3 e6 11 e4, A.2.b.3. on p. 91.

A.2.b.1.

9 ...	Nc7
10 Bc4	

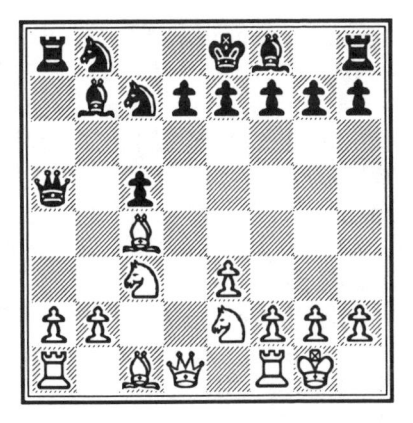

10 a4!? e6 11 Ng3 Be7 12 Qg4 O-O 13 e4, +=.

10 ...   Nc6

It seems that everything gives White some advantage. For example:

10...e6 11 e4 Be7 12 Bf4, White has a space advantage.

10...Ba6 11 Bxa6 Qxa6 12 e4 e6 13 Bf4 d6 14 a4! Nc6 [14...Be7 15 Nb5! Nxb5 16 axb5 Qxa1 17 Qxa1 Rxa1 18 Rxa1 O-O 19 Ra7, +-] 15 Nb5! O-O-O 16 Nec3 Ne8 17 Qe2 Kb7 18 Rfd1 Be7 19 Rd2 Rd7 20 Rad1, and Black's position is absolutely hideous, Farago–Ermenkov, Albena 1985.

11 e4

White must avoid 11 Qb3 e6 12 Qxb7? Rb8.

11 ...	Ne5
12 Bb3	e6
13 Bf4	Ng6
14 Ba4!	Rd8
15 Bg5!	Be7

Pigusov claims that White is also better after 15...f6 16 Bd2 Qb6 17 f4!, planning 18 f5.

16 Bxe7	Nxe7
17 Qd6	Nc8
18 Qe5	f6

After 18...O-O 19 b4! d6 20 bxa5 dxe5 21 Rfb1 Ba6 22 Nb5, White's strong a-pawn and Black's wrecked pawn structure give White a won game.

19 Qh5+	g6
20 Qh6	Kf7
21 Rad1	Nb6
22 Bb3	Qb4
23 e5!	c4

23...fxe5 24 f4 e4 25 f5 is winning for White. Also good for the first player is 23...f5 24 Ng3 c4 25 Qh4 Qe7 26 Qd4 Qb4 27 Bc2, +-.

24 exf6	Qf8
25 Qf4!	Qc5
26 Bc2	Ne8?!

Even after the superior 26...Ncd5, White stays in control with 27 Qg5, according to Pigusov.

27 Ng3	d5?
28 Nge4	Qc6
29 Ng5+	Kf8
30 Rfe1	Bc8
31 Nf3	
1-0	

Ruban–Barkovsky, USSR 1988. Not one of Barkovsky's better days.

A.2.b.2.

9 ...   Nf6

Hoping to escape unscathed with ...e7-e6 or ...g7-g6, but no such luck.

10 e4!

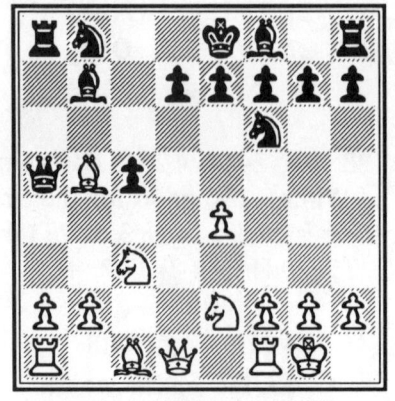

With the big threat of 11 e5. A decent alternative is 10 Qd3 e6 11 e4 Nc6 [11...Be7 12 e5 Nd5 13 Qg3 g6 14 Bg5!, +-, Farago–Wolff, Philadelphia 1986] 12 Rd1 Rd8 13 Qg3 Be7 14 Bg5 O-O 15 e5 Nh5 16 Qh4 Bxg5 17 Qxg5 g6 18 Rd3 Qc7 19 Rh3 f6 20 exf6 Nxf6 21 Qxc5 Ng4 22 Bxc6 Bxc6 23 Rf1 Rf5 24 Qd4 h5 25 Rg3 Kh7 26 h3 Nf6 27 Qe3 e5 28 Rg5 Rxg5 29 Qxg5 Rf8 30 Nc1 Kg7 31 Nd3 d6 32 Rd1 Qb7 33 f3 Re8 34 Kh2 Qb8 35 Re1 Nh7 36 Qe3 Nf6 37 a3 Ba8 38 Re2 Re7 39 Kh1 Qb3 40 Qg5 Qc4 41 Nf2 Rf7 42 Qd2 Rd7 43 Nfe4 Ne8 44 Qg5, and White eventually won in Benjamin–Alburt, US Championship, Cambridge Springs 1988.

Also seen is 10 f3 Bc6 11 Bc4 Qb6 12 e4 d6 13 Ng3 Qb7 14 Qe2 e6 15 Rd1 Nbd7 16 Bf4 Ne5 17 Bb5 Rb8 18 a4 Be7 19 Nf1! O-O 20 Ne3 Nfd7 21 Bg3, +-, Lautier–Wagner, Hamburg 1986. Though White got away with 10 f3, it's a weakening move and a loss of time.

10 ...   Nxe4

White gets a dangerous initiative from 10...e6 11 e5 Nd5 12 a4 Be7 13 Nxd5 Bxd5 14 Ra3!

11 Bf4!

Threatening is 12 Bxb8 Rxb8 13 Qxd7 mate.

11 ... Nf6

Black's Knight is landing on f6 from many directions.

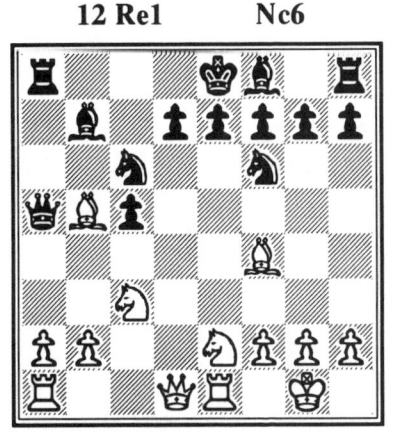

12 Re1 Nc6

13 Ng3?!

Stronger is 13 Bxc6! Bxc6 14 Ng3 e6 [14...g6 15 Qe2! keeps Black's King hanging around] 15 Nf5 d5 16 Be5!, when Black's King is stuck in the middle.

13 ... Nd4!
14 a4 e6
15 Be5 Be7
16 Nh5 Nxh5
17 Qxh5 Nxb5
18 Nxb5 O-O!

Black has an excellent position.

Kouatly–Fedorowicz, Clichy 1986/87, continued 19 Rad1 Bc6 20 b3 Qb4 21 Re3 f6 22 Bc3 Qxb3 23 Bxf6 Qc2 24 Na3! Qa2? [Black gets a terrific position with 24...Qxd1 +! 25 Qxd1 Bxf6] 25 Ra1 Qd2 26 Nc4 Qxe3?! [26...Bxf6!] 27 fxe3 Bxf6 28 Ra3 Rab8 29 h4 Be7 30 Ra1 Rb4 31 Ne5 Rxh4 32 Qd1 Bg5 33 Ra3 Bxa4 34 Qd6 Re4 35 Qxc5 Bh4 36 Nf3 Bf6 37 Qd6 Bc6 38 Rb3 h5? [38...h6! isn't as loose] 39 Rb8 Rxb8 40 Qxb8+ Kf7 41 Qh8! h4 42 Qh5+ Ke7 43 Qc5+ Kf7 44 Qh5+ Kf8 45 Qc5+ Kg8 46 Qh5 d5 47 Ng5 Bxg5 48 Qxg5 Kf7 49 Qd8 Ba4, 1/2-1/2. Black still has slight winning chances in the final position.

A.2.b.3.

9 ... Nxc3

Black saves time by exchanging.

10 Nxc3 e6

Black's most sensible approach. White has two good replies to 10...g6. Ruban–Kalegin, USSR 1987, continued 11 Bc4!? Bc6 12 Qb3 e6 13 Bd2?! Qb4 14 Nb5 Qxb3 15 axb3 Rxa1 16 Rxa1, +=, and 13 e4 Bg7 14 Bf4 O-O 15 Bd6, +-, which appears even stronger.

White's second choice, 11 e4 Bg7 12 a4, gives Black problems, too. Neither 12...Bxc3 13 bxc3 Qxc3 14 Ra3 Qd4 15 Rd3 Qxe4 16 f3 Qf5 17 g4 Qe6 18 Re1 nor 12...Nc6 13 Qd5! Qb6 14 Be3 [Or 14 Bg5!?] 14...Bd4 15 Bh6 Ne5 16 Qb3 Qf6 17 Nd5 Bxd5 18 Qxd5 is satisfactory for Black. In a 20 minute game, Fedorowicz–Berg, Monaco 1987, Black tried 12...O-O, hoping to trap White's Knight after 13 Nd5 Nc6 14 Bxc6 dxc6! 15 Nxe7+ Kh8. But White soon reached a winning position with 13 Bg5! Re8 [13...f6 14 Be3, +-; 13...e6 14 Be7!? Rc8 15 Ra3, +-] 14 Nd5 Qd8 [Bad is 14...e6? 15 Nf6+, while 14...Nc6 15 Ra3 sets up Ra3-h3 and Qd1-g4-h4] 15 f4 Nc6 16 f5! Nd4 [If 16...Bd4+ 17 Kh1 f6 18 Bf4 Ne5, White wins with 19 Bxe5 Bxe5 20 Bxd7! Rf8 21 fxg6 hxg6 22 Qg4] 17 Bc4 [Eyeing f7] 17...gxf5 18 exf5 Bxd5 19 Bxd5 Ra6 20 Qh5 Rf8 21 Kh1!? Bf6 22 b4! Bxg5 23 Qxg5+ Kh8 24 bxc5 e6 25 f6! Rg8 26 Qd2 Nf5 27 Be4 Qxf6 28 Bxf5 exf5 29 Qxd7 Qg7 30 Qd5 Rg6 31 Ra2.

11 e4   Be7

11...Bxe4? 12 Bxd7+ Nxd7 13 Nxe4 Qb6 14 Bf4 gives White an edge.

12 Qd3

Not so clear is 12 a4 O-O 13 Bf4 Qb6 14 Bxb8 Rfxb8 15 Qxd7 Bf6, with compensation, Lautier–Janovsky, Belgrade 1988.

Bareev gives 13...d6 14 Bxd6 Rd8 15 Bxe7!? [Harmless is 15 e5 Bxd6 16 exd6 Qb6, =] 15...Rxd1 16 Rfxd1 Na6 17 Rd7, with plenty for the Queen.

A very good alternative is 12 Bf4.

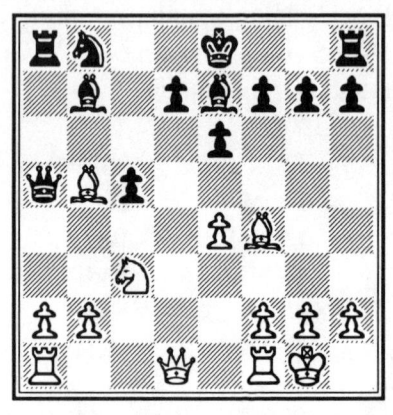

Black can try:

1) 12...Nc6 13 a4 Qd8 [Black has problems after 13...Nd4 14 Be5! Nxb5 15 Nxb5] 14 Bc4 O-O 15 Nb5 e5? [Extremely ugly. 15...Nb4 had to be played] 16 Bg3 Nd4 17 Bxe5 Nxb5 18 Qg4, and Black was in a bad way, Nickoloff–Basanta, Saint John 1988. The game concluded 18...Bf6 19 Bxf6 Qxf6 20 Bxb5 Qxb2 21 Qxd7 Bxe4 22 Qe7 Qb4 23 Rac1 [Threatening 24 Rc4] 23...Rxa4 24 Bxa4 Qxa4 25 Rfe1 Ba8 26 Rxc5 [Threatening 27 Qxf8+] 26...Rb8 27 Rc4! Qb5 28 Rb4! Qxb4 29 Qxb4, 1-0.

2) 12...Qd8? 13 Qg4 O-O 14 Rfd1 Nc6 15 Rd3 f5 [Panic. Better is 15...Nd4 16 Be5 Bf6 17 Bxf6 Qxf6 18 Bxd7 Rfd8 19 Ba4 Ba6 20 Rdd1 Rab8, with activity] 16 exf5 Rxf5 17 Rad1 Nd4 18 Rg3, and White stood better in Portisch–Herndl, Vienna 1986.

3) 12...O-O!? is possible, since 13 Bxb8 Raxb8 14 Qxd7 Bf6 15 Qd3 Rfd8 gives Black a good game.

12 ...	O-O
13 Bf4	Rd8
14 Qg3	

14 Bd6!?

14 ...	d6
15 Rad1?!	

The wrong Rook, according to Farago. Best is 15 Rfd1 Qb6 16 a4 Na6 17 a5 Qc7 18 Bc4, with advantage to White.

15 ...	Bxe4?

Farago says 15...Qb6! equalizes.

16 Bxd6	Bxd6
17 Rxd6	Bb7
18 Rxd8+	Qxd8
19 Rd1	Qe7
20 Qd6!	

We are following Farago–van den Berg, Dortmund 1986. White won as follows: 20...Qxd6 21 Rxd6 Kf8 22 Rd8+ Ke7 23 Re8+ Kf6 24 f3 Nc6 25 Ne4+ Ke5 26 Rxa8 Bxa8 27 Nxc5 Kd4 28 Nb3+ Ke3 29 a4 Nb4 30 a5 Nd3 31 a6 Nxb2 32 Na5 Kd4 33 Bc6 Nc4 34 Bxa8 Nxa5 35 Bd5!!, 1-0.

The Farago variation 8 Nge2!? gives White a useful lead in development. Black has not found a way to reach an even middlegame.

B. 5... g6

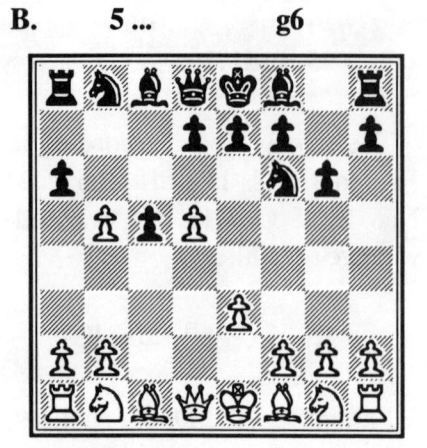

A completely different strategy from 5...axb5. Before searching for counterplay on the queenside or with the central break ...e7-e6, Black completes his kingside development. In the meantime, White often tries to establish a bind on the queenside by supporting his pawn at b5.

6 Nc3

The alternative 6 Nf3 produces a position which frequently arises from the move order 4 Nf3 g6 5 cxb5 a6 6 e3. Usually the game transposes to variation B.5. on p. 92 by 6...Bg7 7 Nc3 O-O 8 a4, but Black does not have one option which gives 6 Nf3 independent significance.

The sharp 6 Nf3 axb5!? 7 Bxb5 Qa5+ 8 Nc3 Ne4 invites 9 Bd2 Nxc3 10 Bxc3 Qxb5 11 Bxh8 f6, which is probably good for Black. However, White gets the advantage if he returns the extra pawn with 9 a4 Nxc3 10 bxc3 Qxc3+ 11 Bd2.

6 ...   Bg7
7 a4

White has scored poorly with 7 Bc4?! O-O, and now:

1) 8 Nge2 Ne8 9 O-O Nd6 10 Qb3 [10 Bd3 c4 11 Bc2 axb5, = +] 10...Nxc4 11 Qxc4 d6 12 a4 Nd7 13 Ra3 Ne5 14 Qb3 Qa5 15 Ne4? [Gurevich points out 15 Bd2 Qb4! 16 Qc2 Nc4, = +] 15...Qb4 16 Qxb4 cxb4 17 Rb3 Bb7 18 Nf4 a5 19 f3 Rfc8 20 Bd2 Nc4 21 Rc1? f5 22 Rxc4 Rxc4 23 Ng5 Rc2 24 Rd3 Bxb2 25 e4? Rxd2!, 0-1, Hurme–D. Gurevich, Helsinki 1983.

2) 8 Nf3 axb5 9 Bxb5 Qa5 [Even the slower 9...d6 10 O-O Ba6 11 Bxa6 Nxa6 12 e4 Qb6 13 Rb1 Nc7 14 a4 Rfb8 15 b3 Nd7 favored Black in Peshina–Palatnik, Vilnius 1979] 10 Nd2 Nxd5 11 Nxd5 Qxb5 12 Nxe7+ [Risky is 12 Nc7 Qc6 13 Nxa8 Qxg2] 12...Kh8 13 Nxc8 Rxc8 14 Qe2 c4 15 O-O d5 16 Nb1! Na6 17 Nc3 Qb7 18 Qf3 Nb4 19 Bd2 Nd3 20 Rab1, Razuvaev–Vaganian, Moscow 1982, when

Razuvaev recommends 20...Rd8! with an unclear position.

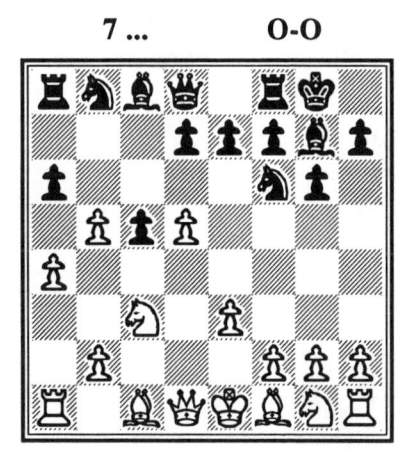

7 ...   0-0

White can play: **B.1.** 8 Bd2; **B.2.** 8 Ra3; **B.3.** 8 Bc4; **B.4.** 8 e4; **B.5.** 8 Nf3. The fifth choice is by far the most popular.

B.1.   8 Bd2!?

A rare but interesting move. White will answer 8...axb5 with 9 axb5.

8 ...	Bb7
9 Bc4	e6
10 e4	exd5

Not 10...Nxe4? 11 Nxe4 exd5 12 Nxc5 dxc4 13 Nxb7 Qc7 14 Qf3, winning for White.

| 11 exd5 | axb5?! |

11...Re8+ 12 Nge2, +=.

| 12 axb5 | Rxa1 |
| 13 Qxa1 | Qe7+ |

Or 13...Re8+ 14 Nge2 Ne4 15 Be3! Nxc3 16 bxc3 Rxe3?! [Critical is 16...Qh4 17 Qa7 Qxc4 18 Qxb7 Bxc3+, with at least a draw for Black] 17 fxe3 Qh4+ 18 Kf1 Qxc4 19 Qa7 Qxd5 20 Qxb8+ Bf8 21 Rg1 Kf7 22 Kf2 Bd6? 23 e4!, and White won, Grooten–Alburt, blitz game, Beverwijk 1984.

14 Nge2	Ne4
15 Be3	Nxc3
16 bxc3	Qe4
17 Qa2	Qxg2
18 Rg1	Qe4
18 d6!	Be5
20 h4	Kg7?
21 h5	Bxd6
22 Qd2!	Qb1+
23 Nc1	Re8
24 Kf1	Qe4
25 Bxf7	Kxf7
26 Qxd6	Qc4+
27 Ne2	

— and White should have won, Namrak–Becker, corr. 1984.

B.2.   8 Ra3

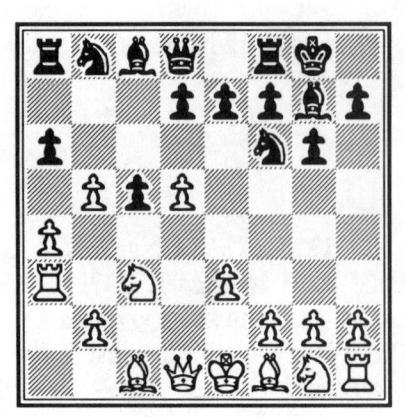

8 ...	Bb7
9 Nh3!?	e6
10 Nf4	Bh6

10...g5?! 11 Nh5 Nxh5 12 Qxh5 exd5 13 h4 h6 14 e4! favors White.

Perhaps Black's best response is 10...exd5! 11 Nfxd5 axb5 12 Bxb5, and now instead of 12...Nc6?! 13 O-O Ne8, Karolyi Jr–A. Sznapik, Helsinki 1988, Karolyi suggests 12...Nxd5 13 Nxd5 Qg5 14 Nf4 Be5 15 h4 as unclear.

11 dxe6?!

11 e4! is good for White: 11...exd5 [11...Qa5? 12 Nh5!] 12 Nfxd5 Bxc1 13 Nxf6+ Qxf6 14 Qxc1 Re8 15 Bc4 Bxe4 16 O-O.

11 ...	fxe6
12 Qd6	Re8
13 Qxc5	

Kouatly–Fedorowicz, Sesimbra 1987. After 13...d5! [Stronger than 13...Bf8 14 Qg5 Bxa3 15 bxa3], Black's threats of 14...Bf8 and 14...e5 make the outcome unclear.

B.3. 8 Bc4

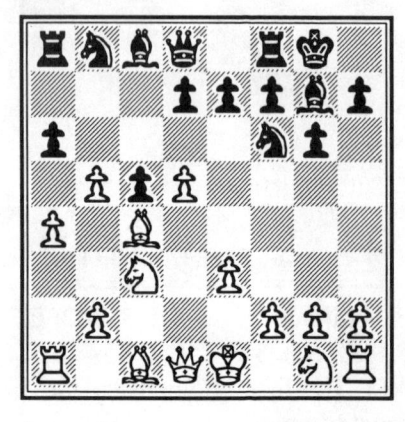

9 ... e6

A good alternative is 8...axb5 9 Nxb5 e6 10 Ne2 exd5 11 Bxd5, with these examples:

1) 11...Ra6 12 Nec3 Nxd5?! [Stronger is ...Nc6-b4] 13 Nxd5 Bb7 14 O-O Qh4 15 f4 Kh8 16 e4 d6 17 g3 Qd8 18 f5 Nd7 19 Bf4 Re8 20 fxg6 hxg6 21 Nbc3, +=, Lukacs–Fedorowicz, Wijk aan Zee 1988.

2) 11...Nc6!? 12 O-O Ba6 13 Ra3 [Nec3!?] 13...Nxd5 14 Qxd5 Qe7 15 Rd3 Ne5 16 Rdd1 Rfb8 17 Nec3 Bb7 18 Qd6 Qxd6 19 Nxd6?

(Vaganian gives 19 Rxd6!? Bc6 20 b3 c4, =] 19...Bc6 20 f4 Ng4 21 h3 Nh6 22 e4 Bd4+ 23 Kh2 f5 24 Ndb5 Bxc3 25 Nxc3 fxe4 26 g4 Nf7 27 Rfe1 Rb4 28 Re2 d6 29 f5 Bxa4 30 Rde1 Ne5 31 Nxe4 Nf3+ 32 Kg3 Nxe1 33 Rxe1 gxf5 34 gxf5 Bd7 35 Nxd6 [Or 35 Nf6+ Kf7 36 Nxd7 Rd8, regaining the piece] 35...Ra6 36 Ne4 Bxf5 37 Nxc5 Rg6+ 38 Kh2 Rc4 39 Nb3 Rc2+ 40 Kh1 Be6, 0-1, Farago–Vaganian, Hastings 1982/83.

Another possibility is 8...d6 9 Nge2 Nbd7 10 Ra3 Nb6 11 Ba2 axb5 12 Nxb5 Bd7 13 Nbc3 e6 [13...Ra5!? threatens ...Qd8-a8] 14 dxe6 Bxe6 15 Nf4 Bxa2 16 Rxa2 Qd7 17 O-O Rfd8 18 e4 Qc6 19 Re1, and White was better in J. Pinter–Binham, Helsinki 1983.

9 Nge2   axb5
10 Bxb5   exd5
11 Nxd5   Bb7
12 Bc4

12 Nxf6+!? Qxf6 13 O-O d5 14 Rb1 Na6 15 b3 Rfd8, with counterplay.

12 ...   Ng4

Threatening 13...Nxf2 14 Kxf2 Qh4+.

13 Nef4

Not 13 O-O? because of 13...Nxh2! 14 Kxh2 Qh4+ 15 Kg1 Qxc4.

13 ...	Ne5
14 Be2	Na6
15 O-O	Re8
16 e4	Nc6
17 f3	Rb8
18 Rb1	Nab4
19 Be3	d6
20 Nxb4	Nxb4
21 Bb5	

21 Bc4!? d5 22 Bxc5 dxc4 23 Qxd8 Rexd8 24 Bxb4 Bxe4! gives Black pressure against White's vulnerable pawns. But 22 Bb5 may improve. Although 22...d4 23 Bxe8 dxe3 24 Bb5 [24 Bxf7+ Kxf7 25 Qb3+ Ke7 is not convincing] Qc7 activates Black's pieces, he probably doesn't have quite enough compensation.

21 ...	Bc6
22 Bxc6	Nxc6
23 Qd2	Rb3
24 Nd5	Qb8
25 Bg5	Re6
26 Nf4	Bd4+
27 Kh1	Be3
28 Qd5	Nd4!

Spassov–Hebden, Silkenburg 1983, continued 29 Bh6 Re5 30 Qc4 d5! 31 Nxd5 Bxh6 32 Nf6+ Kg7 33 Nd7 Qd6 34 Nxe5 Qxe5 35 Qd5 Qxd5 36 exd5 Bd2 37 Rfd1 Bb4 38 Rdc1 Re3 39 a5 Nb3 40 Rd1 Bxa5 41 d6 Bd2 42 Rf1 Rd3 43 Rbd1 Rxd6 44 Rf2 Re6 45 g3 Be3 46 Rc2 Bd4 47 Kg2 Rb6, 0-1.

B.4.   8 e4

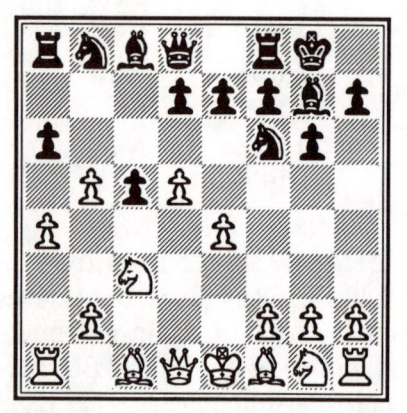

Taking a tempo to grab some central space. However, 8 Nf3, deferring e3-e4, is much more flexible.

8 ...   d6

An interesting alternative is 8...e6 9 e5!? Nxd5 10 Nxd5 exd5 11 Qxd5 Ra7 12 f4!? axb5 13 Bxb5 Qh4+ 14 g3 Qe7, and White's position is loose. 9 Nf3 is more sensible.

Also possible is 8...Bb7 9 e5 Ne8 10 Nf3 d6 11 Bf4 dxe5 12 Bxe5 [12 Nxe5 g5 13 Bg3 f5 is unclear] 12...Nf6 13 Bc4 axb5 14 axb5, Farago–Deze, Novi Sad 1979, and now 14...Rxa1 15 Qxa1 Nbd7, =+.

9 Nf3   axb5

9...Nbd7 leaves Black more options: 10 Bd2 axb5 [10...Bb7 11 Bc4 Nb6 12 Bb3 axb5 13 axb5 Rxa1 14 Qxa1 Qd7 15 O-O Ra8, =, Yuferov–Palatnik, Daugavpils 1978] 11 Bxb5 Ba6 12 O-O Bxb5 13 axb5 Rxa1 14 Qxa1 Nb6 15 Qa7 Nc4 16 b3 Nxd2 16 Nxd2 Qb8 17 b6 +-, Dlugy–Hebden, New York 1983.

A bad idea is 9...e6? 10 dxe6 fxe6. Gufeld analyzes 11 e5! Ng4 12 exd6 Bd4 13 Ne4 Bb7 14 Nxd4, winning for White.

10 Bxb5   Ba6

Inviting 11 Bxa6?! Nxa6. White's illogical exchange on a6 makes 7 a4 a pointless weakening.

11 Bd2

11 Bf4 Qa5 12 O-O Qb4 13 Qc2 Bxb5 14 axb5 Nbd7 15 Bd2, +=,

Farago–Palatnik, Kiev 1978.

11 ...   **Nbd7**

11...Bxb5 12 axb5 Rxa1 13 Qxa1 Nbd7 is fine for Black.

12 O-O   **Ng4?!**

Black's reluctance to exchange on b5 gives White time to bolster his queenside. This was a good moment for 12...Bxb5.

13 Qe2	Qa5
14 Ra3	Rfb8
15 Rfa1	Qb6
16 Ne1	Ngf6
17 Nd3	Bxb5
18 axb5	Rxa3
19 bxa3	

Black is lost. Beliavsky–Hodgson, Lloyds Bank, London 1985, concluded 19...c4 20 Nb4 Nc5 21 Ra2 Nb3 22 Be3 Nd4 23 Qd1 Nxb5 [23...Nd7 24 Rd2] 24 Bxb6 Nxc3 25 Qc2 Nxa2 26 Qxa2 Rxb6 27 Qxc4 Rb8 28 g3 Ng4 29 Qc7 Re8 30 Nc6, 1-0.

B.5.   **8 Nf3**

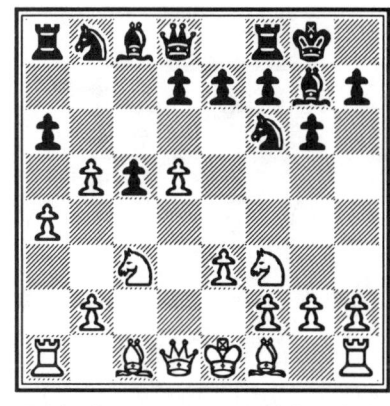

This important position often arises from the move order 4 Nf3 g6 5 cxb5 a6 6 e3 Bg7 7 Nc3 O-O 8 a4. Black has three moves: **B.5.a.** 8...d6; **B.5.b.** 8...Bb7; **B.5.c.** 8...e6.

Inferior is 8...axb5?! 9 Bxb5 d6 10 O-O Na6 11 Ra3 Nc7 12 Nd2 Nd7? [Black had to play 12...Nfxd5 13 Nxd5 Nxd5 14 Bc6 Be6 15 Bxa8 Qxa8. White has only a small edge, because Black's pawn structure is solid and his pair of Bishops provides counterplay] 13 Bxd7! Bxd7 14 Nc4, T. Petrosian–Alburt, USSR 1977. White's just a solid pawn to the good.

B.5.a.   **8 ...**   **d6**

This is the most passive but the safest of the three alternatives. Black would like to exchange on b5 at the correct moment and get counterplay on the a- and b-files.

9 Ra3

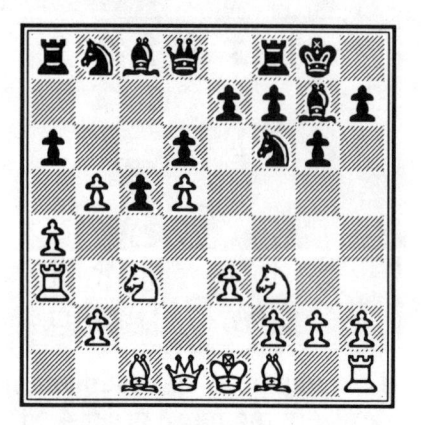

A useful move, typical of the cat and mouse play of this variation. White wants to answer ...a6xb5 by Bf1xb5, while Black hopes to delay ...a6xb5 until White spends a tempo to develop his KB.

This fight for the tempo comes up after 9 Qb3!?, too. In Kouatly–Cartagena, 27th Olympiad, Dubai 1986, Black gave in by 9...axb5?! 10 Bxb5 Ba6 11 Ra3 Qc7 12 Nd2 Bb7 13 O-O Na6 14 e4 Rfb8 15 Nc4 Nb4 16 Bd2 Bc8 17 Qd1 Ng4 18 Bf4 Bd4 19 Qd2 Bd7 20 Bxd7 Qxd7 21 Nb5 Rxa4 22 Nxd4 cxd4 23 Rxa4 Qxa4 24 Qxd4 Na6 25 h3, and White won in a few more moves. Tougher is 9...Nbd7 10 Ra3 Bb7 11 e4 Qa5 12 Bd2 Rfb8 13 Be2 Qd8 14 O-O axb5 15 Bxb5 Ba6, with compensation, Hoi–Jonsson, Reykjavik 1984.

White can avoid the fight for the tempo by 9 Be2 axb5 10 Bxb5. Then 10...Ba6 11 O-O?! Bxb5 12 Nxb5 Na6 13 Nc3 Qb6 14 e4 Nd7 gave Black compensation in Zaltsman–Hebden, New York 1983. But in Frias–Alburt, Santiago 1981, White succeeded with 11 Bd2 Nbd7 [11...e6!?] 12 O-O Ne8 13 e4 Nc7 14 Qe2 Qb8 15 Rab1! Nb6 16 Bxa6 Rxa6 17 b4 Bxc3 18 bxc5!, +-, 1-0, 41.

9 ... Nbd7

Best. Other moves have proved to be rather dubious:

1) 9...axb5?! 10 Bxb5 Ba6 11 O-O [Inferior is 11 Qd3?! Bxb5 12 Nxb5 Na6 13 Bd2 Qc8!, with good play for Black, J. Whitehead–Alburt, US Championship, Greenville 1983] 11...Qc8 12 Nd2 Bxb5 13 axb5 Nbd7 14 Nc4 Qc7 15 Bd2 Nb6 16 Nxb6 Qxb6 17 Qb3 Qb7 18 Rfa1 Nd7 19 Rxa8 Rxa8 + 20 Rxa8 Qxa8 21 Qa4 Qxa4 22 Nxa4 Kf8 23 b6 Ke8 24 b7 Nb8 25 Ba5 Kd7 26 b3, 1-0, 44, L. Portisch–Bellon Lopez, 26th Olympiad, Thessaloniki 1984.

Or 10...Na6 11 O-O (11 Nd2 Nd7 12 e4 Nc7 13 Be2 Ba6 14 O-O Bxe2 15 Qxe2 Qc8 16 Re1 Qa6 17 Nb5 Qb7 18 Rb3 was better for White in Benjamin–Sagalchik,

New York 1992) Nb4 12 Nd2 Bb7 13 e4 e6 14 dxe6 fxe6 15 Be2 d5 16 exd5 exd5 17 Nb5 Qb6 18 Rg3 Rae8 19 b3 Re7 20 Ba3 Rfe8 21 Bf3 Ba6 22 Bxb4 cxb4 23 Rg5 Bxb5 24 axb5 Bh6? [24...Qd4! threatens 25...Bh6] 25 Rxd5 Nxd5 26 Bxd5 Kh8 27 Nc4, +-, Korchnoi–Diez del Corral, Buenos Aires 1979. Black was mangled in this game.

2) 9...Bb7?! 10 e4 e6 11 dxe6 fxe6 12 e5 dxe5 13 Qxd8 Rxd8 [For the moment, material is even, but Black's pawn structure is not a pretty sight] 14 Be3 [14 Ng5!?] 14...Nbd7 15 bxa6 Bxa6 16 Bxa6 Rxa6 17 Ke2 Nd5 18 Nd2 Nf4+ 19 Kf3 Nd3 20 Nc4 Nb4 21 Rc1 Nc6 22 Ne4 Nd4+ 23 Bxd4 exd4 [Black's pawn structure has improved, but he's stuck with a bad Bishop, his light squares are indefensible, and White's a-pawn is ready to cause trouble] 24 Ke2 Bf8 25 a5 Rb8 26 f3 Rb7 27 Nf2 Rb5 28 Nd3 Nb8 29 Rca1 Nc6 30 Kd1 Be7 31 Kc2 Bd8 32 Rb3! Nb4+ 33 Nxb4 cxb4 34 Rd3 e5 35 f4 exf4 36 Rxd4 b3+ 37 Kd3 Bf6 38 Rd7 Rg5 39 Ra3 Rxg2 40 Rxb3 Ra8 41 Rb6! Rxh2 [If the Bishop moves, then a5-a6-a7 and Rb6-b8+ wraps it up] 42 a6 Rh3+ 43 Kc2 Bd8 44 Rxd8 Rxd8 45 a7 Rh2+ 46 Kb1 Re2 47 Rb8 Ree8 48 a8=Q, and White won, Andruet–Tringov, France vs. Bulgaria Match, Burgas 1985.

3) 9...Ne8?! 10 Qb3 Nd7 11 Bd2 Rb8 12 Be2 Nc7 13 O-O e6 14 e4 exd5 15 exd5 Re8 16 Bg5 f6 17 Bf4, Cvitan–Kobas, Novi Sad 1985. Black has nothing for the pawn.

Also good for White is 10 Bd2 Nd7 11 Be2 Nc7 12 O-O f5?! [Setting his sights on d5] 13 Re1 axb5 14 axb5 Bb7 15 Qb3 Nb6, Franco–Bellon Lopez, Torrelavegg 1985. After 16 Ng5 h6 17 Nh3 g5 18 f4 g4 19 Nf2, even the win of the pawn at d5 will not make up for the holes in Black's overextended position.

4) 9...e6?! 10 Bc4 axb5 11 Nxb5 exd5 12 Bxd5 Nxd5 13 Qxd5 gives Black little compensation. Less convincing is the unclear 10 e4 exd5 11 exd5 Re8+ 12 Be2 axb5 13 Nxb5 Bb7 14 Nc3 Nbd7 15 O-O, but 10 dxe6!? looks promising. After 10...Bxe6 11 e4, Black cannot easily develop his QN. And 10...fxe6 11 e4 d5?! 12 Bg5! d4 loses to 13 e5! dxc3 14 Qxd8 Rxd8 15 exf6 c2 16 Ra1! Rd1+! 17 Rxd1 cxd1=Q+ 18 Kxd1.

5) 9...Qc7? 10 e4 Nbd7 11 Be2 axb5 12 Nxb5 Qd8 13 Qc2 Ba6 14

O-O Rc8 15 Bd2 Ne8 16 Rb3, and Black's position is very uncoordinated, Razuvaev–Tukmakov, USSR 1977.

Let's return to the position after 9...Nbd7:

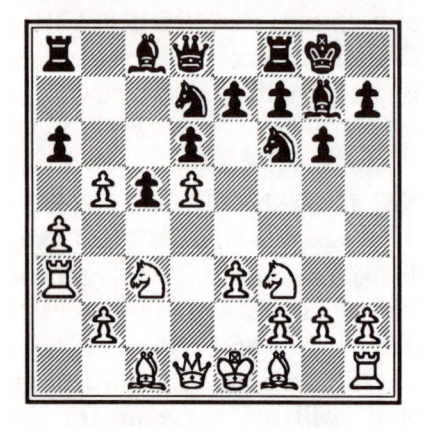

10 e4   axb5

Weak is 10...Ng4? 11 Nd2 f5 12 Be2 axb5 13 Nxb5 Nxf2? [The better 13...Ngf6 14 exf5 gxf5 is still good for White] 14 Kxf2 fxe4+ 15 Ke1 Nf6 16 Nc3 Rb8 17 Nc4! Rb4 18 a5 Bb7 19 a6 Ba8 20 Bg5 e6 21 dxe6 d5 22 e7! Qxe7 23 Nxd5 Bxd5 24 Qxd5+ Nxd5 25 Bxe7 Nxe7 26 Rf1 Ra8 27 Nd6 Bxb2 28 Re3 Nd5 29 Rxe4 Rxe4 30 Nxe4 Re8 31 a7 Kg7 32 Kd2 Ra8 33 Rb1 Be5 34 Rb7+ Kh6 35 Bf3 c4 36 g4 Bf4+ 37 Kc2 Rd8 38 g5+!, 1-0, Petursson–Manca, Lugano Open 1989.

11 Bxb5	Ba6
12 Qe2	Bxb5
13 Nxb5	Ne8

14 O-O	Nc7
15 b3	Nxb5
16 Qxb5	Ra7

Both 16...Qc7!? and 16...Rb8 deserve consideration.

17 Bd2	Qa8
18 Re1	Rb7
19 Qc4	

Black should try 19...Rfb8 20 Bc3 Bxc3 21 Qxc3 Rb4!? Instead, Browne–Alburt, US Championship, Greenville 1983, continued 19...Nb6? 20 Qc2 Ra7 21 a5 Nd7 22 Bc3 Qb7 23 Bxg7 Kxg7 24 Nd2 f6 25 f4 Nb8 26 Nc4 Na6 27 Qc3 Nc7 28 Raa1 Nb5 29 Qd3 Nd4 30 Rab1 Qb4 31 e5 dxe5 32 fxe5 Rd7 33 exf6+ Rxf6 34 Qe4 Rf5 35 d6! e6 36 Rf1, and White had a winning game.

B.5.b.   8 ...   Bb7

The positions that arise after 8...Bb7 could be amongst the most complicated of any opening.

9 Ra3

White has also tried various other moves here:

1) 9 bxa6 Nxa6 10 Bc4 Ne8 11 O-O Nd6 12 Be2 Nc7 13 e4 [Hartmann analyzes 13 Qc2!? f5 14 Nd2 Na6 15 Bxa6 Bxa6 16 Rd1 c4 17 Nf3 Nb7 18 Nd4 Nc5 19 Ncb5 Bxb5 20 Nxb5, +-] 13...Bxc3 14 bxc3 Nxe4 15 c4 Nc3 16 Qc2 Nxe2+ 17 Qxe2 Ba6 18 Qe4 Ne8 19 Bh6 Nd6 20 Qf4 Re8 21 Nd2 Nf5, =, I. Ivanov–B. Hartmann, Edmonton 1985.

2) 9 Bc4 Ne8 10 O-O Nd6 11 bxa6 Nxa6 12 Be2 f5 [Preventing e3-e4 and trying to surround the pawn on d5] 13 Nb5 Qb8 14 Bd2 Bxd5 15 Bc3 e6 16 Nxd6, 1/2-1/2, Gulko–Kishnev, Moscow 1984. If anything, the position is slightly better for Black.

3) 9 Be2 axb5! 10 Bxb5 e6 11 dxe6 fxe6 12 O-O d5 13 Ne2 Qe7 14 Ng5 Ne8 15 e4! Nd6 16 Bd3, Browne–Fedorowicz, World Open, Philadelphia 1989. Now 16...d4!, threatening 17...c4, gives Black a good game. Black meets 17 Qb3 with 17...c4! 18 Bxc4 Nxc4 19 Qxc4 Ba6 20 Qxe6+ Qxe6 21 Nxe6 Bxe2 22 Re1 d3, and even though White has many pawns, Black's pieces are very active.

4) 9 e4!? e6 10 Bc4 [While 10 dxe6 fxe6 11 Bg5 Qc7 12 Bd3 d5 13 exd5 exd5 14 O-O, +=, Razuvaev–Gaprindashvili, Tbilisi 1979, is quite reasonable, 10 Bg5?! exd5 11 exd5 h6! 12 Bh4 g5 13 Bg3 Re8+, =+, is not] 10...axb5 11 Bxb5 exd5 12 exd5 Re8+ 13 Be3 Ng4 14 O-O Rxe3 15 fxe3 Nxe3 16 Qd2 Nxf1 17 Rxf1 Na6 18 Qf4 Nc7 19 Ne5 Qe7 20 Nxg6 hxg6 21 Qxc7 Bxc3 22 Qxb7 Bd4+ 23 Kh1 Rd8 24 d6 Qxd6 25 Bc4 Rf8 26 a5 Kg7 27 a6 f5 28 a7 Rh8 29 h3 Qg3 30 Qf3 Qxf3 31 gxf3 Bxb2 32 Bd5 c4 33 a8=Q Rxa8 34 Bxa8 c3 35 Rf2 Kf6 36 Re2 Bc1 37 Bd5 Bd2 38 Bb3 d5 39 Kg2 d4 40 Re6+ Kg5 41 Bc2 Be3 42 h4+, 1-0, Razuvaev–Plachetka, Paris 1989.

Or 10 Bc4 exd5 11 exd5 Re8+ 12 Be3 Ng4 13 O-O Nxe3 14 fxe3 axb5? [14...d6] 15 Nxb5 d6 16 Qb3 Ba6 17 Na3 Nd7 18 Bxa6 Rxa6 19 Nc4 Nf6 20 Qd3 Qa8 [Correct is Rad1! Qb7 22 a5, +=] 21...Rxa4 22 Nb6 [22 Rxa4 Qxa4 23 Nxd6 Rxe3!] 22...Rxa1 23 Nxa8 Rexa8 24 h3 c4 25 Qf1 Rxd1 26 Qxd1 Ra5 27 e4 Nd7 28 Qc2 Ne5 29 Nd2?!

[White should draw with 29 Nxe5!] 29...h5 30 b4? [30 Nxc4!] 30...Ra1+ 31 Kh2 h4 32 g3 c3! 33 Kg2 [As 33 Nb3 loses to 33...Nf3+ 34 Kg2 Ne1] 33...cxd2 24 Qxd2 Rg1+!, 0-1, Chandler–Littlewood, Commonwealth Championship, London 1985.

5) 9 Rb1!? was introduced in Gligorich–Rajkovich, Yugoslav Championship, Subotica 1984. White hopes to exchange the c-pawn by b2-b4, clearing the way for Nf3-d4-c6. The game continued 9...e6 10 dxe6 [10 d6!? stalemates Black's QN] 10...fxe6 11 Be2 axb5 [11...d5 12 O-O Ne8? 13 Qc2 Nd6 14 e4 d4 15 e5 Bxf3 16 Bxf3 Rxf3 17 exd6! (17 gxf3? Nf5) 17...Rf5 18 Qe4 Nd7 19 Qxe6+ Kh8 20 Ne4 was much better for White, Lukacs–Leko, Hungary 1993.] 12 axb5 d5 13 O-O Nbd7 14 b4! c4 15 Nd4 Qe7 16 e4!? [Or 16 Nc6!?] 16...Nxe4 17 Nxe4 dxe4 18 Nc6 [Keeping an edge. Dangerous is 18 Bxc4 Ne5! 19 Bxe6+ Kh8, with threats of ...Ra8-d8 and ...Ne5-d3] 18...Bxc6 19 bxc6 Ne5 20 Qc2!? [Why not 20 b5!, with connected passers?] 20...Nxc6 21 Qxe4 Nxb4 22 Bxc4 Kh8 23 Bd2 [+=] Rab8 24 Bxe6 [Perhaps 24 Rb3!, with ideas of Rb3-h3 or Rf1-b1] 24...Nc2 25 Bd5 Qd7 26 Rxb8 Rxb8 27 Bh6 Nd4 28 Bxg7+ Qxg7 29 Re1 Rf8 30 h3 Nf5 31 Qb4 Qf6 32 Re6 Qg7 33 Qe1 Qd4 34 Bb3 Qb2 35 Re8 Kg7 36 Re7+ Kh6 37 Rb7 Re8!, and Black is finally out of danger.

A curious answer to 9 Rb1!? is 9...axb5 10 axb5 Qa5!?

As 11 Bc4?! Ne4 12 O-O Bxc3 13 bxc3 Nxc3 14 Bd2 Nxd1 15 Bxa5 Rxa5 16 Rfxd1 d6 17 Ra1 Rxa1 18 Rxa1 Nd7 19 Ra7 Rb8 20 e4 f5! gives Black at least equality, White should play 11 Bd2, provoking 11...Qb6. Then 12 e4 e6 13 dxe6 fxe6 14 Bd3 d5 15 exd5 exd5 16 O-O Nbd7 leads to an unbalanced position with chances for both sides.

Sharper is 11 Bd2 Qb6 12 Bc4 e6 13 dxe6 fxe6 14 b4, when 14...d5!? 15 bxc5 Qxc5 19 Be2 Nbd7, 14...cxb4 15 Rxb4 Ne4 16 Nxe4 Bxe4 17 O-O Bxf3 18 gxf3 d5 19 Be2 Nbd7, and 14...Ne4 15

Nxe4 Bxe4 16 Rc1 Bxf3 17 gxf3 d5 18 bxc5 Qxc5 19 Be2 Qd6 all appear slightly better for White.

White should definitely look into 9 Rb1!?, and possibly 9 e4, too.

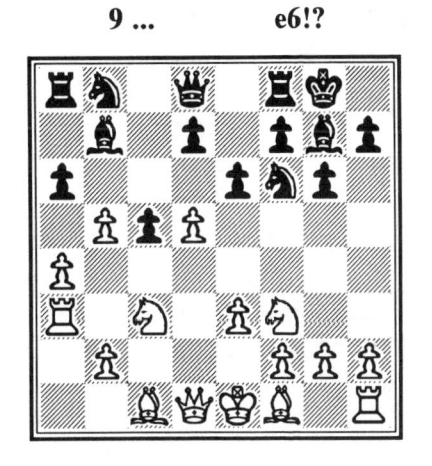

9 ...   e6!?

Black wants to get a strong pawn center in the hope that it will give chances for a kingside attack.

Not so good is 9...axb5 10 Bxb5 e6 11 dxe6 fxe6 12 Qd6! Ne4 13 Nxe4 Bxe4 14 0-0 [If White gets greedy with 14 Qxc5, then Black gets good play after 14...Rxf3! 15 gxf3 Bxf3 16 Rg1 Bf8] 14...Rf5 [14...Bxf3? 15 gxf3 Rxf3 16 Kg2!, and White's two Bishops will clean up] 15 Rd1 Qf6 16 Nd2 Bc2 [16...Rd5?? 17 Nxe4, 1-0, Hebden–Alburt, New York 1983] 17 Rf1 Qd8, Burger–Alburt, NY 1983. After 18 Qg3, Black's compensation is dubious.

10 dxe6

10 d6!? Nd5! 11 Ne4! axb5 12 Nxc5 b4 13 Rd3 [13 Nxb7 bxa3 14 Nxd8 a2 15 Bd2 Bxb2, -+] 13...Bc6 [13...Qb6!? looks better] 14 Nd4 Qb6?! [Better is 14...Qa5 15 Ndb3 Qa7 when Black has counterplay] 15 Nxc6 Qxc6 16 Nb3 Rxa4 17 Be2 Rc8 18 Bf3 Ra2 19 0-0 Qc2 20 Bxd5 exd5 21 Rxd5 Bxb2 [21...Qxd1? 22 Rfxd1 Bxb2? 23 R5d2 costs material] 22 Rd2 Qc3 23 h4 Rc4 24 Qe2 Qxb3 25 Bxb2 Nc6 26 Bf6 Rxd2 27 Qxd2 Re4 28 Rc1! [The threat is 29 Rxc6! dxc6 30 d7] 28...Qe6 29 Qd3 Qxf6 [Else 30 Rxc6] 30 Qxe4 Qxd6 31 h5 gxh5 32 Qf5 h6 33 Qxh5 Ne5 34 Rb1 Kf8 35 Qd1 Qb6 36 Qd5 Qc7 37 Qd4 Kg8 38 Qxb4 Qc2 39 Qb3 [The rest is technique] 39...Qg6 40 Qb5 d5 41 f4 Nf3+ 42 Kf2 Nh4 43 Rg1 Qe4 44 Qb8+ Kg7 45 Qb1 Qe6 46 g4 Qc6 47 Rc1 Qd7 48 Qd3 Ng6 49 Qd4 Kh7 50 f5 Nf8 51 Qf6 Kg8 52 Qxh6 Nh7 53 Rh1, 1-0, Bass–Benjamin, World Open, New York 1983.

10 ...   fxe6
11 Qd6!?

Undoubtedly White's best course, delaying ...d7-d5 and tapping the c-pawn.

11 ...   axb5

There are some very interesting alternatives here:

1) 11...Ne4?! 12 Nxe4 Bxe4 13 Bd3! Bb7? [White is a little better after 13...Bxd3 14 Qxd3 d5 15 b3 axb5 16 Qxb5 Na6 17 O-O Qd6 18 Bd2] 14 Qxc5 axb5 15 axb5 d6 16 Qb4 Qc7 17 O-O Nd7 18 Rxa8 Rxa8 19 Bd2 Nc5 20 Bc2 Qb6 21 Bc3 Bxc3 22 bxc3 Bxf3 23 gxf3, Black's position was hopeless in Flear–Fedorowicz, Brussels 1987.

2) 11...Qa5

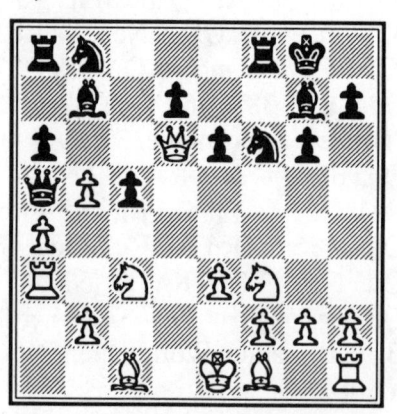

12 Bd2 Qb4 13 Nd1 Qg4 14 Qg3 Qf5 15 Qg5 Ne4 16 Qxf5 gxf5 17 Ba5 d5 18 Be2 Nd7 19 O-O Rfc8 20 Be1 c4 21 bxa6 Bxa6 22 Bc3 Rcb8 23 Bxg7 Kxg7 24 Nd4 Kf6 25 f4 Ndc5, Marszalek–K. Berg, Pernik 1984, gave Black a great position. Can 11...Qa5 possibly be good?

White must deal with the threat of 12...Ne4. Here are two possibilities after 11...Qa5.

12 Qxc5!? Ne4 [12...Rc8] 13 b4 Nxc5 [13...Bxc3+? 14 Qxc3!] 14 bxa5 axb5 15 axb5 Bxf3 16 gxf3 Rxa5 17 Ne4!, and White is much better. As so often happens in this variation, the pawn on b5 severely restricts the Knight on b8.

12 Nd2!? Ng4 13 Nc4 Qb4 14 f3 axb5 15 axb5 Rxa3 16 Nxa3 Nxe3 17 Bxe3 Bxc3+ [17...Qxb2? 18 Ncb1 holds everything] 18 bxc3 Qxc3+ 19 Kf2 Qxa3 20 Bxc5, and White wins. Just a sample, but nevertheless convincing for White.

3) 11...Re8!? [Planning to dislodge the Queen by 12...Bf8, making ...d7-d5 possible] 12 Qxc5 Bf8 13 Qd4 Bxa3 14 bxa3 [White has two pawns for the exchange and a powerful dark-squared Bishop] 14...d6 15 Bc4 Kg7 16 O-O e5 17 Qd2 Qc8 18 Be2 d5 19 Bb2 Nbd7 20 Rc1 Qb8 21 bxa6 [21 a5!?] 21...Bxa6 22 Nxd5 Nxd5 23 Bxa6 Rxa6 24 Qxd5 Qxb2 25 Qxd7+ Kf8 26 Rd1 Rf6 27 Qxh7 Qb3 28 Qh8+ Ke7 29 Qg7+ Qf7 30 Qh6 Qb3 31 Rc1 Rc6 32 Qg7+ Kd8 33 Rf1 Re7 34 Qh8+ Re8 35 Qh4+ Kc7 36 Qb4 Qc2 37 Qa5+

Kd6 38 h3 Re6 39 Qd8+ Kc5 40 Nd4, 1-0, Plaskett–O. Popovych, Gausdal 1985.

4) 11...Qc8 12 Be2 Ne8 13 Qg3! d5 14 O-O a5? [What kind of move is this? The natural 14...Nf6 also proved good for White in Tarjan–Benjamin, US Championship, Greenville 1983: 15 Qh3! Qe8 16 Rd1 Qe7 17 Ng5 Bc8 18 Bg4, +-, 1-0 in 37] 15 Qh3 Bf6 16 e4 d4 17 Bc4 Ng7 18 e5 Be7 19 Ne2 Bxf3 20 Rxf3 Rxf3 21 gxf3 Qf8 22 Bxe6+ Nxe6 23 Qxe6+ Kg7 24 Nf4, 1-0, Quinteros–Conquest, London 1989. Notice that Black *never* managed to move his Knight from b8. How to develop this piece is a recurrent problem for Black when White maintains a pawn on b5.

12 Bxb5

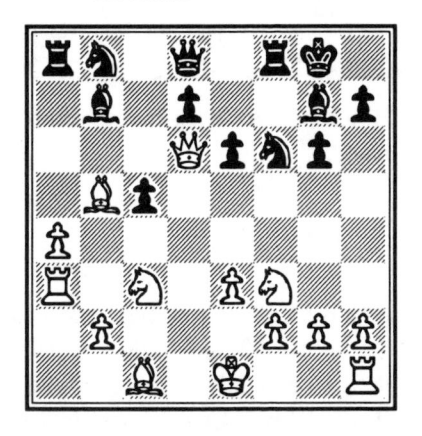

This capture develops smoothly and keeps White's pawn structure intact. But what of 12 axb5, burying the poor Black Knight on b8? At first sight, this is attractive for White. Consider:

1) 12...Rxa3 13 bxa3 Ne8 14 Qxc5 [14 Qd2!?] 14...Qa5 15 Bd2, and Black's position is nothing to be proud of.

2) 12...Qc8 13 Rxa8 Bxa8 14 Be2 Ne8 15 Qg3!? d5 16 Qh3!, threatening 17 Ng5.

3) 12...Ne4!? 13 Nxe4 Bxe4 14 Rxa8 Bxa8 15 Be2 Rf5 16 O-O Bf8 17 Qd1 d5. Black has play, but is it enough? After 18 e4! Rf7 19 Ng5!, White has the initiative, and Black still has not activated his QN.

However, Black should still exploit White's underdeveloped position by 12...Rxa3 13 bxa3 Qa5! 14 Qd2 Ng4. Then 15 Bb2 Bxf3 [15...d5!?] 16 gxf3 Rxf3 and 15 Nd1 Qa4 16 h3 Ne5 17 Nxe5 Bxe5 give Black good chances in the middlegame.

12 ...   Qc8

12...Na6 defends the pawn at c5, but is somewhat passive.

Another Alburt invention is

12...Ne4 13 Nxe4 Bxe4 14 O-O [The greedy 14 Qxc5 Nc6 15 Be2 Rc8! puts White in trouble on the c-file] 14...Rf5 15 Rd1 Qf6 16 Nd2 Bc2 17 Rf1 Qd8 [Threatening to trap White's Queen by 18...Be5 or 18...Bf8] 18 Nf3 Bf8 19 Qg3 d5. Black has attacking chances, Burger–Alburt, New York 1983.

13 O-O

13 Be2!? looks like an improvement, although 13...Ne4 [13...Ne8!?] 14 Nxe4 Nxe4 15 O-O Rf5 gives Black free play for the pawn.

13 ...	Ne8
14 Qg3	Bxf3!
15 gxf3	d5
16 Be2?!	

Better is 16 Bxe8 Qxe8 and 17 Nb5.

| 16 ... | Nc6 |
| 17 f4?! | |

17 Nb5! is best.

| 17 ... | Nd6 |

Black's pieces have squares, while the White squad lacks direction. Ravikumar–Miles, England 1985, continued 18 Qh3 Rb8 19 Rd1 Re8 [19...Na5!?] 20 Nb5 Rd8 [Black is drifting] 21 Nxd6 Rxd6 22 Bg4 Kh8 23 e4 Nd4 24 e5 Rc6 [24...Rdb6!?] 25 a5 Qa6 26 Qf1 Nb3 27 Be2 c4 28 Be3 Bf8 29 Ra2 Bc5 30 Bxc5 Rxc5 31 Qh3 Rc7 32 Ra3 Nc5 33 b3 Qb5 34 bxc4 dxc4 35 Qh4 Nd7 36 Qe7 Qc6 37 a6 c3 38 a7, 1/2-1/2. Agreed drawn due to mutual fear. 38...Ra8 39 Ra6!? might follow.

B.5.c.   8 ...   e6

Black strikes back in the center at once.

9 dxe6

Bad is 9 e4? Bb7 10 Rb1 exd5 11 exd5 axb5 12 axb5 d6 13 Bc4 Re8+ 14 Kf1 Nbd7 15 h3 Nb6 16 b3 Ra7! 17 Bb2 Qa8 18 Kg1 Nfxd5 19 Nxd5 Nxd5 20 Bxg7 Kxg7 21 Qd2 Ra2!, -+, Agzamov–Vaganian, Erevan 1982.

9 ...	fxe6
10 Qd6	Bb7
11 Be2	

Of course, 11 Ra3 transposes to the variation ...Bb7 9 Ra3 e6 10 dxe6 fxe6 11 Qd6, which we covered in B.5.b. on page 102.

The big test is 11 Qxc5 Ne4 12 Nxe4 Bxe4 13 Be2 axb5 14 Qxb5 Rf5. Vaganian says "unclear" but perhaps he doesn't know what he is talking about. I don't see any compensation for the two-pawn deficit.

Tomaszewski–Kaidanov, Moscow 1986, varied with 13 Qb4! Bb7 14 bxa6 Bxf3 15 gxf3 Nxa6 16 Qd6 Qc8 17 Bb5 Nc5, when 18 O-O Rf5 [18...Rxf3 19 e4!, +-] 19 e4 Be5 20 Qd1 Rh5 21 f4 Qd8 22 Qf3 Qh4 23 Qg3 wins for White. More evidence for 11 Qxc5.

Black gets counterplay with 11 Qxc5 axb5 12 Bxb5 Ne4 [12...Na6?! 13 Qd6] 13 Nxe4 Bxe4 14 Be2 Nc6, but enough for two pawns? I'm not so sure.

11 ...	axb5
12 Bxb5	Qc8

Also interesting is 12...Na6 13 O-O Nc7 14 Be2 Ncd5!? 15 Nxd5 Ne4! 16 Ne7+ Kf7! 17 Ne5+ Ke8 18 N7c6 Nxd6 19 Nxd8 Kxd8 20 Nd3 c4 21 Nc5 Bc6 22 Ra3 Rf5 23 b4 cxb3 24 Nxb3 Rxa4 25 Nd2 Rxa3 26 Bxa3 Nb5 27 Bb4, 1/2-1/2, Zlochevsky–Podymov, USSR 1985.

13 O-O	Ne8
14 Qg3	Bxf3!
15 gxf3	d5
16 e4	Nc6
17 exd5	Nd4
18 Be3	Nf5
19 Qg4	Bxc3
20 bxc3	exd5
21 Rfd1	Nf6
22 Qf4	Ra7!

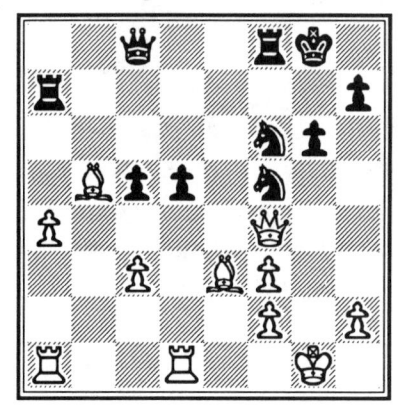

Tricky!

23 Bf1???

Vaganian gives 23 Bd3, equal.

23 ... g5!!
Winning the Queen and the game, Torre–Vaganian, London 1984.

C. 5 ... Bb7

A little dubious, since White has some extra options at his disposal.

6 Nc3 Qa5
7 bxa6!

First played by Walter Browne. The alternative 7 Bd2 Qb6 8 bxa6 Nxa6 reaches the same position as our main line.

7 ... Nxa6

7...Bxd5?! 8 Bd2 Bc6 9 Nf3 Qc7 [9...d6 10 Nd5 Qd8 11 Nxf6+, +=] 10 Nb5 Bxb5 [Wolff analyzes 10...Qb6 11 Qb3 Bd5 12 Bc4 Bxc4 13 Qxc4 Rxa6 14 e4! Nxe4 15 Bf4 d6 16 O-O, with a tremendous attack] 11 Bxb5 Na6 12 a4 Qb7?! [Losing time. Black must play either 12...e6 or 12...g6] 13 Qb3 [Stopping 13...Nc7] 13...e6 14 Bc3 Be7 15 Rd1 Rd8 16 Ba5 Rb8 17 Qd3 Nb4 18 Bxb4 cxb4 19 O-O O-O 20 Ne5 d5 21 Nc6 Ra8 22 Qd4 Bd6 23 Nxb4 Ne4 [23...Qc7!?] 24 Nc6 Bc5 25 Qd3 Nd6 26 Qc3 Bb6 27 Qb4 Nxb5 28 Qxb5 Qa6 29 Ra1 Bd8 30 b4 Bf6 31 Qxa6 Rxa6 32 b5 Rxc6 33 bxc6 Bxa1 34 Rxa1 Rc8 35 a5, 1-0, Browne–Dunning, USA 1984.

8 Bd2 Qb6
9 e4 e6
10 Nf3!

White returns the pawn for speedy development. The attempt to hold the extra pawn by 10 dxe6 fxe6 11 e5 Nd5 12 Bd3 Nab4 [White refutes 12...Nxc3 13 Bxc3 Bxg2 by 14 Qh5+ g6 15 Bxg6+] 13 Bb1 gave Black good compensation in A. Chow–Piasetski, New York Open, New York City, 1984. The game concluded 13...c4 14 Nh3 Nd3+ 15 Bxd3 cxd3 16 O-O Nb4 17 Nf4 g6 18 b3 Nc2 19 Rb1 Qc6 20 Kh1? (20 Qg4!?) 20...Bh6 21 Ncd5 exd5 22 Nxd3 d4 23 Rg1 Bxd2 24 Qxd2 Rxa2 25 Qh6 Kd8 26 Qg7 Re8 27 Rbc1 Qb5 28 Rgd1 Bc6 29 Qxh7

Re6 30 b4 Kc7 31 Qh8 g5 32 Qg7 Ne1 33 Nc5?? Qf1 mate.

Black cannot refute the reasonable 10 Bc4 by 10...Nxe4? 11 Nxe4 exd5 because of 12 Bxa6 Bxa6 13 Ng3. Fedorowicz–Alburt, US Championship, Cambridge Springs 1988, continued 13...Bd6 14 N1e2 O-O 15 O-O Be5 16 Re1 Qxb2 17 Rc1 Qb6 18 Nf4 Bxf4 19 Bxf4 Qf6 20 Be5 Qc6 21 Nf5 Rfe8 22 Bd6 Bc4 23 Qg4 g6 24 Ne7+ Rxe7 25 Bxe7 f6 26 Qf4 Kf7 27 Bd6 g5 28 Qg3 Rxa2 29 Re7+ Kg6 30 Qh3, 1-0.

Black's correct path was shown in Mohr–Polgar, OHRA, Amsterdam 1989: 10 Bc4 Nb4 11 Nge2 Nxe4! 12 dxe6 fxe6 13 Nxe4 Bxe4 14 O-O d5 15 Bxb4 Qxb4 16 Bd3 Bxd3 17 Qxd3 Be7 18 Qe3 Qg4 19 Nf4 Ra4 20 Nxe6 Re4 21 Nc7+ Kd7 22 Qc3 Rc4 23 Qe1 Bd6 24 h3 Qf4 25 g3 Qg5 26 Nb5 Bb8 27 Rd1 Re8 28 Qd2 Qxd2 29 Rxd2 Kc6 30 Nc3 d4 31 Ne2 Bc7 32 b3 Ba5 33 Rb2 d3 34 Nf4 Rd4 35 Rd1 d2 36 Rbb1 Re1+ 37 Kh2 Rxf4 38 gxf4 Kd5 39 Kg2 Ke4 40 b4 Rxd1 41 Rxd1 Bxb4, 0-1.

10 ...	exd5
11 exd5	Nxd5
12 Be2	Be7

12...Qxb2? loses to 13 Rb1 Nxc3 14 Rxb2 Nxd1 15 Rxb7. Also in White's favor is 12...Nxc3 13 Bxc3 d5 14 O-O Bd6!? 15 Qa4+! Bc6 16 Qg4! According to McCambridge, Black might consider 12...Ndc7, followed by ...Nc7-e6, ...Bf8-e7, ...O-O, and ...d7-d5.

13 Nxd5	Bxd5
14 Bc3	Be6
15 Ne5	O-O?

Much better is McCambridge's recommendation of 15...Rd8!? [15...Qc7!?] 16 Nc4! Bxc4 17 Bxc4 O-O 18 Qe2 Nb4! 19 Qxe7 d5 20 O-O dxc4 21 Qg5 f6 22 Qg4, with compensation.

16 Nxd7	Bxd7
17 Qxd7	

Black has nothing for the pawn. Benjamin–Alburt, US Championship, Estes Park 1986, continued 17...Ra7 18 Qg4 Bf6 19 O-O Nb4 20 Bc4 Rfa8 21 Qe4 Qc6 22 Qxc6 Nxc6 23 Bxf6 gxf6 24 Bd5! Rc8 25 Bxc6 Rxc6 26 Rfc1 Rd6 27 g3 Ra5 28 Rc3 Rd2 29 b3 f5 30 Kg2 Kg7 31 a4, and White won easily.

| D. | 5 ... | e6 |

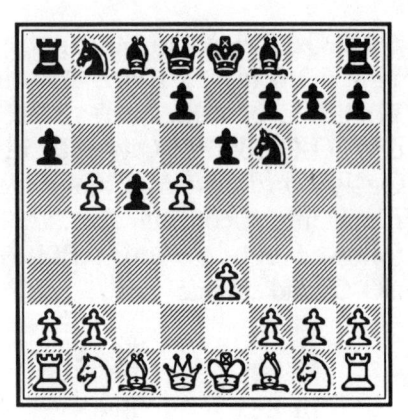

This is similar to a Blumenfeld Gambit, except for the fact that White has already played e2-e3.

6 Nc3

Also possible is 6 dxe6 fxe6 7 Nf3 d5, with these choices:

1) 8 Nc3 Be7 [8...Bd6? 9 e4 Be7 10 bxa6 d4 11 Nb1 O-O 12 Nbd2 Qa5 13 Bc4 Nxe4 14 Qe2, +-, Veremeichik-Shereshevsky, USSR 1974] 9 b3 [Or 9 Be2 O-O 10 O-O] 9...O-O 10 Bb2 axb5 11 Bxb5 Qa5 12 Bd3 [White should consider 12 O-O!?, meeting 12...Ne4 with 13 Nxd5!] 12...d4! 13 exd4 cxd4 14 Nxd4 Ba3 15 Qd2 Qe5+ 16 Nde2 Bxb2 17 Qxb2 Ng4 18 Qc2! Bb7 [Both 18...Nxf2 O-O! and 18...Rxf2 19 O-O-O! favor White] 19 Bxh7+ Kh8 20 Be4 Nc6 21 f4 Qc5 22 Nd1 Qb4+ 23 Ndc3 Rad8?! [Better is 23...Nd4! 24 Nxd4 Bxe4 or 24 Qd2 Nxe2 25 Bxb7 Rad8!] 24 O-O, +=, Dautov-Blees, Kecskemet 1989.

2) 8 b3 Bd6 9 Bb2 O-O 10 Nbd2 Nbd7 11 Qc2 Qb6 12 Bd3 axb5 13 Ng5 h6 14 Bh7+ Kh8 15 Nxe6 Rf7 16 Bg6 Re7 17 Bf5 Bb8 18 Nf8 Nxf8 19 Bxc8 d4 20 Nf3 dxe3 21 O-O exf2+ 22 Rxf2 Bf4 23 Bf5 Be3 24 Kh1 Bxf2 25 Qxf2 Rae8 26 Bd3 Re3 27 Qf1 b4 28 Bb5 Rb8 29 Bc4 Ng6 30 a3 Rf8 31 Qg1 Re7 32 axb4 Ng4?? 33 Ra6, 1-0, Grunberg-Knaak, East Germany, 1980. Black wasn't worse in the middlegame.

6 ...   exd5

This seems stronger than 6...Qa5 7 dxe6 fxe6 8 Bd2 Qb6 9 a4 axb5 10 axb5 Rxa1 11 Qxa1 d5 12 e4 d4 13 Na4 Qb7 14 f3 Nbd7 15 Nh3 Ne5 16 b4 Nxe4 17 bxc5 Nxd2 18 Kxd2 Be7 19 Qxd4 Bf6 20 Qe4 Qa7 21 Be2 Kf7 22 Rd1 Rd8+ 23 Ke3 Bd7 24 Kf2 Bxb5 25 Rxd8 Bxa4 26 Rd2 Qxc5+ 27 Qe3 Qb4 28 Qd4 Qa3 29 Qe3 Qb4 30 Ng5+ Ke8 31 g3 Be7 32 Rd4 Qb6 33 Nxe6 Bd7 34 Nxg7+ Kd8 35 Qxe5 Bf6 36 Nxe6 Qxe6 37 Qb8+ Ke7 38 Re4, 1-0, Dlugy-Alburt, New York 1984.

7 Nge2!?

Passing up the direct 7 Nxd5 Bb7 8 Nxf6+ Qxf6 9 Nf3, when 9...Bd6?! 10 Bd2! Qxb2 11 Rc1 Qf6 12 Bc3 Bxf3?! [12...Qe7 13 a4! axb5 14 axb5 Bc7 15 Bc4 O-O 16 Bd5, +-] 13 gxf3 Be5 14 Bxe5 Qxe5 15 Bg2! Qc7 16 Qd5, +-, Bagirov-Shereshevsky, Baku 1975, gets Black in trouble. More reasonable is 9...Be7 10 bxa6 [10 Qb3?! O-O 11 bxa6 Bxf3! 12 gxf3 Qxf3 13 Rg1 Bh4! 14 Qc2 Nxa6, -+, Portisch-Vaganian, Kecskemet 1979] 10...Nxa6 11 Be2 O-O 12 Bd2 Qe6 13 O-O Nc7, Black has enough compensation for the pawn to equalize the chances. Portisch-Ciocaltea, Ljubljana 1973.

Bangiev-Kovitev, USSR 1982, tested 7...axb5?! 8 Nxf6+ Qxf6 9 Bxb5 Be7 10 Nf3 Bb7 11 O-O O-O 12 e4! Qe6 13 Bg5 f6 14 Bh4 Qxe4 15 Re1 Qb4. Bangiev likes 16 Rxe7 Qxb5 17 Qd6 Bxf3 18 Bxf6!? Rxf6 19 Re8+ Kf7 20 Rf8+ Kg6 21 Qg3+ Kh6 for White, but I am not convinced. It seems that White's attack is coming from long distance.

A stronger answer to 7...axb5 may be 8 Bxb5, as 8...Be7 9 Ne2 Bb7 10 Bc4 Nxd5 11 Bxd5 Bxd5 12 Qxd5, Tukmakov-Bednarski, Decin 1977, leaves Black with less than nothing for the pawn. However, 8...Nxd5!? 9 Qxd5 Qa5+ 10 Bd2 Qxb5 11 Qxa8 Ba6 [11...Qxb2? loses to 12 Qe4+ Be7 13 Rb1] 12 O-O-O is not entirely clear.

7 ...   axb5

7...Bb7 8 Nf4 axb5 [8...Qa5?! 9 Bd2 Qc7 10 Qf3! Qe5 11 Bc4 axb5 12 Nxb5 Na6 13 Bc3 Qe4 14 Qxe4 dxe4 15 O-O-O, +-] 9 Bxb5 Bd6 10 Nfxd5 Nxd5 11 Nxd5 Qa5+ [11...O-O 12 O-O Re8 13 f4 Bf8 14 a4 Nc6 15 Ra3 Nd4 16 exd4 Bxd5 17 Qh5, +-, Novikov-Bareev, USSR 1986] 12 Nc3 Be5 13 a4! Bxg2? [Better is 13...Bxc3+ 14 bxc3 Qxc3+ 15 Bd2 Qe5 16 O-O O-O 17 Rc1, +=] 14 Rg1 Bc6 15 Bd2 Bxb5 16 Nxb5 Qb6 17 Qh5!! Nc6 18 f4 g6 19 Qg5 h6 20 Qg2 Bf6 21 Qd5 Bh4+ 22 Ke2 Be7 23 Bc3 Rf8 24 Rgd1 O-O-O 25 Qc4 Kb7 26 Rd5 Nb8 27 Rad1 Qe6 28 Qb3 Qa6 29 Ba5!, 1-0, Lukacs-Plachetka, Belgrade 1984.

8 Nxb5	Na6!?
9 Nec3	Bb7
10 Be2	Nc7
11 O-O	Nxb5
12 Nxb5	Be7

13 b3

13 b4!?

13 ...   O-O
14 Bb2   Qb6
15 Nc3

15 a4!?

15 ...   Qe6

Stohl–Plachetka, Trencianske Teplice 1985.

Chapter 4

The Sharp System With 5 f3

1 d4	Nf6
2 c4	c5
3 d5	b5
4 cxb5	a6
5 f3	

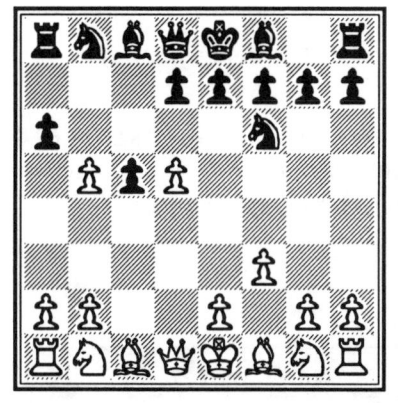

A sharp and underrated system. White will support his center with e2-e4, then attempt to control b5. Black has three distinct strategies.

A) To aim for normal Benko Gambit counterplay with **5...g6**.

B) To mix it up immediately with **5...e6**.

C) To regain material equality with **5...axb5** [The experimental 5...Qa5+ is too risky – 6 Bd2 Qxb5 7 Bc3 Qb7 8 e4 d6 9 Nd2 g6 10 Nc4 Bg7 11 Ne2 O-O 12 Ng3 Nbd7 13 Qd2 Nb6 14 b3 Nxc4 15 bxc4 with an advantage for White, Dlugy–Alburt, Los Angeles (US ch) 1991].

A.   5 ...   g6

Black completes his development before undertaking active operations.

6 e4   d6

Now White has tried **A.1. 7 Nc3; A.2. 7 Na3; A.3. 7 a4.**

A.1. 7 Nc3 Bg7
8 Bg5

White has not enjoyed good results from this position. Two other tries are:

1) 8 Be3 O-O 9 Qd2 Qa5 10 Bh6 Bxh6 11 Qxh6 axb5 12 Bxb5 Ba6 13 Bxa6 Nxa6 14 Nge2 Rfb8 15 Qd2 c4 16 Rb1 Nc5 gave Black good play in Scheeren–Berg, Silkeborg 1983. Less advisable is 9...Re8 10 bxa6 Bxa6 11 Bxa6 Nxa6 12 Nge2 e6 13 dxe6 fxe6 14 Nb5 d5 15 e5 Nd7 16 f4 g5 17 g3 Rf8 18 O-O gxf4 19 gxf4 d4 20 Bf2 Bh6 21 Qd3 Qe8 22 Kh1 Kh8 23 Qh3 Qg6 24 Nd6 Bxf4 25 Nxf4 Rxf4 26 Rg1, 1-0, Chandler–Delaney, 24th Olympiad, Malta 1980.

2) 8 a4 O-O 9 Bc4 Nbd7 10 Nge2 Ne5 11 b3 Nfd7 12 f4 Nxc4 13 bxc4 Qa5! 14 Qd3 Nb6 15 Bd2 Qb4 16 a5 axb5! [Not 16...Nxc4? 17 Rb1 Nb2 18 Qc2, winning the Knight, or 16...Qxc4? 17 Qb1 Nd7 18 Ra4, picking up the Queen] 17 cxb5 Rxa5 18 Rxa5 Qxa5, Chandler–Alburt, Hastings 1980/81. Black has recovered the gambit pawn with positional advantage, due to his two Bishops and secure pawn structure.

8 ... h6

8...O-O 9 Qd2 Re8 10 a4 Nbd7 11 Nh3 Nb6 12 Nf2 e6 13 a5 axb5 14 Bxb5 Bd7 15 Ng4 Bxb5, = +, Viner–Gheorghiu, Adelaide 1971.

9 Be3	O-O
10 Qd2	Kh7
11 a4	Nbd7
12 Nh3	Ne5
13 Nf2	axb5
14 Bxb5	Ba6

Woodhams–Westerveld, Amsterdam 1976. Black's activity gives him good chances.

A.2. 7 Na3

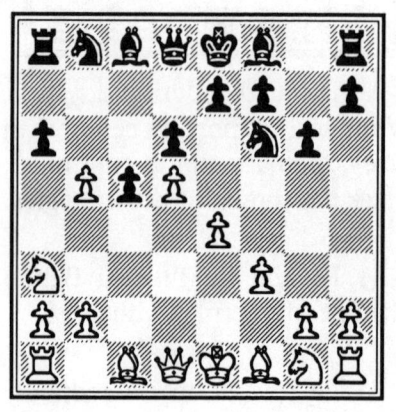

White develops his QN, while leaving c3 for his KN.

7 ... Bg7

Arkhipov–Kaidanov, Tbilisi 1986, saw Black take a different route with 7...axb5 8 Bxb5+ Bd7 [In Lim–Botto, Tjentiste 1975, White got a clear advantage from 8...Nbd7 9 Ne2 Bg7 10 Nc3 O-O? 11 Bg5!, but Lim calls 10...Rxa3! 11 bxa3 Nxe4 12 fxe4 Bxc3+ unclear] 9 Ne2 [Tukmakov gives 9 Bc4!, +=] 9...Bg7 10 Bxd7+ Nfxd7 11 Nc4 Nb6 12 Nxb6 Qxb6 13 O-O O-O 14 Nc3 Na6 15 Qe2 Rfb8 16 Rf2 c4 17 Be3 Qa6 18 Qa6 Rxa6 19 Rd4 c4 20 Rc1 Nd3 21 Rcc2 Nb4 22 Rc1 Nd3 23 Rcxc2 Ra5!? [With White's troops standing around helplessly, Black intends to undermine his center pawns] 24 Kf1 f5 25 exf5 gxf5 25 Bg5 Kf7 27 Re2 Rb7. Black has much the better of it.

8 Ne2   Nbd7

Black has a very good alternative to the text in 8...O-O. I got satisfactory positions against noted 5 f3 aficionados GM Dlugy and his trainer IM Zaltsman by following classical Benko strategy: 9 Nc3 Ne8 10 Be2 axb5 [only capturing on b5 once the Bishop has moved] 11 Naxb5 Na6 12 O-O Nac7 13 Bg5 [13 a4 Nxb5 14 Nxb5 Nc7 15 Na3 1/2-1/2, Dlugy–Fedorowicz, Chicago 1989] 13...Nxb5 14 Bxb5 Rb8 15 a4 Nc7 16 Qe2 Bd7 17 f4 Qe8 18 Bc4 e6 19 dxe6 Bxe6 1/2-1/2, Zaltsman–Fedorowicz, New York 1989. This way of playing seems to be a good answer to 5 f3.

9 Nc3	O-O
10 Be2	Ne8
11 Be3	

Arkhipov–Hebden, Moscow 1986, varied with 11 O-O Nc7 12 Rb1 Nb6 13 Bg5 Qd7 14 Qd2 axb5 15 Naxb5 Ba6 16 a4!?, +=.

11...	Nc7
12 Qd2	axb5
13 Naxb5	Nxb5
14 Bxb5	Ne5!

14...Ba6? 15 Bxd7! Qxd7 16 Bh6 is clearly better for White.

15 Bh6	Bxh6
16 Qxh6	Qa5

16...Qb6!? is interesting.

17 O-O	Ba6
18 Bxa6	Rxa6
19 f4	Nd7
20 Rf3	Qb4
21 Rd1	

Stronger is 21 Rh3 Qd4+ 22 Kh1 Qg7, with equality.

21 ...	Rfa8
22 e5	

22 f5 Qxb2 23 fxg6 fxg6 24 Rh3 Nf6 25 Rf1 Rxa2 favors Black. Perhaps White's best is 22 b3, although 22...Rxa2! 23 Nxa2 Rxa2 gives Black excellent compensation.

22 ...	Qxb2
23 f5	Rxa2!

Black has a clear advantage. Blanco Coral–Georgadze, Pontevedra 1986, continued 24 Nxa2 Rxa2 25 Qg5 Nxe5 26 Rff1 f6 27 Qg3 Ra3 28 Qe1 Kg7 29 Kh1 Qc3 30 Qe2 Qc4 31 Qb2 Rb3 32 Qa2 Re3 33 Qa7 Nd3 34 Rf3 Qe4 35 Rdf1 Rxf3 36 gxf3 Qe2 37 Ra1 Nf2+ 38 Kg2 Ng4+, 0-1.

A.3. 7 a4 Bg7

8 Na3

An important alternative is the sharp 8 a5 axb5 9 Bxb5+ Nfd7 [9...Nbd7?! 10 Bd2!, +-] 10 Qa4, and now:

1) 10...Ba6 11 Nd2 O-O 12 Nc4 Ra7 13 Ra3 Rb7 14 Rb3 Ne5 15 Bxa6 Rxb3 16 Qxb3 Nxa6 17 Bd2 Qc7 18 Ne2 Rb8 19 Nb6 c4 20 Qb5 Nd3+ 21 Kd1 Nxb2+ 22 Kc2 Nc5 23 Qc6 Qa7 24 Rb1 Ncd3 25 Nc8 Qf2 26 Qe8+ Bf8 27 Nxe7+ Kg7, 1-0 on time, Yrjola–Karp, European Junior Championship, Groningen 1979/80.

2) 10...O-O 11 Ne2 Na6 12 O-O Nc7 13 Bc4 Rb8 14 Nd2 Ne5 15 Qc2 Rb4 [15...Na6!?] 16 Ra2 Na6 17 Ra4 Qe8 18 Rxb4 Nxb4 19 Qb3 Qd7, with unclear play in Korchnoi–Miles, Amsterdam 1976.

8 ...	O-O
9 Ne2	e6

9...axb5 10 Nxb5 Na6 11 Nec3 Nd7 12 Be2 f5 13 exf5 gxf5 14 Bg5 h6 15 Bh4 Ne5 16 f4 Ng6 17 Bg3 Rb8 18 O-O e5 19 dxe6 Bxe6 20 Bf3 Nb4 21 Nd5 Bxd5 22 Bxd5+ Kh7 23 Bf3 Rb6 24 Be1 Nxf4 25 Bxb4 cxb4 26 Qd2 Qg5 27 Kh1 Ne6 28 Qxb4 Be5 29 Rae1 Rbb8 30 Qc4 Nf4 31 g3 Nh5 32 Qh4 Qxh4 33 gxh4 Nf4 34 b3 Rfc8 35

Rc1 Nd3 36 Rxc8 Rxc8 37 a5 Rc2 38 a6 Rxh2+ 39 Kg1 Ra2 40 a7 Rxa7 41 Nxa7 Bd4+ 42 Kh2 Bxa7 43 Be2, 1-0, 52, Dlugy–Schea, National Open, Las Vegas 1988.

10 dxe6	Bxe6
11 Nf4	d5
12 exd5	Nxd5
13 Nxe6	fxe6
14 Bc4?	

White needs an improvement here. Either 14 g3, planning Bf1-h3 and O-O, or 14 bxa6 Nxa6?! 15 Bxa6 Rxa6 16 O-O appears good.

14 ...	axb5

As 15 Nxb5?? Qh4+ and 15 axb5? Rxa3! 16 Rxa3 Qh4+ hangs the Bishop at c4.

15 Bxb5	Qh4+
16 Kf1?!	Bxb2!
17 Ra2	Bd4
18 Qe1	Rxf3+!
19 gxf3	Qh3+
20 Ke2	Qg2+?

Black wins with 20...Nc3+ 21 Kd3 Qf5+ 22 Kd2 Nxa2.

21 Kd1	Qxf3+

Now 21...Nc3+? 22 Qxc3 and 21...Qxa2 22 Bc4 Qg2 23 Qxe6+ Kg7 24 Bxd5 give White all the winning chances.

22 Kc2

1/2-1/2, Dlugy–K. Larsen, National Open, 1989.

B. 5... e6

Black strikes at the center and challenges White to an immediate battle.

6 e4

6 dxe6 fxe6 7 e4 axb5 8 Bxb5 Ba6 9 Nc3 Bxb5 10 Nxb5 Qb6 11 a4 c4, Karolyi–Schon, Maribor 1987.

6 ...	exd5

Alternatives are very interesting:

1) 6...Bb7 7 Nc3 exd5 8 e5!? Nh5 9 Nxd5 [Gagarin–Kishnev, USSR 1985, branched off with 9 Nh3 d4 10 bxa6 Nxa6 11 Ne4 f5 12 Qb3 fxe4, when 13 Qxb7 e3 14 Bxa6 Qa5+ 15 Kf1 Rxa6 16 g4 wins a piece without too much danger] 9...Qh4+ 10 g3 Nxg3 11 hxg3 Qxg3+ [11...Qxh1 12 Be3!? Qh2 13 Ne2 leaves Black's pieces quite uncoordinated] 12 Ke2 Qxe5+ 13 Ne3 axb5 wins three pawns for the piece. Unclear is a fair assessment. Glek–Kishnev, USSR 1985, continued 14 Kf2 c4 15 Ne2 Bc5 16 Bg2 Ra6 17 f4 Qc7 18 Bxb7 Qxb7 19 Rh5 Rd6 20 Qc2 Na6 21 Bd2, when 21...Bxe3+ 22 Bxe3 Nb4 looks good for Black. If White wants to avoid crazy complications, the simple 8 exd5 is fine.

2) 6...Qc7?! is probably not a good idea. After 7 Nc3 exd5 8 Nxd5 Nxd5 9 Qxd5 Bb7 10 Bf4! d6 11 Qd2, White stood very well in Dlugy–Alburt, US Championship, Estes Park 1986.

3) 6...axb5!? [Untested] 7 Bxb5 Ba6 8 Bxa6 Nxa6 9 Nc3 [It's weird, but this may be inaccurate. 9 Ne2!?, hurrying to castle, could be better] 9...c4!? looks logical. Some analysis from who knows where (I vaguely recall that it came from a letter in *New In Chess*) continued 10 b3 exd5 11 e5 [This seems strange] 11...Bb4 12 Ne2 Qa5 13 Bd2 d4! 14 exf6 dxc3 15 Nxc3 Bxc3 16 Qe2+ Kd8 17 Qe7+ Kc7, winning for Black, but this whole analysis is ridiculous. After 10 b3, even 10...cxb3 is fine for Black.

7 e5

7 exd5! Qe7+?! 8 Kf2 c4 [g6!? is interesting, but not 8...Qe5? which quickly lost in Sakaev–Liardet, Maringa 1991, after 9 Nc3 Bb7 10 Nh3! Nd5 11 Bc4 Nxc3 12 bxc3 Qxc3 13 Qe2+ Kd8 14 Bb2 Qa5 15 Ng5 axb5 16 Nf7+ Kc7 17 Bxb5 Rg8 18 Rhd1 Nc6 19 Be5+ Kb6 20 Rd7 Nxe5 21 Nxe5 1-0.] 9 Nc3 axb5 10 Be3! Bb7?! 11 Qd4?! [11 Qd2! Qb4 12 Re1 is very good for White, according to Vaiser] 11...Qb4! 12 Re1 Be7 13 d6, and White had a slight advantage in a complex position, Piskov–Vaiser, USSR 1988.

7 ...	Qe7
8 Qe2	Ng8
9 Nc3	Bb7
10 Nh3	Qd8

Favoring White are 10...Qh4+

11 g3 Qb4+?! 12 Bd2 Qxb2 13 Rb1 Qc2 14 bxa6 Bxa6 15 Rxb8 Rxb8 16 Qxa7, Piskov–Arbakov, Moscow (ch) 1989, and 10...d4 11 Ne4 d3 12 Qe3! Qe5 13 Nxc5! Qxe3 14 Bxe3 Bxc5 15 Bxc5, Glek–Annageldiev, Belgorod 1989. Much more interesting for the second player is 10...c4!? This line has been little tested but did well in Lobron–Hertneck, Munich 1991, which saw Black win a quick miniature: 11 Qf2!? [11 Be3 axb5 12 Nf4 Qxe5 13 Nxb5 Na6! (not 13...Ne7 14 Bb6 which is better for White) is good for Black] 11...axb5 12 Nf4? [12 Be3 Qb4! 13 O-O-O Ne7 14 Nf4 Qa5! 15 a3! Ra6! and 12 Nxb5 Qb4+ 13 Nc3 Bc5 14 Qg3 d4 15 a3 Qa5 16 Bd2 Bb4! both favor Black.] 12...Qxe5+ 13 Kd1 Nf6! 14 Bxc4 bxc4 15 Re1 Ne4 16 Qb6? Bc6 17 Nfd5 Bxd5 18 Nxe4 Be6 19 Qb7 Qa5 0-1.

Unfortunately for Banko players on the lookout for an answer to 5 f3, 10...c4!? is actually 10...c4?! In Dlugy–Alburt, Los Angeles (US ch) 1991, the former World Junior Champion dealt a powerful blow after 11 Be3! axb5 with 12 O-O-O! when Black was never able to catch up in development: 12...Qxe5 13 f4 Qe7 14 Rxd5! d6 15 Rxb5 Nf6 16 Qd2 d5 17 Bxc4! dxc4 18 Bc5 Qd7 19 Qe3+ Qe6 20 Rxb7 and 1-0 shortly.

11 Nf4   Ne7

The only other attempt 11...d4 12 bxa6 Bxa6 13 Qe4 Nc6 14 Bxa6 Rxa6 15 Ncd5 gave White the advantage in Piskov–Kishnev, USSR 1985.

12 bxa6?

This helps Black. Better is 12 Bd2 g6 13 O-O-O Bg7 14 Be1 d4 15 Ne4 Bxe5 16 Nd3 d6, reaching a position some analysts call unclear. But White has the very strong 17 Nexc5! Qc7 18 Kb1 [18 b6!?] 18...dxc5 19 b6! If 19...Qxb6, then 20 Qxe5 hits c5 and h8. Or, if 19...Qd6, either 20 Qxe5 or 20 Nxe5 O-O 21 Nc4 Qf6 22 Bg3 leaves White on top.

In addition to 12 Bd2, White has 12 Nh5, preventing 12...g6?? because of 13 Nf6 mate. Too awkward is 12...Ng6?! 13 Nf6+ gxf6 14 exf6+ Ne7 15 Bf4!? Qb6 16 fxe7 Bxe7 17 O-O-O. Best appears to be 12...Qb6 13 a4!? Ng6 [Here 13...axb5 fails to 14 Nxb5 Ng6 15 f4 Nc6 16 f5 O-O-O 17 fxg6 Re8 18 a5 Qd8 19 gxf7 with a clear advantage to White, Lalic–I.

Marinkovic, Cetinje 1990.] 14 a5 Qe6 15 f4 [15 b6!?] 15...axb5 16 Nxb5 Na6, with incredible complications.

12 ...	Nxa6
13 Nb5	Ng6
14 g3	Bc6
15 Nh5!?	

After 15 Nd6+ Bxd6 16 exd6+ Kf8 17 Bg2 Qf6 18 Nxg6 hxg6 19 O-O Qd6 20 Re1 d4, -+, Black's King is safe and he has a flying pawn wedge.

15 ...   **Bxb5?!**

15...Qa5+ 16 Bd2 Qxb5 17 Qxb5 Bxb5 18 Bxb5 Ne5 19 Kf2 f6 leaves White with zero compensation.

16 Qxb5	Nxe5
17 Bh3	g6
18 Bf4	Bd6
19 O-O-O	O-O
20 Rhe1	Nc7
21 Qf1	f6
22 Bh6	gxh5
23 Bxf8	Bxf8
24 f4	Rxa2
25 fxe5	Qb8
26 Qg2	Qb3
27 Bf5	Bh6+
28 Kb1	Qa4

0-1

Timoschenko–Yermolinsky, Tashkent 1987.

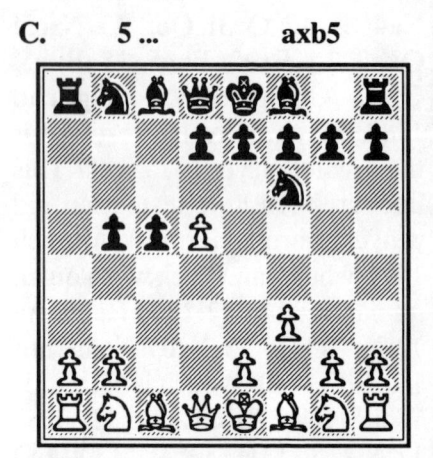

C.   **5 ...**   **axb5**

Black regains his pawn, but loses some time in doing so.

6 e4

Now White has dual threats of 7 Bxb5 and 7 e5, pushing Black off the board.

6 ...   **Qa5+?!**

Black keeps the gambit pawn but plays into White's hands. With 6...d6!? 7 Bxb5 Bd7 8 Bxd7+ [8 Bd3!?] 8...Nbxd7 9 Ne2 g6 10 O-O Bg7 11 Nbc3 O-O 12 Bg5 Qb6 13 Qd2 Rfb8, Black could gain some counterplay.

7 Bd2   **Qb6?!**

Highly dubious. The lesser evil is 7...b4, although after 8 Na3 Ba6 9 Nc4 Bxc4 [9...Qc7 10 Nh3 d6 11 a3 Bxc4 12 Bxc4 bxa3 13 Rxa3 bxa3 14 bxa3 g6 15 Qa4+ Nd7 16 Qa8+ Qb8 17 Qxb8+ Nxb8 18 Ke2 gave White an easily won ending in M. Gurevich–Miles, Manila (izt) 1990.] 10 Bxc4 d6 11 a4 g6 12 Bb5+!? Nbd7 13 Ne2, with two Bishops and a passed a-pawn, White stands well.

8 Nc3　　b4?

Best is 8...d6 9 Bxb5+ Bd7 10 Bxd7+ Nbxd7.

9 Na4　　Qa5

10 Nxc5!

Black is already busted. Of course, 10...Qxc5 is met with 11 Rc1.

10 ...	e6
11 Nb3	Qb6
12 Qc1	Na6
13 Be3	Qb8
14 Bf4	Bd6
15 Bxd6	Qxd6
16 Qg5!	exd5
17 e5	h6
18 Qxf6!	
1-0	

Timoshchenko–Binham, Helsinki 1986.

Chapter 5

The Zaitsev System

1 d4	Nf6
2 c4	c5
3 d5	b5
4 cxb5	a6
5 Nc3	

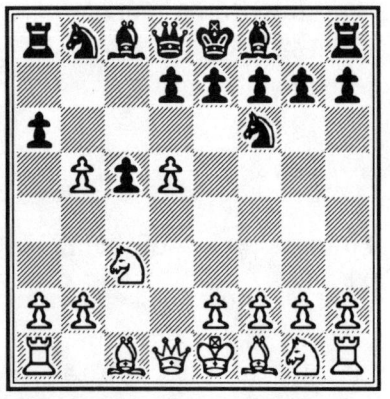

The main point of this developing move is that White threatens to move e2-e4 in one jump.

5 ...   axb5

Not quite obligatory. On 5...g6 6 e4 d6, Gufeld says 7 f4! is clearly better for White. Instead, *New in Chess Keybook* gives 7 Nf3 Nbd7 8 b3?! [8 a4 Bg7 9 Be2, +=] 8...Bg7 9 Nd2 O-O 10 Bb2 e6 11 dxe6 fxe6 12 Nc4 d5 with an unclear position, Barreras–Peev, Plovdiv 1980.

Perhaps Black's most critical alternative is 5...Qa5!? with these possibilities:

1) 6 bxa6 g6 [Better is 6...Bxa6 7 Bd2 Qb6? [Horrible. Again, 7...Bxa6 is best] 8 Na4 Qc7 [8...Qd6 9 Nxc5 Qxd5 may hang on] 9 Nxc5 Nxd5 10 Rc1 Nc6 11 e4 Ndb4 12 Qa4, 1-0, Gulko–Popov, European Club Championship 1975, as 12...Nxa6 runs into 13 Bxa6 Bxa6 14 Nxa6 Qb6 15 Nc7+.

2) 6 b6!? Bb7! 7 Bd2 Qxb6 8 e4 e6 9 dxe6 [9 Bc4 allows 9...Nxe4!] 9...Qxe6 10 f3 d5?! [Unclear is 10...Bd6 11 Bd3 O-O 12 Nge2 Be5, Gorelov–Ochoa de Echagvea, Moscow 1982] 11 Qb3 Qe7?! 12 O-O-O dxe4 13 Bg5 h6 [Black is already in trouble] 14 Bxf6 gxf6 15 Bc4 Bc6 16 Nd5 Qe5 17 f4 Qd6 18 Ne3 Qc7 19 Bxf7+! Qxf7 20 Rd8+ Ke7 21 Nf5+ Kxd8 22 Qxf7 winning, Christiansen–Andrianov, New York Open, New York City 1990.

3) 6 Bd2 axb5 7 e4 b4 8 e5 [8

Nb5 Ba6 9 a4 Nxe4] 8...bxc3 9 Bxc3 is interesting.

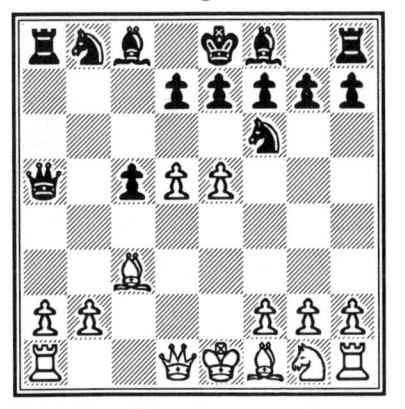

Naumkin–Janovsky, USSR 1985, continued 9...Qb6?! 10 exf6 gxf6 11 Nh3! d6 12 Nf4 Bh6 13 Nh5 Nd7 14 Be2 [Naumkin suggests 14 f4!?] 14...Rg8 15 O-O f5 16 Re1 Ne5 17 f4 [Or 17 Bf1, +=] 17...Ng6 18 Bf1 Kf8 19 Qf3 Ba6? [Better, but still ugly for Black, is 19...Bb7] 20 Bxa6 Qxa6 21 g3!, +-.

But 9...Qa4! is correct. 10 Qxa4 Rxa4 11 exf6 gxf6 12 Be2 Rg8 13 Bf3 d6 14 b3 Ra7! 15 Ne2 Na6! 16 O-O Nc7 17 Rfd1 Bh6 18 Be4 Bg4! 19 Kf1, Danner–Greenfeld, Timisoara 1983, is still unclear. The older 14...Ra8 15 Ne2 [15 h3?! Bh6 16 Ne2 Na6 17 Ng3 Bf4 18 Nh5 Be5, -+] 15...Bh6 16 O-O Bg4 17 Bxg4 Rxg4 18 f4 f5! [18...Nd7 allows 19 h3! Rg8 20 g4, +-] 19 Ng3 e6 20 Nh5 Kd8! 21 Rfe1 Rg6 22 b4! favors White, although 0-1, 47, Danner–Ochoa de Echaguen, 25th Olympiad, Lucerne 1982.

6 e4

6 Nxb5 Ba6 7 Nc3 transposes to normal lines of the Benko. But Black has two other options.

Steckner–Bellon Lopez, Lugano 1988, reached a complicated, unbalanced position by 6 Nxb5 e6 7 Nc3 exd5 8 Nxd5 Bb7 9 e4 Nxe4 10 Bc4 Qa5+ 11 Kf1 Nc6! 12 Bf4 O-O-O!? Black meets 13 Bc7? by 13...Qd2.

Or 6 Nxb5 Qa5+ 7 Nc3 Bb7 8 Bd2 Qb6 9 e4 e6 10 dxe6 fxe6 11 Bd3 [Also 11 e5 Nd5 12 Nf3 Be7 13 Be2 O-O 14 Nxd5 Bxd5, L. Espig–Teske, East German Championship, Stralsund 1988, gives Black compensation] 11...Nc6 12 Nf3 Nb4 13 Be2 Nxe4 14 Nxe4 Bxe4 15 O-O Be7 16 Bc3? [16 Bg5 may keep an edge] 16...Nd5! 17 Bxg7 Rg8 18 Be5 d6 19 Bg3 Qxb2 20 Nd2 Nc3 21 Bh5+ Kd7 22 Qe1 Bd5, -+, 0-1, 55, Knaak–Teske, East Germany 1988.

6 ... b4

This sharp variation is named the Zaitsev system in the Soviet Union where, of course, every opening is a discovery of their own. I prefer to call this the Bagley variation, after NM William Bagley, who with other members of the Westfield (New Jersey) Chess Club analyzed this countergambit quite extensively in the early 1970's.

6...Qa5 7 Bd2 b4 transposes to the variation 5...Qa5 6 Bd2 axb5 7 e4 b4, covered on p. 124.

7 Nb5   d6

Best. Others:

1) 7...Nxe4?? 8 Qe2 f5 9 f3 costs Black a piece, as 9...Nf6 allows 10 Nd6 mate.

2) 7...b3? 8 e5 [8 a4 and 8 Nc3 d6 9 Qxb3 are also good for White] 8...Rxa2 9 Rb1! [If 9 d6, Black defends himself with 9...exd6! 10 exf6 Rxa1 11 Qe2+ Be7] 9...Ne4 10 Qxb3 Qa5+ 11 Nc3 Nxc3 12 bxc3, +-.

3) 7...Qa5 8 e5 Ne4 [8...Ba6!? 9 Nd6+ exd6 10 exf6, +=. Perhaps 9 a4!?] 9 Bc4! Ba6 10 Qe2 b3+ 11 Kf1 Bxb5 12 Bxb5 Qxa2 13 Rxa2 bxa2 14 Qxe4 a1=Q 15 Ne2 g6 16 d6! Bg7 17 dxe7 Kxe7 18 Qd5!, +=, Agrest–Zolotov, USSR

1988. White has a promising initiative.

After 7...d6:

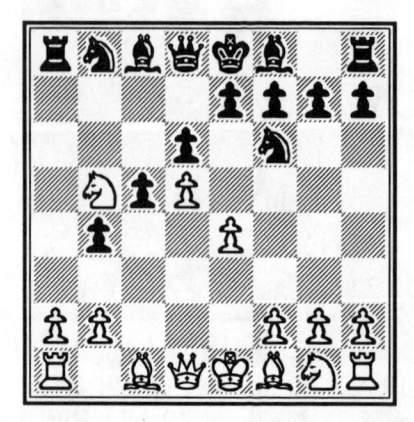

White has **A. 8 Bf4; B. 8 Nf3; C. 8 Bc4.**

A.   8 Bf4

This is considered White's most dangerous move. White aims directly for e4-e5, opening the center before Black can exploit White's trapped Knight at b5.

Black has six reasonable replies: **A.1. 8...Nxe4; A.2. 8...g5; A.3. 8...Na6; A.4. 8...Nbd7; A.5. 8...g6; A.6. 8...e5!??**

A.1.   8 ...   Nxe4

The Zaitsev Variation with 5 Nc3 axb5 6 e4

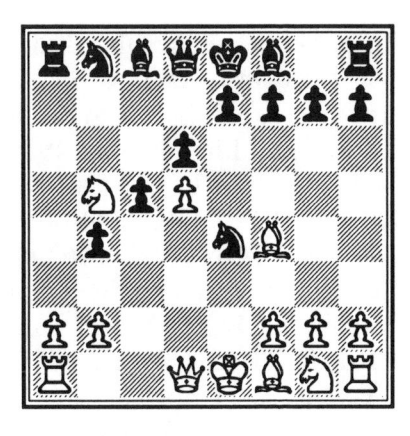

9 Nf3

Other moves are less convincing.

1) 9 Qe2 g5! 10 Be5 dxe5 11 Qxe4 Bg7 12 d6 Ra5 13 Nc7+ Kf8 14 dxe7+ Qxe7 was unclear in Tarrasevich–Szichtsel, Poland 1975.

2) 9 Bd3 Nf6? [9...g5! seems to transpose into a good line for Black] 10 Qe2 Ra6?! 11 Nxd6+! Rxd6 12 Bb5+ Nbd7 [12...Rd7 13 Bxb8 or 12...Bd7 13 Bxd6] 13 Bxd6 Qb6 14 Bg3 Nxd5 15 Nf3 e6 16 Ne5 Nc7 17 Ba4 Qa6 18 Qxa6 Nxa6 19 O-O-O Nab8, Birnboim–Romm, Israel 1975-76, and now 20 Rxd7! Bxd7 [20...Nxd7 21 Rd1] 21 Nxd7 Nxd7 22 Rd1 wins for White.

Possibly 10...e5!? 11 Bxe5 dxe5

12 Qxe5+ Be7 13 d6 [13 Nc7+ Kf8 14 Nxa8 Bd6, -+, traps White's Knight] 13...Nc6 [13...Na6!?] 14 Qxc5 Bb7 is playable. After 11 dxe6, both 11...Bxe6 12 Rd1 Nd5 13 Bg3 Qa5 14 Nf3 b3+ 15 Nd2 bxa2 16 O-O and 11...fxe6 12 Rd1 Nd5 13 Qh5+ Kd7 14 Nf3 Kc6 15 Bg5 Be7 16 O-O, Se. Ivanov–Annageldyev, USSR 1988, gives White compensation.

9 ...	Ra5
10 Bc4	Qb6
11 Qe2	Ba6
12 Qxe4	Bxb5
13 Bxb5+	Rxb5

On 13...Qxb5, 14 Bxd6 threatens 15 Bxe7 Bxe7 16 d6.

14 Nd2	Kd8
15 Nc4	Qc7
16 O-O	Nd7
17 a4	bxa3
18 Rxa3	

Samoilov–Shepetkin, USSR 1975. Black will get murdered before the kingside is developed.

A.2. 8 ... g5!

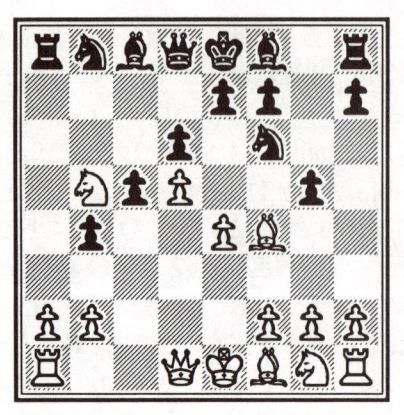

Definitely Black's most ambitious path.

9 Bxg5

The only logical continuation. Black has no problems after 9 Be3 Nxe4 10 Bd3 Nf6 [10...Qa5 11 Ne2 f5 12 O-O f4 13 Bc1 Nf6 14 Re1 Kf7 15 b3 Nbd7 16 Bb2 Ne5 17 Bxe5 dxe5 18 Bc4 Kg7 19 a4 Bd7 20 Ra2 h5 21 Qa1 1/2-1/2, C. Hansen–Fedorowicz, Amsterdam 1990. See annotated games.] 11 Bxg5 Bg7 12 Ne2 Nbd7 13 O-O Ne5 14 a4 Nxd3 15 Qxd3 O-O 16 Nf4 Qd7 17 Rfe1 Qg4 18 Qg3 Qxg3 19 hxg3 Bd7 20 Nc7 Ra7 21 Nb5 Ra5 22 b3 h6 23 Bh4 Re8 24 Rad1 Bxb5 25 axb5 Rxb5 26 Ra1 Rb7 27 Ra6 Kf8 28 f3 Nd7 29 Nh5 Bd4+ 30 Kh1 Nb6 31 Nf4 Be5 32 Rd1 Bxf4 33 gxf4 Ra8, 0-1, 45, Fronczek–Dobosz, Poland 1976.

Also bad is 9 e5? gxf4 10 exf6 Nd7! when Black has the Bishop pair and control of most of the dark squares. Markzon–Fedorowicz, Philadelphia 1989, continued 11 fxe7 Qxe7+ 12 Be2 Ne5 13 Kf1 Bg7 14 Qd2 O-O! 15 Qxf4 Ng6 16 Qxd6 [After 16 Qd2 Qf6!, White loses both the a- and b-pawns] 16...Bxb2 17 Qxe7 Nxe7 18 Rd1 Bd7 19 d6 Ng6 [19...Nf5!?] 20 Nc7 Rxa2 21 Bc4 Ra5 22 Nf3 Rb8 23 Nd2 Ba4! [The fastest way to get the b-pawn going] 24 Ke2 Bc6 25 f3 Be5 26 Ne4 b3 27 Ng5 Ra2+ 28 Rd2? [even 28 Kf1 Nh8!, threatening ...Be5-d4, or ...Ra2-c2, should win for Black] 28...Rxd2+ 29 Kxd2 Bf4+ 30 Kc3 Bxg5, 0-1.

White cannot rehabilitate 9 e5? with 11 Nh3 [11 Ne2 provokes 11...f3!] 11...Nxf6 12 Nxf4, as 12...Qb6 13 a4? bxa3 14 Rxa3 15 bxa3 Qa5+, Pautz–Cmiel, Krefeld 1986, and 12...Bg7 13 Bd3 O-O [Benko likes 13...Ba6!] 14 O-O, Bagley–Valvo, USA 1975, are good for Black.

Finally, the curious gambit 9 Bc1 Ra5 10 e5 dxe5 11 d6 exd6 12 Bg5 failed in Pein–Hebeden, England 1980: 12...Ba6 13 Bxf6 Qxf6 14 Nc7+ Kd8 15 Nxa6 Nxa6 16 Bxa6 Rxa6 17 Ne2 Qe6 18 O-O Rxa2 19 Qd3 Be7 20 Qb5 Kc7 21 Rxa2 Qxa2 22 Ng3 Ra8 23 Nf5 Bf8

24 Qe2 Qe6 25 Ne3 d5 26 f3 c4, 0-1 in 43.

9 ... Nxe4
10 Bf4

Not as logical is 10 Bd3 Nxg5 11 h4 Ne4 [11...Ne6 12 dxe6 Bxe6 13 Qf3 d5 14 Qg3 Na6 11 Nh3 is probably good for White] 12 Bxe4 Qa5!, unclear.

Good for Black is 10 Nf3?! Bg7 11 Bd3 Nxg5 12 Nxg5 h6 13 Ne4 Bxb2!? 14 O-O Nd7 15 Qe2 Bxa1 16 Nexd6+ Kf8 17 Nxc8 Rxc8, and Black is winning, Pozarek–Valvo, USA 1975.

10 ... Qa5!?

A very interesting move. Poor is 10...Ra5? 11 Qe2! Ba6 12 Qxe4 Bxb5 13 Bxb5+ Rxb5 14 Nf3 Rb7 15 Nh4, +-, Knezevic–Budde, Wuppertal 1986.

Most books give 10...Bg7 as best, though there is very little practical experience with it. Critical is 11 Qe2 Nf6 12 Nxd6+ [After 12 Bxd6? Nxd5! 13 Rd1 O-O 14 Rxd5 exd6, -+, Black's King is much safer than White's] 12...Kf8 13 Nxc8 Qxc8.

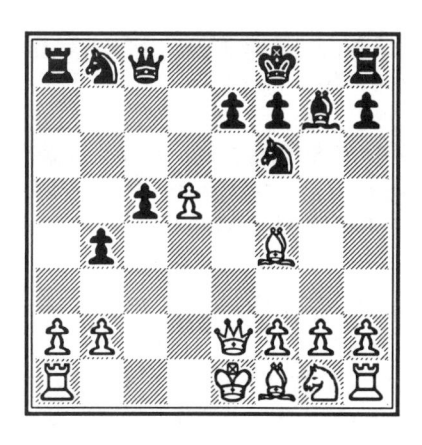

Theory judges this position unclear. Although Black has lost his right to castle and is minus one pawn, I believe that Black has the better chances. If 14 Qd1, both 14...c4 and 14...Qf5 give Black play. Kluss–M. Hansen, Berlin 1988, tested 14 d6 e6 [Reasonable is 14...exd6. An example of how not to play for Black is Kolpakov–Egin, USSR 1979, where 14...Nc6 15 dxe7+ Kg8 16 Nf3 Qf5 17 Bd6 Ne4 18 Qa6! Qc8 19 Qxc8+ Rxc8 20 O-O-O Nxd6 21 Rxd6 Nxe7 22 Bc4 led to an easy victory for White. Instead the correct answer is 14...exd6! when after 15 Bxd6+ Kg8 16 Qf3 Nbd7 (16...Nc6!?) 17 Bc4 Nb6 Black is better. My opinion is that 14 d6 is dubious. Opening the center with only two pieces developed and the King stuck in the center doesn't seem right.] 15 Nf3 Nbd7 16 g3 [Jay Whitehead says, "16 Qc2, +=" but I doubt White is better after 16

Qc2 Nd5 17 Bg3 b3! 18 Qxb3 Rb8 or 17 Bc1 Qc6] 16...Nd5 17 Ne5 Rg8!? [Anticipating action on the g-file] 18 Qh5 Nxe5 19 Bxe5 Qc6 20 Bg2, when something like 20...b3 21 a3 Qb5 is O.K.

11 Bc4

11 Qe2? b3+ 12 Kd1 [Or 12 Bd2 Qxa2!! 13 Rc1 Ra4!, -+] 12...Qxa2 13 Rc1 14 f3 Nf2+ 15 Qxf2 Rxf4, -+.

11 ...   Bg7

11...Ba6 12 Qe2 b3+ 13 Kf1 Kd8! 14 a4! [+=] Nf6 15 Bd2?! [15 Ra3!] 15...Qb6 16 Bc3 Nbd7 17 Ra3 Rg8 18 Qf3? [Goldstern suggests simply 18 Rxb3, +-. Unclear is 18 h3 Rg5!? 19 Nf3 Rxd5 20 Bxd5 Nxd5] 18...Rg4 19 Qd3 Ne5! 20 Bxe5 dxe5 21 f3?? [Allowing ferocious counterplay. Necessary is 21 Rxb3] 21...Rxc4! 22 Qxc4 Bxb5 23 axb5 Rxa3 24 bxa3 b2 25 Qb3 c4 26 Qxb2 Nxd5 27 Qxe5 e6 28 Qh8?! Ke7 29 Qxh7 Ne3+ 30 Ke2 Nf5! 31 Nh3 Qe3+ 32 Kd1 c3 33 Kc2 Nd4+ 34 Kb1 Qd2+ 35 Qh4+ Ke8 36 Qf2 Ne2, 0-1, Bonsch–Short, Krefeld 1986.

12 Qe2   b3+
13 Kf1   f5

14 f3

White cannot back out with 14 a4, as 14...O-O 15 Nf3 Nd7 16 Bxb3 Nb6 gives Black serious threats against the pawns at a4 and d5, with moves such as ...Qa5-b4 and ...c5-c4 in the air.

Peters analyzes 14 Bxb3 Bxb2! 15 Nxd6+ [15 Qxb2 Qxb5+ 16 Ne2 O-O, intending 17...c4 or 17...Ba6] 15...exd6 16 Qxb2 Ba6+ 17 Ne2 O-O, with plenty of compensation.

14 ...   O-O
15 fxe4   fxe4
16 g3   Qxa2!

The necessary sequel to the piece sac.

17 Rxa2   bxa2
18 Bxa2   Rxa2
19 Nc7   Bf5

19...Na6!? – Christiansen.

20 Ne6

20 g4 Rxb2 21 Qd1 e3! 22 Ne2 Bxg4 23 Ne6 Bxe2+ 24 Qxe2 Rxe2 25 Kxe2 Rf6 26 Rg1 Rg6 and 20 Qe1 Rxb2 21 Ne2 Bh3+ 22 Kg1 Rxe2! 23 Qxe2 Bd4+ are both

good for Black.

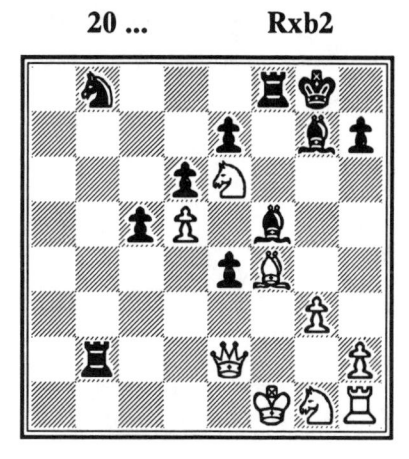

20 ...   Rxb2

21 Nxf8??

A blunder. The endgame is lost for White. Peters analyzes two alternatives that question the soundness of Black's attack.

First, 21 Qe3! Bxe6 22 dxe6 Nc6 23 Qxe4 Ra8 24 Ne2 Ra1+ 25 Kg2 Rxh1 26 Qxc6 and 25...Raa2 26 Qxc6 Rxe2+ 27 Kh3 win for White because of Black's weak back rank.

Another interesting possibility is 21 Qh5 Bxe6 22 dxe6 Nc6 23 Nh3! Ra8 24 Nf2. If 24...Bd4, adequate is 25 Nd1 Rc2 26 Rg1, and the tricky 26 Qg4+ Kh8 27 Qf5 Nb4 28 Qxe4 Ra1 29 Qf3, threatening 30 Be5+, may work, too.

21 ...   Rxe2
22 Nxe2   Kxf8
23 Kf2   Na6

Silman–Christiansen, Los Angeles 1989. The conclusion was 24 Bd2 Nc7 25 Nf4 Be5 26 Ba5 Bxf4 27 Bxc7 Bg5 28 h3 Ke8 29 g4 Bc8 30 Kg3 Bd2 31 Rb1 e3 32 Kf3 Kd7 33 Bb8 Ba6 34 h4 e2 35 Kf2 Bd3 36 Ra1 Kc8 37 Ba7 Kb7, 0-1.

A.3.   8 ...   Na6

9 Bc4!?

Tukmakov–Vaganian, Vilnius 1975 went 9 Nf3 g6 [Gufeld gives 9...Nxe4!? as unclear] 10 e5 Nh5?! [According to Gufeld, 10...dxe5 11 Bxe5 Bg7 12 d6 O-O is unclear] 11 Bg5? f6! 12 exf6 exf6 13 Be3 Bg7 14 Nd2 f5 15 Nc4 O-O 16 Be2 f4 17 Bc1 f3, and Black was better. But Zaitsev analyzes the decisive improvement 11 Qa4! Bd7

[11...Qd7?? 12 Nxd6+! exd6 13 Bb5 wins for White] 12 e6! fxe6 13 dxe6 Bc6 [Not 13...Nxf4 14 exd7+ Qxd7 15 Nxd6+] 14 Nxd6+! Qxd6 15 Bb5! Qxe6+ [15...Nb8 16 Qxa8 Nxf4 17 Bxc6+ also loses for Black] 16 Bxe5 Bxb5 17 Qxb5+ Qd7 18 Qxd7+ Kxd7 19 Bxh8, and White will win.

9 ...   g6
10 e5   dxe5

Whitehead analyzes 10...Nh5 11 Qa4! Bd7 12 e6 fxe6 [12...Nxf4 13 exd7+ Qxd7 14 Nxd6+! exd6 15 Bb5 was winning for White in Kessen–Sanders, England 1976] 13 dxe6 Bc6 14 Bd5! Nb8 15 Bxc6+ Nxc6 16 Nxd6+ exd6 17 Qxc6+ Ke7 18 Bxd6+, winning for White.

11 Bxe5

White should get the advantage with Ng1-f3, O-O, and eventually d5-d6, although Gufeld gives 11...Bg7 12 d6 O-O with complex, unclear play.

A.4.   8 ...   Nbd7

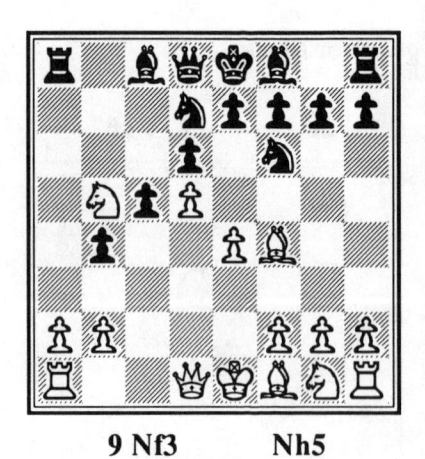

9 Nf3   Nh5

Black's other choices are:

1) 9...Bb7? 10 e5! dxe5 11 Nxe5 Nxd5 12 Bc4 N7b6 13 Nc7+ Qxc7 14 Bb5+, and White wins.

2) 9...Nxe4?! [As usual, this capture is very risky] 10 Qe2 [10 Bd3 Ndf6 11 Qe2 g5 is less clear] 10...f5 [10...Ndf6? 11 Ng5!! Nxg5 allows 12 Nxd6+ Kd7 13 Qb5+ Kc7 14 Ne8 mate] 11 Ng5 Ndf6 12 f3 Nxd5 [Or 12...h6 13 Ne6 Bxe6 14 dxe6 Ng5 15 h4 Ngh7 16 Nd4! cxd4 17 Qb5+ Nd7 18 Qxf5, +-] 13 Nxe4! Nxf4? [Losing, but 13...fxe4 14 Qxe4 e6! 15 O-O-O! gives White a strong initiative] 14 Nbxd6+! exd6 15 Nxd6+ Kd7 16 Qb5+ Kxd6?! 17 O-O-O+ Nd5 18 Rxd5+ Kxd5 19 Qd3+ Kc6 20 Qxd8, and White wins. Analysis by Silman and Whitehead.

3) 9...Ba6 10 e5 Qa5 11 a4! [Both 11 exf6 Bxb5 and 11 Nxd6+ exd6 12 exf6 Bxf1 13 Kxf1 Qa6+ 14 Kg1 Nxf6 are fine for Black] 11...bxa3+ 12 Bd2 Qb6 13 Rxa3 Nxd5 [No better are 13...dxe5 14 Ba5 and 13...c4 14 Bxc4 Ng4 15 O-O] 14 Bc4 Bb7 15 Rxa8+ Bxa8 16 Qa4 Qb8 17 Ba5 N5b6? 18 e6! wins for White, Dzhanoyev–Kalatozishvili, USSR 1976.

In Chekhov–Vasiukov, USSR Championship, Vilnius 1980/81, Black succeeded with 11...Nh5! 12 Bg5 h6 [12...dxe5 13 Nd2 Nhf6 14 Nc4 Qd8 15 Bxf6 gxf6 16 Ne3 gives White good compensation for the sacrificed pawn] 13 e6 hxg5 14 exd7+ Kxd7 15 Nxg5 b3+ 16 Nc3 Nf6 17 Bxa6 Qxa6! [This prevents White from castling] 18 Nxf7 Rh4! 19 Ng5 g6 20 Qe2?! Qxe2+ 21 Kxe2 Bh6 22 Nf3 Rb4 23 a5 Ra6 24 Ra3 Ne4! [Eliminating the defender of the d-pawn] 25 Rb1 Bg7 26 Nxe4 Rxe4 27 Kf1 Rb4 28 Nd2 c4 29 Rba1? Bxb2 30 Ra4 Bxa1 31 Rxb4 Bc3, 0-1. However, White should answer 11...Nh5! 12 Bg5 h6 with 13 Be3, as 13...dxe5 14 Nxe5! Nxe5 15 Qxh5 Bxb5 [15...Nd7 16 Qd1!, +-] 16 Bxb5+ Qxb5 17 axb5 Rxa1+ 18 Kd2 Rxh1 19 Qxe5 gives White a clear advantage.

4) 9...Nb6 invites 10 e5 Nfxd5, but White has other ways to overwhelm Black with tactics. The untested 10 Ne5! dxe5 11 Bxe5 Qd7 12 Qc2 looks very promising. Also 10 Rc1, threatening 11 Rxc5! dxc5 12 Nc7+ Kd7 13 Bb5 mate, is hard to meet. Stettler–Becker, East Germany 1977, went 10 Rc1 Ra5 11 a3! Qd7 [Neither 11...bxa3 12 b4! nor 11...Ba6 12 axb4 Rxb5 13 Bxb5+ Bxb5 14 bxc5 helps Black] 12 Rxc5! dxc5 13 Nc7+ Kd8 14 Ne5 Qa4 15 b3! Qxa3 16 Nxf7+ Kd7 17 Bb5+ Rxb5 18 Nxb5 Qa5 19 Ne5+, 1-0. Tseshkovsky–Alburt, Vilnius 1974, tried 10 Rc1 Nxe4 11 Bd3 Nf6?! [11...f5 is necessary] 12 Qe2 e6 13 dxe6 fxe6 14 Ng5 Nbd5 15 Nxe6 Nxf4 16 Nxf4+ Be7 17 Bc4 Bg4 17 f3 Bf5 19 Rd1, +-, 1-0, 27.

If those examples don't persuade you, perhaps the following analysis by Silman and Whitehead will. They claim to refute 9...Nb6 10 Rc1 Nxe4 with 11 Qe2 f5 12 Ng5 Rxa2 [Not 12...Nxd5 13 Nxe4! fxe4 14 Qh5+ or 13...Nxf4 14 Nexd6+ Kd7 15 Qf3] 13 f3, with two possibilities:

a) 13...h6 14 Nh3 g5 15 fxe4 gxf4 16 Qh5+ Kd7 17 Qxf5+ Ke8 18 Qh5+ Kd7 19 Rxc5! [Anticipating 19...dxc5 20 Qf5+ Ke8 21 Qg6+

Kd7 22 Qc6 mate] 19...Qe8 20 Qg4+ [20 Qf5+ wins, too] 20...Kd8 21 Rxc8! Nxc8 22 Nxf4 e5 23 Ne6+ Ke7 24 Qh4+ Kf7 25 Be2, with a winning attack.

b) 13...Nxd5 14 fxe4 Nxf4 15 Qc4 Rxb2 16 Qf7+ Kd7 17 Nxd6!! appears crushing. Both 17...Kxd6 18 Rd1+ and 17...h6 18 Rd1 Kc6 19 Bb5+ Kb6 20 Nc4+ cost Black his Queen. If 17...Ba6, then 18 Qxf5+ e6 19 Qxf4 Bxd6 20 Rd1 Kc6 21 e5 wins for White. And 17...Nxg2+ 18 Bxg2 Rxg2 encourages the King hunt 19 Qe6+ Kc7 20 Rxc5+ Kb6 21 Rb5+ Kc7 [21...Ka7 22 Qb3] 22 Qc4+ Kd7 23 Nxc8, winning.

10 Bg5   Nhf6

Worse is 10...Qb6 11 Nd2 g6. Rashkovsky-Zilberman, Chelyabinsk 1975, continued 12 Nc4 Qb8 13 a4 Bg7 14 Bd3 h6 15 Be3 Ba6 16 O-O O-O 17 Qd2 Kh7 18 f4, +-, and Sideif-Zade-Zilberman, USSR 1981, gave White even more by 12 a4 Bg7 13 Be2 Nhf6 14 O-O O-O 15 Re1 h6 16 Bh4 g5 17 Bg3 Ne8 18 h4 Nc7 19 Nc4 Qb7 20 Nxc7 Qxc7 21 hxg5 hxg5 22 Bd3 f6 23 Qh5, with an overwhelming position.

11 e5!

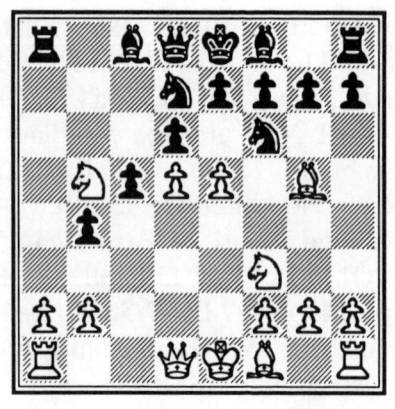

White must smash open the center at once. Too slow is 11 Bd3? g6 12 O-O Bg7, because White's trapped Knight at b5 becomes a target.

Two other sharp tries let Black expoit the trapped Knight. Vaganian-Szabo, Costa Brava 1975, continued 11 Rc1? Nxe4! 12 Bf4 Ndf6! 13 Bd3 g6 14 Qe2 Bg7! [As 15 Bxe4 Nxe4 16 Qxe4 O-O leaves White defenseless against ...Ra8-a5 and ...Bc8-a6] 15 Nd2 O-O 16 Nxe4 Nxe4 17 Bxe4 Rxa2 18 Rb1 Ba6 19 Bd3, when 19...Qd7! 20 Bc4 [Hoping for 20...Ra5? 21 Nxd6!] 20...Bxb5 21 Bxb5 Qf5 wins for Black.

I. Zaitsev-Benko, Szolnok 1975, varied with 11 Qe2 Ra5! 12 e5 Ba6! 13 exf6 [Benko gives 13 Nxd6+ exd6 14 exf6+ Bxe2 15 fxg7 Bxg7 16 Bxd8 Kxd8 17 Bxe2

Bxb2, -+] 13...Bxb5 14 fxe7 Bxe7 15 Bxe7 Qxe7 16 Qxe7+ Kxe7 17 Bxb5 Rxb5 18 O-O Nb6 [= +] 19 Rfe1+ Kd7 20 a4 bxa3 21 Rxa3 Ra8 22 Rae3 Nxd5 23 Rd3 c4 24 Rd4, when 24...Nb6! should win routinely.

11 ...   dxe5

11...Nxe5 12 Nxe5 dxe5 13 Bc4 Bb7 14 O-O Qb6 15 Re1 h6 16 Bh4 [16 Bxf6 exf6!] 16...Nd7 17 f4? g5! favored Black in Radashkovich-Romm, Israel 1975/76. However, 17 Bg3! is much stronger. For example, 17...g6 loses to 18 Rxe5! Bg7 19 Nc7+!

12 Qe2!   Ra5

Not 12...e4 13 Nd2 Ba6?! 14 Nxe4 Bxb5? 15 Nd6 mate, or 14...Nxe4 15 Qxe4 Qb6 16 d6 Bb7 17 Qe3.

**13 Nxe5   Nxe5
14 Qxe5   Qb6
15 a4!**

An important improvement found by Silman and Whitehead. Zaitsev recommends 15 Nc7+ Kd8 16 Bf4, but Benko points out that 16...Nd7 17 Qe3 [17 Qf5 Qf6]

17...g5! 18 Bxg5 Bg7 is unclear. Also 16 d6 Qxd6! 17 Rd1 Kxc7 is fine for Black.

**15 ...   bxa3
16 Rxa3   Rxb5**

Losing, but 16...Rxa3 17 bxa3 is good for White, too.

**17 Bxb5+   Qxb5
18 Ra8   Qb4+
19 Ke2!   Qg4+
20 f3   Qxg2+
21 Ke3   Qh3
22 Qb8!   Nxd5+
23 Kf2   h6
24 Rd1**

White wins. Analysis by Silman and J. Whitehead.

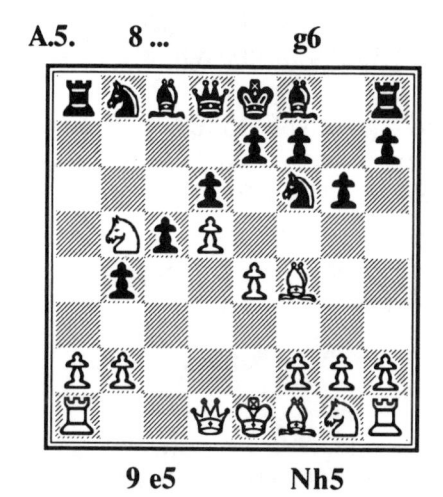

A.5.   8 ...   g6

9 e5   Nh5

10 Bg5!

Another of Jay Whitehead's discoveries. Black can tolerate 10 exd6 exd6 11 Qe2+ Kd7 12 Be3. Timoshenko–Kishnev, Barnaul 1988, continued 12...Ra5 13 a4 bxa3 14 Nxa3 [Kishnev calls 14 b4!? Bg7 unclear] 14...Bg7 15 Rc1 Re8 16 Qd2 Ke7 17 Bb5 Bd7 18 Bxd7 Nxd7 19 Nf3 Kf8, with equality. In Kaidanov–Grigorian, Kuibyshev 1981, White met 12...Qe7 with the loosening 13 g4? Nf6 14 g5 Nh5 15 Bh3+ Kd8 16 Bxc8 Kxc8 17 Nf3, but 17...Qe4! 18 O-O Nf4 19 Qd1 Nd7 20 Bxf4 Qxf4 21 Re1 Kb7 22 a3 Qc4 23 a4 Nb6 24 Nd2 Qxd5 left Black in command.

Whitehead also suggests 10 Be3!? dxe5 [Certainly not 10...Bg7?? g4 and 10...Na6 11 g4 Ng7 12 Bf4 favors White] 11 Bxc5 Na6 12 d6! Bg7 13 Rc1 Bf6 14 Qf3 Bd7 [14...Rb8 15 Ba7] 15 Bb6! Qb8 16 Nc7+ Nxc7 17 dxc7 Qc8 18 Rd1 e6?! 19 Rxd7!, winning.

10 ...   dxe5

10...f6!? is a better try.

11 d6   Na6
12 d7+!!   Qxd7

13 Qa4

Black is lost. White threatens 13 Nd6+ exd6 14 Bb5, or simply 13 Rd1.

A.6.   8 ...   e5!??

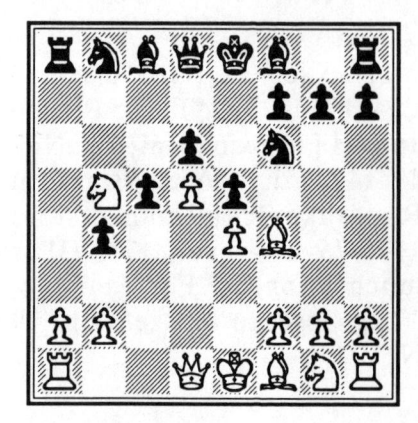

9 dxe6   Bxe6
10 Nf3   Nxe4
11 Qe2

11 Bd3!? is also possible.

11 ...   Nf6
12 Ng5   Qd7

Barsov–Kishnev, Samarkand 1983. Now 13 O-O-O gives White a strong initiative.

B.   8 Nf3

The Zaitsev Variation with 5 Nc3 axb5 6 e4 137

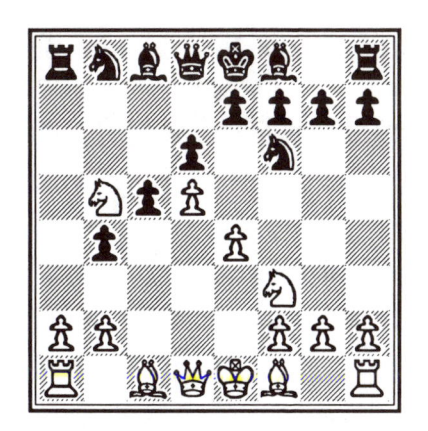

Similar strategy to 8 Bf4. White develops a piece and menaces the breakthrough e4-e5.

| 8 ... | g6 |

8...Nxe4? 9 Bc4 g6 10 Qe2 Nf6 11 Bf4 Ra6 12 Nxd6+! Rxd6 13 Bb5+ is winning for White.

8...Bg4!? 9 Be2 Bxf3 10 Bxf3 Nbd7 11 O-O g6 12 Bf4 Qb8 13 Qe2 Ra5 14 a4 Bg7 15 b3 O-O, += , Knezevic–Miles, Dubna 1976.

8...Nbd7 9 Bf4 transposes to A.4. on p. 121.

9 e5

Leading to highly unclear play is 9 Bf4 Bg7 10 e5 dxe5 11 Bxe5 O-O 12 Bc4 Ba6 13 a4 bxa3 14 Rxa3 Bxb5!? 15 Rxa8 Bxc4 16 Rxb8 Qa5+ 17 Bc3 Qa6 18 Rxf8+ Kxf8 19 Nd2 Bd3 20 Qf3, with an obscure position that was eventually drawn in Rogers–Hodgson, Edinburgh 1985.

9 Bd3 Bg7 10 O-O O-O 11 a4 bxa3 12 Rxa3 Rxa3 13 bxa3 Ba6 14 Re1 Nbd7 15 h3 Nb6 16 Nc3 Qa8, =+, Piket–Wessman, Groningen 1986/87.

| 9 ... | dxe5 |
| 10 Nxe5 | |

10 d6?! exd6 11 Bg5 Be7 12 Bxf6 Bxf6 13 Nxd6+ Kf8 14 Qd5 Ra7 15 Qxc5 fails, because of 15...Rc7 16 Qxb4 Nc6 17 Qa3 Be7 18 Rd1 Rd7, winning the Knight. Analysis by Martin.

10 ...	Bg7
11 Bc4	O-O
12 O-O	Nfd7!?

This appears best. Black trades off White's Knight at e5 and prepares to harass the Bishop at c4 with ...Nd7-b6.

The alternatives are:

1) 12...Bb7 13 d6 e6?! [13...Nc6 14 f4!? Na5 15 Be2 Nd5 is all right for Black] 14 Nc7 Nd5 15 Bxd5

exd5 16 Bf4, Yudovich Jr.–Kremenetsky, USSR 1975, is good for White. If 16...Qxd6, then 17 Nd3 Qc6 18 Nxa8 Bxa8 19 Rc1 d4 20 Qf3, +-.

2) 12...Ba6!? 13 Re1 Bxb5 14 Bxb5 Qxd5 15 Qc2? [15 Qe2 e6 is about equal] 15...b3! 16 Qe2 Rxa2 17 Rb1 Nfd7 18 Nxd7 Nxd7 19 Qxe7 Ne5 20 Bf4 c4, and Black was much better in Gulko–Vasyukov, Erevan 1976.

3) 12...Ne4!? 13 Re1 Nd6 14 Nxd6 exd6, = +.

13 Nxd7

13 Nc6? Nxc6 14 dxc6 Ne5 15 Qxd8 Rxd8 16 c7 Rd7 is bad for White.

13 f4 Nb6! 14 b3 Bb7 15 Be3 N8d7 16 Nc6 Bxc6 17 dxc6 Bxa1 18 Qxa1 Nxc4 19 c7 Qc8 20 bxc4 Qb7, and White was in trouble in Gligoric–Deze, Novi Sad 1976.

13 ...   Nxd7
14 d6   exd6
15 Nxd6   Ne5
16 Be2

16 Bd5? Bg4! 17 f3 Qxd6 18 Bxa8 Nd3! 19 Be3 Bf5 20 Be4 Bxe4 21 fxe4 Bxb2 22 Rb1 Be5, - +, 0-1, 35, Farago–Barczay, Hungarian Championship 1976.

16 ...   Be6

Equal chances.

C.   8 Bc4

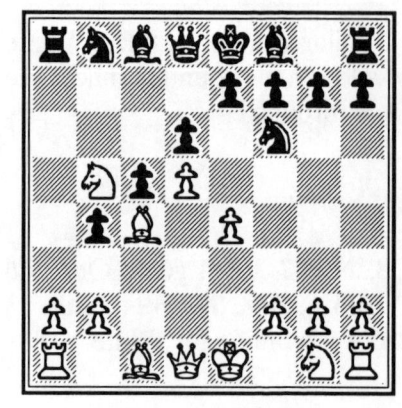

8 ...   g6!

8...Nxe4 9 Qe2 Nxf6? again loses to 10 Bf4 Ra6 11 Nxd6 + Rxd6 12 Bb5 + Rd7 13 Bxb8 Nxd5 14 O-O-O, +-, Haik–Fraguela, Lanzarote 1976. A little tougher is 9...f5 10 f3 Nf6 11 Bf4 Ra6 12 Nh3 g6 13 O-O Bg7 14 Rfe1 h6 15 Rad1, +=, Zhuravlev–Grushko, Kaliningrad 1976.

9 e5

Too slow is 9 Bf4?! Bg7 10 e5

dxe5 11 Bxe5 O-O 12 Nf3 Ba6 13 a4 bxa3 14 Rxa3 Nbd7, = +, Leimlehner–Binham, Ybbs 1976.

9 ...	dxe5
10 d6	Na6

Also 10...exd6 11 Bg5 gives White a dangerous initiative.

11 Qb3	e6
12 Bg5	Bg7
13 Nf3	h6
14 d7+	Bxd7
15 Nd6+	Ke7
16 Nxf7!?	Kxf7
17 Nxe5+	Ke8?!

18 Qd3

Winning.

18 ...	Kf8
19 Bxf6	Bxf6
20 Nxd7+	Ke7
21 O-O-O	Bd4
22 Nxc5!	Bxc5
23 Qxg6	Qg8
24 Qe4	Qc8
25 Rhe1	Nc7
26 Qe5	Nd5
27 Qxd5	

1-0, Labarthe–Baudry, Clichy 1986/87.

Chapter 6

The 5 b6 Variation

1	d4	Nf6
2	c4	c5
3	d5	b5
4	cxb5	a6
5	b6!?	

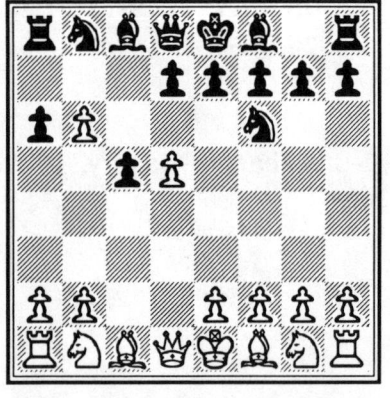

This move was practically unknown when the first edition of this book appeared four years ago. Since then it has become extremely popular. White's idea behind 5 b6 is to jam up Black's queenside, denying the Benko player his traditional counterplay. Indifferent play against 5 b6 can easily lead to positions where White gets the advantage with routine play in the center and on the kingside.

How should Black answer 5 b6?

Theory gives no clear answer at present, not so surprising considering its very recent popularity, but this much is clear. Both 5...a5 and 5...e6 come very close to solving all of the Benko Gambit player's problems. If one were to go by existing main line theory either would be a more than satisfactory solution to 5 b6. However, after close examination I've discovered some small problems with both lines that don't lend themselves to any easy solution. Before prematurely throwing them on the junkheap I should point out that 5...a5 and 5...e6 don't need much work to be rehabilitated. A few small improvements and they could be quite viable once more.

This leaves 5...Qxb6, a favorite of English GM Michael Adams, as my candidate as Black's best equalizing try. This may seem a bit odd, as the Queen appears to be a target for a4-a5 and Nc4, but a very strong retreat square on b7 takes much of the sting out of the tempo loss. Adams games in this line should be studied carefully.

After **5 b6** Black may choose between A. **5...a5**, B. **5...Bb7**, C. **5...e6**, and D. **5...Qxb6**. Other moves will almost certainly transpose.

A.   5 ...   a5

This move, which I believe was first discovered by Larry Christiansen back in 1990, looks to be one of Black's best tries against 5 b6. With the text Black puts a stop to any a4-a5 plans for White and prepares ...Ba6.

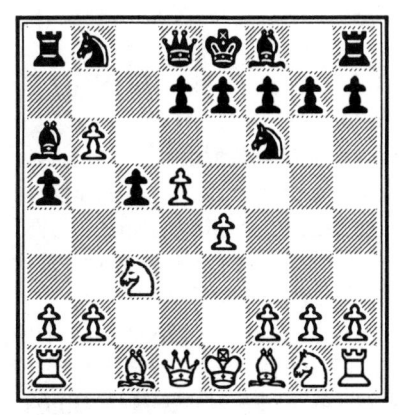

6 Nc3   Ba6
7 e4

The most common move in this position. Alternatives don't seem as dangerous:

1) 7 Qb3?! This move, exposing the Queen, has little to recommend. At best it reaches positions that occur after 7 e4 Bxf1 8 Kxf1 d6 9 Qb3 – a line that is quite pleasant for Black. More radical attempts to refute 7 Qb3 are 7...a4!? and 7...c4!?

2) 7 g3 Qxb6 8 Bg2 d6 9 Nf3 g6 10 O-O Bg7 11 Re1 O-O 12 h3 Nbd7 [Black was fine in Silman–R. Anderson, Reno 1993, after 12...Nfd7 13 Qc2 Ne5 14 Nxe5 Bxe5 15 Bh6 Re8 17 f5 Nd7 18 Be4 Ne5 but the text is more natural.] 13 e4 c4 [13...Ne8 is solid and satisfactory but the text, eyeing White's weakened d3 square, is quite logical] 14 e5 dxe5 15 Nxe5 Nxe5 16 Rxe5 Ng4 17 Re2 Ne5 18 Be3 Qc7 19 Bd4 [On 19 d6 exd6 20 Bxa8 Rxa8 Black has excellent compensation for the Exchange in the h1-a8 diagonal] 19...Nd3 with a fine game for Black (analysis).

3) 7 Bg5 Qxb6 8 Qc2 g6!? [not 8...d6? as 9 Bxf6 exf6 10 e4 Bxf1 11 Kxf1 g6 12 h4 Bg7 13 Qa4+ Nd7 14 Rh3 Ra7 15 Nb5 Ra8 16 Na3 Ke7 17 Ne2 Rhb8 18 Rb3 was much better for White in Ryskin–P. Martynov, Azov 1991] 9 e4 [9 Na4 Qb4+ 10 Bd2 Qe4 with ideas like 11 Qxe4 Nxe4 12 Bxa5 Bb7 (12...Bb5 13 Nc3) 13 Nc3 Nxf2! 14

Kxf2 Rxa5 and Black's dark square control gives him the advantage] 9...Bxf1 10 Kxf1 Bg7 11 Nf3 d6 12 g3 O-O 13 Kg2 Nbd7 and Black has a typical Benko Gambit position without being down a pawn!

4) 7 f4 e6!? [7...g6 8 Nf3 Bg7 9 e4 Bxf1 10 Rxf1 O-O 11 e5 Ne8 12 Kf2 Qxb6 13 Kg1 d6 14 Qe2, Etchegaray–P. Meinsohn, France 1991, gives White too much control of the center. Very complicated play arises from 7...d6 8 Nf3 g6 9 e4 Bxf1 10 Rxf1 Qxb6 11 e5 dxe5 12 fxe5 Nfd7 13 e6 fxe6 14 Ng5 Bg7 15 Nxe6 Bf6 16 d6 Na6 17 Nd5 Qxd6 18 Nxf6+ Nxf6 19 Qxd6 exd6 20 Ng7+! Ke7 (here 20...Kf7 loses to 21 Bg5 Kxg7 22 Bxf6+ Kh6 23 Bxh8 Rxh8 24 O-O-O) 21 Bg5 Rhf8. Now Rogers–Claeson, Ostende 1992, continued 22 O-O-O? Rf7 23 Rde1+ Kd7 when 24 Bxf6 looks crushing but Black escapes with 24...Raf8 25 Ne6 Re8 26 Ng5 Rxe1+ (with check!) 27 Rxe1 Rxf6. However, if White instead plays 22 Kd2! Black is defenseless: 22...Rf7 23 Rae1+ Kd7 24 Bxf6 Raf8 25 Ne6 Re8 26 Ng5 and now 26...Rxe1 is no longer with check] 8 e4 Bxf1 9 Kxf1 Qxb6 10 Nf3 exd5 11 e5 d4! 12 exf6 dxc3 and Black is doing fine.

7 ...	Bxf1
8 Kxf1	d6
9 b7!	

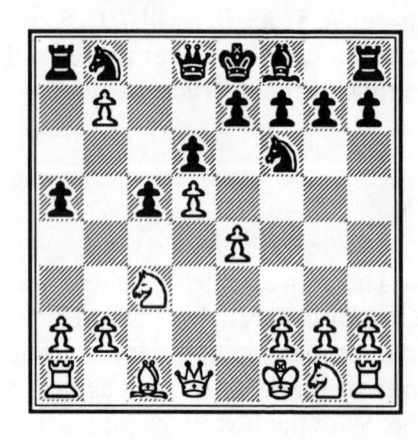

This is a very clever idea to misplace Black's pieces. On 9 f4 Qxb6 10 e5 dxe5 11 fxe5 Nfd7 White can't play 12 e6 as the Black Queen controls e6. Note that 9 Qb3 is met by 9...Nbd7 10 b7 Rb8 11 Nf3 [11 f3 Qxb6 12 Bg5 g6 13 Nb5? (13 Bxf6 exf6 14 Nge2 Bg7 15 Kf2 h5! 16 Rhd1 f5 17 exf5 gxf5 18 f4 h4! – Kaidanov) 13...Kd7 was better for Black in Andrews–Kaidanov, Cleveland 1992] 11...Qc7 12 a4 Qb7 13 Qxb7 Rxb7 14 Nd2 Rb4 15 b3 g6 16 Ba3 Bg7!, Basin–Kaidanov, Dearborn 1992. On 17 Bxb4 cxb4 18 Nb5 Nxe4 19 Rd1 Nxd2 20 Rxd2 Nc5 Black is doing very well (Kaidanov). According to the Lion of Lexington White's best is 19 Nxe4! Bxa1 20 Ke2 Be5 21 Rc1 with chances for a draw.

The pedestrian 9 g3 led to a thematic win for Black in Hsu Li Yang–Rogers, Jakarta 1993, after 9...Qxb6 10 Kg2 g6 11 Nf3 Bg7 12 Nd2 O-O 13 Nc4 Qa6 14 Qe2 a4 15 Re1 Nbd7 16 Bd2 Rfb8 17 Rac1 Nb6 18 Nxb6 Rxb6 19 Qxa6 Raxa6 (the endgame favors Black, who has play down the b-line and the ...f5 break, while White can only sit and wait) 20 Nd1 Nd7 21 Bc3 Ne5 22 Bxe5 Bxe5 23 Re2 Rb4 24 f4 Bd4 25 Kf1 Ra7 26 Rcc2 Rab7 27 Kg2 f5 (this thematic break leaves White with an isolated d-pawn) 28 exf5 gxf5 29 Kf3 Kf7 30 h3 h5 31 Rcd2 Rc4 32 Ne3 Bxe3 33 Rxe3 Rc1 34 b3 axb3 35 axb3 Rf1+ 36 Kg2? [This natural move is the final mistake. Instead, 36 Ke2 would have put up much stronger resistance, though the position after 36...Rh1 37 h4 Rb1 38 Rdd3 Rb2+ 39 Kf3 Rb4 40 Rc3 Rd4 41 Red3 Rxd3+ 42 Rxd3 e6 (analysis by Rogers) is hardly a picnic for White.] 36...Rb1 37 Rdd3 c4! 0-1. After 38 bxc4 R7b2+ 39 Kf3 the game ends with 39...Rf1 mate!

9 ...   Ra7

The most natural move. GM Kaidanov suggests that the odd-looking 9...Ra6!?, trying to control the third rank (White's thematic e5-e6), is worth a look. Unfortunately for Black, after 10 f4 g6 11 e5 dxe5 12 fxe5 Nfd7 13 Nf3 Bg7 14 Bf4 O-O 15 Kf2 Qb6 16 Qe2 Qxb7 17 Rad1 White's control of the center is absolute.

10 f4   e6

A necessary precaution to avoid being overrun. On 10...g6 White has 11 e5! with e6 to follow.

11 dxe6

Also strong is 11 Nf3 exd5 12 e5 dxe5 13 fxe5 Ne4 14 Nxd5 Rxb7 15 Qa4+ Rd7 16 Bf4 c4 17 e6 fxe6 18 Nc7+ Ke7 19 Qxc4 Rd1+ 20 Ke2 Rd6 21 Rhd1 Kf7 22 Rxd6 Bxd6 23 Nxe6 Qc8 24 Neg5+, 1-0, Remlinger–Schroer, Pasadena 1992.

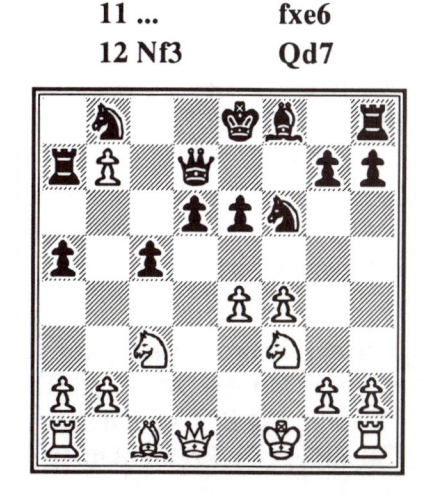

11 ...   fxe6
12 Nf3   Qd7

Played in response to the threat of e5. On 12...Rxb7 13 e5! dxe5 14 Qxd8+ Kxd8 15 Nxe5 Bd6 16 Nc4 Bc7 17 Be3 Nbd7 18 Rd1 Ke7 19 Ke2 White has a clear positional advantage — the Knight on c4 ties down Black's pieces and the four pawn islands make inviting targets.

13 Qe2   Rxb7

Black would like to take with the Queen on b7 but 13...Qxb7 would be strongly met by 14 Ng5 Qd7 15 f5!

14 e5   dxe5
15 Nxe5   Qc8
16 Ne4   Be7
17 Nxf6+   Bxf6
18 Nc4   Be7
19 Bd2

Good judgment. Snatching a pawn with 19 Nxa5 gives Black great counterplay by 19...Ra7 20 Nc4 O-O with ...Nd4 to follow.

19 ...   Nc6
20 g3!

A clear improvement over 20 Re1? Nd4 21 Qe4 O-O 22 g3 Rb8 23 Kg2 Qa6 24 Rc1 a4 and a draw in 30 moves in Brenninkmeijer–Kaidanov, New York 1993. After 20 g3! followed by Kg2, Qe4, Rhe1, and Rac1 or Rad1 White has a clear advantage.

B.   5 ...   Bb7

This move, which tries to put pressure on the White d-pawn, doesn't work out well. Note that if Black plays ...Qxb6 play will almost certainly transpose into variation D.

6 Nc3   e6
7 e4   exd5
8 exd5   d6
9 a4   a5

Stopping a4-a5. Shirov–Andruet, Val Thorens 1989, saw 9...Qxb6 10 Bc4 Nbd7 11 f4 Be7 12 Nge2 O-O 13 O-O Rab8 14 a5 Qa7 15 Ng3 with an advantage for White.

10 Bb5+   Nbd7
11 Bg5   Be7
12 Bxf6   Bxf6
13 Qg4   h5
14 Qf5   g6
15 Bxd7+

An improvement over 15 Qh3 of Zuger–Haugli, Haifa 1989,

where 15...Bxc3+ 16 bxc3 Bxd5 17 Ne2 Be6 18 Qg3 O-O 19 Nf4 h4 20 Nxe6 hxg3 21 Nxd8 Rfxd8 was fine for Black.

**15 ... Ke7
16 Qf3**

Now no matter which way Black recaptures White continues Nge2 and O-O with the better game.

**C. 5 ... e6
6 Nc3 Nxd5
7 Nxd5 exd5
8 Qxd5 Nc6
9 Nf3 Rb8**

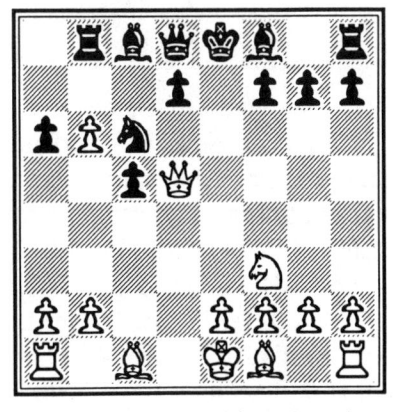

This move, breaking the pin on the Knight (White is often threatening Ne5), is Black's most logical choice. Other possibilities are:

1) 9...Qb6?! 10 Ne5 Nd8?! 11 Qxa8! Bb7 12 Qb8 Bd6 13 Nc4 Qb4+ 14 Bd2 Bxb8 15 Bxb4 cxb4 16 e3 is much better for White.

2) 9...Bb7 10 Ne5 Qe7 11 Bf4 Nd8? 12 Qd2 d5 13 Qc2 Qe6 14 Qa4+ Ke7 15 e4 and White soon won in A. Sokolov Jr.–Oniscuk, Yurmala 1991.

3) 9...Be7 [It would be nice if Black could dispense with 9...Rb8 and just concentrate on developing as quickly as possible (i.e. 9...Be7 and 10...O-O). However, as we will soon see, the damage to Black's pawn structure becomes the central focus in the position after 9...Be7 10 Ne5] 10 Ne5 O-O 11 Nxc6 dxc6 12 Qxd8 Bxd8 13 e3 [Also possible is 13 Bf4 Bf6 15 Rd1 Rd4 15 e3 Rb4 16 b3 Be6 17 Bc7 Bc3+ 18 Ke2 c4 19 bxc4 Bxc4+ 20 Kf3 Bd5+ 21 Kg3 h5 22 Be2 h4+ 23 Kh3 Be6+ 24 g4 hxg3+ 25 Kxg3 and White went on to win in Karpov–Christiansen, Wijk aan Zee (action game) 1993] 13...Bf6 14 Bd2 Rb8 15 Ba5 Be6 16 Rc1 Bxa2 17 Rc5 Bd5 18 Ba6 with a small advantage for White in Lputian–Annageldiev, Azov 1991.

Now White must choose between **C.1. 10 Ne5**, **C.2. 10 Bg5**, and **C.3. 10 e4**.

C.1.   **10 Ne5**   **Qf6**
       11 Nxc6

Not 11 Nc4? as 11...Nb4! is very good for Black.

     11 ...   **dxc6**
     12 Qe4+   **Be7**
     13 g3

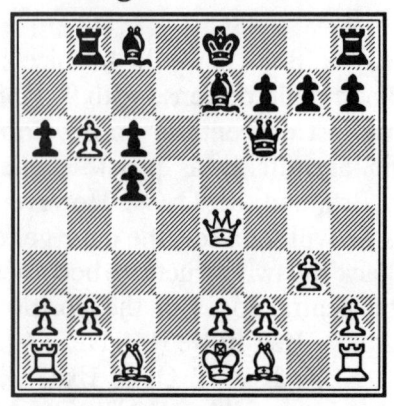

13 Bd2!? Qb2 14 Rb1 Qa2, unclear.

     13 ...   **Rxb6**
     14 Bg2   **O-O**
     15 O-O   **Be6**

15...Bf5 looks inviting but after 16 Qa4 Rd8 17 Qa5 the weakness of Black's queenside is revealed.

     16 Rd1   **Bd5**
     17 Qc2   **Qe6**
     18 b3   **c4**
     19 bxc4   **Bxc4**
     20 Be3   **Rb4**

And Black has good play, Lalic–P. Cramling, Manila (ol) 1992.

C.2.   **10 Bg5**

This seldom played move has been underestimated.

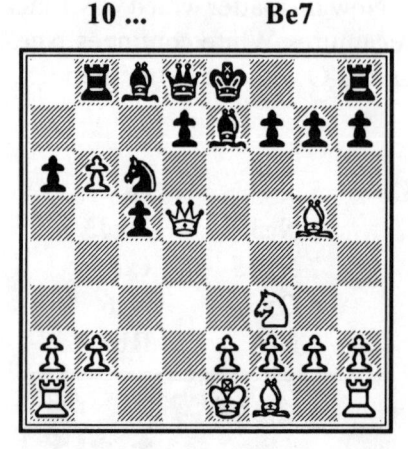

     10 ...   **Be7**

The one game that I could find with 10 Bg5, Semkov–Andruet, Sofia 1990, saw White quickly get an overwhelming advantage after 10...f6? 11 Bd2 Qxb6 12 Bc3 Bb7 13 O-O-O Nd4 14 Qh5+ g6 15 Qh4 Bxf3 16 gxf3 Be7 17 e3 f5 18 Qg3 Bf6 19 exd4 cxd4 20 Rxd4 Bxd4 21 Bxd4 Rc8+ 22 Bc3 Qa5 23 Bc4 Rxc4 24 Qb8+ 1-0. When first looking for an improvement for 10...f6 I thought I had an easy solution in 10...Qb6 with the line 11 Ne5 Nd8 12 Bxd8 [12 Rd1 Qb4+ 13 Bd2 Qxb2] 12...Qxb2! working out quite well for Black. Unfortunately, White can improve with 11 Ne5 Nd8 12 Rd1 Qb4+ 13 Rd2 when Black is busted.

Going back to 10 Bg5, I finally discovered that 10...Be7 is the way to go.

11 Ne5	O-O
12 Nxc6	dxc6
13 Qxd8	Bxd8
14 Bxd8	

Here 14 Be3 Rxb6!? [14...Bxb6 15 O-O-O Be6 and Black is very active] 15 Bxc5 [15 O-O-O Bf6 16 Rd2 Rb5 17 g3 Be6 and again Black's activity compensates for the mangled pawn structure] 15...Rxb2 16 O-O-O Rxa2 17 Kb1 [17 Bxf8 Bf5 and Black has a winning attack] 17...Be6 18 Bxf8 Bf6 with good play.

| 14 ... | Rxd8 |
| 15 e3 | |

On 15 Rc1 Be6 16 Rxc5 [16 b3 is met by 16...c4! 17 bxc4 Rxb6 with a lot of play] 16...Bxa2 17 Rc6 [17 Ra5 Bc4!] 17...Bb3 Black has no problems.

15 ...	Rxb6
16 b3	a5
17 Rc1	

Here 17 Bc4 is strongly met by 17...a4! with good drawing chances.

| 17 ... | a4 |
| 18 Bc4 | |

If 18 bxa4 Black should be able to draw with 18...Rb4 19 Bc4 Ra4 20 O-O Ba6 21 Bxa6 Rxa6.

| 18 ... | axb3 |
| 19 axb3 | |

On 19 Bxb3 Rb5 20 O-O Be6 White is better but Black is hanging in there.

| 19 ... | Be6 |

Black can liquidate material with excellent drawing chances. Improvements are possible for both sides but this looks like it might be a reasonable if somewhat passive answer to 10 Bg5.

C.3. **10 e4   Be7**
         11 Bc4   O-O

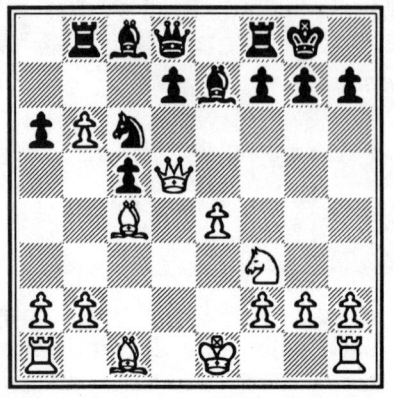

Now the choices are **C.3.1. 12 Ng5** and **C.3.2. 12 O-O**.

C.3.1. 12 Ng5   Qe8
         13 O-O   Nd4
         14 b4   d6

A wild and unclear position results after 14...Bb7 15 Qe5 d6 16 Qg3 [16 Qf4? Bxg5 17 Qxg5 Qxe4 with ...Nf3 to follow] 16...h6 17 Nf7 Rxf7 18 Bxh6 Bf8 19 Rae1 [19 bxc5 Qxe4 intending ...Nf5] 19...Bc8 20 Bxf7+ Qxf7 21 bxc5 Rb7 22 cxd6 Rxb6 23 Bf4 Qa2.

         15 bxc5   dxc5
         16 Be3   Rxb6
         17 Bxd4   cxd4
         18 Nf3

On 18 Qxd4 Black has 18...Rb4

19 Nf3 Bb7 20 a3 Ra4 with lots of activity for the pawn.

         18 ...   Rb4
         19 Bd3   Be6
         20 Qa5   Ra4!?
         21 Qb6   Qd8
         22 Qa7

Here 22 Rfb1 a5 is a little better for Black.

         22 ...   Ba3?!

The correct way to keep a small advantage was by 22...Ra3!? 23 Rfd1 Bg4!

         23 Bc2   Rb4
         24 Bb3!   Rb6

Necessary was 24...Bxb3! with equal chances.

         25 Bxe6   fxe6
         26 Rab1!   Bb2?

Missing the last opportunity to stay in the game with 26...Rb1 intending ...d3.

27 Ne5!	Qb8
28 Qb8	
1-0	

Shirov–Neferov, USSR (ch) 1991.

C.3.2. 12 O-O   Na5

This move, which drives the Bishop off the a2-g8 diagonal and prepares the thematic ...c5-c4, crops up again and again in this line.

13 Bd3	Qxb6
14 Bf4	d6
15 Qh5	c4
16 Bc2	Qxb2

A well-judged Exchange sacrifice which puts an end to any ambitions White had for a kingside attack.

17 Rab1	Qxa2
18 Rxb8	Nc6
19 Rb6	Qe4
20 Ng5	Bxg5
21 Qxg5	
1/2-1/2	

Bronznik–Nedobora, USSR 1990. Black could have continued to play without any serious risk. For example, 21...h6 22 Qh5 Nd4 23 Bxd6 Re8 with the c-pawn running looks quite good for the second player.

D.   5 ...   Qxb6

Seemingly the most natural move in the position but capturing with the Queen can often be met by tempo gaining moves like Nc4 and a5.

6 Nc3

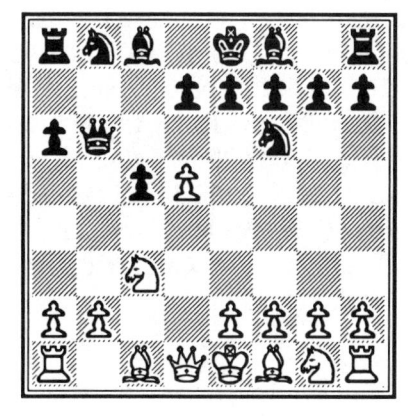

Preparing e2-e4. Now Black must choose between **D.1. 6...e6** and **D.2. 6...g6**.

D.1.   6 ...   e6
             7 e4   exd5

Alternatives are clearly worse:

1) 7...Be7 8 Nf3 exd5? 9 e5 Ne4 10 Nxd5 Qa5+ 11 Nd2 Nxd2 12 Bxd2 Qd8 13 Qg4 g6 14 Qe4 O-O 15 Bc4 Nc6 16 O-O Bb7 17 Bh6 Re8 18 Rfe1 Na5 19 Rad1 Nxc4 20 Qxc4 Rb8 21 Qc3 Bxd5 22 Rxd5 Qb6 23 e6 Qb6 24 exf7+ Kxf7 25 Qc4, 1-0 (flag), Silman–Schroer, Southern California Action Championship 1990.

2) 7...Bb7 8 Nf3 Be7 [8...d6 9 dxe6 fxe6 10 Bc4 Nxe4 11 Bxe6 Nd7 12 Nd5 Qa5+ 13 Nd2 Nef6 14 Nxf6+ Nxf6 15 O-O was much better for White in Kiss–Zoldi, Hungary 1991] 9 Be2 exd5 10 exd5 O-O 11 O-O d6 12 a4 Nbd7 13 Nd2 Qc7 14 Nc4 Nb6 15 Ne3 a5 16 b3 Rfe8 17 Bb2 Rab8 18 Qd2 Bf8 19 Rfe1 Nbd7 20 Bf1 g6 21 Rad1 Bh6 22 Nb5 Qb6 23 Qc3 Bxe3 24 Rxe3 Rxe3 25 Qxe3 Re8 26 Qf4 1-0, Hjartarson–Oesterle, Bad Worishofen 1990.

8 exd5	d6
9 Nf3	Be7
10 Be2	Bg4

Putting the Bishop here, instead of burying it on b7, makes a lot of sense but still falls short of full equality.

11 Nd2	Bxe2
12 Qxe2	O-O
13 O-O	Re8
14 Nc4	Qc7
15 Bf4	Nbd7
16 Qf3	Bf8
17 a4	Nb6
18 Ne3	

I. Sokolov–Kotronias, Novi Sad Olympiad 1990. White's Bishop pair and space advantage give him a small but clear edge.

D.2. 6... g6

Much more solid than 6...e6, the text is perhaps Black's best answer to 5 b6.

Now White has two popular choices: **D.2.1. 7 e4** and **D.2.2. 7 a4**.

D.2.1. 7 e4	d6
8 Nf3	Bg7
9 Be2	Bg4

The most precise move, as castling is strongly met by 10 Nd2 when Black has no clear road to equality: 9...O-O 10 Nd2 Nbd7 11 O-O Nb6 12 Ne3 Qc7 13 a4 a5 14 O-O was better for White in Knaak–Hertneck, Bad Worishofen 1991, while Plachetka's recipe of 11...Ne5 12 Kh1 g5 13 Nc4 Nxc4 14 Bxc4 g4 15 Rb1 Kh8 16 Bg5 Rg8, similar to some Modern Benoni lines, didn't yield enough for the pawn after 17 Qd2 Nd7 18 Be2 Ne5 19 Bxe7 Ra7 20 Bg5, Tukmakov–Plachetka, Ostende 1992.

10 O-O

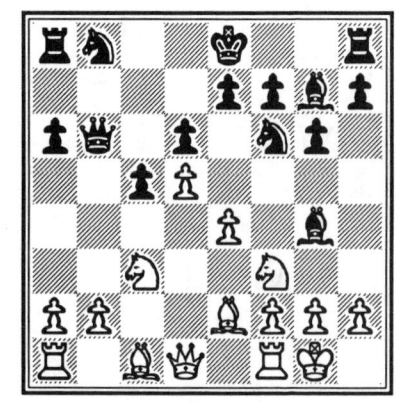

The attempt to punish Black for his early ...Bg4 only resulted in a balanced position in R. Rodriguez–Milos, Manila Olympiad 1992, after 10 e5!? dxe5 11 Nxe5 Bxe2 12 Qxe2 Qb7 13 Nc4 O-O 14 O-O Nbd7 15 Rd1 Nb6 16 Nxb6 Qxb6 17 Bg5 Rfd8.

10 ...	Bg4
11 Nd2	Bxe2
12 Qxe2	Nbd7
13 b3	Qb7
14 Bb2	Nb6
15 Rad1	Rfe8

16 a4	Rac8
17 Kh1	c4
18 b4	Nfd7
19 f4	Bxc3
20 Bxc3	Nxa4
21 Qe3	Nxc3
22 Qxc3	Rc7
23 Nf3	a5
24 bxa5	Qb3

And Black was much better in Christiansen–Adams, Cannes 1992.

D.2.2. 7 a4

Immediately planning to clamp down on Black's queenside with a4-a5, the text, which is a favorite of Latvian GM Alexei Shirov, is White's most dangerous answer to 5...Qxb6. The motivations behind a2-a4-a5 are clear – Black is denied use of the b6 square [which often means White can park a Knight on c4 unopposed] and the pawn on a6 is fixed, which means that ideas like ...a6-a5 followed b6 ...Bc8-a6 are no longer possible. This is the positive side of a2-a4-a5, but there is a negative one as well. By playing a4-a5 White relinquishes control of b5. As we will soon see, from a model game by Michael Adams, Black can use this square to good advantage by

...Nc7-b5 and ...Bd7-b5.

7 ...   Bg7

7...a5 8 e4 d6 9 Bb5+ Bd7 10 Nf3 Bg7 11 e5 dxe5 12 Nxe5 O-O 13 Nxd7 Nbxd7 14 O-O Rfd8 15 Re1 Bf8 16 Bg5 was better for White in Semkov–Peev, Bulgaria (ch) 1993.

8 a5   Qb7!

Showing a good understanding of the position. Black keeps c7 free for the Knight maneuver ...Nf6-e8-c7-b5. The Queen on b7 also puts some pressure on d5. Note that 8...Qc7, common in many Benoni positions, is not particularly good here: 8...Qc7 9 e4 O-O 10 Bc4 d6 11 Nge2 e5 12 f3 Qe7 13 Bg5 h6 14 Bh4 Qe8 15 O-O Nh5 16 Qd2 Nd7 17 b4 cxb4 18 Na4 Rb8 19 Rab1 f5 20 exf5 gxf5 21 Rxb4, Shirov–Benjamin, Stockholm 1990, is a good Samisch King's Indian type position for White, who has broken through on the queenside.

9 e4	d6
10 Bc4	O-O
11 Nge2	Bd7
12 Qd3	Ne8
13 O-O	Nc7
14 Be3	Bb5

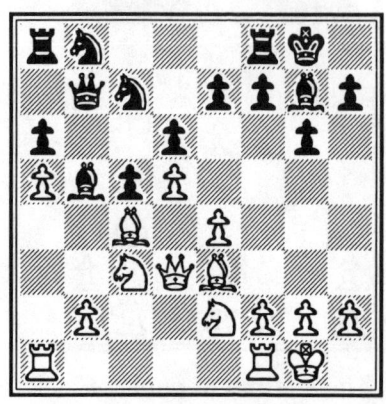

The key maneuver. Black has two Knights and a Bishop fighting for squares on the queenside. With the text he relieves his congestion and starts active operations.

15 b3	Nd7
16 f4	Rab8
17 Rad1	Rfe8
18 h3	Nf6
19 e5	Nd7
20 exd6	exd6
21 Ne4	Bxc4
22 bxc4	Qb3

23 N4c3	Rb4-+	28 Ne4	Qxe4
		29 Rce1	Nf6

Black is now winning and Adams doesn't give the ever resourceful Speelman a ghost of a chance.

		30 Rxe4	Nxe4
		31 Qe2	Rb2
		32 Qe1	Rxf2
		33 Rxf2	Bed4
		34 Kf1	Ng3+
24 Bf2	Qxc4	0-1	
25 Qd2	Nb5		
26 Rc1	Nxc3	Speelman–Adams, Brussels 1992.	
27 Nxc3	Rb3		

Chapter 7

The Central Storming Variation

1 d4	Nf6
2 c4	c5
3 d5	b5
4 cxb5	a6
5 bxa6	g6

The move order 5...Bxa6 6 Nc3 d6 7 f4 gives Black the extra option of 7...e6, planning to develop the KB at e7 instead of g7. Two examples:

8 e4 Bxf1 9 Kxf1 exd5 10 e5 dxe5 11 fxe5 Nfd7 12 Qxd5 Ra6 13 Nf3 Be7 14 g3 O-O 15 Kg2 Re6 16 Rd1 Qc8 17 Bf4 Nb6 18 Qe4 f5 19 Qd3 h6 20 h4 Qb7 21 Nd5 Nxd5 22 Qxd5 Qxb2+ 23 Rd2 Qb6 24 Rb1 Qc6 25 Rb7 Qxd5 26 Rxd5 Nc6, =, 1/2-1/2, 49, D. Gurevich–Hebden, Hastings 1982/83.

8 dxe6 fxe6 9 e4 Bxf1 10 Kxf1 Nc6 11 Nf3 Be7 12 g3 d5 13 e5 Nd7 14 b3 O-O 15 Kg2 Qc7 was Foisor–Skrobek, West Berlin 1988. Foisor recommends 16 Re1, +=, when 16...g5?! 17 fxg5 Rf5 allows White to attack with 18 Nxd5 exd5 19 Qxd5+ Kh8 20 Bb2.

I don't like the idea of dispensing with ...g7-g6.

6 Nc3	Bxa6
7 f4!?	

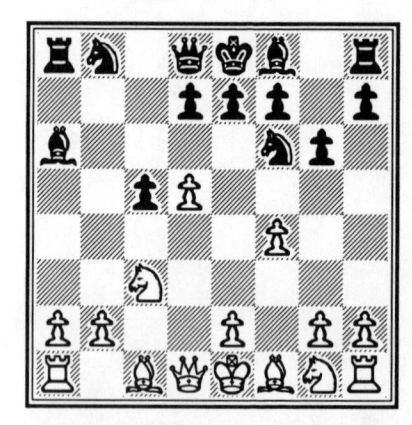

One of White's most aggressive systems. White will try to push through e2-e4-e5 in the center before Black gets going.

| 7 ... | d6 |

Also good is 7...Bg7 8 Nf3 Qa5! 9 Bd2 O-O 10 e4 d6, reaching the position discussed in the next note.

8 Nf3 Bg7

An attractive option is 8...Qa5! 9 Bd2 Bg7 10 e4 O-O [Also not bad is 10...Bxf1 when Tozer–Mikh. Tseitlin, Hastings 1991-92, continued 11 Rxf1 d6 12 Kf2?! (12 Qe2 or 12 e5 were better tries as the text exposes the White King, allowing Black to recover his pawn.) 12...Qb6 13 Kg1 Qxb2 14 Qe2 (14 e5 dxe5 15 fxe5 Ng4 16 Qe2 Nxe5 17 Nxe5 Bxe5 18 Qxe5 Qd2 is much better for Black – Tseitlin) 14...Qb7 15 Rab1 Qa6! 16 Qxa6 Nxa6 17 Rb7 Rfb8 18 Rfb1 Ng4! 19 h3 Ne3! 20 Bxe3 (20 Rxe7 Nc4! 21 Be4 Nb4) 20...Bxc3 21 Rxb8 Rxb8 22 Rxb8 Nxb8 23 Nd2 Nd7! 24 Kf2 and now the thematic 24...f5! gave Black much the better of the ending.]:

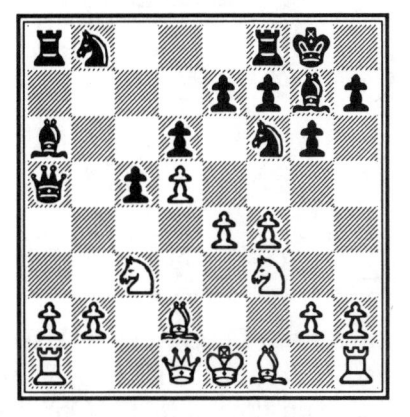

11 Bxa6 Qxa6! [This recapture keeps the White King in the center and takes the sting out of the thrust e4-e5] 12 Qe2 [Pretty much forced. After something like 12 Kf2?!, Black gets a strong initiative with 12...Nbd7 13 Re1 Qb6 14 b3 c4 +] 12...Nbd7 13 Qxa6 Rxa6 14 Kd1?! Ng4! 15 Kc2 c4 16 Rhe1 Nc5 17 Re2 Nd3 18 h3 was Andruet–Fedorowicz, Wijk aan Zee 1989. After the sharp 18...Ngf2!, White cannot play 19 Rf1? Rb8 20 Rfxf2? because of 20...Rxb2+ 21 Kd1 Nxf2+ 22 Rxf2 Bxc3, winning for Black. If 19 a3 Rb8 20 Rb1, Black should consider 20...Nh1!? and 20...Rab6 21 Na4 Rb3.

If White tries 14 O-O-O Black gets good play with 14...Ng4! 15 Rhf1 Bxc3! 16 bxc3 Rxa2. Instead, Bayer–Fedorowicz, Porz 1988, continued 14 O-O-O Nb6?! 15 Rhe1 Rb8? [Again, 15...Ng4! is called for] 16 Re2! Ne8 17 e5 Nc7 18 Be1 Bh6 19 g3, and Black had problems finding sufficient counterplay.

9 e4 Bxf1

It is also possible for Black to hold off on this capture. For example, 9...O-O!? 10 e5 dxe5 11 fxe5 Ng4 12 Bf4 Bxf1 13 Rxf1 Nbd7 14 Qe2 Qb8 transposes to

Murey–D. Gurevich, Hastings, 1982/83 given in the note to 10...Qb6.

10 Rxf1

Less logical is 10 Kxf1 O-O 11 e5 dxe5 12 fxe5 Ng4 13 Qe2 [13 Bf4 Qb6!=] 13...Nd7 [Too meek is 13...Na6? 14 h3 Nh6 15 g4, +-] 14 Bf4 Qb8 15 Re1 Qb4!= 16 Qd2 f6 17 e6 Nde5 18 Re4 Qb7, Garakjan–Hacijan, USSR 1986. Hacijan calls 19 Bxe5 Nxe5 20 Nxe5 fxe5+ 21 Kg1 Rf4 unclear, but I prefer Black:

1) 22 h3 Rd8 with the idea of 23...Rxe4 24 Nxe4 Rxd5.

2) 22 g3 Rxe4 23 Nxe4 Rxa2 and Black has threats all over the place.

3) 22 Rxf4 exf4 isn't appetizing.

4) Perhaps White's best is 22 Re1, but 22...e4! looks very strong. Black's pieces have a lot of scope, while White's haven't gotten the wakeup call yet!

10 ... Qb6!

Timely. Black anticipates counterplay in the center and prevents the maneuver Ke1-f2-g1.

Possible, but still untested, is 10...Nfd7!?, attempting to hold back e4-e5.

The provocative alternative 10...O-O?! now appears dubious because of 11 e5! dxe5 [11...Ne8!?] 12 fxe5 Ng4 13 Qe2. Then 13...Qc7? 14 d6! exd6? 15 Qe4 costs material, as in Garcia Palermo–Herndl, Vienna 1986. And 13...Qc7? 14 d6 Qb7 15 h3 Nh6 16 dxe7 Re8 17 Bg5 Nf5, Ramayrat–Frias, San Francisco 1985, is inadequate for Black because of Ramayrat's suggestion of O-O-O, threatening 19 Qb5. Thus Black must play 13...Nd7, reaching an important position.

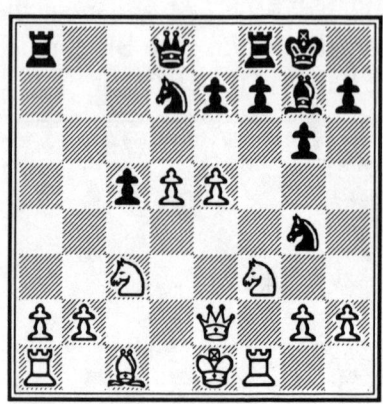

In Murey–D. Gurevich, Hastings 1982/83, White's 14 Bf4?! let Black gain time with 14...Qb8 15 O-O-O Qb4! After 16 g3 Rfb8

[Threatening 17...Ngxe5] 17 Rd2 Nb6 18 e6 f5! 19 Bxb8 Nc4!, Black had a dangerous initiative. The game concluded 20 d6 [Gurevich prefers 20 Be5 Ngxe5 21 Nxe5 Bxe5, although Black's attack persists] 20...Bxc3 21 dxe7 Bxd2+ 22 Qxd2 Qxb8 23 Qc3 Rxa2 24 e8=Q+ Qxe8 25 Qc4 Ra4 26 Qd3 Qxe6 27 Kd2 Nxh2! 28 Qd8+ Kg7 29 Qc7+ Kh6 30 Rh1 Qd5+ 31 Kc2 Rc4+, 0-1.

Impressive, but White should substitute 14 e6! for 14 Bf4. Then 14...Qa5? loses to 15 Bd2 Nge5 16 Nxe5 Nxe5 17 Bf4 Qa6 18 Bxe5 Qxe2+ 19 Kxe2 Bxe5 20 exf7+ Rxf7 21 Rxf7 Kxf7 22 a4! [+-] Bxh2 23 a5 Ke8 24 Kd3 Bd6 25 Kc4 Kd8 26 Nb5 h5 27 a6 g5 28 a7 h4?! 29 Nxd6 exd6 30 Kb5 Kc7 31 Ka6, 1-0, Hoi–Conquest, Naestved 1987.

Another success for 14 e6! was Maksimenko–Kaidanov, USSR 1987: 14 e6! Nde5 15 Ng5 [Not clear is 15 Nxe5 Nxe5 16 Bf4 Qb8! 17 O-O-O] 15...Qa5 16 h3 Nh6 17 Bf4 Qb4 18 exf7+ [Avoiding 18 Bxe5 Bxe5 19 Qxe5 f6] 18...Nhxf7 19 Ne6 c4? [Weak, but what should Black do? Kaidanov dismisses 19...Nc4 20 Nxg7 Nxb2 because of 21 Rf3 Na4 22 Bd2 Kxg7 23 Nxa4 Qxa4 24 Bc3+, +-] 20 Bxe5! Nxe5 21 Rxf8+ Rxf8 22 Nxf8 Nd3+ 23 Kf1, and White won.

Besides the wild 11 e5!, White has the tamer 11 Kf2. Gufeld claims White gets the initiative from 11 Kf2 Qb6!? 12 Kg1 Na6 13 e5 Nd7 14 Qe1. However, I am not so sure that his assessment is correct. After 14...dxe5 15 fxe5 c4+ 16 Kh1 Nac5 17 Be3 [17 Qh4 Nxe5], Black doesn't have many worries.

Benko twice tried 11 Kf2 Nbd7. Goodman–Benko, Lone Pine 1977, gave Black an edge by 12 Kg1 Nb6!? 13 Qe2 Na4 14 Rd1 Nxc3 15 bxc3 Ra4 16 e5 Ne4 17 Bb2 f5. And Black got a good game in Lombardy–Benko, Costa Brava 1975, after 12 Kg1 Qb6 13 Qe1 Qb7 [The messy 13...c4+ 14 Be3 should favor White] 14 Bd2 c4 15 e5 dxe5 16 fxe5 Nxd5 17 e6 Qb6+ 18 Kh1 Qxe6.

11 e5

11 Nd2?! seems very inconsistent; pushing pawns in the center, then turning positional, doesn't make sense. Mazia–Drolov, Moscow 1978, continued 11 Nd2?! O-O 12 Nc4 Qb4 [13...Qa6!?] 13 Qe2 Nbd7 14 Kf2 Rfb8

[14...Nb6!?] 15 a3 Qb3 16 Kg1 Nb6 17 Nxb6 Rxb6 18 a4. After 18...Rb4, Black has typical Benko play and White is tied down to b2. Black could follow with ...Qb3-c4 and either ...Nf6-g4 or ...Nf6-d7.

11 ...	dxe5
12 fxe5	Ng4
13 Qe2	

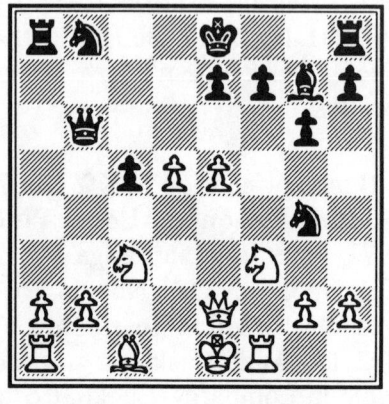

13 ...   Nd7!?

An interesting try is 13...Qa6 14 Bf4 Nd7. Then 15 e6 Qxe2+ 16 Kxe2 fxe6 17 dxe6 Nf8 18 Nb5 Nxe6 19 Ng5 Ra6 was pleasant for Black in D. Gurevich–Bukal, Lugano 1983. Some annotators think that 18 h3 is an improvement, but 18...Nf6 19 Ng5 Ra6! looks similar to the game.

14 e6

Both 14 d6 Ngxe5 15 dxe7 Qe6 and 14 Bf4 Qb4! are in Black's favor.

14 ...	fxe6
15 dxe6	Nde5
16 Nxe5	Nxe5
17 Nd5?!	

Perhaps 17 Qb5+ keeps equality.

17 ...	Qd6
18 Qe4	O-O-O!
19 Nxe7+	Kc7
20 Bf4	Kb6
21 Rf3	

A desperate try to save his Knight.

21 ...	Nxf3+
22 Qxf3	Qxe6+
23 Kf1	Rhf8

23...Qxe7 24 Qb3+ is perpetual check.

24 Re1   Qd6??

After 24...Qc4+ 25 Kg1 Qd4+ 26 Kh1 Qxf4 27 Qc6+ Ka7 28 Qxc5+ Ka8, White has no more than a perpetual check.

24...Qd7 25 Kg1 Rf6 is a good winning attempt.

| 25 Bxd6 | Rxf3+ |
| 26 gxf3 | Kb5 |

Or 26...Rxd6 27 Nc8+.

| 27 Be5 | Bf8 |

28 Ng8
1-0

Christiansen–D. Gurevich, US Championship, Estes Park 1986.

PART TWO

The Gambit Declined

Chapter 1

Main Line Gambit Declined

1 d4	Nf6
2 c4	c5
3 d5	b5
4 Nf3	

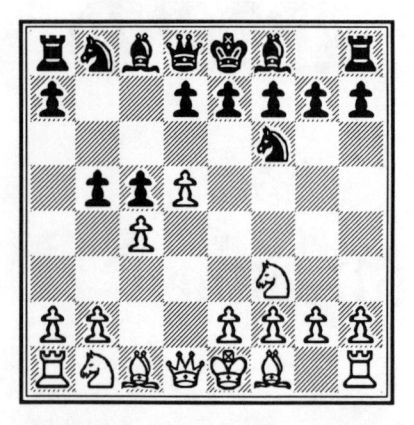

This quiet developing move has received quite a bit of attention in the 1980's. White declines the gambit but keeps the option of accepting the pawn under better conditions.

Black has a variety of replies: **A. 4...Bb7, B. 4...b4, C. 4...bxc4, D. 4...e6, E. 4...a6,** and **F. 4...g6.**

A.   4 ...   Bb7

Black strikes at d5, hoping to clarify the central situation before tending to kingside development.

Now White has no less than eight sensible possibilities and one insane fantasy: **A.1. 5 a4; A.2. 5 Nfd2; A.3. 5 Nc3; A.4. 5 Nbd2; A.5. 5 e3; A.6. 5 Qb3; A.7. 5 g3; A.8. 5 Bg5; A.9. 5 cxb5!?**

A.1.   5 a4

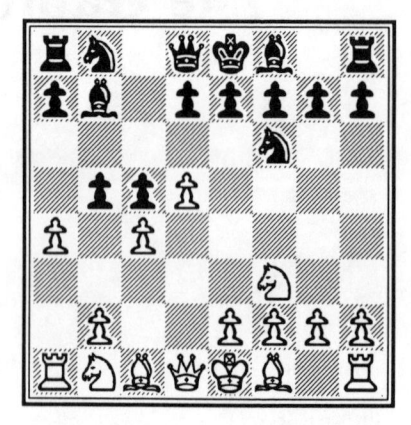

This decides the central issue.

5 ...   b4!?

This appears best. Previously,

analysts considered 5...a6 satisfactory. Certainly the following games should not deter Black from playing 5...a6.

Rather dubious is 6 Nfd2?! bxc4 7 e4 e6 8 dxe6?! dxe6 9 Nc3 Nc6 10 f3 Qc7 11 Nxc4 Rd8 12 Qc2 Be7 13 Be3 O-O, -+, Kavalek–Miles, 22nd Olympiad, Haifa 1976.

Also lame is 6 g3 g6 7 Bg2 Bg7 8 O-O O-O 9 Nfd2 b4 10 e4 a5 11 Nb3 d6 12 Be3 Nbd7, =+, Haik–Biriescu, Bucharest 1979.

Possible is 6 e3 g6 7 Nc3 b4 8 Ne2 e6 9 Nf4 Bg7 10 g3 O-O 11 Bg2 Re8 12 Nd2, +-, Ermenkov–Ochoa de Echaguen, Alicante 1978, but Black can surely improve, and nobody has bothered to repeat White's play.

However, White's strongest answer to 5...a6 is 6 axb5 axb5 7 Rxa8 Bxa8 8 Nc3, inviting 8...bxc4? 9 e4 d6 10 Qa4+ Nbd7 11 Bxc4, followed by e4-e5. Against 8...b4, White may consider 9 Qa4!? bxc3 10 Qxa8 Nc6 11 Qxd8+ Nxd8 12 e4!?, with a very active game, or 9 Nb5, with these choices:

1) 9...Qa5 10 e4 d6 11 Bd3 Nbd7 12 O-O g6 13 Qe2 Ng4 14 Nd2 Nh6 15 f4 Bg7 16 e5!?, +-, Averkin–Belousov, Moscow 1973.

2) 9...Qb6 10 Bf4 [Or 10 Qa4 Bb7 11 Nd2 g6 12 Nb3 (12 e4 Bg7 13 e5 Ng4 is unclear) 12...Bg7 13 Qa5 Qxa5 14 Nxa5, +=] 10...Na6 11 e4 Nxe4 12 Bd3 Nf6 13 O-O e6 14 dxe6 fxe6 15 Ng5, +-, Charushin–Palvlvia, corr. 1978.

After 5...a6 6 axb5 axb5 7 Rxa8 Bxa8 8 Nc3, often seen is 8...Qa5.

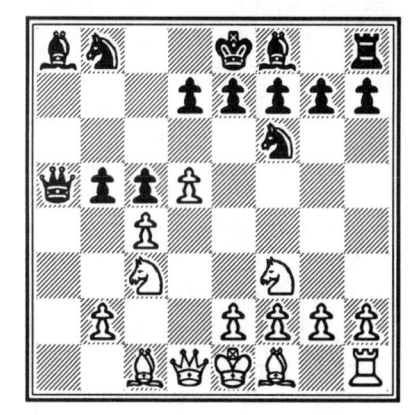

White has two equally good alternatives. First, 9 Bf4 d6 10 Nd2 b4 Nb5! is powerful. Here are three failures by Black:

1) 11...Nxd5 12 cxd5 Qxb5 13 e4 Qa5 14 Nc4 Qa2 15 Bd3 Nd7 16 O-O g6 17 Qa1 b3 18 Qxa2 bxa2 19 Ra1 Bg7 20 Rxa2 O-O 21 Ra7 Rd8 22 Bc2, +-, Gorelov–Janovsky, USSR 1985.

2) 11...Nh5 12 Nb3 Qa2 13 Bc1 g6 14 e4 Bg7 15 Nc7+ Kd8 16 Nxa8 Bxb2 [Playing for confusion, as 16...Qxa8 17 Bd3 and 18 O-O leaves Black's King misplaced on d8] 17 Bxb2 Qxb2 18 Nb6 Kc7 19 Na4 Qa3 20 Naxc5 dxc5 21 Bd3 Nd7 22 O-O, +-, Donaldson-Alburt, Reykjavik 1986.

3) 11...g6 12 e4 Nbd7 13 Nb3 Qb6 14 Qa1 Bb7 15 Qa5!? Nh5 16 Bc1 Bg7 17 g4 Nhf6 18 g5! Nh5 [Not 18...Nxe4? because 19 f3 traps the Knight] 19 Bh3 Qxa5 20 Nxa5 Bc8 21 Nc6 Nb6 22 Nc7+ Kf8 23 Bxc8 Nxc8 24 O-O, +-, 1-0, 36, Dorfman-Mochalov, Moscow 1981.

White's second strong answer to 8...Qa5 is 9 Nd2. O. Rodriguez-Bukal, Karlovac 1979, continued 9...e6 [9...bxc4?! 10 e4 g6 11 Nxc4 is terrible for Black] 10 e4 b4 11 Nb5 d6 12 Bd3 Nbd7 13 O-O Be7 14 f4 Qb6 15 Qe2, +=, when White has good control of the center. More frequently seen is 9 Nd2 b4 10 Nb3 Qb6, and now:

1) 11 Na4?! Qc7 12 Naxc5 [Harmless is 12 f3 d6 13 e4 g6 14 Bd3 Bg7 15 O-O O-O 16 Bg5 e6, =, Kan-Keres, Moscow 1955] 12...e6 13 Nd3 Qxc4 14 dxe6 fxe6 15 f3 Bd5 16 Nd2 Qh4+ 17 g3 Qd4 18 e4 Bb7 19 Nb3 Qb6, =, McCambridge-Hebden, London 1981.

2) 11 Nb5! Nxd5 [11...Bb7 12 Bf4 Na6 13 Qd3 g6 14 e4 Bg7 15 Be2 favors White] 12 cxd5 Qxb5 13 e4 Qb6 14 Be3 Na6 [Not 14...d6? as 15 Nxc5! dxc5 16 Qa4+ Bc6 17 dxc6 Nxc6 18 Bb5 wins for White] 15 Qa1 Bb7, D. Gurevich-Fedorowicz, US Championship, Estes Park 1985. With 16 Na5 Bc8 17 Nc4, White reaches a killing position.

It's clear that 5...a6 doesn't guarantee Black an easy life. More promising is 5...bxc4!?

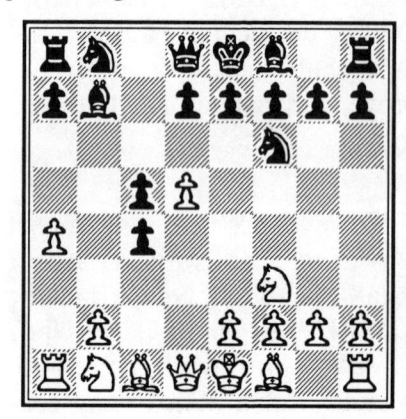

Black opens the b-file for counterplay. His Bishop, often misplaced at b7, may return to action via c8. On the other hand, White will regain the pawn at c4 easily, with a solid center and an

advantage in space.
Let's first dismiss some sidelines after 5...bxc4!? 6 Nc3:

1) 6...Qa5? 7 Bd2 Na6 8 e4 Nb4 9 Bxc4 Ba6 10 b3! Nd3+ 11 Ke2 Nb2 [If 11...Bxc4 12 bxc4 Nb2, not 13 Qb3? Qb4 but 13 Nb5!, +-] 12 Nb5! Qd8 13 Qc2 Nxc4 14 bxc4, +-, Sosonko–Knaak, Amsterdam 1974.

2) 6...e6 7 e4 Qe7?! 8 Be2 g6 9 O-O e5 [Ugly, but 9...Bg7 runs into 10 d6 Qd8 11 e5 Ng4 12 Bg5 Qc8 13 Nb5! Na6 14 Bf4, when White had a death grip on the dark squares] 10 Nd2! Ba6 [Or 10...Bg7 11 Nxc4 O-O 12 Be3 Na6 13 f3, +-] 11 Nb5 d6 12 Qc2 Qd8 13 Nxc4 Bxb5 14 axb5 Bg7 15 b6! a6 16 b4! O-O 17 Be3 Nbd7 18 Nxd6 cxb4 19 b7 Rb8 20 Bxa6, Zaltsman–Alburt, Reykjavik 1986. Black is smashed.

3) 6...e6 7 e4 exd5 8 exd5 d6 9 Bxc4 Be7 10 O-O O-O 11 Re1 Re8 12 Bf4 Nbd7 13 a5 a6 14 h3 Bf8 15 Rxe8 Nxe8 16 Qd2 h6 17 g4, Spraggett–Qi, Interzonal, Taxco 1985. White has the better chances, thanks to his space advantage.

The true test of 5...bxc4!? arises in the variation 6 Nc3 d6 7 e4 g6 8 Bxc4 Bg7 9 Qe2 [Xu Jun says that Black should get good play after the sharper 9 O-O O-O 10 e5 by 10...dxe5 11 Nxe5 Nfd7! 12 Nd3 Nb6 13 Ba2 Na6 14 Nf4 Nb4] 9...O-O 10 O-O Nbd7.

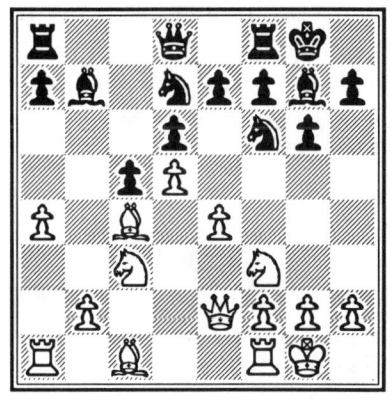

Black intends the freeing maneuver ...Nf6-g4-e5. For example, Vaiser–Barlov, Vrnjacka Banja 1984, continued 11 a5 Ng4 12 a6? [Chasing the Bishop to a more useful square. 12 Bd2!?] 12...Bc8 13 Bb5 Nge5 14 Nxe5 Nxe5 15 f4 Ng4 16 h3 Nf6 17 Bd2 Rb8 19 b3 e6! 19 dxe6 [19 Bc4 exd5 20 exd5 Bf5 is fine for Black] 19...Bxe6 20 f5?! [20 Rab1 Nh5!?] 20...Bxb3 21 Rab1 Bc2! 22 Rbc1 Bxe4 23 fxg6 Bxg6 24 Bg5 d5 25 Nxd5 Qxd5 26 Bxf6 Bxf6 27 Rxf6 Qd4+, with a won position for Black.

If White prevents ...Nf6-g4-e5 by h2-h3, Black must search for counterplay on the b-file. In

Bukic–Martin, Olot 1973, Black was hopelessly cramped after 11 h3!? Nb6?! 12 Bb5 a6 13 Bd3 Qc7 14 a5 Nbd7 15 Bc4, +-. Plachetka–Ji. Nun, Trnava 1985, deviated with 11 a5 Rb8 12 h3 Nh5 13 g4 Nhf6 14 Bf4 h5! 15 g5 Ne8 16 Rfe1 Bc8 17 h4 Rb4 18 Ra2 Bd4. White had problems because of his loose kingside, and he lost by 19 Nxd4 cxd4 20 Nb5 Ne5 21 Bxe5 dxe5 22 Nxa7 Qc7 23 Nxc8 Qxc8 24 b3 Qh3 25 Qd2 Rb8 26 Qd3 Qxh4 [-+] 27 Qg3 Qxg3+ 28 fxg3 Nd6 29 a6 Rfc8 30 Ra4 Rc7 31 Kg2 Rbc8 32 Rea1 Ra7 33 Kf3 f5 34 exf5 gxf5 35 Rh1 Kg7 36 Rxh5 Kg6 37 Rh6+ Kxg5 38 Re6 e4+ 39 Ke2 Rh8 40 Rb4 Rh2+ 41 Ke1 d3 42 Rb8 Kg4, 0-1.

Let's return to our main line, 4 Nf3 Bb7 5 a4 b4.

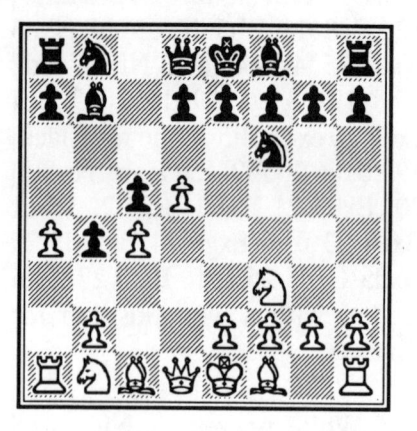

6 g3

There are three important alternatives:

1) 6 Bg5 d6 7 Nbd2 Nbd7 [Black gets a decent position with 7...e5!? 8 Be4 Be7, threatening 9...Nxd5] 8 e4 h6 [8...e5!?] 9 Bxf6 Nxf6 10 g3 Qc7 [Possible are 10...e5, 10...Bc8, and 10...g6] 11 Bh3 Bc8 12 Bxc8 Rxc8 13 O-O g6 14 Ne1 [Not bad are 14 Re1!? and 14 Nh4] 14...h5, Psakhis–Bareev, USSR 1985. If White can prepare e4-e5 or f4-f5 he would stand much better. Reasonable is 15 Ng2 Bh6 16 f4, +=.

2) 6 Qc2 d6 7 b3 g6 8 Bb2 Bg7 9 e4 O-O 10 Nbd2 Nbd7 [Black's safest route to equality is 10...Re8 11 Bd3 e6. Not 11 Be2?! e6 12 O-O? because 12...exd5 13 cxd5 Bxd5 wins a pawn] 11 Be2 was Quinteros–Wilder, 1986. Wolff analyzes 11...e5 12 O-O Ne8 13 Ne1 f5, and says Black has good chances of obtaining the initiative.

Reshevsky–Alburt, Reykjavik 1986, branched off with 7 e4 e5 8 dxe6?!, which gives Black a free hand in development and easy access to d4. The game finished 8...fxe6 9 Nbd2 Nc6 10 g3 g6 11 Nb3 Bg7 12 Bg2 O-O 13 O-O Qe7! [=+] 14 h3? Nxe4! 15 Qxe4 Nd4 16 Qxb7 Ne2+! 17 Kh2 Qxb7 18 Ng1 Qa6 19 Nxe2 Qxc4 20 Bf4 Qxe2 21 Bxa8 Rxa8 22 Bxd6? Qd3,

0-1.

3) 6 Nbd2 d6 7 e4 g6 8 b3 Bg7 9 Bb2 O-O 10 Be2 Re8! 11 Rb1 [Not 11 O-O?, as 11...Nxe4! 12 Bxg7 Nxd2 wins a pawn] 11...e6 12 O-O exd5 13 exd5 Bc8 14 Bd3, with boring equality, Yrjola–Fedorowicz, Reykjavik 1986.

More interesting is 7...e5. Again, 8 dxe6?! fxe6 gives Black control of d4. Gufeld advocates 8 g3! g6 9 Bg2 Bg7 10 O-O Nbd7 11 Nh4, +=. In Xu Jun–Fedorowicz, World Team Championship, Lucerne 1989, I chose to ignore this. I played 10...O-O, and after 11 Ne1 Nbd7 12 f4?! exf4 13 gxf4 Nh5! 14 Nd3 f5, Black had an excellent position. For the complete score, see the annotated games section.

White may get an edge against 7...e5 with 8 b3 g6 [8...Be7] 9 Be2 Bg7 10 O-O O-O 11 Bb2 Nbd7 12 Ne1. In these locked center positions, White should post a Knight at d3 and aim for the f2-f4 break.

6 ...   g6

6...e6!? 7 Bg2 exd5 8 Nh4 g6 9 cxd5 d6 10 O-O Bg7 11 e4 O-O gives White only slightly the better of it.

7 b3   Bg7
8 Bb2   O-O
9 Bg2   e6

Another possibility is 9...d6!? 10 O-O e5.

10 O-O   exd5
11 cxd5!

Stronger than 11 Nh4.

11 ...   d6

Not 11...Bxd5?? because of 12 Bxf6 Qxf6 13 Qxd5 Qxa1 14 Qxa8, winning a piece. If 11...Nxd5?!, White gets the advantage with 12 Bxg7 Kxg7 13 Ne5 Nc3 14 Nxc3 Bxg2 15 Kxg2 bxc3 16 Qd5.

12 Nfd2!

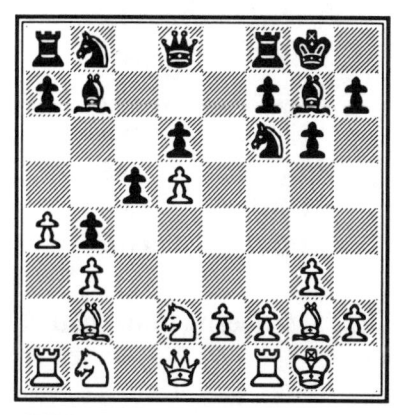

White wants to occupy c4. Now

12...Nxd5 13 Bxg7 Kxg7 14 Nc4 Nc3 15 Nxc3 Bxg2 16 Kxg2 bxc3 17 Qxd6, +-, shatters Black's pawn structure.

12 ...   Nbd7
13 Nc4

Gulko avoided 13 e4 Ne5 14 Bxe5 dxe5 15 Nc4, +=, because he feared ...Bb7-a6xc4 and ...Nf6-e8-d6 would lead to a drawish opposite-Bishops position.

13 ...   Nb6

Or 13...Qc7, followed by ...Bb7-a6xc4.

14 Nb6   axb6
15 e4   h5!?

Trying to divert White's attention.

16 Nd2   h4
17 Re1   hxg3
18 hxg3   Nd7
19 Qc2   Bxb2
20 Qxb2   Ne5
21 Bf1   g5!?
22 Be2   Qf6

22...f5!? doesn't look bad for Black.

23 Kg2   Rae8?

Black must undermine White's center by 23...Qg6! and ...f7-f5.

24 Rh1   Ng4?

24...Qg7! and 25...f5.

25 Qxf6   Nxf6
26 Bd3   Kg7
27 Rae1   Rh8
28 Rxh8   Rxh8?

Gulko mentions the tricky 28...Kxh8 29 Nc4? Ba6 30 Nxd6? Bxd3 31 e5 Be4+! 32 Rxe4 Nxe4 33 Nxe8 c4!, winning for Black. Better is 29 Bb5 Re7 30 f3, although 30...g4 31 Nc4 gxf3+ 32 Kxf3 Nxd5! 33 Nxd6!, +=, isn't too bad for Black.

29 f3   g4
30 f4   Rh3
31 Bc4   Kf8
32 Nf1   Nh5

Gulko's analysis refutes 32...Kg7 by 33 Ne3 Nxe4 34 Nf5+ Kf6 35 Rxe4 Kxf5 36 Re7 Bc8 37 Re8 Bd7 38 Rd8, and White wins.

33 e5   Ke7
34 Kf2!

White was winning, Gulko-Fedorowicz, Cannes 1987.

A.2. 5 Nfd2

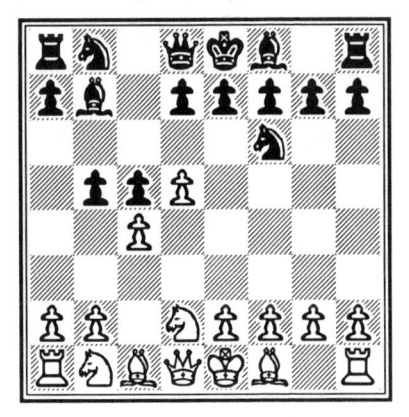

Introduced by Norwegian GM Simen Agdestein.

5 ... d6

Black should consider 5...b4!?, burying White's Knight at b1. If 6 e4 d6 7 a3 a5 8 axb4 axb4 9 Rxa8 Bxa8 10 Qa4+ Nbd7 11 f4 e5!? 12 dxe6 fxe6, White's position is a bit disjointed.

Another testing line is 5...bxc4 6 e4 e6!? 7 dxe6 fxe6 8 e5 Nd5 9 Nxc4 Qh4! [This strong move was suggested by Mexican IM Sisniega. Other moves leave Black's kingside in a mess] 10 Nbd2 [10 Na5 Qe4+ 11 Be2 Ba6, = +] 10...Nc6 11 Nf3 Qe4+ 12 Be2 Nd4! Black's pieces are very well posted.

After 5...bxc4 6 e4 e6 7 dxe6 Black can also consider 7...dxe6!? The game Jelen–Mencinger, Portoroz 1987, went 8 Nc3 Nc6 9 Bxc4 Be7 10 O-O O-O 11 f4 Qd7 12 e5 Nd5 13 Nde4 Nd4 14 Bd3 Rad8 15 Bb1 [Better is 15 Qh5 g6 16 Qh3 Nxc3 17 bxc3 Ne2+ 18 Bxe2 Bxe4 19 Be3 Qa4, and according to Mencinger, Black is just a little better] 15...f5 16 exf6 gxf6 17 Qh5 Rf7 18 Nxd5 Bxd5, and Black was clearly better.

6 e4   b4
7 a3   Na6

Probably best is 7...a5!, transposing to the variation with 5...b4. Also possible is 7...Nbd7, but White comes out on top after 8 axb4 cxb4 9 Qa4! Qb6 10 Bd3, planning 11 Nb3 and 12 Be3, or even 11 c5!?

8 axb4   Nxb4
9 Be2   g6

9...e5!? may be a better try.

10 O-O   Bg7
11 Nc3   O-O
12 Nb3   Qb6
13 Be3   Rab8
14 Ra3   Bc8
15 f3   Ne8
16 Qd2   f5

17 Rc1	**fxe4**
18 Nxe4	**Bf5**

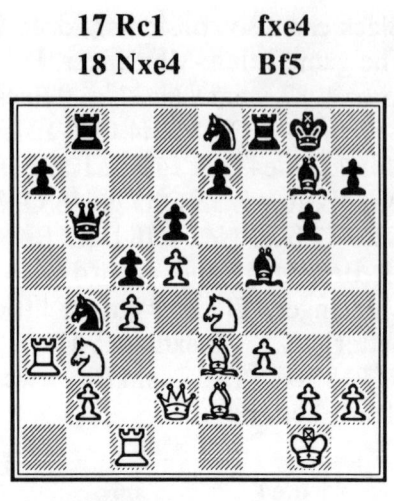

19 Nexc5!?	**dxc5**
20 Bxc5	**Qf6**
21 Bd4	

Not 21 Bxb4? Qxb2 22 Bd1 because of 22...Rxb4! 23 Qxb4 Bh6 24 Rca1 Be3+ 25 Kh1 Qf2 26 Be2 Bh3! 27 gxh3 Bf4.

21 ...	**Qh4**
22 Bf2	**Qf6**
23 Bd4	**Qh4**
24 Bf2	**Qf6**
25 Nd4	**Nd6**
26 Rxa7	

White's pawns proved stronger than the piece in Agdestein–Benjamin, Visa Match, Reykjavik 1986.

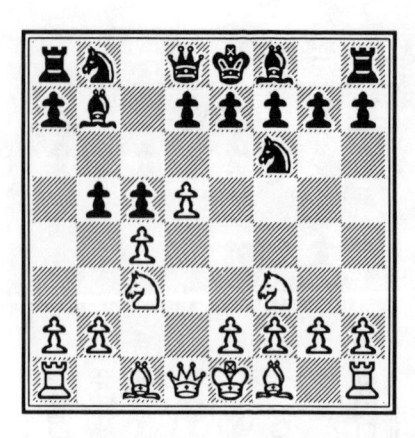

A.3.   5 Nc3

This is not very impressive but it does succeed in closing the queenside, as 5...bxc4?! 6 e4 is very comfortable for White.

5 ...	**b4**
6 Na4	

A poor outpost. The alternative is 6 Qb3!? Qa5 [6...Qc7] 7 Nd1, when 7...g6! appears best. In Guimard–Keres, Goteborg 1955, White launched a dangerous attack with 7...e6 8 e4!? Nxe4 9 Bd3 Nf6 10 O-O g6 [10...exd5?! 11 Ne3] 11 Bg5 Bg7 12 Ne3 O-O 13 h4 Qc7 14 Rae1 d6 15 Bxf6 Bxf6 16 Ng4 Bg7 17 h5!?, but 17...exd5 18 hxg6 hxg6 19 Ng5 Qd7 20 Re6!? [20 Be2!?] 20...fxe6 21 Bxg6 Rf5! 22 Qe3? Rxg5! 23 Qxg5 Nc6 24 cxd5 Qe7! defended, 0-1, 32. If 5 Nc3 has a future, it's in 6 Qb3.

6 ...	**e6**

7 Bg5	d6

7...h6!? 8 Bxf6 Qxf6 9 e4 d6 10 a3 Na6 11 Bd3 e5 12 O-O Be7 13 Nd2, +=, Lombardy–Wilder, Lone Pine 1981.

8 e4	Be7
9 e5?	

White should settle for equality with 9 Qc2 or 9 Bd3.

9 ...	dxe5
10 dxe6	Qc7!

After this fine move, Black gets an edge.

11 exf7+	Kxf7
12 Be3	Rd8
13 Qc2	Kg8
14 Qf5	Qd7
15 Qxd7	Nbxd7

Black's pieces are very active, while White's Knight at a4 is a spectator.

16 Be2	Bc6
17 b3	Ne4
18 Bd3	Nxf2!
19 Kxf2	

19 Bxf2!?

19 ...	e4
20 Be2	Rf8!
21 Rhd1	exf3
22 Bxf3	Ne5

Despite the Queen trade, Black has plenty of pieces to harass White's King.

23 Bxc5	Rae8
24 Kg1	Bxf3
25 gxf3	Nxf3+
26 Kg2	Bxc5
27 Nxc5	Re2+
28 Kg3	Nd2
29 h3	Rf3+
30 Kh4	Rg2
0-1	

Anikaev–Vaganian, USSR 1982.

A.4.   5 Nbd2

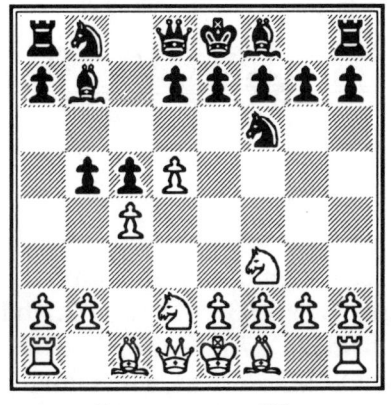

5 ...	d6

5...bxc4 6 e4 e6 7 dxe6 fxe6 8 e5 Nd5 9 Nxc4 gives White good attacking chances.

6 e4	b4
7 Bd3	g6
8 O-O	Bg7
9 Re1	Nbd7
10 Nf1	O-O
11 Rb1	a5

Looks about equal, Kolarov–Peev, Varna 1971.

A.5. 5 e3?!

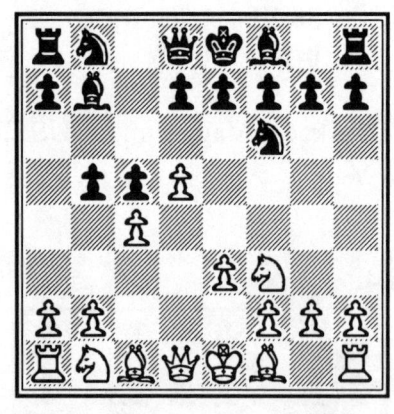

Too passive.

5 ...   g6

5...e6!? 6 dxe6 fxe6 7 cxb5 d5 8 Be2 Bd6 9 b3 O-O 10 Bb2 Nbd7 11 Nbd2 Qe7 12 Qc2 e5 13 Nh4 g6 14 O-O-O a6 15 g4, with initiative, Luik–Reshko, USSR 1975.

6 Nc3   b4

6...bxc4!?

7 Ne2   e6

7...Bg7!? 8 Ng3 e6 9 e4 exd5 10 exd5 O-O 11 Be2 d6 12 O-O Nbd7 13 Bf4 Nb6 [13...Qb6 or 13...Qc7, followed by ...Ra8-e8, almost equalizes] 14 Qd2 Re8 15 Bd3, += , Hartoch–Keres, Amsterdam 1971.

8 dxe6	fxe6
9 Nf4	Bg7
10 h4	Qe7
11 Ng5	e5
12 Nd5	Nxd5
13 cxd5	

White is better, P. Nikolic–Schinzel, Sombor 1980.

A.6. 5 Qb3!?

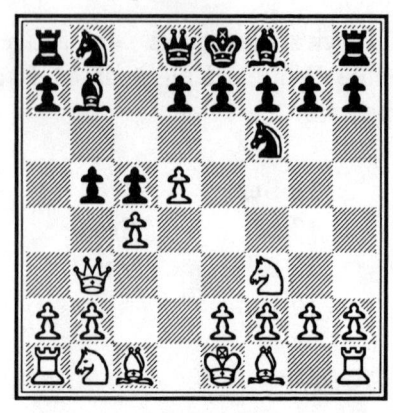

An idea of GM Viktor Korchnoi.

5 ... Qb6

5...b4!? is safer.

6 Nc3 bxc4

6...b4 7 Na4 Qc7 8 e4 [8 Qc2 d6 9 a3 a5, =] 8...Nxe4?! [8...d6 is fine for Black] 9 Qe3 Nf6 [9...f5? 10 Bd3 is unpleasant for Black] 10 Nxc5 [Now White stands well] 10...Bc8 11 Ne4 Nxe4 12 Qxe4 d6 13 Nd4 Nd7 14 Nb5 Qb6 15 Bf4 Nc5 16 Qe3 e5 17 dxe6 fxe6 18 O-O-O [The d-pawn must fall] 18...e5 19 Bxe5! dxe5 20 Qxe5+ Kf7 21 Qd5+ Qe6 22 Qxa8 Qh6+ 23 Kc2 Bf5+ 24 Bd3 Nxd3 25 Qd5+ Kg6 26 Rxd3 Be7 27 g4, 1-0, Birnboim–Fong, World Chess Festival, Saint John 1988.

7 Qxb6 axb6
8 e4 e6
9 Ne5!?

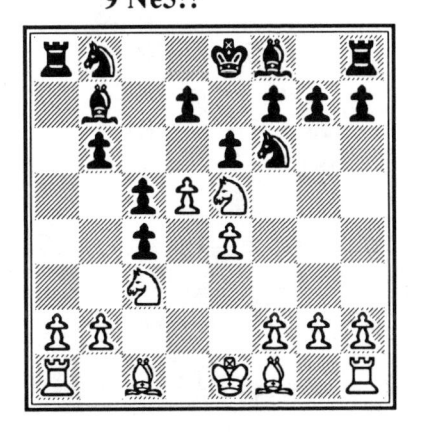

This was originally thought to be very strong. However, matters are not so clear.

9 ... exd5?

Now White gets a tremendous initiative. Recently, Black discovered the countersacrifice 9...Nxe4! 10 Nxe4 exd5, which certainly improves on 9...exd5. Karolyi analyzes 11 Ng3 b5! or 11 Nc3 Nc6! 12 Nxd5 Nxe5 13 Nc7+ Kd8 14 Nxa8 Bxa8 15 Bf4 Nd3+, with compensation. Sarosi–Abel, Bad Soden 1988, continued 11 Nc3 d6?! 12 Nf3 Bc6 13 Bf4 d4 14 Bxc4! dxc3 15 O-O-O [White regains the initiative] 15...cxb2+ 16 Kxb2 f6! 17 Bxd6?! Bxd6 18 Rxd6 Ra7 19 Re1+ Re7 20 Rxc6! Nxc6 21 Bb5 Rxe1 22 Bxc6+ Ke7 23 Nxe1, =. Nevertheless, I still prefer White after 9...Nxe4! – a piece is a piece!

10 exd5 Nxd5

Rajkovich analyzes 10...b5 11 Nxb5 Nxd5 12 Bxc4 Na6 13 O-O d6 14 Re1! Be7 15 Ng6! hxg6 16 Nxd6+ Kd7 17 Nxb7 Nab4 18 Bd2!, winning for White.

11 Bxc4 Nxc3
12 Bxf7+ Kd8

13 bxc3	d6	5 ...	g6
14 Nc4	Bxg2	6 Bg2	bxc4
15 Rg1	Bc6	7 Nc3	Bg7
16 Bf4		8 O-O	O-O
		9 Ne5	d6
		10 Nxc4	Nbd7
		11 Re1	Ba6
		12 Qa4	Qc8

White's pieces dominate the board. Black appears lost.

12...Bxc4!?

16 ...	Ra7		
17 Be6	Ke7	13 Na5	Nb6
18 Bh3	Kf7	14 Qh4	Re8
19 Nxb6	Nd7	15 Bg5	Qc7
20 Nc8	Ra3	16 Nc6	Bb7
21 Rg3	Ne5	17 e4	Nbd7
22 Bxe5	dxe5	18 f4	Kh8
23 Rb1	g6	19 e5?	dxe5
24 Rb6	Be4	20 fxe5	Nxd5!
25 Re3	Bb1??		
26 Rxb1			
1-0			

The refutation.

Korchnoi–Borik, Baden-Baden 1981.

21 Nxd5	Qxc6
22 e6	Ne5
23 Rxe5	Bxe5
24 exf7	Rf8
25 h3	Rf7
26 Nf4	Rxf4
0-1	

A.7.   5 g3?!

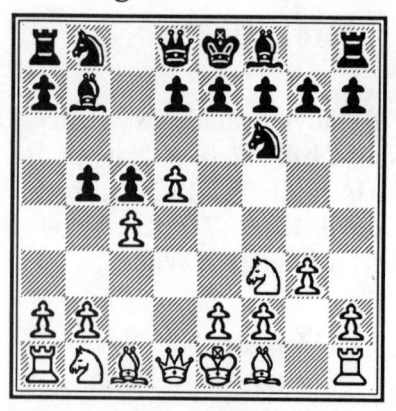

Johannessen–Fischer!, 17th Olympiad, Havana 1966.

A.8.   5 Bg5

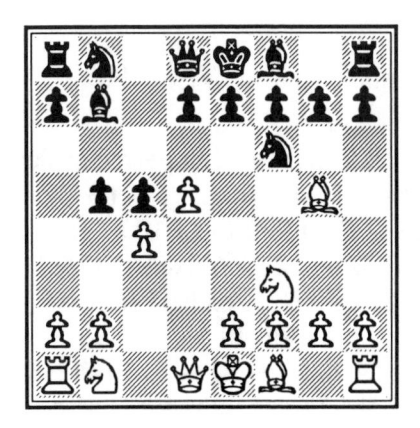

Black does not experience any particular difficulties after this.

5 ...   **Ne4**

Or 5...g6 6 Bxf6 exf6 7 e4 b4 8 Nbd2 Bg7 9 Qc2 O-O, and Black has a good position, thanks to his control of the dark squares.

6 Bf4	bxc4
7 Nc3	Qa5
8 Bd2	Nxd2
9 Nxd2	Ba6
10 e4	g6
11 Qa4	Qb6
12 Rb1	
1/2-1/2	

Gulko–Wilder, US Championship, Estes Park 1987.

A.9.   **5 cxb5!?**

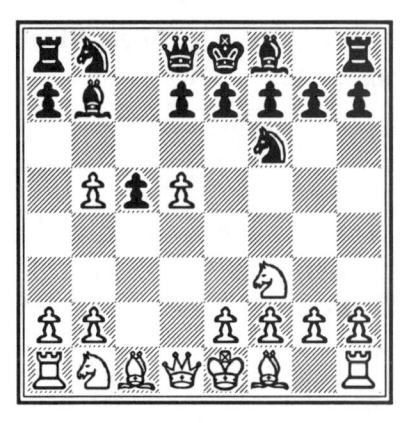

I'm waiting for some wild man like GM Jim Plaskett to give this a try.

5 ...	Bxd5
6 Nc3	Bb7
7 Bg5!?	d5
8 e4	d4
9 Bc4?!	

Very imaginative, but untested. Also possible are 9 e5!? and 9 Bxf6.

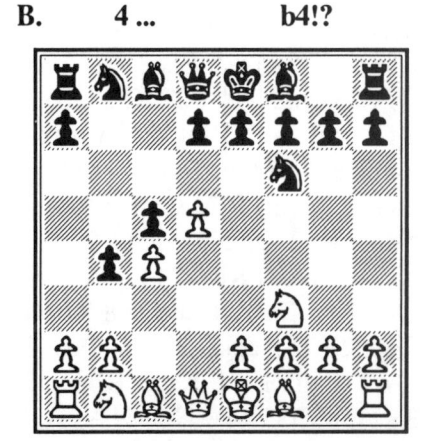

B.   **4 ...**   **b4!?**

This move has been Black's most popular choice of late.

5 Bg5

This is seen very often, but isn't necessarily the best. Other possibilities:

1) 5 b3 d6 6 Nbd2 e5 [5...e6 6 e4 exd5 7 cxd5 only helps White] 7 e4 g6 8 a3 Nbd7 [8...Na6!? plans to post the Knight on b4] 9 Be2 Bh6!? 10 O-O O-O 11 Qc2 Nh5 12 g3 Ng7 [Supporting f5 and guarding e6 against intruders] 13 Ne1 bxa3 14 Nb1 Bxc1 15 Qxc1 f5 16 Nc3 fxe4?! [Wolff claims 16...Nf6! is clearly better for Black] 17 Nxe4 Nf6 18 f3 Bh3 19 Ng2 Nf5 20 Bd3 Nd4 [Barlov analyzes 20...Bxg2 21 Kxg2 Nxe4 22 Bxe4 Nd4 23 Rxa3 a5!, -+] 21 Qxa3 Nh5?! [21...a5!] 22 b4! cxb4 [Barlov points out that 22...Rxf3 23 Rxf3 Nxf3+ 24 Kh1 Qd7 25 Be2 and 22...Nxf3+ 23 Kh1 Qd7 24 bxc5 Bxg2+ 25 Kxg2 Qg4 26 cxd6 Nf4+ 27 Kh1 Qh3 28 Rf2 fail for Black] 23 Qxb4 Nxf3+? [Here Barlov recommends 23...Rb8 24 Qxd6 Qxd6 25 Nxd6 Rb2 26 Nh4 Rd2 27 Be4 Ne2+ 28 Kh1 Rb8] 24 Kh1 Rb8 25 Qa3 Nd4 26 Rxf8+ Qxf8 27 Rf1 Qe7 28 c5! dxc5 29 d6 Qd7 30 Qxc5 Bxg2+ 31 Kxg2 Rb2+ 32 Kg1 Qh3 33 Bc4+ Ne6 34 Nf2 Qf5 35 Qc8+ Kg7 36 Bxe6 1-0, Cebalo–Barlov, Vrsac 1985.

2) 5 g3 [Rare, but perfectly playable] 5...d6 6 Bg2 g6 7 b3 Bg7 8 Bb2 O-O 9 O-O a5 10 a4 Ra7 11 Nbd2 e6 12 dxe6 Bxe6 13 Qc2 Bf5 14 Qc1 Re8 15 e3 Rd7 16 Ra2 Qc7 17 Qa1 Qd8 18 Ng5 h6 19 Nge4 Bxe4 20 Nxe4 Rxe4 21 Bxe4 Nxe4 22 Bxg7 f6 23 Bxh6 Rh7 24 Bf4 g5 25 Qd1 Qe8 26 Bxd6 Rd7 27 Rd2 Qe6 28 Rd5 Nc3 29 Qf3 Nxd5 30 Bxb8 Nc3 31 g4 Ne4 32 Rd1 Nd2 33 Qe2 Nxb3 34 Rxd7 Qxd7 35 Qc2 Nd2 36 Qg6+ Qg7 37 Qd3 Nf3+ 38 Kf1 Qf7 is still unclear, but 1-0, 53, after errors, Gulko–D. Gurevich, US Championship, Estes Park 1987.

3.a) 5 a3 [Probably most critical] 5...a5 [5...bxa3 6 Rxa3 d6 7 Nc3!, +=. 5...Na6 is similar to Agzamov–Vaiser, quoted below] 6 Nbd2 [Wolff says Black equalizes after 6 Qc2 d6 7 e4 e5 8 Be2 g6 9 O-O Nbd7] 6...d6 [6...g6? 7 e4 d6 8 axb4 cxb4 9 c5! transposes to Seirawan–D. Gurevich, quoted below] 7 e4 Nbd7 8 Bd3 g6 9 Qa4 Qc7 10 O-O Bg7 11 axb4 cxb4 12 Nb3 O-O 13 Qc6! Qb8 [13...Qxc6 14 dxc6 Nc5 15 Nxc5 dxc5 16 e5 is good for White] 14 h3 [Wisely avoiding 14 Rxa5?! Rxa5 15 Nxa5 Nc5] 14...Nxe4 [No better is

14...Ra6 15 Qb5 Rb6 16 Qa4 Nc5 17 Nxc5 dxc5 18 Bg5] 15 Bxe4 Nf6 [Threatening 16...Bd7] 16 Rxa5! Rxa5 17 Nxa5 Nxe4 18 Re1 Nxf2?! 19 Kxf2 Qa7+ 20 Kg3 Qxa5 21 Rxe7 Qa1 22 Re1! [+-] 22...Qa2 23 Re8 Qa6 24 Rxf8+ Kxf8 25 Qc7 Bf6 26 Ng5 Be5+ 27 Bf4 Qb7 28 Qd8+ Kg7 29 Ne4 Bf5 30 Nxd6 Bxf4+ 31 Kxf4 [Winning] 31...Qa7 32 Nxf5+ gxf5 33 Qg5+ Kf8 34 Qh6+ Ke7 35 Kf3 Qa1 36 Qe3+ Kd7 37 Qd4 b3 38 c5, 1-0, Kosanovich–Kucinar, Pula 1987.

3.b) 5 a3 g6 6 axb4 cxb4 looks promising for Black. Petursson–Alburt, New York Open, New York City 1985, was disastrous for White after 7 Nbd2 Bg7 8 e4 O-O [Inviting 9 e5?! Ng4 10 Qe2 d6. Alburt likes the pawn sac 8...d6 9 Qa4+ Nfd7 10 Qxb4 Na6] 9 Bd3?! d6 10 O-O Bg4 11 Qa4 a5 12 e5 Nfd7 13 e6?! fxe6 14 dxe6 Nc5 15 Qc2 Bxe6 16 Ng5 Bf5 17 Bxf5 Rxf5, -+, 31. Alburt thinks White should play 9 c5!, with an unclear position. However, I don't trust 9 c5 because 9...e6!? leaves White lagging in development.

4) 5 Qc2 g6 6 e4 d6 7 Bg5 Bg7 8 Bd3 O-O 9 O-O a5 10 Nbd2 Nbd7 11 Rfe1 Qc7 12 h3 Re8 13 Rad1 e6 14 Nf1 Nb6 15 Ng3 Ba6 16 h4 Ng4 17 h5 a4 18 hxg6 hxg6 19 Bf4 Nd7 20 Nf1 b3! 21 axb3 axb3 22 Qc1 Bc8 23 Bb1 Nde5 24 Nxe5 Nxe5 25 Re3 exd5 26 exd5 Ra1!, and Black stood well in Nascimento–Plaskett, World Team Championship, Lucerne 1985.

5) 5 Nbd2 is flexible. Usually White follows with e2-e4. He may fianchetto his QB or he may leave it on c1 and free his QR with a2-a3. Black usually fianchettoes his KB. His most important decision involves his e-pawn. If White opens the queenside, Black may get sufficient counterplay with his e-pawn on e7. In other cases, he will need to push ...e7-e6 or ...e7-e5 to become active.

5.a) 5 Nbd2 d6 6 e4 e5

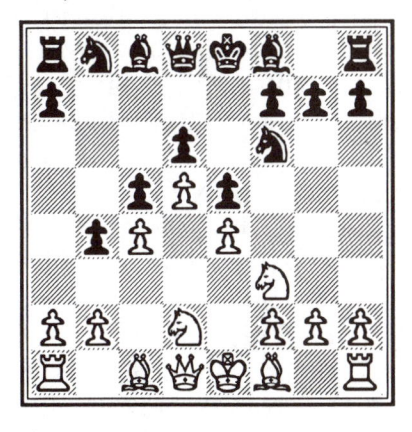

Black closes the center, planning an eventual ...f7-f5. White will respond with a2-a3. For example, Agzamov–Vaiser, Sochi

1985 continued 7 Be2 g6 8 O-O Bh6 9 a3 Na6 10 Qa4+ Qd7 11 Qc2 O-O 12 Ne1 bxa3 13 Rxa3 Nb4 14 Qb1 Qe7 15 Nb3 Bxc1 16 Nxc1 Ne8 17 Nc2 Nxc2 18 Qxc2 f5 [Black is nearly equal. Also 18...Ng7 and then ...f7-f5 makes sense] 19 exf5 Bxf5 20 Qd2 Rb8 21 Bd1 Rb4 22 Qc3 Qh4 23 Be2 Rb7 24 Nb3 Nf6 25 Na5 Ne4 26 Qc1 Rbf7 27 Qe3, +=. Pein–Kerkhof, OHRA Amsterdam 1986, varied with 7 a3 Na6 8 Qa4+ Qd7 9 Qc2 g6 10 Be2 Bh6 11 O-O O-O 12 Ne1 Qe7 13 Nd3 bxa3 14 Rxa3 Bxd2?! [Too greedy. Black will suffer on the dark squares] 15 Bxd2 Nxe4 16 Bh6 Re8 17 f3, +-, 1-0, 42.

5.b) 5 Nbd2 d6 6 a3 bxa3 7 Rxa3 e5? is a faulty attempt to reach a middlegame with a closed center. Wolff later suggested 7...g6 8 g3 Bg7 9 Bg2 O-O 10 O-O Na6, =. After 7...e5? 8 dxe6! fxe6 9 g3 Nc6 10 Bg2 Qc7 11 Ng5 Be7 12 Qa4 d5 13 Re3! O-O 14 Nxe6 Bxe6 15 Rxe6 Nd4, White should win with 16 Rxf6! Bxf6 17 Bxd5+ Kh8 18 Bxa8 Rxa8 19 Qd1. Instead, 16 Ra6? Qe5 17 e3 Ng4 18 Bxd5+ Kh8 19 Ne4 [19 Bxa8!] allowed the counterattack 19...Nf3+ 20 Ke2 Rae8 21 Qd7 Qh5 22 h3 Nfe5 23 Qe6 Nxf2+ 24 g4 Nfxg4 25 hxg4 Qxh1 26 Qxe5 Qxc1 27 g5 Rb8 28 Ra2 Qb1 29 Qxe7 Qxa2 30 Nd6 Rxb2+, 0-1, Petursson–Wolff, New York Open, New York City 1987.

5.c) 5 Nbd2 g6 6 e4 d6 7 b3 Bg7 8 Bb2

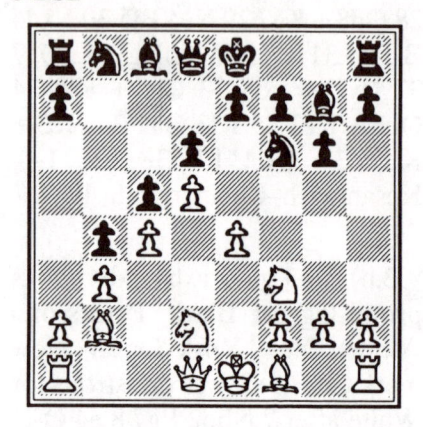

Quite popular. A few examples:

1) 8...O-O 9 Qc2 e5 10 dxe6? [10 g3!? or 10 Bd3] 10...Bxe6 11 g3 Nc6 12 Bg2 Bg4 [Black has the edge already. He will post a Knight at d4] 13 O-O Nd7 14 h3 Bxf3 15 Nxf3 Bxb2 16 Qxb2 Nde5 17 Ne1 Nd4 18 f4 Nec6 19 Nd3 a5 20 Rad1 a4, Agzamov–Plaskett, Sochi 1984. Black's pieces are working well.

2) 8...Nbd7 9 Bd3 O-O 10 Qc2 Re8 11 O-O e6 12 dxe6 Rxe6 13 Ng5 Re8 14 f4 [+=] Bb7 15 Rae1 Nh5 16 Bxg7 Nxg7 17 Ndf3 Ne6 18

Nxe6 Rxe6 19 Qf2 Re8 20 Ng5 h6 21 Nf3 Qf6 22 Qg3 Qg7 23 Qf2 a5 24 Bb1 a4 25 Qd2 axb3 26 axb3 Qf8 27 e5, +-, and White went on to win in Browne–Fishbein, World Open, Philadelphia 1987.

3) 8...a5 9 a4 O-O 10 Bd3 was tested in two blitz games between Browne and D. Gurevich in 1988. One went 10...Re8 11 Qc2 e6 12 O-O exd5 13 cxd5 Nbd7 14 Rae1 Ng4 15 Bxg7 Kxg7 16 Bb5!? Ba6 17 Bxa6 Rxa6 18 Nc4 [+=] 18...Qf6 19 h3 Nge5 20 Nxe5 Nxe5 21 Kh1 Nxc4 22 Qxc4 Ra7 23 Qb5?! Rae7 24 f3 Qc3 25 Qxa5 Qxb3, =+. The other shows White's e4-e5 breakthrough: 10...e6 11 Qc2 exd5 12 cxd5 [+=] 12...Nbd7 13 O-O Ra7 14 Nc4 Ne8 15 Bxg7 Kxg7 16 Rae1 f6 17 Nfd2! Nb6 18 Nxb6 Qxb6 19 Nc4?! Qd8 20 f4 [+=] Ba6 21 Qb2 Bxc4 22 Bxc4 Re7 23 e5! fxe5 24 fxe5 Rxf1+ 25 Bxf1 dxe5 26 Rxe5 Nf6 27 Bc4 Qd6 28 Re6! Rxe6 29 dxe6 Qd4+ 30 Qxd4 cxd4 31 Kf2, and White was winning.

5.d) 5 Nbd2 g6 6 e4 d6 7 g3 Bg7 8 Bg2 O-O 9 O-O Nfd7 10 Ne1 a5 11 Nd3 Ne5?! 12 Nxe5 Bxe5 13 f4 Bd4+ 14 Kh1 Nd7 15 Nf3 Bg7 16 Qe2 Nb6 17 Be3 Ba6 18 Rac1, +=, Glek–Sekulich, Belgrade 1988. However, Black played like a knucklehead in this game. In particular, 11...Ne5?!, instead of 11...Na6, is funny.

5.e) 5 Nbd2 g6 6 e4 d6 7 a3

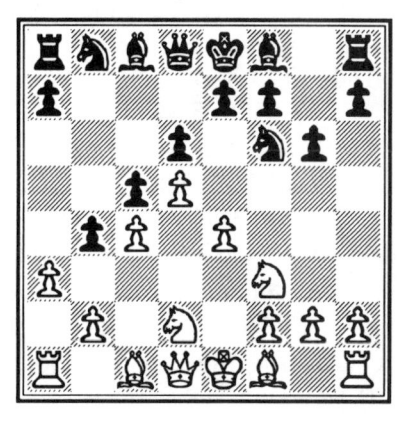

This position looks innocent enough, but look what happens after 7...a5?: 8 axb4 cxb4 9 c5! [Simple and strong] 9...dxc5 10 Bb5 Bd7 11 Bc4 [+-] 11...e6 12 O-O exd5 13 exd5 Bh6?! [The only chance is 13...Bd6 14 Re1+ Kf8 15 Ne4 Nxe4 16 Bh6+ Kg8 17 Rxe4, +-] 14 Re1+ Kf8 15 Ne5 Kg7?! [15...Be8] 16 Nxf7! Kxf7 17 d6+ Kf8 18 Re7 Be8 19 Ne4! Bxc1 20 Nxf6 Bxb2 21 Nxh7+ Rxh7 22 Qf3+ Bf7 23 Rxf7+, 1-0, Seirawan–D. Gurevich, U.S. Championship, Estes Park 1986.

Correct is 7...Bg7!, when 8 axb4 cxb4 9 Qa4+ Nfd7 10 Qxb4 Na6 11 Qa5 Rb8 12

Qxd8+ Kxd8 13 Rb1 Ndc5 14 Be2 f5 gives Black more than enough compensation for the pawn. In Browne–Alburt, New York Open, New York City 1987, White played more cautiously with 7...Bg7! 8 g3 O-O 9 Bg2 Nbd7 10 O-O Ng4 11 Ne1 Nb6 12 Qc2 a5 13 h3 Ne5 14 f4 Ned7 15 Nd3 Qc7 16 Kh2, but 16...bxa3 17 Rxa3 a4 18 b3?! axb3 19 Qxb3 Rxa3 20 Qxa3 Bd4 21 Ne1 Bb7 22 Nc2 Ra8 23 Qd3 Bg7, = +, left Black with an edge.

Now we return to our main line, 4 Nf3 b4 5 Bg5.

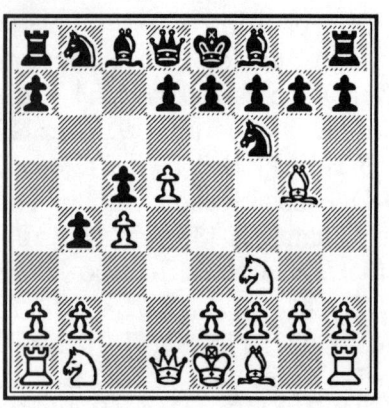

5 ...   d6
6 Nbd2

If 6 Bxf6? exf6, Black gets control of many key squares by ...g7-g6, ...Bf8-g7, and ...f6-f5.

6 ...   g6

6...e5!? 7 dxe6 fxe6 [7...Bxe6!?] 8 g3 Be7 9 Bg2 Bb7 10 Qc2 Nbd7 11 O-O Qb6 12 Bh3! d5 13 Bxf6 Nxf6 14 Ng5 Bc8 15 e4 h6 16 Ngf3 O-O 17 Ne5 dxe4 18 Ng6 Re8 19 Ne4 Nxe4 20 Qxe4 Rb8 21 Nxe7+ Rxe7 22 Qe5 Qc7 23 Rfe1 Qxe5 24 Rxe5 Kf7 25 Rxc5 Bb7, and White won, Lerner–Hawelko, Polonica Zdroj 1986.

7 e4

In Vaiser–Plaskett, Sochi 1984, White played the mysterious 7 h3? Perhaps he was afraid of his dark-squared Bishop being chased around. The game continued 7...Bg7 8 e4 O-O 9 Bd3 Nbd7 10 Qc2 a5 11 a4 e6 12 O-O h6 13 Be3 Re8 14 Rfe1 Ra7 15 Re2 Nh5! [With the idea of 16...Ne5 17 Nxe5 Bxe5, controlling the f4 square.] 16 g4 Nhf6 17 Nf1 h5 18 g5 Nh7 19 h4 Rb7! 20 N1d2 Nb6 21 Rb1 b3! 22 Nxb3 Nxa4 23 Bd2 exd5 24 Nxa5 Qd7! 25 exd5 Rxe2 [25...Qg4+! wins] 26 Bxe2 Qg4+ 27 Kf1 Qh3+ 28 Kg1 Qg4+ 29 Kf1 Re7 30 Be3 Bf5 31 Qxa4 Bxb1 32 Nc6 Rxe3? [32...Re8!] 33 fxe3 Be4 34 Nd8! Nf8 35 Qe8 Qf5 36 Nc6 Kh7 37 Ne7 Qh3+ 38 Ke1 Bxf3 39 Qxf7 Qxh4+ 40 Kd2 Bd5?? [On the last move of time pressure! After the correct 40...Qg5! Black is still better] 41

Qxd5, 1-0.

7 ...	Bg7
8 Bd3	O-O
9 O-O	

Much more to the point is 9 a3!, when 9...a5 10 axb4 cxb4 11 Nb3 gives White the advantage. Black should consider 9...Na6!? and 9...Nbd7!?

9 ...	a5
10 Qc2	e5
11 a3	Na6
12 Nb3	Qc7?!

Gulko recommends 12...h6! 13 Bd2 a4 14 Nc1 b3 15 Qd1 Nh7, -+, but White can try 16 g3 f5 17 Nh4 Qf6 18 exf5 gxf5 19 Bc3. Black has attacking chances and space.

13 Ne1	Nh5
14 g3	f5
15 exf5	gxf5
16 Be2	Nf6
17 Nd2	bxa3?!
18 bxa3	Qf7

White has a favorable King's Indian, since Black's queenside is already weakened.

19 Ng2	Bd7
20 Rab1	Rab8

21 Qc3!

White invades on the queenside before Black can make a threat on the other wing.

21 ...	a4
22 Qa5	Ra8
23 Rb7	Ne8
24 Qb6	Nac7
25 Rxc7	Nxc7
26 Qxc7	Ra6
27 Rb1	Rc8
28 Qb7	Raa8
29 Nh4?	

This gets the Bishop trapped. Practically anything wins here.

29 ...	h6
30 Bh5	Qxh5
31 Qxd7	Qxg5
32 Nxf5	Rf8
33 Ne7+	Kh7
34 Ne4	Qh5
35 Qxd6	Rab8
36 Nf6+?	

36 Rf1!

36 ...	Bxf6
37 Rxb8	Qd1+
38 Kg2	e4!

Saving the day.

39 Rxf8   Qf3+
1/2-1/2

Gulko–D. Gurevich, U.S. Open, Somerset, 1986.

C.   4 ...   bxc4

Similar to 4...Bb7 5 a4 bxc4. In my opinion, White should have no problem retaining a small plus with proper play.

5 Nc3   g6

Robert Byrne suggests 5...d6 6 e4 Nbd7 to hold back e4-e5. Popov–Zilberman, Moscow 1983, continued 7 Bxc4 g6 8 O-O Bg7 9 Re1 O-O 10 h3 Nb6 11 Bb3 Nfd7 12 Bf4 Qc7 13 Qd2 a5 14 Bh6 a4 15 Bxg7 Kxg7 16 Bc2 Nc4 17 Qc1 a3 18 b3 Qa5, with counterplay.

Illogical is 7...Nb6?, which doesn't discourage e4-e5. In I. Sokolov–Ermenkov, JAT Open, Belgrade 1987, Black was punished by 8 Be2 g6 9 e5! dxe5 10 Nxe5 Bg7 11 Bb5 Bd7 12 Bxd7+ Nbxd7 13 Nc6 Qb6 14 O-O Nxd5 15 Qxd5 e6 16 Re1 Rc8 17 Rxe6+ fxe6 18 Qxe6+ Kf8 19 Bf4 Rxc6 20 Qxd7 Re6 21 Rd1 Qc6 22 Bd6+ Qxd6 23 Qxd6+ Rxd6 24 Rxd6 Ke7 25 Ra6 Rd8 26 Rxa7+ Kf8 27 Kf1, 1-0.

6 e4   d6

6...Bg7? 7 e5 Ng4 8 Bf4 is obviously good for White.

7 Bxc4   Bg7
8 e5!

White's most direct approach. Other moves aren't as incisive. Kogan–D. Gurevich, USA 1982, went 8 O-O Bg4 9 h3 Bxf3 10 Qxf3 O-O 11 Qe2 Nbd7 12 Bd2 Qc7 12 Rac1 Nb6 14 Ba6 Nfd7 15 b3 Rae8 16 a4 e6 17 dxe6 fxe6 18 f4, +=. And 8 O-O O-O 9 Qe2 a5 10 h3 Nfd7 11 Nd2 Nb6 12 f4 [Better is 12 Bd3] 12...Nxc4 13 Nxc4 Ba6 14 a4 Bxc4 15 Qxc4 Nd7 16 Qe2 Nb6 17 Bd2 Qd7 18 b3 Rfc8 19 Rab1 c4 left Black a bit better, Markzon–Parsons, New York 1985.

8 ...	dxe5
9 Nxe5	O-O
10 O-O	

| 10 ... | Bb7?! |

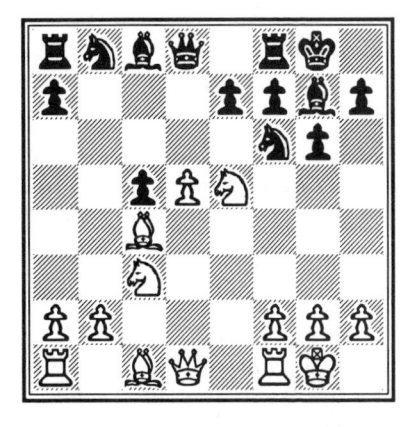

Black's best move seems to be 10...Nfd7!? After 11 Nxc6 [11 Nf3 Nb6 12 Bb3 Bb7 leaves the White d-pawn in jeopardy] 11...Nxc6 12 dxc6 Nb6 13 Qxd8 [13 Be2 Qc7 14 Bf3 Ba6 15 Re1 Rad8 16 Qb3 Bc4 17 Qa3 Bd4 is unclear, Balashov–Stein, Moscow 1971] 13...Rxd8 14 Be2 Be6 15 Bg5 Bxc3 16 bxc3 Bd5 17 Ba6 f6 18 Be3 Bxc6 19 Bxc5 Kf7 20 Rfd1, White may have a miniscule advantage, Valdes–Gonzales, Cuba 1987.

The critical test of 10...Nfd7 is 11 Nxf7! Rxf7 12 d6. Wolff analyzes 12...Nb6! [Forced] 13 Bxf7+ [Wolff calls 13 dxe7 Qxe7 14 Re1 Qd7! 15 Bxf7+ Kxf7 16 Qf3+ Qf5 17 Qg3 Bd7 18 Ne4 Kg8 unclear, but Black should be doing quite well] 13...Kxf7 14 Qf3+ Kg8! [14...Bf6 15 Ne4 Bf5 16 Nxf6 exf6 17 Bf4 N8d7 18 Rfe1, +-] 15 dxe7 Qxe7 16 Nd5 Qf7 17 Qxf7+ Kxf7 18 Nc7 Bb7 19 Nxa8 Bxa8, and Black's game is perfectly playable.

11 Re1!?

Korchnoi–Sax, London 1980, saw a different method: 11 Qb3 Qb6 12 Re1 Na6 13 Bg5 Qxb3 14 Bxb3 Rac8 15 Nc4 Nxd5 16 Nxd5 Bxd5 17 Bxe7 Rfe8 18 Nd6!, winning.

| 11 ... | Ne8 |

11...Nfd7? loses to 12 Nxf7! Rxf7 13 d6 Ne5 14 Rxe5 Bxe5 15 Bxf7+ Kxf7 16 Qb3+.

12 Bf4	Nd6
13 Bb3	Nf5
14 Nxf7!!	Rxf7

14...Kxf7? 15 d6+ Ke8 16 Nb5 Na6 17 dxe7 wins for White.

15 d6	e6
16 Bxe6	Bc6
17 Ne4	Nd4
18 Bxf7+	Kxf7
19 Nxc5	Kg8
20 Rc1	Bd5

21 Nb3	Bxb3
22 axb3	Nd7
23 Re7	Bf6
24 Be3	Nf5
25 Qd5+	
1-0	

Browne–Wolff, US Championship, Estes Park 1985. The idea of a quick e4-e5 looks quite convincing for White. Even if his attack doesn't get through, Black's c-pawn is very shaky.

D.   4 ...   e6

This transposes to the Blumenfeld Gambit, which usually arises from 1 d4 Nf6 2 c4 e6 3 Nf3 c5 4 d5 b5. Because it's a viable alternative, we will have a look at it.

5 Bg5!?

Generally considered best. White may also decline the gambit with 5 a4 bxc4 6 Nc3 exd5 7 Nxd5 Bb7 8 e4 Nxe4 [Not clear is 8...Be7 9 Bxc4 O-O 10 O-O Nxd5 11 Bxd5 Bxd5 12 Qxd5 Nc6 13 Rd1 Qb6, Am. Rodriguez–J.C. Fernandez, Cienfuegos 1983] 9 Bxc4 Qa5+ 10 b4 cxb4 11 O-O, a countergambit recommended by Euwe. Tan–Vucic, World Open, Philadelphia 1989, continued 11...Nc5 12 Re1+ Ne6 13 Bf4 Bxd5 14 Bxd5 Nc6 15 Ne5 Nxe5 16 Rxe5 Qd8 17 Bxa8 Qxa8 18 Be3 Be7 19 Rd5 Qb7 20 Rb5 [20 Qd3!?] 20...Qa8 21 Ra5 a6 22 Qd3 O-O 23 Rxa6 [+-] 23...Qd8 24 Rd1 d5 25 Qxd5?? [Tricky is 25 Ra7?! d4!, but 25 Bb6 should win] 25...Qxd5 26 Rxd5 Nc7 27 Rd7 Nxa6 28 Rxe7 Rb8, 0-1, 58.

Smagin and Radovsky dismiss 5 cxb5? with 5...exd5! 6 e3 Bb7 7 Nc3 g6!, =+.

The main alternative to 5 Bg5!? is the acceptance of the gambit, 5 dxe6 fxe6 6 cxb5 d5.

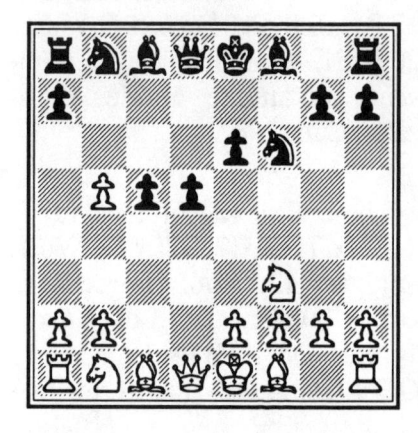

White has tried:

1) 7 b3 Bd6 8 Bb2 Nbd7 9 e3 O-O 10 Nbd2 Qe7 11 Bd3 e5 12 e4?! [Expecting 12...dxe4 13 Bc4+] 12...c4! 13 bxc4 Nc5!, =+, S. Larsen–Smagar, corr. 1983.

2) 7 g3!? Qa5+ [Once given a warm endorsement by Geller] 8 Nc3 d4? 9 Qa4! Qb6 [Geller assessed this as clearly better for Black! Naturally, 9...Qxa4?! 10 Nxa4 Bd7 11 b4! is not to Black's taste] 10 Nb1 Bd7 11 Na3 a6 12 Ne5 Qb7?! [12...Bxb5 13 Nxb5 Qxb5 14 Qb3 Qxb3 15 axb3, +=] 13 Nxd7 Qxh1? [13...Nbxd7 is forced] 14 Nxb8 Rxb8 15 bxa6+ Kf7 16 Nc4 Nd5 17 Ne5+, 1-0, Lombardy–Formanek, New York 1986.

3) 7 e3 is no longer held in high esteem. Moiseev–Vaganian, USSR 1970, went 7...Bd6 8 Nbd2?! O-O 9 Bd3 [Also 9 Be2 Bb7 10 O-O Qe7 gives Black compensation] 9...Bb7 10 O-O a6 11 b3? e5 12 e4 c4!, with a tremendous position for Black.

Much more common is 7 e3 Bd6 8 Nc3, with these possibilities:

a) 8...Nbd7 9 Bd3 Bb7 10 e4! d4 11 Nb1 Nxe4 12 Qe2 Ndf6 13 Nbd2 Nxd2 14 Bxd2! Bd5, Ligterink–Van der Wiel, Hilversum 1985, when 15 b4! O-O 16 bxc5 17 O-O, intending 18 Ne5, is considered strong by Ligterink.

b) 8...Bb7!? 9 Be2 O-O 10 b3? Nbd7, Tarrasch–Alekhine, Pistyan 1922, and 10 O-O? Qe7 11 Qc2 Nbd7 12 Bd3 c4 13 Be2 Nc5, Kostic–Maroczy, Weston super Mare 1922, give Black plenty of compensation, but Bogolyubov and Tartakower claim an edge for White with 10 e4! In Browne–Quinteros, Buenos Aires 1980, White used this important thrust a move earlier: 8...Bb7!? 9 e4! dxe4? 10 Ng5 Bd5 11 Qc2 Nbd7 12 Ngxe4, +-. Also disastrous is 9...d4? 10 e5!, Reti–Rellstab, Brno 1931, but 9...Nbd7! 10 exd5 exd5 11 Be2 O-O gives Black compensation.

c) 8...O-O 9 e4! Bc7! [Both 9...d4 10 e5! and 9...Nxe4? 10 Nxe4 dxe4 11 Ng5 are very good for White] 10 Bg5 Qe8! 11 Bxf6 [11 Be2!?; 11 exd5!?] 11...Rxf6 12 Nxd5 appears faulty for White. Kordjisky–Kostakiev, Bulgaria 1988, ended quickly with 12...exd5 13 Qxd5+ Be6 14 Qxa8 Ba5+ 15 Nd2? [15 Ke2] 15...Bxd2+! 16 Kxd2 Qd8+ 17 Ke1 Qa5+ 18 Ke2

Qxb5+ 19 Ke3 Qxb2 20 f4 Qd4+ 21 Kf3 Qc3+, 0-1. In Caracci–Maksimovich, Caorle 1986, White failed with the quieter plan 8...O-O 9 b3 Bb7 19 Bb2 e5! 11 Be2 e4 12 Ng5 Qe7 13 Bg4 d4! 14 Be6+ Kh8 15 exd4 e3!, -+.

4) 7 Nc3!? is the modern way to handle the position. White will push e2-e4, smashing Black's center. For example:

a) 7...Be7 8 e4 Bb7 [8...d4 9 e5!] 9 exd5!? [Barlov prefers 9 e5 Nfd7 10 Ng5! Bxg5 11 Qh5+ g6 12 Qxg5 Qxg5 13 Bxg5 O-O 14 Be7 Rf5 15 Bd6, +-, bottling up Black's queenside] 9...exd5 10 Be2 O-O 11 O-O Kh8 12 Bg5 Nbd7 13 b4! [Splitting Black's center and taking control of d4] 13...cxb4 14 Na4 Ne4 15 Be3?! [Barlov gives 15 Bxe7 Qxe7 16 Qd4!, +=] 15...Nb6 16 Nd4 Qd6 17 Rc1 Nc4 18 Bxc4 dxc4 19 f3 Nf6, with a good game for Black, Zaltsman–Barlov, New York Open, New York 1986.

b) 7...Bb7 8 e4 Nxe4?! [Ehlvest–Rogers, Tallinn 1985, varied with 8...dxe4 9 Qxd8+ Kxd8 10 Ne5 Ke8 11 Bf4 Bd6 12 Rd1 Bd5 13 Ng6 hxg6 14 Bxd6, +-. Also 8...d4 9 e5 favors White] 9 Nxe4 dxe4 10 Qxd8+ Kxd8 11 Ne5 Ke8 12 Be3 Bd5 13 b6! Bd6 [As 13...axb6? 14 Bb5+ Ke7 15 Bg5+ Kd6 16 Nf7+ wins for White] 14 Bb5+ Kf8 15 Nc4 Be7 16 bxa7 Rxa7 17 a4 Nc6 18 Bxc6 Bxc6 19 b3 Bd5 20 Kd2! Kf7 21 Rhc1, +-, Browne–Formanek, World Open, Philadelphia 1986.

c) 7...d4 8 Nb1 Qa5+ 9 Bd2 Qxb5 10 Na3 Qxb2 11 Nc4 is supposed to give White more than enough for the pawn. But Przewoznik considers 11...Qb7 12 g3 Nc6 13 Bg2 Nd5! 14 O-O Be7 15 Qc2 Ncb4 [15...O-O 16 Ng5 Bxg5 17 Bxg5 Qa6 18 Be4 h6 19 Bd2, +=] 16 Qe4 Qa6 17 Rfc1 Bb7 and 15 e3 dxe3 16 fxe3 O-O 17 e4 Nb6 18 Rc1 Qa6 19 Nfe5 unclear.

Because White has been successful with 7 Nc3!?, Black has looked for an alternative to 6...d5. Alburt has experimented with 5 dxe6 fxe6 6 cxb5 Bb7!?

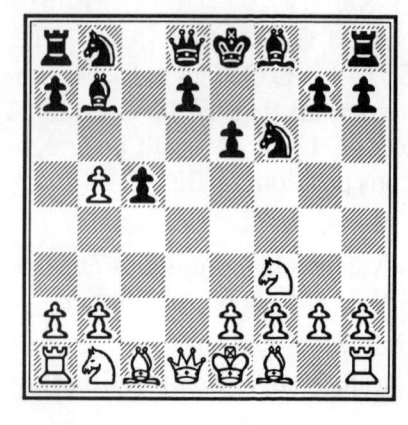

Black delays ...d7-d5 so White cannot smash his center with e2-e4. Three examples:

1) 7 Bg5 Qa5+ 8 Qd2 Qxb5 9 e4 Qc6 10 e5 Ne4, with good play, Ivanenko–Arkhipkin, Moscow 1986.

2) 7 g3 Be7 [Or 7...Qa5+ 8 Nc3 a6! 9 bxa6 Rxa6!, with compensation] 8 Bg2 O-O 9 O-O a6 10 Nc3 Nd5 11 Nxd5 Bxd5 12 bxa6 Rxa6 13 Ne5 Bxg2 14 Kxg2 Qc7 15 Nf3 Qb7 16 Bf4 Bf6 17 Qc2 g5 18 Bxb8 Rxb8 19 h3 Qc6 20 b3 Bxa1 21 Rxa1 Qd5 22 e4 Qd6 23 Rc1 Qe7 24 Qd2 h6 25 h4 Qf6 28 Qe3 g4 27 Nh2 Qd4 28 Qf4 Rf8 29 Qxg4+ Kh7 30 Qe2 Rd6 31 e5 Qd2 32 Qe4 Kh8 33 Nf3 Qd3 34 Qg4 Rd5 35 Qh5 Kg7 36 Rc4 Kh7 37 Ng5+ Kg7 38 Nf3 Kh7 39 Ng5+ Kg7 40 Nf3 Kh7 41 Ng5+, 1/2-1/2, M. Gurevich–Alburt, New York Open, New York City 1989.

3) 7 Nc3 Be7 [7...d5?! 8 e4!] transposes to 6...d5 7 Nc3 Bb7 8 e4!] 8 e3 [8 Bf4!?] 8...O-O 9 Bd3 d5 10 O-O Qd6! 11 Re1 Nbd7 12 b3?? Ng4! 13 h3 Nxf2 14 Kxf2 Bh4+ 15 Kg1 Rxf3! 16 Qxf3 Bxe1 17 Bb2 Rf8 18 Bxh7+ [Black refutes 18 Qh5 Bf2+ 19 Kh1 Nf6 20 Qe2 not with 20...Qg3? 21 Rf1 Nd7? 22 Nd1, but with 20...d4! 21 Qxf2 Ng4] 18...Kxh7 19 Qh5+ Kg8 20 Rxe1 Qg3 21 Re2 d4 22 exd4 Bf3 23 Ne4 Bxe4 24 Rxe4 Rf2 25 Qe8+ Nf8, 0-1, Miles–Alburt, World Open, Philadelphia 1989.

Spectacular, but Black's victory should be attributed to the mistaken 12 b3?? White can avoid danger by 12 h3 or 12 Qc2 Ng4 13 h3. Most critical is 12 e4!? Ng4 [12...dxe4 13 Bxe4 Qxd1 14 Rxd1 looks good for White] 13 e5 Ngxe5 14 Nxe5 Nxe5 15 Bxh7+ Kxh7 16 Qh5+ Kg8 17 Qxe5 Qxe5 18 Rxe5 Kf7 19 Bg5 Bd6 20 Ree1, as analyzed by Peters. White's Bishop will settle on g3, and it is difficult for Black to advance his d-pawn without losing control of e4.

One last idea, rarely seen, is 5 dxe6 fxe6 6 cxb5 a6!? K. Dimov–Kostakiev, Albena 1984, gave Black an edge by 7 Nc3 Be7 8 e4 O-O 9 bxa6 Nxa6 10 Be2 Bb7 11 e5 Nh5 12 O-O Nb4 13 Be3 Nd5 14 Bd2 Nhf4, = +.

We return to our main line against the Blumenfeld Gambit, 5 Bg5.

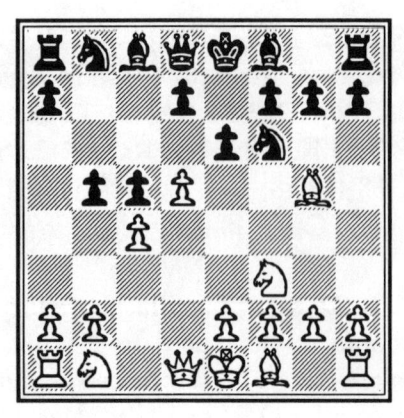

5 ... h6

This attack on the Bishop forces White's hand. Black's options seem inferior. Let's look at a few.

1) 5...Qa5+ gives White three choices:

a) 6 Nc3 Ne4 7 Bd2 Nxd2 8 Qxd2 b4! 9 Nd1 g6 10 h4 h6 11 g3 Bg7 12 Bg2 Bb7, =, Langeweg–Fernandez, Marbella 1982.

b) 6 Qd2 Qxd2+ 7 Nbxd2 Na6! 8 dxe6 fxe6 9 cxb5 Nb4 10 Kd1 a6 11 b6 Rb8 is good for Black, Wilder–Alburt, New York 1986.

c) 6 Nbd2 Be7 7 dxe6 [Possible is 7 e4!? Nxe4 8 Bxe7 Kxe7 9 Bd3, with compensation] 7...fxe6 8 cxb5 a6 9 e4 Nxe4 10 Bxe7 Kxe7 11 Qc2 d5 12 Bd3 Nxd2 13 Qxc5+ Kf7 14 Ne5+?! [Simply 14 Nxd2 gets the advantage] 14...Kf6 15 b4 Ne4! 16 Ng4+ Kf7 17 Bxe4 Qxb5 18 Ne5+ Kf6 19 Ng4+ Kf7 20 Ne5+, 1/2-1/2, Speelman–Alburt, London 1986.

Definitely bad for Black is 6...bxc4? 7 Bxf6 gxf6 8 e4 f5 9 dxe6 fxe4 10 exf7+ Kd8 11 Bxc4 Bb7 12 Ng5 h6 13 Nxe4! Bxe4 14 Qg4 d5 15 O-O Qxd2 16 Rad1, Spasov–Manolov, Primorsko 1975, but Black may be able to rehabilitate 6...Ne4. Przewoznik assesses 7 b4! cxb4! [Not 7...Qxb4? 8 Rb1 Qc3 9 Rb3 Qa5 10 Rxb5, +-] 8 Nxe4 bxc4 9 dxe6 fxe6 as unclear. The plausible 10 Nd6+ Bxd6 11 Qxd6 b3+ 12 Bd2? loses to 12...c3 13 Bg5 c2+ 14 Bd2 b2.

2) 5...exd5 6 cxd5 Qb6?! 7 e4! Nxe4 8 Qe2 f5 9 Nc3 Qg6 10 h4 Be7 11 h5 Qd6 12 Nxe4 fxe4 13 Qxe4 Kd8 14 O-O-O Bb7 15 Qxe7+ Qxe7 16 Bxb5, Goormachtig–Moulin, Brussels 1986. White went on to win.

3) 5...exd5 6 cxd5 d6 7 e4 a6 8 a4 Be7 9 Bxf6!? Bxf6 10 axb5 Bxb2 11 Ra2 Bf6 12 Nbd2 O-O 13 Bd3 Bb7 14 O-O Qc7 15 b6!? Qxb6 16 Qb1 Qc7?! 17 e5! [Counting on 17...dxe5? 18 d6 Qc8 19 Bf5 Nd7 20 Nc4 to win material] 17...Be7 18 exd6 Bxd6 19 Bxh7+ Kh8 20

Ra4 g6 21 Bxg6 fxg6 22 Qxg6 Bf4 23 Re1 Qf7 24 Ne5! Qxd5 25 Ndf3 Nc6 26 Qh5+ Kg7 27 Qg4+ Kh7 28 Ng5+, 1-0, Serna–Poloch, Ruse 1986.

4) 5...exd5 6 cxd5 Qa5+ 7 Nc3 Ne4.

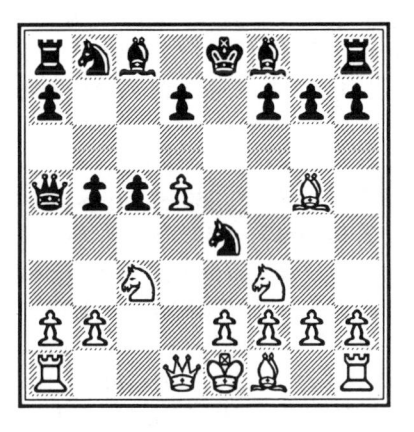

Two more branches:

a) 8 Qd3 Nxg5 9 Nxg5 Be7 10 Qe4 [Haik–Barlov, Vrnjacka Banja 1981, favored Black after 10 Ne4 c4 11 Qd4 O-O 12 d6 Bd8 13 Qd5 Ba6! 14 g4!? Nc6 15 Bg2 b4 16 Qxa5 Bxa5 17 Nd5 Nd4] 10...d6 11 Ne6? [Correct is the unclear 11 e3] 11...fxe6 12 dxe6 Qb4! 13 Qxa8 Qxb2 14 Nd5 Qxa1+ 15 Kd2 Qxa2+ 16 Kc1 Qc4+ 17 Kd2 Qd4+ 18 Kc1 Bxe6 19 Qxb8+ Kf7 20 Qxh8 Qa1+ 21 Kd2 Qb2+ 22 Kd3 Bxd5, 0-1, Grooten–Johansen, Amsterdam 1983.

b) 8 Bd2 Nxd2 9 Nxd2 b4 [Or 9...d6 10 e3 a6 11 a4 b4 12 Nc4 Qc7 13 Ne4, +=, DeBoer–Barlov, Wijk aan Zee 1975] 10 Ncb1 [10 Nce4!] 10...Ba6 11 e4 g6 12 Bxa6 Qxa6 13 Qc2 d6 14 Nc4 Bg7 15 Nbd2 Nd7 16 O-O Rb8 17 a3 b3! 18 Nxb3 O-O 19 Nbd2 Bd4, Petrosian–Sax, Niksic 1983. Pliester recommends 20 Nf3 Nb6 21 Nxd6 Rfd8 22 e5 Nxd5 23 Nxd4 cxd4 25 Rfd1 Nf4 25 b4, +-.

5) 5...b4!? is Lev Alburt's latest favorite. In Bonin–Alburt, World Open, Philadelphia 1989, White sacrificed a pawn with 6 e4 d6 7 Nbd2 Be7 8 Bd3 e5 9 a3 bxa3 10 Rxa3 O-O 11 Qa1 a6 12 O-O Nxd5 13 cxd5 Bxg5 14 Nxg5 Qxg5 15 Nc4 Qd8 16 Rb3. White developed a promising attack, but Black held on: 16...a5 17 f4 exf4 18 Rxf4 Ba6 19 e5 dxe5 20 Bxh7+ Kxh7 21 Rh3+ Kg8 22 Rfh4 f6 23 Nxe5 fxe5 24 Rh8+ Kf7 25 Rf3+ Qf6 26 Rxf8+ Kxf8 27 Rxf6+ gxf6 28 Qb1 Ra7 29 Qg6 Rf7 30 h4 Nd7 31 h5 Ke7 32 h6 Nf8 33 d6+ Ke6, 0-1, 46.

H. Olafsson–Alburt, New York Open, New York City 1989, varied with 6 Nbd2 Be7 [Threatening 7...Nxd5] 7 Bxf6 Bxf6 8 Qc2 O-O [8...Bb7 9 Ne4] 9 Rd1 Na6 10 dxe6 fxe6 [Olafsson says 10...dxe6 11

Ne4 Qe7 12 g3 Bb7 13 Nxf6+ Qxf6 14 Bg2 Rfd8 15 O-O Rxd1 16 Rxd1 Rd8 17 Ne5! puts Black in a difficult position] 11 g3 Bb7 12 Bg2 Qc7 13 O-O Rae8 14 Ne1 Bxg2 15 Nxg2 Nb8 16 Ne4 Be7 17 Rd2 [By restraining ...d7-d5, White gains a clear advantage] 17...Nc6 18 e3 Ne5 19 f4 Nf7 20 Rfd1 d6 21 Nf2 Qc6 22 Qe4 Qxe4 23 Nxe4 Rc8 24 Ne1 Rc6 25 Nf3 h6 26 h4 g6 27 g4 Ra6 28 b3 Ra3 29 g5 h5 30 Ng3 a5 31 e4 a4 32 Rb1 axb3 33 axb3 Nd8 34 f5! exf5 35 exf5 gxf5 36 Rd5 Rf7 37 Nxf5 Bf8 38 Nd2 Ne6 39 Rf1 Bg7, when Olafsson could have won most quickly with 40 Ne4! Rxb3 41 Rxd6 Nd4 42 Nf6+ Kh8 43 Nxg7 Kxg7 44 Nxh5+ Kf8 45 Rxf7+ Kxf7 46 g6+.

6 Bxf6   Qxf6

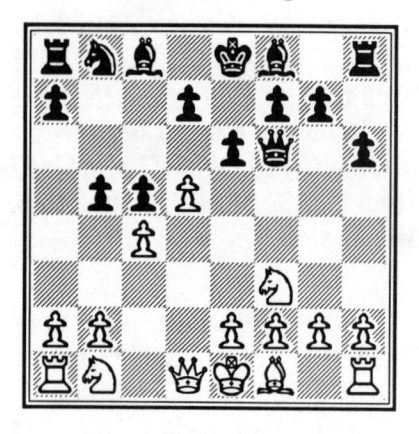

7 Qc2

Another interesting method is 7 Nc3. Then 7...a6?! 8 e4 g5 9 e5 Qg7 10 Ne4 Be7 11 g4! led to a convincing win for White in Maksimovich-B. Ivanovich, Cetinje 1987: 11...f5 12 gxf5 exf5 13 Ng3 Rf8 [13...g4 14 Nxf5 Qf7 15 Bd3 gxf3 16 Qxf3 is also very good for White] 14 Qc2! g4 15 Nxf5 Qh8 16 Qe4! gxf3 17 Nxe7 Kxe7 18 d6+ Ke8 19 O-O-O Ra7 20 Bd3 Rf7 21 Qd5 Rg7 22 Qxc5 Nc6 23 Rhe1 Rg5 24 Be4, 1-0.

More often, Black answers 7 Nc3 with 7...b4. Polugaevsky-Ljubojevic, Manila 1975, continued 8 Nb5 Na6 10 e5 Qf4 11 Bd3! g4 12 Qd2!, +-, with much the better of it. Nor does 8 Nb5 Kd8 9 e4 g5 [9...Qxb2? asks for trouble] 10 e5 Qg7 [Or 10...Qf4?! 11 h3! g4 12 hxg4 Qxg4 13 Rh4 Qg7 14 Qa4 a5 15 O-O-O] 11 g4! give Black much hope. White has a powerful center, and Black cannot find counterplay. An example is Adorjan-S. Farago, Hungary 1987: 11...Bb7 12 Qa4 a5 13 O-O-O f5 14 gxf5 g4 15 f6 Qg8 16 Nd2 exd5 17 Bg2, with a crushing position for White. Just as bad was Malaniuk-Palatnik, Tallinn 1985, which went 13...f6 14 Nd6 Bxd6 15 exd6 Kc8 16 Qb5 Na6 17 Bg2 exd5 18 Rhe1 Qf8 19 Re7 Bc6 20 Qxa5 Qd8 [Malaniuk analyzes the spectacular 20...d4 21 Nxd4! Bxg2 22

Ne6! Qg8 23 Rxd7!! Kxd7 24 Nxc5+ Ke8 25 Re1+ Kf7 26 Re7+ Kg6 27 Ne6 Be4 28 Nf4+! gxf4 29 Qh5 mate] 21 Qxd8+ Kxd8 22 cxd5 Bb5 23 Rf7 Nb8 24 Kb1 Be2 25 Rd2 Re8 26 Rxf6, and Black was getting hammered.

| 7... | b4 |

7...exd5 8 cxd5 d6 9 e4 a6 10 a4 b4 11 Nbd2 Bg4 [11...Nd7!?] 12 e5! put Black in danger, Chernin–Miles, Interzonal, Tunis 1985.

8 Nbd2	g5
9 e4	g4
10 Ng1	Bg7
11 Rb1	h5
12 Bd3	d6
13 Ne2	Nd7
14 f4	gxf3
15 Nxf3	Ne5
16 O-O	Qh6
17 Nxe5	Bxe5
18 Kh1	Bd7

A. Rodriguez–Martin, Interzonal, Biel 1985, followed a different path with 18...h4 19 Ng1 Qg7 20 Nf3 Bf4 21 a3 a5 22 axb4 axb4 23 Ra1!, and White was much better.

| 19 Ng1 | h4 |
| 20 Nf3 | Bg3 |

21 e5	dxe5
22 dxe6	Bxe6
23 Bf5	Bxf5
24 Qxf5	Qf4
25 Qh3	

25 Nxe5!? looks good for White.

25...	Ke7
26 Rbd1	Rad8
27 Rxd8	Rxd8
28 hxg3	hxg3
29 Qh7?	

29 Nh2!?

| 29... | Rd6! |
| 0-1 | |

P. Nikolic–Miles, Interzonal, Tunis 1985.

E. 4... a6!?

There is not much to go on with this move. Black adopts a wait and see attitude.

5 a4

Resolving the tension on the queenside. Other tries:

1) 5 Qc2 e6 6 e4 exd5 7 e5 dxc4 8 exf6 d5 9 Qe2+ Be6 10 fxg7 Bxg7 11 Ng5 Qe7 12 Nxe6 fxe6 13 g3 Nc6 14 Bg2 O-O 15 O-O Nd4 16 Qd1 Rad8 17 Nc3 Qf7 18 f4 Nf5 19 g4 Nh4 20 f5 Bd4+ 21 Kh1 Nxg2 22 Kxg2 Qg7 23 Kh1 b4 24 Ne2 Be5 25 Nf4 Bxf4 26 Bxf4 exf5 27 gxf5 Kh8 28 Qh5 d4 29 Rae1 Rd5 30 Bh6 Qb7 31 Qf3 Rfd8 32 f6 Qb6 33 Qxd5, 1-0, Vegh–L.B. Hansen, Budapest 1989.

2) 5 Bg5!? [David Levy recommends this as clearly good for White, but Wolff disagrees] 5...bxc4 6 Bxf6 exf6 7 e4 d6 8 Bxc4 g6 9 Bd3 Bg7 10 Qc2 O-O 11 O-O Nd7. According to Wolff, Black has quite a good game, since an eventual ...f6-f5 will undermine d5.

3) 5 e3!? poses problems for Black. Both 5...b4 and 5...Bb7, while playable, defeat the purpose of 4...a6. The speculative sac 5...e6?! 6 dxe6 fxe6 7 cxb5 axb5 8 Bxb5 appears inadequate after either 8...Qa5+ 9 Nc3 Ne4 10 Qb3 or 8...Be7 9 Nc3 O-O 10 O-O. Finally, 5...bxc4 6 Nc3 d6 7 e4 g6 8 Bxc4 reaches a position from the variation 4 Nf3 bxc4, except that Black's a-pawn is at a6, not a7. Wolff points out that the difference proves significant in the sequence 8...Bg7 9 e5 dxe5 10 Nxe5 O-O 11 O-O Nfd7 12 Nxf7 Rxf7 13 d6 Nb6 14 Bxf7+ Kxf7 15 Qf3+ Kg8 16 dxe7 Qxe7 17 Nd5!, winning for White because the Knight at b6 is loose.

5 ... b4

Compare the line 4 Nf3 Bb7 5 a4 b4, where Black's Bishop sits at b7. The Bishop may have a brighter future on c8. For example, after 6 Nbd2 d6 7 b3 e5 8 e4 g6, the Bishop at c8 supports the ...f7-f5 lever.

**6 g3   d6
7 Bg2   g6**

Worse is 7...e5 8 dxe6 Bxe6 [8...fxe6 9 e4!, +–] 9 Ng5. Wolff analyzes 9...Ra7 10 Nxe6 fxe6 11 f4 Be7 12 O-O, +–, and 9...d5 10 e4! dxc4 11 Qxd8+ Kxd8 12 e5 Nd5 13 Nd2 c3 14 bxc3 bxc3 15 Nde4 Ra7 16 Nxe6+ fxe6 17 Ng5, +–.

8 O-O

Wolff claims White can seize the advantage with 8 Nh4! Bg7 9 f4! O-O 10 O-O Ra7 11 e4, +-.

8 ... Ra7?

It looks like Black wants to push his e-pawn without exposing his Rook at a8 to the Bishop on g2. Black should complete his kingside development before starting central operations.

9 b3	Bg7
10 Bb2	O-O
11 Nbd2	e5
12 dxe6	fxe6?!

The d- and e-pawns become targets. Much safer is 12...Bxe6.

13 Qc2	Re7
14 Ng5!	

Preparing to pound the d6 point.

14 ...	Qc7
15 Nde4	

Threatening 16 Rad1.

15 ...	Ne8
16 Bxg7	Kxg7
17 f4	Nc6
18 e3	h6
19 Nf3	Ref7
20 Rad1	

White has a clear advantage. The conclusion was:

20 ...	Ne7
21 Qd3	d5
22 Nf2	dxc4
23 Qxc4	Nd5
24 Ne5!	Nxe3
25 Qe4	Nf5
26 Nxf7	Rxf7
27 Ng4	Bb7
28 Qxb7	Qxb7
29 Bxb7	Rxb7
30 Rd8	Nf6
31 Nxf6	Kxf6
32 Rc8	Rd7
33 Rxc5	Rd3
34 g4	Nd4
35 g5+	hxg5
36 fxg5+	Ke7

37 Ra5	Rxb3
38 Rxa6	Nf3+
39 Kg2	Nxg5
40 Re1	Kd7
41 h4	Nf3
42 Re4	g5
43 hxg5	Nxg5
44 Rg4	Rb2+
45 Kf1	Rb1+
46 Ke2	Rb2+
47 Kd1	
1-0	

Gulko–Alburt, Los Angeles 1986.

4...a6 is virtually untested, but seems no worse than other 4th moves.

F.   4 ...   g6!?

This is an attempt to steer the game into normal channels after 5 cxb5 a6. White doesn't have to oblige, however. Instead, he can throw the following arsenal of ideas at Black.

F.1. 5 a4; F.2. 5 Nbd2; F.3. 5 Nfd2; F.4. 5 Qc2; F.5. 5 cxb5.

F.1.   5 a4

A familiar idea, but harmless in this variation. Black should secure counterplay in any number of ways.

5 ...   bxc4

5...b4 is fine, too.

6 Nc3   d6

Also reasonable is 6...Bg7 7 e4 O-O 8 Bxc4 Ba6 9 Bxa6 Nxa6 10 e5 Ng4 11 Qe2 Nb4! 12 O-O d6 13 e6 f5 14 Ng5 Qc8 15 Nf7 Nf6 16 Nh6+ Kh8 17 Nf7+ Kg8 18 Rd1 Qa6 19 Nb5 Qb7 20 Nh6+ Kh8 21 Nf7+ Kg8 22 Nh6+ Kh8 23 Nf7+, 1/2-1/2, Romanishin–Deze, Novi Sad 1982.

7 e4   Bg7

7...Bg4!? 8 Bxc4 Nbd7 9 O-O Rb8 10 Bb5 Bg7 11 h3 Bxf3 12 Qxf3 O-O 13 Qe2 Ne8 14 f4 Nc7 15 Rd1 Nxb5 16 axb5 Qc7 17 Be3

Rb7 18 Ra6 Rfb8 19 e5 Rb6 20 Rxb6 Nxb6 21 Ne4 dxe5 22 Bxc5 Rd8 23 d6 exd6 24 Bxd6 Qc4, 1/2-1/2, Conquest–Hebden, England 1981. The final position is very strange. At first sight, it looks good for Black, but White has the possibility of 25 Bc5!?, and maybe then he owns the advantage.

8 Bxc4

Reshevsky–D. Gurevich, New York 1982, saw White try 8 h3. The continuation was 8...O-O 9 Bxc4 Ba6 10 Bb5 Bxb5 11 axb5 Nbd7 12 O-O Qc8 13 Qe2 Qb7! [An improvement over 13...Re8?! 14 Bf4! Nb6 15 Rfd1 Qb7 16 Ra6!, as in Cebalo–D. Gurevich, Eksjo 1982] 14 Nd2 Rfe8 15 Nc4 16 16 Na5 Qc8 17 Nc6 e6!

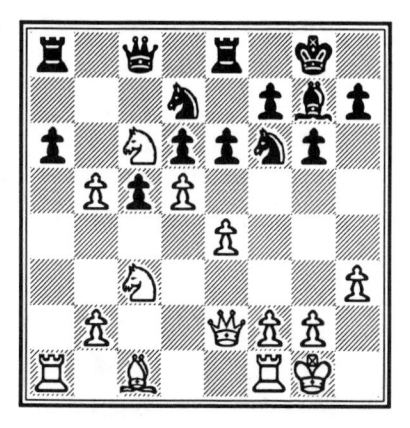

Black is undermining White's center pawns as well as the Knight at c6. The position is complicated, but Black can hold his own. The game continued 18 Qd3 exd5 19 Nxd5?! Nxd5 20 Qxd5? [20 exd5 axb5 21 Rxa8 Qxa8 22 Qxb5 Qa2 23 Rd1 Qb1, = +] 20...Bf8!, and Black was in charge.

8 ...	O-O
9 O-O	Ba6
10 Bb5	Bxb5
11 axb5	Nbd7
12 h3	Ne8
13 Qe2	Nc7
14 Bf4	Nb6
15 Rfd1	Nc8
16 Nd2	Rb8
17 Nb3	Qd7

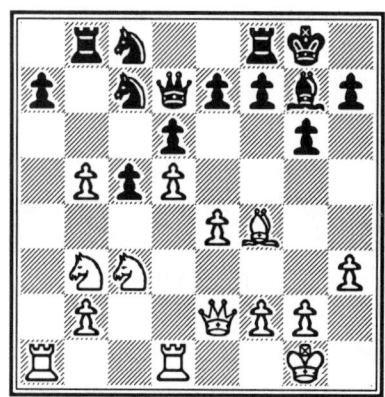

White's pawn at b5 is going to fall, but the position is tricky. Groszpeter–Hebden, Plovdiv 1983, finished abruptly with 18 Na5! Nxb5 19 Nc6 Nxc3 20 bxc3 Rb3 [Or 20...Rb7 21 Ra3 e5 22 Bd2 Ne7 23 Na5, when White keeps pressure for the pawn] 21

Ra2 Bxc3?? 22 Qc4 [Winning] 22...Qb7 23 Rc2 g5 24 Bc1, 1-0.

F.2   5 Nbd2

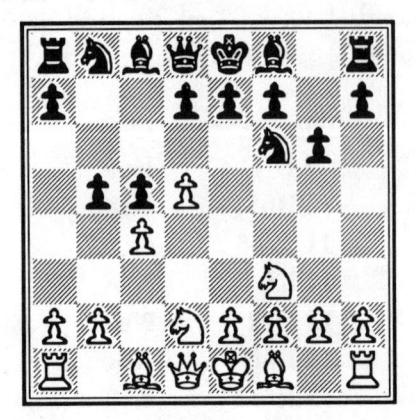

White develops, ignoring Black's pawn offer and hoping his space advantage gives him an edge.

5 ...   bxc4

5...Qa5!? 6 e4 Bg7 [6...Nxe4?? loses to 7 b4! Qxb4 8 Rb1 Nc3 9 Rxb4 Nxd1 10 Rb3!] 7 e5 Ng4 8 Qe2 bxc4 9 h3 Nh6 [Black must avoid 9...c3? 10 bxc3 Qxc3 11 Rb1 Nxe5 12 Bb2 Nxf3+ 13 gxf3 Qxb2 14 Rxb2 Bxb2 15 Ne4!] 10 Qe4 O-O 11 Bxc4 d6 12 e6 Na6 13 O-O fxe6 14 Nb3 Qa4 15 Re1, Groszpeter–L. Popov, Plovdiv 1982. Now Popov gives 15...e5!, with Black on top.

Or 5...Bg7 6 e4 O-O 7 Bd3 bxc4 8 Nxc4 Ba6 9 Qc2 e6 10 dxe6 fxe6 11 e5 Nd5 12 a3 Nc6, Kogan–Alburt, US Championship, Greenville 1983. Black has good attacking possibilities.

6 e4	d6
7 Bxc4	Bg7
8 O-O	O-O
9 Re1	

9 Rb1 Nbd7 [9...Ba6!?] 10 Re1 Nb6 11 b3 Rb8 12 Bb2, and Black's passive play earned him the worse game, Keene–Pytel, Manchester 1981.

9 ...   a5!?

This is possible because White can't post a Knight on b5.

10 Rb1	a4
11 h3	Qa5
12 Bf1	Ba6
13 Nc4	Bxc4
14 Bxc4	Nbd7
15 Bd2	Qc7
16 Bc3	Nb6
17 Nd2	Nxc4
18 Nxc4	Nd7
19 Qc2	Rfb8
20 h4	Bxc3
21 bxc3	Qa7
22 h5	Qa6
23 Ne3	a3

24 h6 f6

Black may be better, but the game Spassov–Berg, Silkeborg 1983, was drawn in this position.

F.3. 5 Nfd2!?

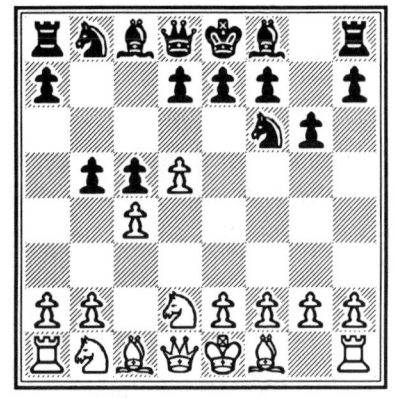

Rarely seen. White's idea is to set up the Benoni formation with Knights on c4 and c3.

5 ... Qa5!?

5...Bg7 6 e4 bxc4 7 Nc3 O-O 8 Nxc4 d6 9 Be2 Nbd7 10 O-O Ba6 11 Ne3 Bxe2 12 Qxe2 Rb8 13 Rb1 Rb4 14 Nc2 Rb7 15 Bd2 Qc7 16 b3 Rfb8 17 Ne3 Nb6 18 f3 Qd7 19 Rfd1, 1/2-1/2, Petursson–Geller, Reykjavik 1984.

6 a3 Bg7
7 Nc3 b4
8 Nb3 Qd8!
9 axb4 cxb4
10 Nb5 a5
11 d6

11 e3!? is more sensible. White shouldn't neglect his kingside.

11 ... O-O
12 Nc7 Ra7
13 Be3 Rxc7
14 dxc7 Qxc7

For the sacrificed exchange, Black has a very active position and chances against White's King.

15 Rxa5 Ng4!
16 Bc1 Nxh2

This guarantees Black a big initiative.

17 Qd3 Nc6
18 Ra8 h5!

Killing White's threat of 19 Qh3.

19 c5 Nxf1
20 Kxf1 Qb7
21 Ra1 Ne5
22 Qd1 d6
23 cxd6 Rd8
24 Rh4 Bg4

24...Nc6!?

25 f3	Rxd6
26 Qe1	Bf6
27 Bf4	g5
28 Nc5	Qd5
29 Ne4	gxh4
30 Nxd6	Ng6

30...Qxd6!? is also interesting.

31 Rd1	Qe6
32 Qxb4	h3
33 e3?	

33 g3!? h2 34 Kf2 Nxf4 35 Qxf4 Bh3!? should be all right for White.

33 ...	hxg2+
34 Kxg2	Bxf3+!
35 Kxf3	Qg4+
36 Ke4	Qxd1
37 Qb8+	Kh7
38 Nc4	Qh1+
39 Kd3	Qd5+
0-1	

Arkhipov–Kotronias, Moscow 1987.

F.4. 5 Qc2!?

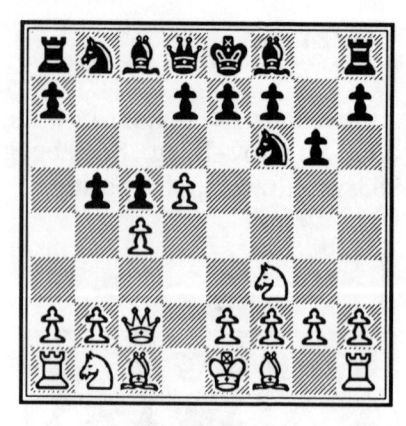

This is one of White's more interesting ideas, hitting both b5 and indirectly c5 as well as supporting the e2-e4 advance.

5 ...   bxc4

Most direct. Black's alternative is to continue the gambit with 5...Bg7 or 5...d6, which are usually interchangeable. In Pachman–Despotovich, Bayern–Serbia 1984, White declined the offer with 5...Bg7 6 e4 d6 7 Nc3 bxc4 [7...b4!?] 8 Bxc4 O-O 9 O-O Ba6 10 Nd2 Nfd7 11 b3 Ne5 12 Rb1 Qa5 13 Nd1 Nbd7, but Black had at least equality.

More testing is 5...Bg7 6 cxb5 d6 7 e4 a6 8 a4 O-O, as in the following games:

1) 9 Nc3 axb5 [Also 9...Bb7 10 Ra3 e6 gets counterplay] 10 Bxb5

Na6 11 O-O Nb4 12 Qb3 Ba6 13 Bxa6 Rxa6 14 Nd2 Qd7 15 Nc4 e6 16 e5 dxe5 17 d6 Nfd5 18 Be3 Qc6 19 Nb5 e4 20 Rfd1 Nd3 21 Bd2 Rd8 22 Bc3 Rae8 23 Bxg7 Kxg7 24 Qc2 f6 25 f3 N5f4 26 fxe4 Qxe4 27 Re1 Qd5 28 Re3 e5 29 Rd1 e4 30 g3 Nh3+ 31 Kg2 Qf5 32 Rf1 Qg4 33 Qe2?? Nhf4+, 0-1. Gurieli–Gaprindashvili #2, Women's Candidates Match, Tbilisi 1980.

2) 9 Ra3! Nbd7? [Stronger is 9...Nxe4 10 Qxe4 Bf5 11 Qh4 Bxb1 12 Bc4 axb5 (12...e5?! 13 dxe6 Qxh4 14 exf7+, +-) 13 axb5 Rxa3 14 bxa3 Qa5+ 15 Bd2 Qxa3 16 Qxe7, when White's advantage is not so great] 10 Be2 axb5 11 axb5 Bb7 12 Nc3 Nb6 13 O-O Nfd7 14 Bd2 e6 15 dxe6 fxe6 16 Ng5 Qf6 17 Qb3! [+-] 17...c4? 18 Bxc4 Nxc4 19 Qxc4 Rxa3 20 bxa3 Rc8 21 Qa2! h6 22 Nxe6 Qf7 23 Nxg7 Qxa2 24 Nxa2 Rc2 25 Bxh6 Rxa2 26 Ne8! Bxe4 27 Nxd6 Bd3 28 Re1, 1-0, Grooten–Weemaes, Belgium 1985/86.

One of the few differences between 5...Bg7 and 5...d6 occurs in the variation 5...Bg7 6 cxb5 Nxd5?! 7 e4 Nc7 8 Qxc5, which favors White. Agdestein–Vaganian, Denmark 1985, continued 8...a6 9 b6 Ne6 10 Qc2 O-O 11 Be3 Bb7 12 Bc4 d6 13 Nc3 Nc5 14 Bxc5 dxc5 15 Na4 Nc6 16 O-O Nd4 17 Nxd4 Bxd4 18 Rad1 Rc8 19 Qe2, +-.

6 e4   d6

6...Ba6!? 7 Na3 c3 8 Bxa6 cxb2 9 Bxb2 Nxa6 10 O-O Bg7 leads to unclear play.

6...Bg7 7 Bxc4 O-O 8 e5 Ng4 9 Qe4 d6 10 e6 f5 11 Qd3 Ba6 12 O-O Bxc4 13 Qxc4 Qb6 14 Nc3 Na6 15 Bg5, +=, Staniszewski–Sznapik, Polanica Zdroj 1984.

7 Bxc4   Bg7
8 O-O   O-O
9 h3

9 Nc3 Ba6 10 Bxa6 Nxa6 11 Qe2 Nc7 12 Rd1 Nd7 13 Bf4 f6 14 Nd2 Qc8 15 Rac1 Rb8 16 b3 Rf7 17 h4 Qf8 18 Nc4 Bh6 19 Bxh6 Qxh6 20 g3 Rbf8 21 f4 Kh8 22 Ne3 Rg8 23 Kf2 f5 24 Nc4 g5 25 fxg5 Qg7 26 exf5 Rxf5+ 27 Kg2 Rgf8 28 Rd3 Qf7 29 Kh3 Nxd5 30 Nxd5 Rxd5 31 Re3 e5 32 Rcc3 Rd4 33 Rf3 Qe6+ 34 Kg2 Rxf3 35 Rxf3, 1-0, 48, Pachman–Muller, Hamburg 1980.

9 ...   Ba6!?

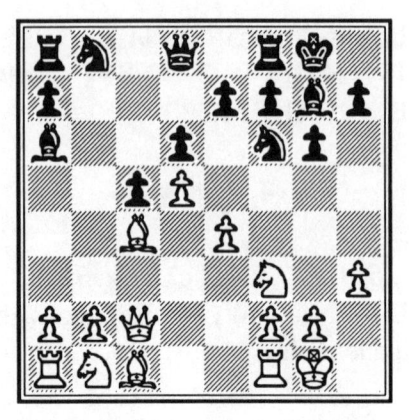

Most logical, although 9...Nbd7 10 Nc3 Nb6 11 Be2 e6 12 dxe6 Bxe6 13 Rd1 Qe7 14 Bg5 h6 was all right for Black in Anikaev-Gorelov, USSR 1981.

10 Na3!?

Also possible is 10 Nbd2 Qc8 11 Bxa6 Qxa6 12 Nc4. Vegh-J. Polgar, Hungary 1989, continued 12...Nbd7 13 Bd2 Rab8? [13...Nb6 14 Na5 c4 15 Rfc1 Rac8 16 Nc6 Rc7! 17 a4 e6 18 a5 Nc8 19 Qxc4 Qxc4 20 Rxc4 Nxe4 21 dxe6 is unclear, according to Vegh] 14 b3 Nb6 15 Na5 Rbc8 16 Rac1 Qb5 17 Rfe1 Rc7 [17...Rfe8 18 Bc3 e6! 19 Qb2 Nh5 is unclear] 18 Bc3 e6?! [18...Re8 19 Nd2, +=] 19 dxe6 fxe6 20 Ng5! Re8? [20...Qd7 21 e5!, +=] 21 e5! Nfd5 22 Nc4! Rd7 23 Bd2 dxe5 24 Nxe5 Rc7 25 a4 Qa6 26 Nxg6! hxg6 27 Qxg6, and White went on to win.

10 ... Qc8

10...Nfd7!? is an interesting alternative. Also seen is 10...Qb6, when the game C. Horvath-Koch, Arnhem 1987/88, continued 11 Bd2 Nbd7 12 Bc3 Rfe8 13 Rad1 Qb7 14 b3 Nb6 15 Nd2 Rad8 16 Bxa6 Qxa6 17 Nac4 e6 18 dxe6 Rxe6 19 Ne3! Rde8? [19...d5 20 exd5 Nbxd5 21 Ndc4 Ree8 22 Nxd5 Nxd5 23 Bxg7 Kxg7, +=] 20 Qb2 Qb7 21 Ndc4 Nc8 22 f3 Qe7 23 Rd3 Nh5 24 Nd5 Qd8 25 Bxg7 Nxg7 26 f4! f5 27 e5 Rf8 28 Rfd1 Ne8 29 Qf2 Qd7 30 Re1 Kg7 31 Rde3, and White won.

11 Bf4	Nbd7
12 Rab1	Bxc4
13 Nxc4	Qa6
14 b3	Nb6
15 Nfd2	Nfd7
16 Bg5	Rfe8

16...Rae8 17 f4 f5!? is not clear.

17 f4	Nxc4
18 Nxc4	Nb6
19 f5	Bd4+

Black gets adequate counterplay with 19...Nxc4 20 bxc4 Rab8.

| 20 Kh1 | gxf5? |

What is this? Again, 20...Nxc4 21 bxc4 Rab8 doesn't look too bad.

**23 bxc4 Rab8
24 Rb3 Rxb3
25 Qxb3**

Black is completely busted, Qi-Leow, 26th Olympiad Thessaloniki 1984.

F.5. 5 cxb5!?

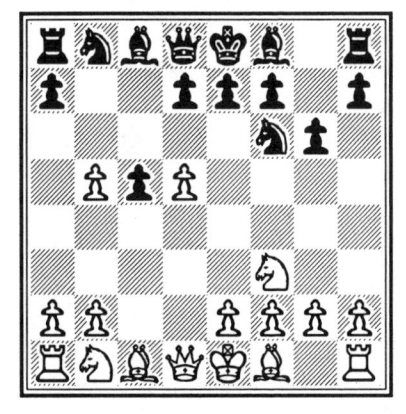

This is definitely White's sharpest road against 4...g6.

**5 ... a6
6 Nc3**

White often chooses 6 e3 Bg7 7 Nc3, transposing to a position usually reached by 4 cxb5 a6 5 e3 g6 6 Nc3 Bg7 7 Nf3. See Chapter 3, p. 98, for coverage of this important variation.

Rarely played but interesting is 6 Qc2 d6 [6...Qb6 7 e4 axb5 8 Nc3 b4 9 Na4 Qa5 10 Qxc5 Bb7 11 Qb6, +-] 7 e4 Bg7 8 Nc3 O-O 9 a4 axb5 10 Bxb5 Na6 11 h3 Ne8 12 O-O Nec7 13 Bc4 Nb4 14 Qe2 Ba6 15 Bxa6 Rxa6 16 Rd1 Re8 17 Be3 Qa8 18 Rd2 Ra5 19 Rc1 Qa6 20 Qd1 Qb7 21 h4 Nba6 22 h5 Qb4 23 hxg6 fxg6 24 Ng5 c4 25 Qf3!, and White is clearly better, Schmidt-Bellon, Lucerne 1982.

If White plans d5-d6, he should preface it with 6 Nc3. Less precise is 6 d6 Bg7 7 Nc3 O-O! 8 e3 Bb7 9 Be2 axb5 10 Nxb5 Ne4 11 O-O Ra6! 12 Qc2?! exd6 13 Rd1 Rb6 14 Nd2 Qe7 15 Nc7 d5 16 Nxe4 dxe4 17 Nd5 Bxd5 18 Rxd5 d6 19 Rb1 Na6! 20 Bxa6 Rxa6 21 a3 Qe6 22 Rd1 Rc8 23 Bd2 d5 24 Rdc1 Rac6? [24...Raa8!, with the idea of 25...d4, is clearly better for Black] 25 Qa4 d4 26 b4! cxb4 27 exd4 Bxd4 28 Qxb4? [28 Rxc6! Rxc6 29 Qxb4 equalizes] 28...Qf6! [winning] 29 Rxc6 Qxf2+ 30 Kh1 Rxc6 31 Qb8+ Kg7 32 Bb4 Kh6 33 Bf8+ Bg7 34 Bxg7+ Kxg7 35 Qe5+ Rf6 36 h3 e3 37 Qd4 g5 38 Kh2 h5 39 Rb2 e2 40 Qd2 e1=Q, 0-1, Yrjola-Plachetka, Copenhagen 1987.

6 ...	axb5

6...Bg7 7 e4 O-O [7...axb5 8 e5 Ng4 9 Bf4 b4 10 Nb5 is better for White] 8 a4 d6 9 Ra3 Bb7 is a bit better for White.

7 d6!?

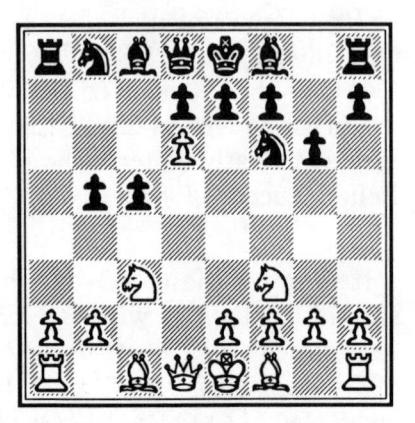

A discovery of Ubilava, this line was discussed frequently in the Watson, Farley, and Williams Chess Challenge, London 1988. Before we go into other possibilities:

7 Nxb5 Ba6 8 Nc3 usually leads to normal gambit accepted variations. One offbeat example is 8...Qa5 9 e3 Bxf1 10 Kxf1 Bg7 11 g3 O-O 12 Kg2 d6 13 Re1 Nbd7 14 h3 Rfb8 15 e4 Ne8 16 Qc2 Nc7 17 Bd2 Na6 18 a3, with an unclear position in Hubner-Hodgson, Wijk aan Zee 1986.

7 e4 b4 8 Nb5 d6! transposes to the very sharp Zaitsev variation, p. 124. In Van der Weil-Hodgson, Brussels 1985, Black tried for more with 8...Nxe4?? He got mangled by 9 Qe2 f5 10 d6! exd6 11 Ng5 Bb7? 12 f3 h6 13 fxe4 hxg5 14 exf5+ Kf7 15 fxg6+ Kg7 16 b3 Rh4 17 Bb2+ Kg8 18 Nxd6!, 1-0. Both 18...Bxd6 19 Qc4+ and 18...Bd5 19 O-O-O are awful for Black.

White succeeded with another sacrificial idea in Christiansen-R. Anderson, New York Open, New York City 1985: 7 e4 b4 8 e5!? bxc3 9 exf6 Qa5 [9...Qb6!?] 10 bxc3 Qxc3+ 11 Bd2 Qxf6 12 Rc1 Bg7 13 Bc4 Qb6?! [13...Ba6!?] 14 O-O O-O 15 Re1 e6?! [15...Ba6!?] 16 Ng5 h6 17 Ne4 Ba6 18 Be3!? Bxc4 19 Bxc5 Qa6 20 Bxf8 Kxf8 21 dxe6 Nc6? [Dangerous is 21...fxe6 22 Qf3+ Ke7 23 Nc5 Qxa2 24 Rxc4 Qxc4 25 Qxa8, but 21...Bxe6! 22 Nc5 Qxa2 23 Nxe6+ fxe6 should survive] 22 Nc5 Qxa2 23 Qxd7 Ne7 24 exf7 Bf6 25 Qd6 Kxf7 26 Nd7 Ra6 27 Qb8 Bg7 28 Qf4+ Nf5 29 Rxc4 Rd6 30 Rc7, 1-0.

7 ...	Qa5

Probably best. The direct 7...b4 8 Nb5 Na6 9 Bf4! is too strong for

White. Nor can White solve his problems with 7...exd6 8 e4 b4 9 Nb5 Ba6 10 Bf4 Qb6 11 a4 Bxb5 12 Bxb5 Nh5 13 Be3 Nc6 14 O-O Be7 15 Bh6, +-, Razuvaev–Glek, Tashkent 1984.

However, 7...Bg7 is a reasonable alternative. In Levitt–Hodgson, WF&W, London 1988, Black got compensation with 7...Bg7 8 dxe7 Qxe7 9 Nxb5?! O-O 10 e3 d5 11 Be2 Nc6 12 O-O Bf5 13 Bd2 Ne4 14 Bc3 Nxc3 15 bxc3 Rfd8. Some Russian sources recommend 10 Qd6, but Plachetka thinks that 10...Qxd6 11 Nxd6 Ba6 or 11...Nc6 gives Black great play for the pawn. A more serious concern is 9 Bf4, making it difficult for Black to castle. White can also test 7...Bg7 with 8 e4 b4 9 Nb5 O-O 10 e5 Ng4.

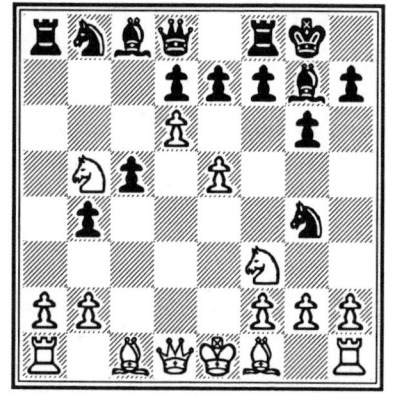

Then 11 dxe7 Qxe7 12 Bg5 f6?! 13 Qd5+ Kh8 14 Qxa8 fxg5 15 Qxb8 doesn't give Black enough attack for the Rook: 15...Nxe5 16 O-O-O Nxf3 17 gxf3 Be5 18 Qa7!, or 15...Nxf2 16 Kxf2 g4 [16...Bxe5 17 Re1!] 17 Qd6 Qh4+ 18 g3 Rxf5+ 19 Kg1. But Plachetka analyzes 12...Bf6! 13 Bxf6 Nxf6 14 Be2 Ng4 15 Nc7 Ra7 16 Nd5 Qe6 17 Ng5 Qxe5 18 f4 Qxb2 18 Bxg4 Ba6!, with an attack.

Indic–Plachetka, Stara Pazova 1988, varied with 11 Bg5 Nc6 12 Qd5 e6 13 Qxc5 [Plachetka likes Black's chances after 13 Bxd8 exd5 14 Be7 Ngxe5] 13...Qa5 14 Nd2 Bxe5! 15 Nb3 [15 Nc4 Bd4!] 15...Qa4 16 h3 Nf6 17 Qc2 Nd5 18 Bc4 Ba6 19 Bxd5 Bxb5 20 Bxc6 dxc6 21 d7 f6 22 Bh6 Rfd8 23 f4 Bc7 24 Rd1 Qxa2 25 Nd4 Ba4 26 Qc5 Rxd7 27 b3 Qxg2 28 Rf1 Bxb3! 29 Rb1 Qe4+ 30 Ne2 Qxb1+, 0-1.

8 e3

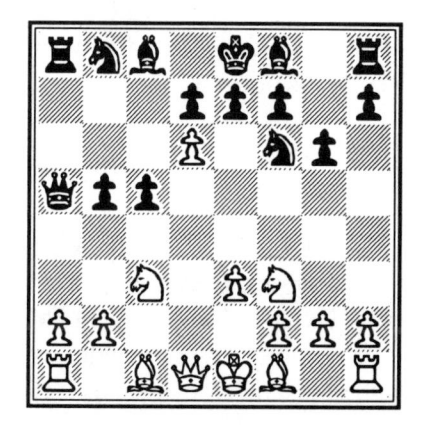

The move of choice, but the WF&W analysts spent time looking at 8 Nd2!? also. Then:

1) 8...Bb7 9 e4 Nxe4 10 Ndxe4 Bxe4 11 Bxb5 Bg7 12 O-O! Bxc3 13 Qe2 Bf6 14 Bd2 Qb6 15 Qxe4 is good for White.

2) 8...b4 9 Nc4!? [Simply 9 Nce4 is good] 9...Qa6 10 e4 bxc3 11 e5 is a creative idea of Shamkovich that looks pleasant for White.

3) 8...exd6 9 e4 Ba6 10 a4 b4 11 Nb5 [With the monster threat 12 Nc4] 11...Bxb5 12 Bxb5 Nc6 [Or 12...Be7 13 Nc4 Qc7 14 Bh6!?, and Black's King is stuck in the middle] 13 Qf3!? Be7 14 Bxc6 dxc6 15 e5 dxe5 16 Qxc6+ Kf8 17 Nc4 Qa6 18 Bh6+ Kg8 19 Nxe5 leaves Black bottled up. In this variation, 15...Nd5 16 exd6 Bxd6 17 Nc4 Qc7 18 Bh6 [18 Qe4+!?] 18...Bf4 19 Bxf4 Qxf4 20 Qe2+ Kf8 21 O-O seems a shade better for White, despite his pawn minus.

8 ...   exd6

The best course for Black here is not obvious. Certainly 8...Ne4?! 9 Bd2 Nxd6 10 Nxb5 Qb6 11 Bc3!, +-, is not attractive. We will investigate 8...Nc6!? and 8...Ba6.

White gets nothing from 8...Nc6!? 9 Bxb5 Ne4! 10 Bxc6 dxc6, and 10 Bd2 Nxc3 11 Bxc3 Qxb5 12 Bxh8 f6 is good for Black. Levitt–Hertneck, Augsburg 1989, went 8...Nc6!? 9 a4! Ba6 10 Nd2 b4 11 Nb5 Bxb5 12 Bxb5 [White welcomes 12 dxe7 Bxf1 13 exf8=Q+ Kxf8 14 Rxf1 and 15 b3, but Levitt recommends 13...Rxf8, intending ...O-O-O] 12...exd6 13 O-O? Qc7! 14 b3 Bg7 15 Bb2 O-O 16 Rc1 [White has gone wrong, but still has some compensation for the pawn] 16...Rfe8? 17 Qf3 Ne5 18 Bxe5 dxe5 19 Ne4 Nxe4 20 Qxe4 Rac8, 1/2-1/2. White can tie Black up with 21 Rfd1 Red8 22 g4 d6, although it's doubtful that White can make progress on the kingside.

Instead of 13 O-O?, White must play more forcefully. He can win back the pawn with 13 Qf3, but Black has several good continuations, including 13...Ke7. No good is 13 Nc4 Qc7 14 b3 because of 14...d5! 15 Bb2 Bg7 16 Bxf6 Bxf6 17 Qxd5 Bxa1 18 Nd6+ Ke7. Levitt suggests 13 b3, foreseeing 13...Bg7 14 Bb2 Qc7 15 Qf3 and 13...Be7 14 Bb2 O-O 15 Nc4 Qc7 16 Nxd6!

Against 8...Ba6, White succeeded with 9 b4!? cxb4? 10 Nd5

Nxd5 11 Qxd5 Nc6 12 Ne5 in Renet–Kanel, Dubai 1986. Of course, Black must play 9...Qxb4 10 Bd2 c4! 11 e4, keeping it unclear.

Quieter methods probably don't get much against 8...Ba6. Psakhis–Hodgson, Tallinn 1987, went 8...Ba6 9 a4 Bg7 10 Nd2 b4 11 Rb1 bxa4 12 Qxa4 Qxa4 13 Nxa4 Nd5 14 Nxc4 Bxc4 15 Bxc4 Rxa4 16 Bxd5 e6 17 Bf3 Be5 18 Bd2 Bxd6 19 Ke2 Ke7, with equality.

In Vaiser–Hebden, Capelle de Grande 1987, Black tried to intensify the fight right away with 8...Ba6 9 a4 e6 10 Nd2 b4, but White secured the advantage by 11 Nb5 Bxb5 12 Bxb5 Bg7 13 O-O Qb6?! 14 Qf3 Qa7 15 Nc4 O-O 16 a5, and took the full point with 16...Nc6 17 Bxc6 dxc6 18 Qxc6 Qa6 19 Qxa6 Rxa6 20 Rd1 Rd8 21 f3 Nd7 22 e4 Bd4+ 23 Kf1 f6 24 Be3 e5 25 Ke2 Nb8 26 Bxd4 cxd4 27 Ra4 Nc6 28 b3 Kf7 29 g3 Ke6 30 f4 Rb8 31 fxe5 fxe5 32 Rf1 Raa8 33 Kd3 Rb5 34 a6 Rbb8 35 Ra2 Rf8 36 Rxf8 Rxf8 37 a7 Ra8 38 Ra6, 1-0.

9 Bxb5

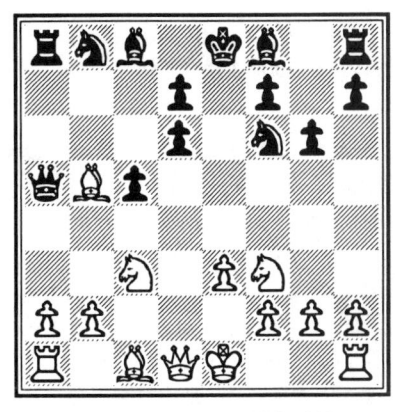

9 ... Ne4!?

This looks a lot better than what happened to Black in Gulko–Renet, Marseille 1986: 9...d5 10 O-O Bb7 11 e4! dxe4 12 Ne5 Qc7 13 Bf4 Nh5 [If 13...Bh6 14 Bg3 Nh5, then 15 Nxf7 Nxg3 16 Nd6+ Ke7 17 fxg3 Be3+ 18 Kh1 Bd4 19 Ncxe4 squashes Black] 14 Nd5 Qd6 15 Nxd7! Nxf4 16 Nxc5+ Bc6 17 Nxe4 Qe5 [Another form of execution is 17...Bxb5 18 Ndf6+! Qxf6 19 Nxf6+ Ke7 20 Nd5+ Nxd5 21 Qxd5] 18 Bxc6+ Nxc6 19 Ndf6+! 1-0. Brutal! Gulko refutes 11...d4 by 12 Nxd4! cxd4 13 Qxd4 Be7 14 Bg5 Qd8 15 Nd5 Bxd5 16 exd5 h6 17 Bh4 g5 18 d6, or 13...Bg7 14 Bg5 Nh5 15 Qd6 f6 16 Qe6+ Kf8 17 Qd6+ Ke8 18 Be3.

Other tries for Black are:

9...Ba6 10 Bxa6 Qxa6 11 a4! Bg7 12 Nb5 O-O 13 O-O Qc6 14 Nxd6 with a White advantage, Levitt–Hebden, London 1988.

9...Bg7 10 O-O Qb6 11 e4 O-O 12 Bg5 Bb7 13 Nd2 Qc7 14 Nc4 Nxe4 15 Nxe4 Bxe4 16 Nxd6 Bc6 17 Be7 Bd4 18 Qb3 Be5 19 Bxf8 Bxd6 20 Bxd6 Qxd6 21 Rad1 Qf6 22 Rfe1 Na6 23 Bxc6 Qxc6 24 Re7 c4 25 Qe3 Nc5 26 Qf4 Rf8 27 Qxc4 Qb6 28 b4 Na4 29 Qd4 Qxd4 30 Rxd4 Rc8 31 g3 Nb6 32 Rd6 Rb8 33 Re4 Rb7 34 b5 Kf8 35 a4 f5 36 Rb4 Ke7 37 Rxb6 Rxb6 38 a5, 1-0, L. Baquero–S. Gonzalez, Colombian ch. 1988.

10 Bd2	Nxc3
11 Bxc3	Qxb5
12 a4?	

This weakens squares for nothing. Best is 12 Bxh8! Ba6 13 Qc2. White can think about castling queenside. It seems that Black's compensation for the exchange is nebulous.

12 ...	Qc4
13 Bxh8	Ba6
14 Rc1	Qe4
15 Qb3	Nc6
16 Bc3	Bh6
17 Qc2	Bd3

White's position is shaky, Sadler–Hodgson, WF&W London 1988.

The lines with 4 Nf3 lead to a variety of middlegames, both positional and highly tactical. There are chances for both sides and scope for imagination and new wrinkles.

Chapter 2

Miscellaneous Gambit Declined

White has many ways to sidestep the theoretical variations of the Benko. We will look in detail at:

A. 4 a4; B. 4 Nd2; C. 4 Qc2; D. 4 Bg5; E. 4 f3.

In all of these lines, White simply brings his pieces out, basically minding his own buiness. Before we explore them, let's dismiss some "fringe" moves.

1) 4 e4? Nxe4 5 Qf3 Qa5+ 6 Nc3 Nxc3 7 Bd2 b4 8 bxc3 b3, and Black is clearly better. Analysis by Benko.

2) 4 b3 bxc4 5 bxc4 d6 6 Nc3 g6 7 Bb2 Bg7 8 f3 Nbd7 9 e4 Rb8, = +, Masera–Benko, Reggio Emilia 1970/71.

3) 4 Nc3 b4 5 Na4 d6, = +.

4) 4 Na3 b4 5 Nc2 e5 [5...e6!?] 6 g3 d6 7 Bg2 Be7, with mutual chances, Velimirovic–Njegovan, Yugoslavia 1966.

A. 4 a4

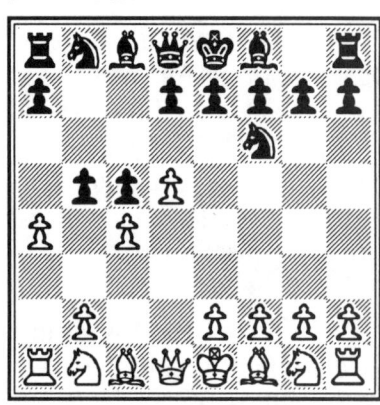

White insists on a clarification of the queenside. This line was once a favorite of Dutch GM Genna Sosonko.

4 ... b4

Closing the queenside may not appeal to everyone. Black's only other idea is 4...bxc4. After 5 Nc3 Black plays:

1) 5...Qa5 6 Bd2 Na6 7 e4, as in Formanek–Bellon Lopez, Hastings 1985/86, is not a good idea for Black.

2) 5...e6 6 e4 exd5 7 e5 d4 8 exf6

d5 9 Bxc4! [After 9 Bg5 gxf6 10 Qf3 fxg5 11 Nxd5 Bg7 12 Nf6+ Bxf6 13 Qxa8 Qb6, Black is winning] 9...dxc4 10 Qf3 dxc3 11 Qxa8 Be6? 12 Qf3! Nd7 13 Qxc3 Nxf6 14 Ne2 [14 Bg5! Be7 15 Nf3 and 16 O-O is clearly good for White] 14...Nd7, Hauchard–Koch, Val Thorens 1988. Adrian suggests 15 Qg3! as strong for White. However, Black can improve with 11...Bd6! 12 Qe4+Kd7!, threatening 13...Re8, or 11...Bd6! 12 fxg7 Qe7+ 13 Ne2 Rg8 and ...Bc8-b7, with compensation.

3) 5...d6 6 e4 Ba6? is an ill-advised attempt to hold the pawn at c4. In Tatev–Gurevich, Moscow 1978, White got a poor position with the "normal" 7 Nf3? g6 8 Nd2 Bg7 9 Nxc4 O-O 10 Be2 Nbd7 11 O-O Nb6 12 Na3 Bxe2 13 Qxe2 Qd7 14 a5 Na4 15 Nd1 Rab8. But White should react more sharply with 7 f4!

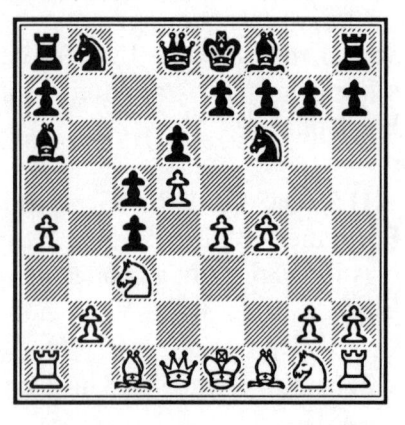

Black has scored poorly with 7...e6? 8 Nf3. Dobosz–Knaak, Poland vs. East Germany Match 1978, continued 8...Be7 9 Be2 exd5 10 exd5 Nbd7 11 O-O O-O 12 a5 Qb8 13 Nd2 Qb4 14 g4!, +–. Peev–Alburt, Lublin 1972, branched off with 8...exd5 9 e5 dxe5 10 fxe5 Ne4 11 Qxd5 Qxd5 12 Nxd5, +–. Finally, Izeta–Calvo, Gipuzkoa 1985, went 8...exd5 9 e5 d4 10 exf6 dxc3 11 Qd5 Qc7 12 Bxc4 Bb7 13 Qd3! gxf6 14 O-O Nc6 15 Qf5! Bg7, when Izeta analyzes 16 bxc3! Ne7 [Not 16...O-O? 17 Bd3 or 16...Qd7 17 Re1+ Ne7 18 Bxf7+] 17 Qh5 O-O-O 18 Qxg7, +–.

Even the better 7...Nbd7 8 Nf3 favors White. After 8...Qc7 9 Qe2, White renews the threat of e4-e5. If 9...Bb7, then 10 a5, as in Izeta–Apicella, Cap D'agde 1985, gets an edge. Or, if 9...Qb7, then 10 g3 g6 11 Bg2 Rb8 12 e5 Nxd5 13 exd6, +–, Izeta–M. Marich, Thessaloniki 1988, and 10...e5 11 dxe6 fxe6 12 e5 Nd5 13 Nxd5 Qxd5 14 exd6, +–, Peev–Pedersen, 20th Olympiad, Skopje 1972, leaves White in charge.

If Black tries 7...Nbd7 8 Nf3 g6, the immediate thrust 9 e5 dxe5 10 fxe5 Ng4 11 Bf4 Bg7 12 Qe2, +=, may not be most effective. In

Yusupov–Chekhov, Vilnius 1978, White played passively with 9 Be2 Bg7 10 O-O O-O 11 Nd2 Ne8 12 Bxc4 Bxc4 13 Nxc4 f5! 14 Qe2, allowing Black some counterplay. Most convincing appears 9 a5! Bg7 10 e5 dxe5 11 fxe5 Ng4 12 e6! Nde5 13 Qa4+ Kf8 14 Be2 f5 15 O-O Kg8, as in Fridh–Ernst, Sweden 1986. Ernst recommends 16 Bf4! Rc8 17 Rad1 Nd3 18 Bxd3 cxd3 19 d6! exd6 20 Nd5 Ne5 21 Bg5! Nxf3+ 22 Rxf3 Qxg5 23 Qd7 h6 24 Rg3, winning for White.

4) 5...g6 6 e4 d6 7 Bxc4 Bg7

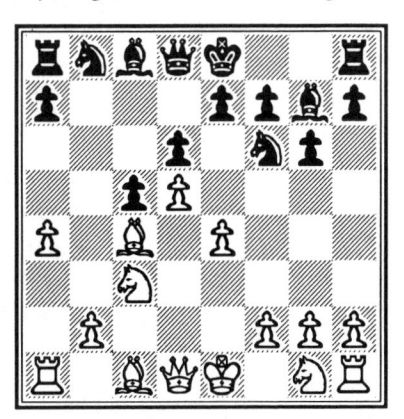

This position is the most logical result of 4...bxc4. Black has good chances to equalize if he can figure out what to do with his problem piece, the Bishop at c8. Often the best solution is to exchange it for one of White's active pieces by ...Bc8-a6xc4 or by ...Bc8-g4xf3.

White has three different plans:

a) 8 Nge2?! O-O 9 O-O Ba6 10 Bxa6 Nxa6 11 Ra3 Nb4 12 h3 Qb6 13 Be3 Qa6!, -+, Janakiev–M. Mikhailchisin, Varna 1977.

b) 8 f4 O-O 9 Nf3 Ba6 10 Nd2 e6 11 dxe6 fxe6 12 Bxe6+ Kh8 13 Bc4 d5 [Lputian claims Black gets the advantage with 13...Nh5! 14 g3 Nxf4! 15 gxf4 Qh4+ 16 Ke2 Rxf4 17 Kd3 d5!] 14 Bxa6 Nxa6 15 O-O dxe4 16 Ndxe4 Qd4+ 17 Nf2 Nb4 18 Nb5 Qxd1 19 Nxd1 Nc2 20 Rb1 Nd5 21 Ndc3 Ndb4, Vaiser–Lputian, USSR 1983. Black's control of key squares enables him to hold the balance.

c) 8 Nf3 Nfd7?! 9 O-O Na6 10 Bf4 O-O 11 Qd2 Re8 12 Rfe1 Nc7 13 e5, +-, Filip–Janata, Czechoslovakia 1973, doesn't look good for Black. But Black can improve by developing his QB to g4 or a6.

For example, 8 Nf3 O-O 9 O-O Bg4 10 h3 Bxf3 11 Qxf3 Nbd7 12 Qe2 Ne8, Bonsch–Tseshkovsky, East Germany 1984, is unclear. And 8 Nf3 Bg4 9 h3 Bxf3 10 Qxf3 Nbd7 11 a5 O-O 12 Qe2 Ne5 13 Ba6 Rb8 14 Nb5 c4 15 O-O Qd7 16 Na3 Nd3 17 Bxc4 Nc5 18 f3 Nb3 19 Be3 Nh5! 20 Bxb3 Rxb3 21

Nc4 Qb5, Marjanovic–Gaprindashvili, Dortmund 1978, gives Black tremendous compensation.

Also 8 Nf3 O-O 9 O-O Ba6 seems fine for Black. If 10 Bb5 Bxb5 11 axb5, Black can equalize with 11...Nbd7 12 Qe2 Ne8 13 Rd1 Nc7 14 Bf4 Qb8 15 e5 dxe5 16 Nxe5 Nxe5 17 Bxe5 Bxe5 18 Qxe5 Nxb5! Instead, Sosonko–Morrison, 26th Olympiad, Thessaloniki 1984, deviated with 11...a5? 12 Qe2 Nbd7 13 Rd1 Qb8 14 h3 Qb7 15 Bf4 Nb6 16 Ra2 Rfe8 [16...Ra7!? 17 Rda1 Rfa8 18 Nd2 Nfd7 is interesting] 17 Rda1 e6 18 Bxd6 exd5 19 e5 Ne4?! [Sosonko prefers 19...Nfd7 20 Rxa5 Rxa5 21 Rxa5 Nc4 23 Ra6 Ndxe5, when Black has powerful central pawns] 20 Nxe4 dxe4 21 Nd2 Bxe5 22 Bxc5 Bg7 23 Rxa5 [+-] 23...Rac8 24 Ra7 Qb8 25 Nb3 Nd5 26 Qc4 Nc7 27 b6, and White won in short order.

If Black plays carefully, he should do well in the open positions resulting from 4...bxc4.

Now let's consider the closed positions in our main line, 4...b4.

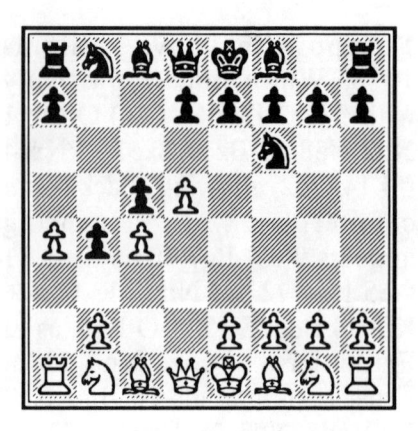

5 g3

In Vaisman–Ghizdavu, Rumania 1974, White got the advantage with 5 Nd2 d6 6 e4 e5?! 7 b3 Be7 8 Bb2 Nbd7 9 g3 Nf8?! 10 h4 h5 11 Bh3, +-. Black was too eager to close the center. In Wl. Schmidt–Kasparov, 27th Olympiad, Dubai 1986, the world champion chose the plan of ...e7-e6xd5: 5 Nd2 g6 6 e4 d6 7 Ngf3 [7 b3!? Bg7 8 Bb2 is worth a thought] 7...Bg7 8 g3? [This makes no sense. Instead, 8 Bd3 and 8 Be2 are approximately equal] 8...e6 9 Bh3? [Kasparov analyzes 9 Bg2 exd5 10 O-O!? O-O! 11 cxd5 Ba6 12 Re1 Nbd7, +=. Black may try ...c5-c4 and ...Nf6-g4-e5, aiming at d3] 9...exd5 10 Bxc8 Qxc8 11 cxd5? [11 exd5 keeps equality] 11...O-O 12 O-O c4! 13 Qc2 c3 14 bxc3 bxc3 15 Nb3 Qg4 16 Nfd4 Qxe4 17 Qxc3 Nxd5, -+.

Miscellaneous Gambit Declined

5 ... g6

Here 5...e5!? 6 dxe6 fxe6 7 Bg2 d5 leads to a tough battle. If 6 Bg2 d6 7 e4 g6 8 b3 Bg7 9 Bb2 O-O 10 Nd2 a5 11 Ne2 Ra7 12 O-O Ng4, = +, R. Witt–Ermenkov, Baden-Baden 1985. Black plans a kingside attack starting with ...f7-f5.

Because the queenside is locked, Black can consider hiding his King there. Balcerovski–Georgadze, Decin 1975, demonstrated the idea: 5...Bb7 6 Bg2 e5 7 e4 d6 8 Ne2 g6 9 O-O Nbd7 10 Qd3 Qc7 11 f4 [Gufeld assesses 11 h3 O-O-O! 12 Be3 h5! as equal] 11...exf4 12 gxf4 O-O-O!, with a sharp, unclear position.

Of course, White can use the same strategy. Peev–Ilic, Yugoslavia 1989, went 5...Bb7 6 Bg2 e5 7 e4 d6 8 Nh3 Bc8 9 f3 h5 10 Bg5 Be7 11 Be3 Nbd7 12 Nbd2 Nf8 13 Qe2 Ng6 14 Nf2 h4, when 15 b3 would prepare queenside castling. Instead, White blundered with 15 O-O-O? Nh5! 16 Nf1 b3!, when his a-pawn was doomed. The exciting continuation was 17 Rd3 Rb8 18 Bd2 Qd7 19 Rc3 Qxa4 20 Kd1 Qa1+ 21 Bc1 a5 22 f4 Nhxf4! 23 gxf4 Nxf4 24 Qf3 h3 25 Bxh3 Bxh3 26 Nxh3 Rxh3 27 Ng3 g6 28 Ke1 a4 29 Kf2 Rh4 30 Rd1 Qa2 31 Kg2 Kd7 32 Nf1 Rbh8 33 Bxf4 Rxf4 34 Qg2 Rb8 35 Rcc1 [Threatening 36 Ra1] 35...a3 36 Rb1 Bh4 37 Ng3 Ke7 38 Ne2 Rf2 39 Qg4 g5 40 Nc3 axb2! 41 Rf1 Qa5! 42 Qh3 Rh8, 0-1, 57.

6 b3	Bg7
7 Bb2	Bb7
8 Bg2	e6
9 e4	O-O
10 Ne2	exd5
11 exd5	d6
12 O-O	Nbd7
13 Nd2	Re8
14 Nf4	Ne5
15 Nf3	Nfg4
16 Nxe5	Nxe5
17 Ra2	

With dead equality, Brenninkmeyer–Fedorowicz, Wijk aan Zee 1988.

B.   4 Nd2

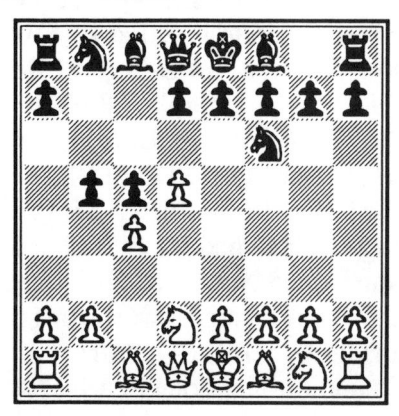

This puts the Knight on a somewhat passive square. Black can gain equality in any number of ways.

4 ...   bxc4

The most forcing continuation at Black's disposal. 4...g6 is all right, too. If White decides to accept the gambit pawn, his poorly placed Knight on d2 ruins all hope for an opening advantage. A sample line is 5 e4 d6 6 Ngf3 Bg7 7 Bd3 [7 Be2 bxc4!] 7...O-O 8 O-O bxc4 9 Nxc4 Ba6 10 Re1 Nbd7 11 h3 Rb8, wth good play.

4...Qa5 has a very bad reputation. Black vainly hopes to slow down White's e2-e4 advance. After 4...Qa5, White has tried:

1) 5 Qc2 bxc4 6 e4 Ba6 [6...d6 7 Ne2 Na6, intending ...Na6-b4, with a good game for Black] 7 Bxc4 d6 [More accurate is 7...Bxc4 8 Qxc4 d6 9 Nf3 Nbd7 10 O-O g6 11 Re1 Qa6, with counterplay] 8 b3 g6 9 Bb2 Bxc4 10 bxc4 Bg7 11 Ngf3 O-O 12 Bc3 Qa6 13 O-O Nbd7 14 Rfe1 Nb6? [14...Ng4!? 15 Bxg7 Kxg7 isn't so bad for Black] 15 a4 Rab8 16 e5 Ne8 17 a5 Nd7 18 e6, and Black's game was starting to unravel, Gulko–Alburt, US Championship, Long Beach 1989.

2) 5 b4!? Qxb4 [After 5...cxb4 6 e4 bxc4 7 Bxc4 or 7 Nxc4!?, White's rapid development assures him of compensation] 6 Rb1 Qa5 7 Rxb5 Qc7 8 Ngf3 d6 9 g3 g6 10 Bg2 Bg7 11 O-O O-O 12 e4 Nbd7 13 h3 Ba6 14 Rb3 Nxe4!? [Black tries to solve his problems tactically. If the game proceeds quietly, Black's light-square Bishop is a piece without a home] 15 Nxe4 Bxc4 16 Re1 Bxb3 17 Qxb3 Rab8 18 Qc2 Rb4 19 h4 Qb7 20 a3 Rb6 21 Rd1 Nf6 22 Nxf6+ Bxf6 23 h5, S. Garcia–Vaganian, Moscow 1975. White has excellent winning chances. All very nice, but it seems that Black can improve with 5...Qxb4 6 Rb1 Qa4! 7 Rxb5 Qxd1+ 8 Kxd1 Na6 9 a3 d6, when Black has good play.

3) 5 e4! [Anyway!] 5...d6 [5...Nxe4?! 6 b4! Qxb4 7 Rb1 Qc3 8 Rb3 Qd4 9 Nxe4 Qxe4+ 10 Re3 gives White a dangerous attack] 6 Nf3 g6 [Now 6...Nxe4? loses to 7 b4! Qxb4 8 Rb1 Qc3 9 Rb3 Qa5 10 Rxb5 Qc3 11 Bb2] 7 Qc2 a6 8 Bd3 Nbd7 9 O-O Bg7 10 a3 Qb6 11 Rb1 b4 12 axb4 Qxb4 13 Re1 O-O 14 h3, +=, Sydor–Miles, Dortmund 1976. White has a space advantage, and after 15 Nf1, Bc1-d2, and b2-b4, his queenside initiative can become dangerous.

5 e4! makes 4...Qa5 look rather

silly.

5 e4   d6

5...e6 6 dxe6 dxe6 7 Ngf3 Be7 8 e5 Nd5 9 Bxc4 O-O 10 O-O Nb6 11 Qe2 Nc6 12 b3 Qc7 13 Bb2, +-, Duric–Gross, Moscow 1978.

6 Bxc4

It seems more logical to capture on c4 with a Knight: 6 Ne2 g6 7 Nc3 Bg7 8 Nxc4 O-O 9 Bd3 [After 9 Be2 Ba6 10 O-O Nbd7 11 Bg5 Rb8 12 Qc2 Bxc4 13 Bxc4, Lombard–Diez del Corral, Switzerland vs. Spain, Martigny 1973, Black keeps equality with 13...Ne5 14 Be2 c4 15 f4 Nd3] 9...Ba6 10 O-O Bxc4 11 Bxc4 Nbd7 12 Bd2 Rb8 13 b3 Ne8 14 Rb1 Nc7 15 Qc2, +=, Nikolac–Georgadze, Lublin 1976.

6 ...   g6
7 b3

Grigorian–Tseshkovsky, USSR Championship, Moscow 1976 saw White being a mite optimistic with 7 f4?! Bg7 8 Ngf3 O-O 9 O-O Nbd7 10 Qe2 Nb6 11 Bb5 Bd7 12 Bd3 Qc7 13 Rb1 c4! 14 Nc4 Nxc4 15 Bxc4 Nxe4! Black stands better, as 16 Qxe4? is met by 16...Bf5 17 Qe2 Bxb1.

One other possibility is 7 Ne2 Bg7 8 O-O O-O 9 Nc3 Nbd7 10 Qe2 Nb6 11 Bb5 Ne8 12 a4 Nc7, with counterplay for Black, Hadjipetrov–Peev, Primorsko 1976.

7 ...   Bg7
8 Bb2   O-O
9 Ngf3   Nbd7

In J. Whitehead–Benjamin, US Championship, Greenville 1983, Black closed the center with 9...e5 and was rewarded with a very nice victory: 10 dxe6?! [White's best plan is 10 O-O, followed by an eventual b3-b4] 10...fxe6 11 e5?! [Byrne and Mednis give 11 O-O!, when 11...d5?! 12 Bd3 is clearly better for White and 11...Nc6 is just +=] 11...Nh5 [Byrne and Mednis suggest 11...Ng4!? 12 h3 Nh6 13 O-O d5, = +] 12 Qc2 d5 13 Bd3 Nd7 14 g3 Bb7 15 O-O Rc8 16 Rac1? [16 Rfe1!, intending Bd3-f1-g2, is equal, according to Byrne and Mednis] 16...Nf4!? 17 gxf4 Rxf4 18 Rfe1 Qf8 19 Qd1 Bh6 20 h3 Rf7 21 Qe2 Qe7 22 Rc2 Rcf8 23 Nh2 Rxf2 24 Qxf2 Rxf2 25 Kxf2 Qh4+ 26 Ke2 Qxh3, with an overwhelming position.

10 Qc2   Nb6
11 O-O   Rb8
12 Bc3

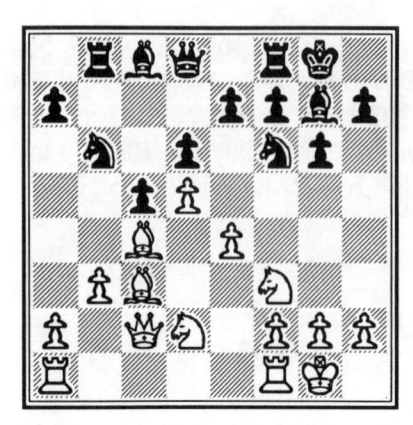

Or 12...e6 13 dxe6 fxe6 14 e5 Nfd5 15 Ba5 Nb4 16 Bxb4 cxb4 17 Rae1 Nxc4 18 Qxc4 dxe5 19 Re3 Qd5 20 Rfe1 Bd7 [Bielczyk mentions 20...Qa5!?] 21 Rd3 Bb5 22 Rxd5 Bxc4 23 Ra5 Bd5 24 Nxe5, =, Ornstein–Bielczyk, Gausdal 1983.

12 ...	Bg4
13 h3	Bxf3
14 Nxf3	Nxc4
15 bxc4	

Though some sources say that White is clearly better here, he can really claim nothing more than a tiny edge at best. Black has distraction on the b-file and play against the pawn on c4.

15 ...	Nd7
16 Bxg7	Kxg7
17 Qc3+	Kg8
18 e5	

1/2-1/2

Estevez–Tseshkovsky, USSR 1976. The position is balanced after 18...dxe5 19 Nxe5 Nxe5 20 Qxe5 Qd6 21 Rfe1 Rb7.

C.   4 Qc2

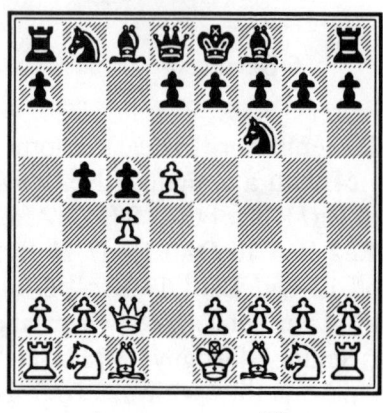

4 ...   d6

Alternatives are:

1) 4...a6? 5 e4 doesn't help Black in any way.

2) 4...b4?! 5 e4 e5 6 Bd3 d6 7 Ne2 g6 8 f3 Bg7 9 O-O O-O 10 Bg5 h6 11 Be3 Nbd7 12 Nd2 Kh7 13 a3, Chebotarev–Shekhtman, Moscow 1974. This position is usually given as clearly better for White, but after 13...a5, Black seems OK.

3) 4...Na6?! 5 cxb5 [This may not

be best. Interesting is 5 a3, preventing ...Na6-b4. Then 5...bxc4 6 e4 e6 7 Bxc4 Nc7 8 Qd3 exd5 9 exd5 d6 doesn't look healthy for Black] 5...Nb4 6 Qxc5 Nfxd5 [6...e6!?] 7 Bd2 d6? [7...Bb7! 8 Qc1 Rc8 9 Nc3 Nxc3 and, on any recapture, 10...Be4 is very bothersome] 8 Qc4 Be6 9 Na3 Rc8 10 Qb3 Nxa2 11 Qxa2 Nc3 12 Qxe6 fxe6 13 Bc3 Rxc3! [Black must act quickly because, if White safeguards his King, the three minor pieces will be stronger than the Queen] 14 bxc3 Qa5 15 Kd2 g6 16 e3 Bg7 17 Ne2 O-O 18 Nc2 Qxb5 19 f3 left White much better in Quinteros-Ermenkov, Baden-Baden 1985.

4) 4...e6 5 Bg5 Be7 6 e4 O-O 7 f4 exd5 8 Bxf6 Bxf6 9 cxd5 Re8 10 Nd2 Qa5 11 Ne2 d6 12 Nc3 c4 13 Be2, Wilder-Valvo, USA 1977, gives chances to both sides. A very sharp position arises from 4...e6 5 e4 exd5 6 cxd5 Qe7 7 Nc3 [7 Bxb5 Qxe4+ 8 Qxe4 Nxe4, = +] 7...b4.

Now 8 Nb5!? Nxe4 9 Nc7+ Kd8 10 Nxa8 Ng3+ 11 Be3 Nxh1 12 a3 Bb7 13 axb4 Bxa8 14 Rxa7 is still unclear. In Poletov-Shereshevsky, USSR 1975, White sacrificed material by 8 d6 Qxd6 9 Nb5 Qc6 10 Bf4 Nh5 11 Nc7+ Kd8 12 Be5 f6 13 Bb5 Qb7 14 O-O-O fxe5 15 Ne6+ Ke8 16 Qc4. But the simple 11 Bxb8! Rxb8 12 Nxa7 Qa6 13 Nxc8 gets an edge without risk.

5) 4...bxc4 5 e4 d6 6 Bxc4 g6 7 Nf3 Bg7 8 O-O O-O 9 Nc3 Nbd7 [9...Ba6!?] 10 Bf4 Rb8 11 Rfe1 Nh5 12 Bg5 Re8 13 b3 Qa5 14 Bd2 Ne5 15 Nxe5 Bxe5 16 Ne2 Qb6 17 Rab1, Toshkov-Knaak, Cuba 1984, favors White, as Black has difficulty finding counterplay. More critical is 4...bxc4 5 e4 e6.

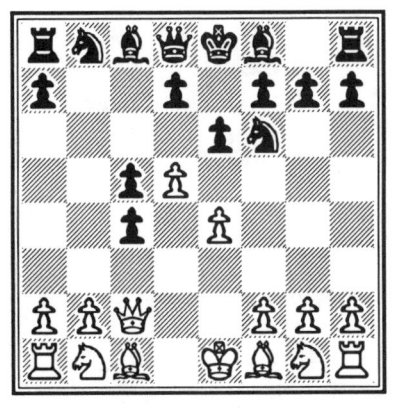

Black welcomes 6 dxe6 fxe6 7 e5 Nd5 8 Bxc4 Bb7 9 Nf3 Nb4 10 Qb3 Bxf3 11 gxf3 N8c6, followed by ...Nc6-d4. Wild and unclear is 6 Nc3 exd5 7 e5. Bilunov-Arkhipov, USSR 1978, continued 7...Bb7 8 Bg5 Qe7 9 O-O-O Qxe5 10 Nf3 Qe6 11 Bxc4 dxc4 12 Rhe1 Be7 13 Rxe6 fxe6. Another important line is 6 Bxc4 exd5 7 exd5 d6 [Inaccurate is 7...g6?! 8 Nc3 Bg7 9 Qe2+ Qe7 10 Bf4 Na6 11 O-O-O, +-] 8 Nc3 Be7 9 Nf3 O-O 10 O-O Nbd7 11 a4 Nb6 12 Ba2 Bb7 13

Rd1, as in Kaunas–Perun, USSR 1987. Black can equalize with 13...a5! 14 Bg5 Nfxd5 15 Nxd5 Bxg5 16 Nxb6 Bxf3 17 Nxa8 Bxd1 18 Qxd1 Qxa8 19 Qxd6 Bf6, and 14...Rc8, planning to attack d5 by ...c5-c4 and ...Rc8-c5, may be even better.

Let's return to our main line, 4 Qc2 d6.

5 e4	g6
6 Nf3	Bg7
7 Be2	O-O
8 O-O	bxc4
9 Nbd2	Nbd7

If 9...c3!? 10 bxc3 Bg4 [10...e6!?] 11 h3 Bxf3 12 Nxf3 Nbd7 13 Rb1 Qc7, White is a bit better.

10 Nxc4	Nb6
11 Bg5	Bg4
12 Ne3	Bxf3
13 Bxf3	

| 13 ... | Ne8?! |

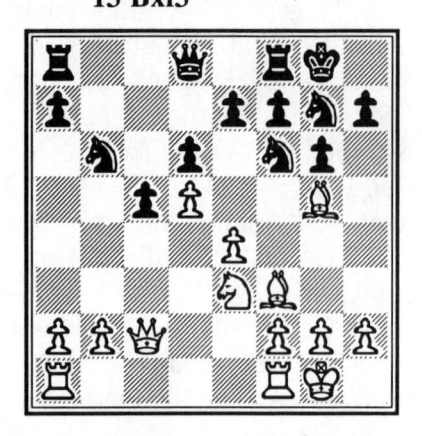

13...Nfd7!? looks better.

14 Rad1	Nc7
15 Be2	Qd7
16 b3	a5
17 a4	Na6
18 Bb5	Qc7
19 Kh1	Nb4
20 Qe2	Nd7
21 f4	Nf6
22 Qf3	e6
23 f5	

White has a big initiative, Meduna–Hebden, Biel 1983.

D.   **4 Bg5**

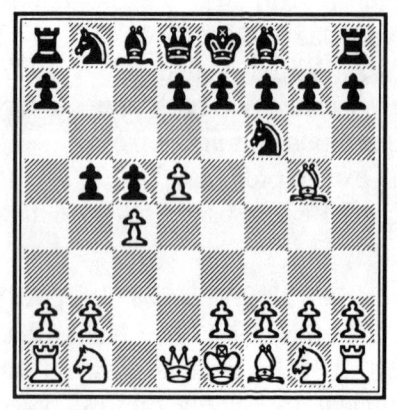

Black must be careful in this line.

| 4 ... | Ne4!? |

Neither 4...b4?! nor 4...bxc4 works well against 4 Bg5. For example, 4...bxc4 5 Nc3 d6 6 e4 g6 7 Bxc4 Bg7 8 Nf3 O-O 9 O-O, +=, lets White develop effortlessly.

Tukmakov analyzes 4...Qb6 5 Nc3 b4 6 Nb1 Ne4 [6...g6 looks fine for Black] 7 Bc1! Qf6?! [Better is 7...g6 8 f3 Nf6 9 e4 d6 10 Bd3 Bg7 11 Ne2 O-O 12 O-O, +=] 8 Nf3 d6 9 Qc2! Qg6 10 Nh4 Qg4 11 g3 Nf6 12 Bg2, +-.

Black is supposed to have problems after 4...g6 5 d6. For example:

1) 5...exd6 6 Nc3 Bg7 [Greek IM Skembris calls 6...a6 7 Ne4 Qa5+ 8 Bd2 Qd8 9 Bg5 equal, but White wins with 9 Nxf6+ Qxf6 10 Bc3] 7 Nxb5 O-O 8 Nf3 Bb7 9 Nxd6 Bxf3 10 gxf3 Qb6 11 Qd2 Nc6 12 Bg2 Rab8 13 Rb1 Qa6 14 b3 Nb4 15 Bxf6 Bxf6 16 Ne4 Bg7 17 O-O Qxa2 18 Rfd1, Grivas–Lputian, Athens 1983. White is better because Black's pawns are weak.

2) 5...Bb7 6 Nc3 a6 7 Bxf6 exf6 8 Qd2 Nc6 9 cxb5 [Black gets an excellent game from 9 Qe3+ Ne5 10 f4 Bh6!] 9...Nd4 10 e3 Nxb5 11 Bxb5 axb5 12 Nxb5 Qa5 13 Nc7+ Kd8 14 Nxa8 Qxd2+ 15 Kxd2 Bxg2 16 f3 Bxh1 17 Ke2 Bxd6 18 Kf2 Ke7 19 Nb6, +-, 1-0, 48, Miles–Bellon Lopez, Indonesia 1982. Black's Bishop at h1 is doomed.

These failures led me to believe that 4 Bg5 was dangerous, but, on closer inspection, I noticed that 4...g6 5 d6 bxc4! is quite good for Black. Black stands better after 6 Bxf6 exf6 7 Qd5 Qa5+! 8 Nc3 Nc6, and 6 Nc3 Nc6 [6...Bg7!? is also possible] 7 e4 Rb8 gives Black a lot of counterplay.

5 Bf4   e6

Untried is 5...bxc4!?

Black's best response is most likely 5...Qa5+ 6 Nd2.

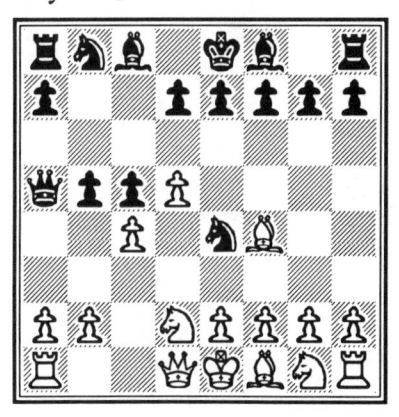

Black can choose:

1) 6...d6 7 b4!? Qxb4 8 Rb1 Qc3 9 Rxb5 Nxd2 [Tukmakov gives

9...Qf6?! 10 Nxe4 Qxf4 11 Qb1!, +=] 10 Bxd2 Qxc4 11 e3 Qxa2 [Or 11...Qxd5 12 Be2, which Tukmakov calls unclear] 12 Bc3 e6?! [Tukmakov prefers 12...Bf5] 13 Bd3 Bd7 14 dxe6 Qxe6 15 Ne2 d5 16 Nf4 Qd6 17 O-O d4 18 exd4! Qxf4 19 Re1+ Be7 20 Rxc5 Kf8 21 Be4 Nc6 22 Bxc6 Bxc5 23 Bxa8 Be7 24 Qe2+, 1-0, 33, Shashin–Domes, USSR 1971.

2) 6...bxc4?! succeeds only if White falls for the mean-loking 7 b4? Qxb4 8 Rb1. But Wallner analyzes 8...Qa5! 9 Bxb8 c3 10 Nb3 c2+ 11 Nxa5 cxd1=Q+ 12 Kxd1 Nc3+ 13 Kc1 Nxb1 14 Be5 Na3 15 e4 a6 16 Nf3 d6 17 Bb2 Nb5 18 a4 Nc7, winning for Black, and 9 Rxb8 Rxb8 10 Bxb8 Nxd2 11 Qxd2 c3 12 Qc2 d6 13 e4 g6 14 Ne2 Bg7, -+.

The simple 7 Qc2 is stronger. Peters analyzes 7...c3 8 Qxe4 cxd2+ 9 Bxd2 Qb6 10 Bc3 d6 11 Nf3, 7...Nxd2 8 Bxd2 Qb6 9 e4 Ba6 10 Bc3 d6 11 Nf3 Nd7 12 Nd2, and 7...g5? 8 Be5 f6 [8...Nxd2 9 Bc3!] 9 Qxe4 fxe5 10 Qxe5 Rg8 11 Qc3, with an edge to White in each case.

Also promising for White is 7 f3 Nf6 8 e4 Ba6 9 Ne2 d6 10 Nc3 Qb4?! 11 Rb1 Nh5 12 a3 Qb7 13 Be3 g6 14 e5 dxe5 15 Nde4 Nd7 16 Qa4, +-, Bellon Lopez–Marin, Benidorm 1982.

3) 6...g5!? seems to give White the most problems. If 7 Qc2, then 7...gxf4 8 Qxe4 bxc4 is unclear, but perhaps a bit more comfortable for Black. Many sources claim 7 Be5! Rg8!, intending ...d7-d6 and ...Bf8-g7, is good for Black, but White should play Seirawan's idea of 8 Qc2 Nxd2 9 Bc3. Even 8 f3!? Nxd2 9 Bc3 Nxf3+ 10 Nxf3 b4 11 Bd2 gives White fair compensation for the pawn.

After 7 Be3 bxc4, both 8 f3 Nf6 9 Bxg5 Nxd5 10 e4 h6. -+, and 8 Qc2 Nf6 9 Bxg5 Nxd5 10 e4 Nb6!, -+, are great for Black. Zysk–Hertneck, Bundesliga, West Germany 1986/87, continued 8 Qc2 Nd6!? 9 Bxg5 Bg7 10 e4 Na6 11 a3 Nb4? [Black keeps the advantage with either 11...c3 12 bxc3 Qxc3 13 Ra2 Rb8 or 11...Rb8!? 12 Rb1 c3 13 bxc3 Qxa3 14 Rxb8 Nxb8 15 Nb1 Qa1] 12 Qc1 Nd3+?! [12...Nxe4 13 axb4 Qxb4 14 Qxc4! Qxb2 15 Rd1 Nc3 16 Qxc5 f6 is unclear] 13 Bxd3 cxd3 14 Nf3 Nxe4? [Black had to enter the complications of 14...c4 15 e5 Ne4 16 Qxc4 Nxg5 17 Nxg5 Bb7 18 Qxd3 Bxe5] 15 b4! cxb4 16 Nxe4 b3+ 17 Qd2 Qxd5 18 O-O!, and

White was in control.

6 Qc2

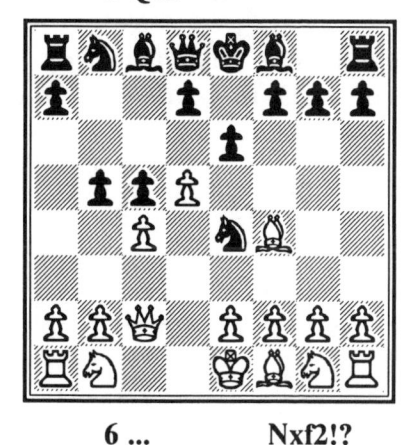

6 ... Nxf2!?

Kaidanov says that Black should try 6...Qa5+! 7 Nd2 Nd6 with an unclear position. Instead, Kaidanov–Arkhipov, Moscow 1985, went 6...Nd6?! 7 Nc3 Qa5 [7...bxc4 8 O-O-O!, +-] 8 cxb5 Nxb5 9 Bd2 Na6 10 Nxb5 Qxb5 11 e4 Nb4 12 Qb3 Qb6 13 Bc4, +=.

7 Kxf2 Qf6
8 Qe4!

An improvement over the older 8 Nh3 e5 [8...g5!?] 9 Qc3 d6 10 Ke1 Bxh3 11 Bxe5 Qxe5 12 Qxe5 dxe5 13 gxh3, which Arkhipov assesses as equal.

8 ... g5
9 Nh3 gxf4

10 Nc3	Bg7
11 Nxb5	O-O
12 Qxf4	Qxb2
13 Rd1	Na6
14 Rd2	Qe5
15 g3	Bb7
16 Bg2	Rab8

Arencibia–Lugo, Cuba 1986. Now the big move is 17 a3!, and Black's position is quite uncomfortable.

The 4 Bg5 line leads to messy tactical brawls. The plan of 4...Ne4 5 Bf4 Qa5+ 6 Nd2 g5!? looks attractive for Black, but players who want to avoid the insanity may prefer 4...Qb6. Best of all is the usually condemned 4...g6! Because of the resurrection of this move, 4 Bg5 doesn't seem that dangerous to me any more.

E. 4 f3

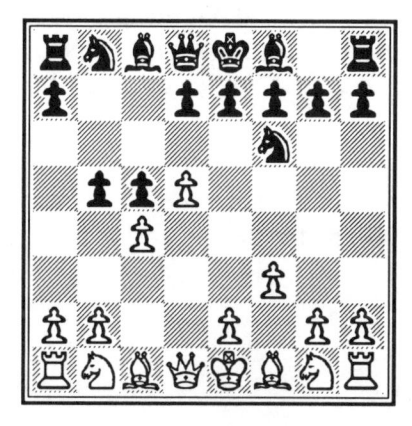

For the most part untested.

4 ...　　　　bxc4

Also good is 4...e6!? 5 e4 exd5 6 cxd5 [6 exd5 bxc4 7 Nc3 d6 8 Bxc4 Be7 9 Nge2 O-O 10 O-O Nbd7, and Black is solid] 6...Qa5+ [Forced by the dual threats 7 Bxb5 and 7 e5] 7 Bd2 Qb6 8 Nc3 b4, with play.

5 e4　　　　d6
6 Bxc4　　　g6

Also possible is 6...Ba6!? 7 Bxa6 Qa5+ [Avoiding 7...Nxa6? 8 Qa4+] 8 Nc3 Qxa6, followed by ...g7-g6, ...Bf8-g7, ...O-O, ...Rf8-b8, and ...Nb8-d7-e5.

7 Ne2　　　　Bg7
8 Nbc3　　　O-O
9 O-O　　　　Ba6?!

Black should put the question to the Bishop on c4 with 9...Nbd7!, looking at ...Nd7-e5 or ...Nd7-b6.

10 Nb5!

Going for the queenside clamp.

10 ...　　　　Nfd7

Better is 10...Bxb5 11 Bxb5 Qb6 12 Bc4 Nfd7 13 Nc3 Ne5 14 Be2 c4+ 15 Kh1 Na6 16 f4 Nd3 17 Bxd3 cxd3 18 Qxd3 Rfc8, with compensation.

11 Nec3　　　Nb6
12 Be2

Black is now in serious trouble.

12 ...　　　　N8d7
13 a4　　　　Qb8
14 a5　　　　Nc8
15 Qa4　　　Qb7
16 Ra3　　　Rb8
17 Rb3　　　Ne5
18 Nd4!　　　Qc7
19 Bxa6　　　cxd4
20 Rxb8　　　Qxb8
21 Ne2　　　d3
22 Nf4　　　Bh6
23 b4

White was in full control, Reshevsky–Ernst, Lugano 1986. A good show by White, but Black played very poorly not to get one stitch of counterplay.

Annotated Games

Game 1

Browne–Fedorowicz
World Open
Philadelphia 1989

1 d4	Nf6
2 c4	c5
3 d5	b5
4 cxb5	a6
5 e3	g6
6 Nc3	Bg7
7 Nf3	O-O
8 a4	Bb7
9 Be2	axb5!

Black would like to gain a tempo by making White's light-squared Bishop move twice.

10 Bxb5	e6
11 dxe6	fxe6
12 O-O	d5

One of the unusual features of the 5 e3 variation is that, instead of the usual up-and-down play on the a- and b-files, Black has a central space advantage and long-range attacking chances.

13 Ne2!?

With this move, White eyes the weakpoint e6 in the Black camp.

| 13 ... | Qe7 |
| 14 Ng5!? | |

A probing move which hits e6 and invites ...h7-h6, which would create an additional weakness on g6.

| 14 ... | Ne8!? |

Putting the question to the Knight at g5.

15 e4!

Taking the sharpest route. Black has good play after 15 f4 Nd6 16 Bd3 Bf6 17 Nf3 Nc6, and 15 h4 h6 16 Nf3 Nd6 17 Bd3 Nf5 [17...e5!? and 17...Rf3 are also possible] leaves White's kingside loose.

| 15 ... | Nd6 |

16 Bd3

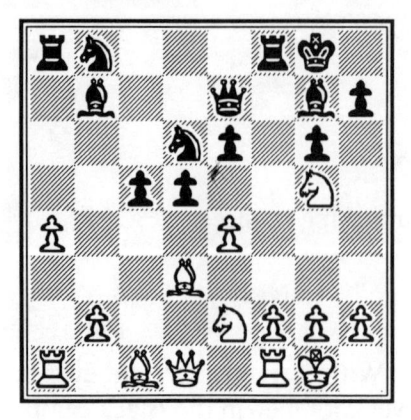

16 ...   Bf6?!

Black wanted to provoke 17 h4, but this doesn't hurt White. Critical is 16...h6 17 Nf4 [Or 17 e5 Bxe5 18 Nf3 Rxf3 19 gxf3 d4 20 Ng3 Nc6, with messy complications] 17...Qxg5!? 18 Nxe6 Qe5 19 Nxf8 Kxf8 [19...Bxf8!?] 20 Qf3+ Nf7, and Black looks all right. Hair-raising play!

Even better seems 16...d4!, which gives Black good chances. Then 17...c4 is a threat, and 17 Qb3 is met by 17...c4! 18 Bxc4 Nxc4 19 Qxc4 Ba6 20 Qxe6+ Qxe6 21 Nxe6 Bxe2 22 Re1 d3. Although White has many pawns, Black's pieces are very active.

17 h4!   dxe4

17...d4!? is worth a look.

18 Bb1   h6

And here 18...Be5!?, preventing Ne2-f4, deserves consideration.

19 Nf4!   hxg5
20 Nxg6   Qg7

20...Qd7!? is another possibility.

21 Nxf8   Qxf8
22 Qg4   Qe7
23 hxg5   Be5?

Black must think defense with 23...Bg7.

24 Ra3   Nc6

24...Nd7 and ...Nd7-f8 may be better, but Black is still thinking offense.

25 Bxe4?!

25 Rh3 Nd4 26 g6!, followed by Rh3-h7, gives White excellent attacking prospects.

25 ...	Nxe4
26 Qxe4	Bg7
27 Rh3	Nd4
28 Qh7+	Kf8
29 Re1	Rxa4
30 Rh4	Qf7!

In order to meet 31 Rh4 with 31...Ne2+ 32 Rxe2 Rxf4.

31 Rh3??

Best is 31 g6!, thinking of Bc1-h6.

31 ...   Ra1!

If worse comes to worse, Black can always try ...Ra1xc1 eliminating the dangerous Bishop.

32 Rhe3   Bd5
33 g6   Qf5
34 f3   Qg5
35 Kf2   Rxc1?!

Black would win with 35...Nf5!

36 Rxc1   Nf5
37 Rec3   Nh4

37...Qg3+! 38 Kg1 Nh4 wins.

38 Rg1   Bd4+
39 Kf1   Nxg6
40 Rh1   Qf5
41 Qh6+   Ke7
42 Qc1   Bc6
43 Qc2   Bb5+
44 Ke1

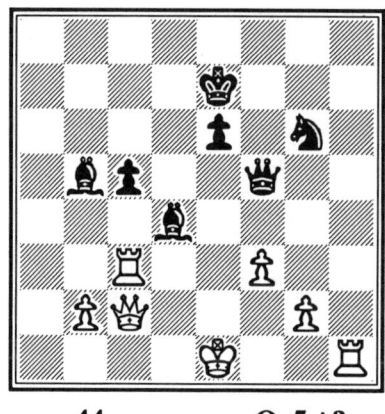

44 ...   Qe5+?

Black should still win with 44...Bxc3+ 45 Qxc3 Qb1+ 46 Kf2 Qxh1 47 Qxc5+ Kf6 48 Qxb5 Nf4.

45 Kd1   Nf4
46 Rh7+   Kd6
47 Qd2   Qf5
48 Rb7   Ba4+

48...Be2+ 49 Kc1 Nd3+ 50 Kb1! shows how difficult it is to corral White's King.

49 b3   Qb1+?

49...Bc6!? seems better.

50 Qc1   Qxc1+
51 Rxc1   Bc6
52 Rb6   Nxg2
53 b4!

White has equalized.

53 ...	Ne3+
54 Kd2	c4
55 Ra6	Kd7
56 Ra3!	Nd5
57 Rxc4	Bb6
58 Rh4	Kd6
59 Rc4	Bb5
60 Rh4	Ne7
61 Ra5!	Bxa5
62 bxa5	Nc6
63 Rh5	Nd4
64 Ke3	Nf5+
65 Kf4	Bd3
½-½	

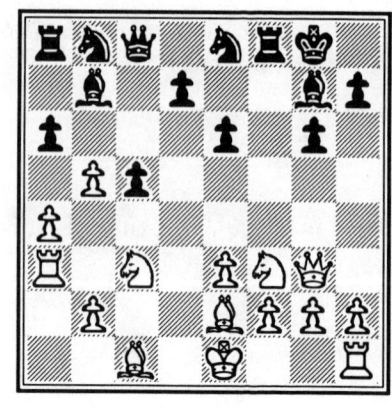

Game 2

Tarjan–Benjamin
US Championship
Greenville 1983

1 d4	Nf6
2 c4	c5
3 d5	b5
4 cxb5	a6
5 e3	g6
6 Nc3	Bg7
7 Nf3	O-O
8 a4	Bb7
9 Ra3	e6
10 dxe6	fxe6
11 Qd6	Qc8
12 Be2	Ne8
13 Qg3!	

Not only is White up one pawn, he's thinking of attacking on the kingside.

13 ...	d5
14 O-O	Nf6
15 Qh3!	

By hitting e6, White prevents the developing ...Nb8-d7.

15 ...	Qe8
16 Rd1	Qe7

16...Nbd7 17 Ng5! is immensely strong.

17 Ng5	Bc8

One can tell by the flow of the game that Black's treatment of the opening hasn't been a success.

18 Bg4	axb5

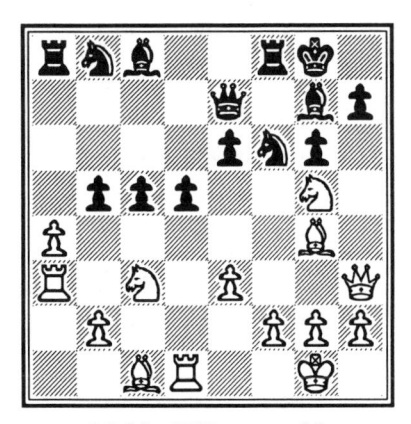

1 d4	Nf6
2 c4	c5
3 d5	b5
4 cxb5	a6
5 e3	axb5
6 Bxb5	Qa5+
7 Nc3	Bb7
8 Nge2	Nxd5
9 O-O	Nxc3
10 Nxc3	e6
11 e4	Be7
12 Bf4	

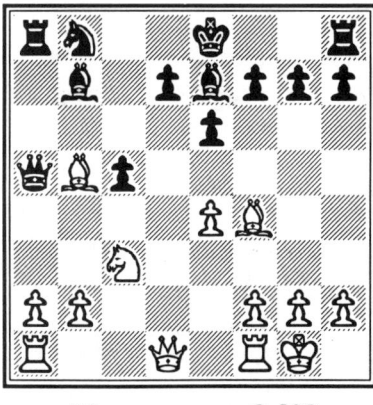

12 ... Qd8?

Logical is 12...O-O, when 13 Bxb8 Raxb8 14 Qxd7 Bf6 15 Qd3 Rfd8 gives Black a good game.

13 Qg4	O-O
14 Rfd1	Nc6
15 Rd3	f5

This looks like panic. Tougher is 15...g6 or 15...Nd4 16 Be5 Bf6 17 Bxf6 Qxf6 18 Bxd7 Rfd8 19 Ba4

19 Nxd5!!	exd5
20 Bxc8	b4
21 Rad3	h6
22 Be6+	Kh8
23 Bxd5	Nxd5
24 Rxd5	Ra6
25 e4	Kg8
26 Nf3	h5
27 e5	c4
28 Bg5	Qf7
29 Rc5	c3
30 bxc3	b3
31 Rb5	Qc4
32 Nd4	Qxa4
33 Rxb3	Bxe5
34 Qd3	Rd6
35 Be7	Qxb3
36 Bxd6	Bxd4
37 Bxf8	
1-0	

Game 3

Portisch–Herndl
Vienna 1986

Ba6 20 Rdd1 Rab8, with activity.

16 exf5	Rxf5
17 Rad1	Nd4
18 Rg3	Rf7

18...Bf8!? deserves consideration.

19 Bd3	Nf5
20 Bxf5	exf5
21 Qe2	

White's tactical play has reaped positional rewards. The backward d-pawn is a fatal weakness.

21 ...	Bf6
22 Nb5	Ba6
23 a4	Bxb5
24 axb5	d5
25 Qe6!	Qd7
26 Qc6	Qxc6
27 bxc6	Rc8
28 c7	d4
29 Rb3	Rfxc7
30 Bxc7	Rxc7
31 Rb8+	Kf7
32 b3	c4
33 bxc4	Rxc4
34 Kf1	Rc7
35 Ke2	Ra7
36 Rb3	Ra2+
37 Rd2	Rxd2?
38 Kxd2	Kg6
39 Kd3	Kg5
40 Rb5	Kg6
41 f4	Kh5
42 Rxf5+	Kg4
43 Ke4	h5
44 Rb5	h4
45 Rb3	Kh5
46 Kf5	Kh6
47 Rh3	Bd8
48 g4	Be7
49 Ke4	

1-0

Game 4

Hort–Benko
US Open
New York City 1974

1 d4	Nf6
2 c4	c5
3 d5	b5
4 cxb5	a6
5 bxa6	g6
6 Nc3	Bxa6
7 Nf3	d6
8 g3	Bg7
9 Bg2	O-O
10 O-O	Nbd7
11 Qc2	Qa5
12 Rd1	Rfb8
13 Bd2	Ne8
14 Bh3	Bc8
15 Be1	

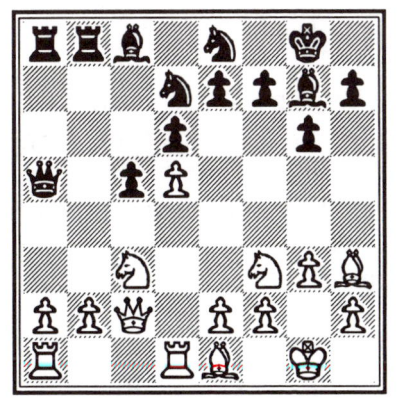

White's solid play has given him an opening advantage.

15 ...	Nc7
16 e3	Qa6
17 Bf1	Qb7
18 Rab1	Nb6
19 e4	Bg4
20 Be2	Nd7?

Better is 20...Qc8.

21 h3!	Bxf3

Not 21...Bxh3??, because 22 Ng5 picks off the Bishop.

22 Bxf3	Qa7
23 a3	Bxc3!?
24 Bxc3	Nb5
25 Re1	Nxc3
26 Qxc3	h5
27 Kg2	Qa5
28 Re3	Qxc3
29 Rxc3	Ra4
30 Re3	Kf8
31 Be2	Rd4
32 b3	Nf6
33 f3	Rd2
34 a4?	

34 h4! is much stronger.

34 ...	Ra2
35 Re1	h4!
36 g4	g5

All of a sudden, Black has taken control of the game.

37 Kg1	Nd7
38 Bb5	Ne5
38 Rf1	Ng6
40 Re2	Nf4??

One of Benko's famous Rook drops. Of course, after 40...Rxe2 41 Bxe2 Nf4, Black is better.

41 Rxa2
1-0

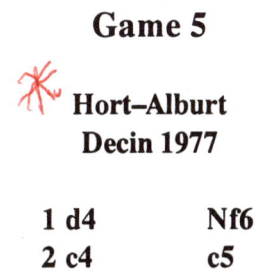

Game 5

Hort–Alburt
Decin 1977

1 d4	Nf6
2 c4	c5

3 d5	b5
4 cxb5	a6
5 bxa6	g6
6 Nc3	Bxa6
7 Nf3	d6
8 g3	Bg7
9 Bg2	Nbd7
10 O-O	Nb6
11 Re1	O-O
12 Nd2	Qc7
13 Rb1	Qb7!
14 b3?!	

14 Nde4 is best.

14 ...	Nfxd5
15.Nxd5	Nxd5
16.Nf1	

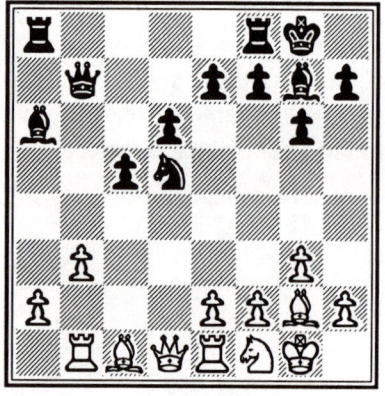

16 ...   Nc3!!

White probably expected 16...e6 17 Ne3 Nxe3 18 Bxe3, +-.

17 Bxb7	Bxb7

18 Qd3?!

18 Qd2 Nxb1 19 Qe3 is the lesser of the evils, but, with a Rook and Bishop for the Queen in addition to strong pressure, Black has more than enough compensation.

18 ...	Be4
19 Qe3	Bd4
20 Qh6	Bxb1
21 a3	Ba2
22 Nd2	

Some analysts recommend 22 b4 instead, but after 22...Bg7 23 Qd2 cxb4 24 axb4 Be6, Black stands very well.

22 ...	Rfb8
23 b4	cxb4
24 axb4	Rxb4
25 Nf3	Bg7
26 Qh3	Be6
27 Qf1	Bc4
28 Kg2	Ra1
29 Ng1	Rbb1
30 Kh3	h5
31 f4	Be6+
32 Kg2	Nd5
33 Kf3	Bc3
34 Rd1	Bb2
0-1	

Nicely played by GM Alburt.

He took advantage of White's inaccuracies with a vengeance.

Game 6

Van der Sterren–Fedorowicz
GM B Group
Wijk aan Zee 1989

1 d4	Nf6
2 c4	c5
3 d5	b5
4 cxb5	a6
5 bxa6	g6
6 g3	d6
7 Bg2	Bg7
8 Nf3	Nbd7
9 O-O	Nb6
10 Nc3	O-O
11 Re1	Bxa6
12 Bf4	Nh5
13 Bg5	h6
14 Bc1	Rb8!?

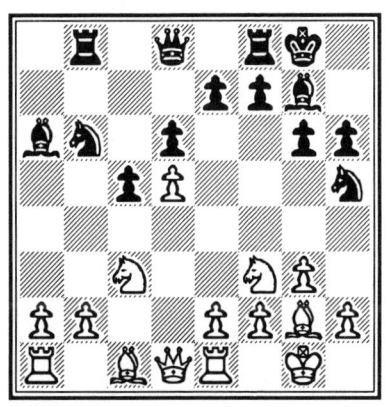

Attempting to take advantage of White's Bishop moves. If Black elects to play it safe, 14...Nf6 is a good choice. It's not clear what the insertion of ...h7-h6 means to the position.

15 Qc2	Nc4
16 Nd2!	

16 b3 is met with 16...Qa5!

16 ...	Ne5
17 f4	Nd7
18 Nf3	Nhf6
19 h3	Re8

Black's queenside counterplay has hit the wall, so he contemplates cracking the center with ...e7-e6. Black's thrashing around indicates White's control of the position.

20 e4	e6
21 dxe6	Rxe6
22 Rb1	Nb6

22...d5 23 e5! is hopeless.

23 Be3	Nc4
24 Bf2	Qa5
25 Nd2!	

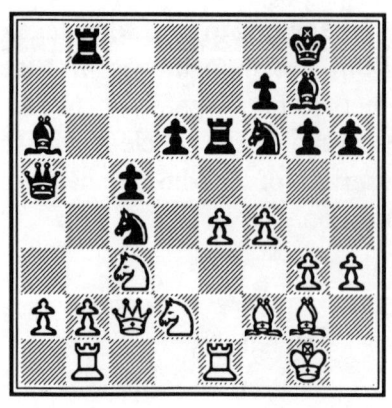

25 ...	Nxd2
26 Qxd2	Rbe8
27 f5!	gxf5
28 exf5	Rxe1+
29 Rxe1	Rd8
30 Be3!	

Black is completely lost.

30 ...	Kh7
31 Nd5	Qxa2
32 Bxh6	Bxh6
33 Nxf6+	Kg7
34 Nh5+	Kh7
35 Nf6+	Kg7
36 Qc3	Qc4
37 Nh5+	Kg8
38 Qf6?	

38 Bd5! is strong.

38 ...	Qd4+!
39 Qxd4	cxd4

Black's Bishop pair and passed d-pawn give him drawing chances.

40 Nf6+	Kf8
41 Ng4	Bd2
42 Rd1	Bb4
43 Nf2	Bc5

The win for White is very difficult for he has trouble activating his King and he has to be wary of Black's d-pawn.

44 b4	Bxb4
45 Rxd4	Bc5
46 Rd2	Be3
47 Ra2	Bc4
48 Ra4	d5
49 Bf1	Bb3

49...Rb8 may also draw.

50 Ra3	Rb8
51 Bd3	d4
52 Kf1	Kg7
53 Ng4	Bd2
54 f6+	Kg8
55 Ke2	Bc3
56 Kf3	Bd1+
57 Kf4	Re8
58 Ra7	Bd2+
59 Kf5	Bb3
60 Re7	Kf8
61 Rxe8+	Kxe8
62 Bb5+	Kf8
63 Ke5	Be6

64 Bf1	Bxg4
65 hxg4	Be1
66 Kf4	Bd2+
1/2-1/2	

Game 7 ✴

Henley–Fedorowicz
Orlando 1982

1 d4	Nf6
2 c4	c5
3 d5	b5
4 cxb5	a6
5 bxa6	g6
6 g3	d6
7 Bg2	Nxa6
8 Nc3	Bg7
9 Nh3	O-O
10 O-O	Qa5
11 Nf4	Bd7
12 Bd2	Rfb8
13 Rb1	

13 b3 is about equal.

13 ...	Ng4
14 Qc1	Ne5
15 b3	Nb4!

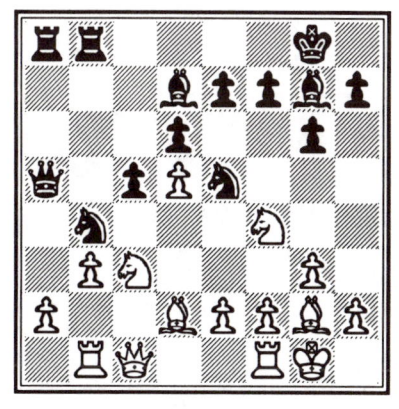

Putting White under heavy pressure.

16 a4	Qa6
17 Rd1	Ra7
18 Bh3	Be8
19 Bf1	Qc8
20 Kg2	Rc7

Getting ready for ...c5-c4.

21 Qa3	Bd7
22 Rbc1?	Rcb7?

22...g5! 23 Nh5 Bh3+ 24 Kg1 Bxf1 25 Rxf1 Qh3 26 Nxg7 Ng4 mates. Evidently Black was looking at the queenside instead of the entire board.

23 f3

Preventing the disaster of the last note.

23 ... Na6

24 Rb1	c4
25 Nb5	

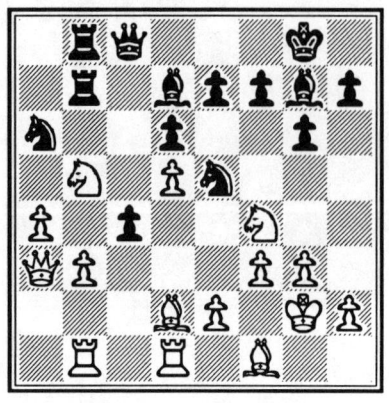

25 ... Nc5!

Not so good is 25...Bxb5 26 axb5 Rxb5 27 b4, when White is still around.

26 bxc4	Nxc4
27 Qa2	Nxd2
28 Rxd2	Ra8!
29 Qc2	Rxa4
30 e4	Qb8
31 Nc3	Rxb1
32 Nxb1	

32 Qxb1 Qxb1 33 Nxb1 Ra1 34 Rd1 Ba4 wins for Black, too.

32 ...	Ra1
33 Nc3	Qb4
34 Nfe2	Ra3
35 Na2	Qa5!
0-1	

Material is even, but White can't meet 36...Ba4!

Game 8

Portisch–Geller
Interzonal
Biel 1976

1 d4	Nf6
2 c4	c5
3 d5	b5
4 cxb5	a6
5 bxa6	Bxa6
6 g3	d6
7 Bg2	g6
8 b3!	

White's counter fianchetto negates the influence of Black's strong Bishop at g7.

8 ...	Bg7
9 Bb2	O-O
10 Nh3	Nbd7
11 O-O	Qb8?

With the idea of 12...c4.

12 Bc3!

In order to meet 12...c4 with 13 b4.

12 ...	Rc8
13 Re1	Ra7
14 Nf4	Rb7
15 Na3	c4
16 b4	

16 ...   Rxb4!?

Forced. Otherwise Na3-c2-d4 looks killing.

17 Bxb4	Qxb4
18 Nc2	Qc5
19 Rb1	g5
20 Nb4	Bb7
21 Ne6!?	fxe6
22 dxe6	Bxg2
23 exd7	Nxd7
24 Kxg2	e6
25 Nc2	Rf8
26 f3	g4
27 f4	h5
28 e3	Qc6+
29 Kg1	Bc3

29...Nc5! is fine for Black.

30 Re2	Nc5
31 Nd4	Bxd4
32 Qxd4	Ne4
33 Rb6	Qd5
34 Qxd5	exd5
35 Reb2	c3
36 Rc2	Kf7
37 Kf1	Ke6
38 Ke2	h4
39 gxh4	Rh8
40 Kd3	Rxh4
41 Rb8	Rh3
42 Re8+	Kf5
43 a4	
1-0	

Game 9

Giustolisi–Primavera
Italy 1976

1 Nf3	Nf6
2 g3	g6
3 Bg2	Bg7
4 O-O	O-O
5 d4	c5
6 d5	d6
7 c4	b5
8 cxb5	a6
9 bxa6	Bxa6
10 Nc3	Nbd7
11 Bf4	Qa5

12 Qc2	Rfb8

So far, Black has played normal Benko Gambit development moves, aiming for counterplay on the b-file.

13 h3?

Preventing the maneuver ...Nf6-g4-e5, but overlooking a neat combination on the other side of the board. 13 b3!? was better.

13 ...	Rxb2!
14 Qxb2	Ne4
15 Qc2	Nxc3

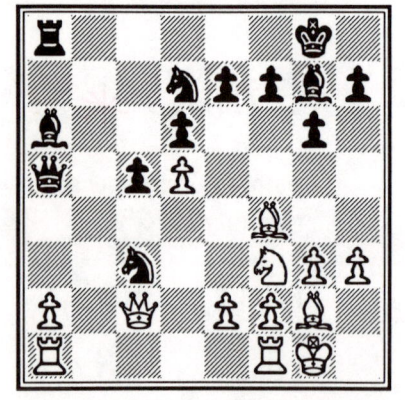

For the sacrificed exchange, Black gets tremendous play against e2, a2, and d5. Meanwhile, White's pieces are inactive spectators.

16 Bd2	Nxe2+
17 Kh2	Qa3
18 Qe4	Ne5
19 Nxe5	Bxe5
20 Rae1	Nxg3!
21 fxg3	Qxg3+
22 Kg1	Qh2+
23 Kf2	Bxf1
24 Kxf1	Rxa2
25 Be3	Qg3
26 Rb1?	Rxg2
27 Rb8+	Kg7
28 Qxg2	Qxe3
0-1	

A fine example of what happens if White doesn't take care of his b2 point.

Game 10

Andruet–Fedorowicz
GM Group B
Wijk aan Zee 1989

1 d4	Nf6
2 c4	c5
3 d5	b5
4 cxb5	a6
5 bxa6	g6
6 Nc3	Bxa6
7 f4	Bg7
8 Nf3	Qa5
9 Bd2	O-O
10 e4	d6
11 Bxa6	Qxa6!

This recapture keeps the White King in the center and takes the sting out of any e4-e5 pawn thrust.

12 Qe2

Pretty much forced. After something like 12 Kf2?!, Black gets a strong initiative with 12...Nbd7 13 Re1 Qb6 14 b3 c4 +.

12 ...	Nbd7
13 Qxa6	Rxa6
14 Kd1?!	

Black should meet 14 O-O-O by 14...Ng4! 15 Rfh1 Bxc3 16 bxc3 Rxa2, or 15 Rfd1 Bxc3 16 Bxc3 Rxa2, with good play. Instead, Bayer–Fedorowicz, Porz 1988, saw 14...Nb6?! 15 Rae1 Rb8? [Too mechanical. Again, 15...Ng4! is called for] 16 Re2! Ne8 17 e5 Nc7 18 Be1 Bh6 19 g3, and Black had problems finding sufficient counterplay.

14 ... Ng4!

15 Kc2	c4
16 Rhe1	Nc5
17 Re2	Nd3
18 h3	Nf6?!

Black chickens out of the very sharp 18...Ngf2!, fearing his Knights might get tangled up. Some sample variations are:

1) 19 a3 Rb8 20 Rb1 Nh1! 21 Rxh1? Rxb2+ 22 Kd1 Bxc3 23 Bxc3 Rb1+ 24 Kc2 Rxh1.

2) 19 Rf1 Rb8 20 Rfxf2 Rxb2+ 21 Kd1 Nxf2+ 22 Rxf2 Bxc3.

19 Ne1! Nc5!?

Risky play. Normal is 19...Rb8 20 Nxd3 cxd3+ 21 Kxd3 Rxb2 22 Rb1 [22 a4? Nd7! gives Black a good attack] 22...Rxb1 23 Nxb1 Rxa2, and Black is better.

20 e5	Nfd7
21 Be3	Rb8
22 Bxc5	Nxc5
23 Rd1	Na4
24 Nxa4	Rxa4
25 Ra1?	

White must try 25 a3! c3 26 Kxc3 Rxf4 27 Nd3 Ra4, and, although White is under some pressure, he is still in the game.

25 ...	Ra5!
26 Kc3	Rxd5
27 Kxc4	e6!
28 Nf3	Rc8+
29 Kb3	Rb5+
30 Ka4	Rcb8
31 exd6??	

Hastening the end. Forced was 31 a3 dxe5 32 fxe5 Rxb2 33 Rxb2 Rxb2 34 Rg1, but it's only a matter of time.

31 ...	R5b7
0-1	

Game 11

Hamovic–Govedarica
Yugoslavia 1975

1 d4	Nf6
2 c4	c5
3 d5	b5
4 cxb5	a6
5 bxa6	Bxa6
6 Nc3	g6
7 f4?!	d6
8 Nf3	Bg7
9 e4	Bxf1
10 Rxf1	0-0
11 Kf2	

The critical move is 11 e5!

11 ...	Qb6
12 Kg1	Nbd7
13 Kh1	Ne8?

13...Rfb8!? is normal.

14 Qe1	c4
15 Qe2	Nc5

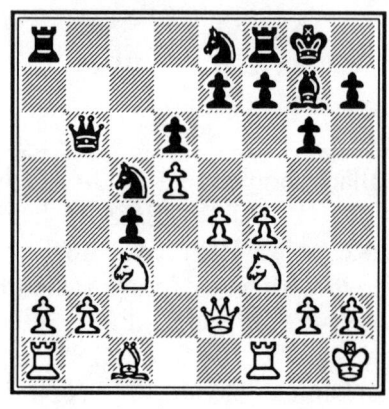

16 Be3!

16 Qxc4? Bxc3! 17 bxc3 Ra4 helps Black.

16 ...	Qb4
17 a3	Qb3
18 Bxc5	Bxc3

18...dxc5 is horrible because of 19 e5!

19 Bd4!	Bxd4
20 Nxd4	

Black is completely lost.

20 ...	Qb7
21 Rac1	Ra4
22 Rc3	Nf6
23 f5	Kg7
24 Rfc1	Rb8
25 R1c2	Qb6
26 Nc6	Rb7
27 h3	Qb5
28 fxg6	hxg6
29 Qf3	Qb6
30 Rf2	Kf8
31 Nxe7	Rxe7
32 Qxf6	Ke8
33 Rcf3	c3
34 Qxe7 +!	

1-0

Game 12
Foisor–Vaiser
Sochi 1985

1 d4	Nf6
2 c4	c5
3 d5	b5
4 cxb5	a6
5 bxa6	g6
6 Nc3	Bxa6
7 Nf3	Bg7
8 Nd2	

White prepares 9 e4 Bxf1 10 Nxf1. He will then play this Knight to e3 and try to stick it on c4.

8 ...	O-O
9 e4	Bxf1
10 Nxf1	d6
11 Ne3	Nbd7
12 O-O	Qa5
13 Qc2	Qa6
14 Rb1	c4!?

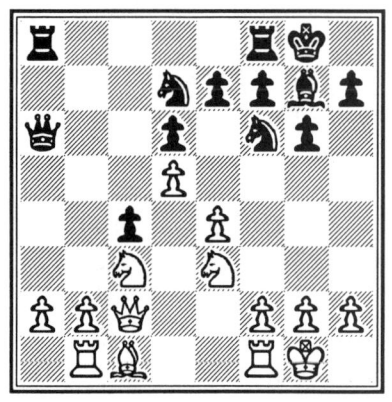

This is attractive because White's Knight cannot maneuver to d4 and c6. Other moves allow White to consolidate his queenside with 15 b3.

15 b4	cxb3
16 axb3	Rfc8
17 Bd2	Nc5
18 f3	

Forced. If White must resort to weakening his kingside, it must be said that his handling of the opening was inaccurate.

18 ...	Nfd7
19 b4	

If White's Queen steps out of the pin on the c-file by 18 Qd1, Black wins material by 19...Bxc3 20 Bxc3 Ncxe4.

19 ...	Bxc3
20 Bxc3	Na4
21 Rb3	Ne5

21...Qb6!? 22 Qd2 Nxc3 23 Rxc3 Rxc3 24 Qxc3 Ra4 is a reasonable alternative.

22 Qd2	Nxc3
23 Rxc3	Rxc3
24 Qxc3	Rc8
25 Qd4	Qe2
26 Rd1	h5
27 Qd2	Qb5
28 h3	Nc4
29 Qc3	Kh7
30 Rb1	Nxe3

As 31 Qxc8?? Qe2 mates.

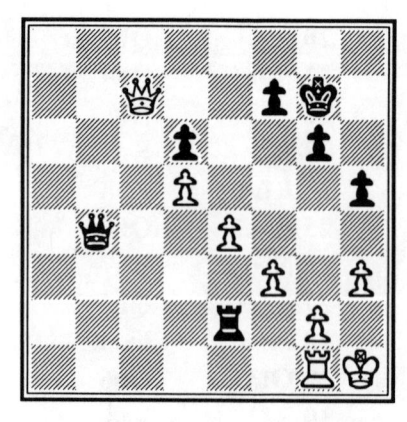

31 Qxe3	Rc2
32 Kh1	Qc4
33 Rg1	Qxb4
34 Qa7	Kg7
35 Qxe7	Re2
36 Qc7	

Although White has regained his pawn plus, the endgame is drawn, because White's Rook has no opportunity to join up with the Queen.

36 ...	Qa3
37 Qb6	Rd2
38 Qc7	Qb4
39 Rc1	Rd3
40 Qc2	Qd4
41 Qc7	Qe5
42 Qc2	Qd4
43 Qc7	Qe5
44 Qc2	Qd4
1/2-1/2	

Black held the balance the entire game.

Game 13

Knaak–F. Portisch
Bratislava 1983

1 d4	Nf6
2 c4	c5
3 d5	b5
4 cxb5	a6
5 bxa6	Bxa6
6 Nc3	g6
7 e4	Bxf1
8 Kxf1	d6
9 g3	Bg7
10 Kg2	Nbd7
11 h3	O-O
12 Nf3	Nb6
13 Qc2	Qb8
14 Rb1	Qb7
15 Rd1	Nfd7
16 b3	Ne5
17 Nxe5	Bxe5
18 Bh6	Rfc8
19 Rd2	Qa6
20 Nd1	c4!
21 Ne3	cxb3
22 Qxb3	Na4
23 Nd1?	

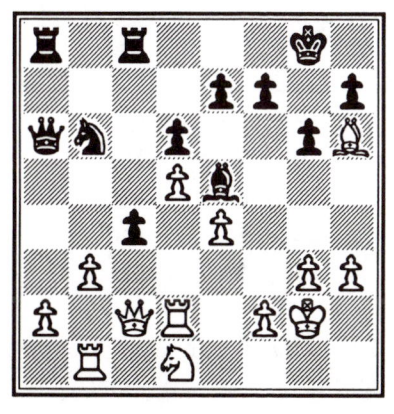

Too passive. 23 Ng4!? is White's best try.

23 ...	Nc5
24 Qf3	Qc4
25 Re2	Rxa2
26 Rxa2	Qxa2

In the spirit of the Benko, Black has regained his gambit pawn with a positional advantage.

27 Rc1	Rb8
28 Ne3	Qb3
29 Qg4	Qd3
30 Rc4	Bg7
31 Bxg7	Kxg7
32 e5	Rb2
33 Qf3	Nd7
34 Rc3	Qb5
35 exd6	exd6
36 Nc4	Rb1
37 Qd3	Ne5?!
38 Nxe5	dxe5
39 d6??	Qb7+
40 f3	Qb6

0-1

A see-saw battle, but Black was always safe. Black's ideas in this game are quite similar to those in the line with ...Ra8-a7 and ...Qd8-a8.

Game 14

J. Whitehead–D. Gurevich
US Championship
Estes Park 1987

1 d4	Nf6
2 c4	c5
3 d5	b5
4 cxb5	a6
5 Nc3	axb5
6 e4	b4
7 Nb5	d6
8 Bf4	g5!
9 Bxg5	Nxe4
10 Bf4	Ra5?!

Quite dubious. Correct is 10...Bg7 11 Qe2 Nf6 12 Nxd6+ Kf8 13 Nxc8 Qxc8, with good chances for Black.

11 Bc4?!

Returning the favor. After 11 Qe2! Ba6 12 Qxe4 Bxb5 13 Bxb5+ Rxb5 14 Nf3 Rb7 15 Nh4, Black's game would be distinctly inferior. Jay knew this, but he got confused and simply forgot the analysis!

11 ...	Ba6
12 Qe2	Bg7
13 f3	Qb6

13...Nf6? 14 Nxd6+ Kf8 15 Nf5 is better for White.

14 fxe4	Bxb5
15 Bxb5+	Qxb5
16 Qg4	

Threatening 17 Qc8 mate, and the Bishop. Black's reply is forced.

16 ...	Kf8
17 Nf3	Nd7
18 Ng5	Nf6

19 Qc8+	Qe8
20 Qc7	Rb5
21 O-O	h6
22 Nf3	Qd7
23 Qc6	Qxc6

23...Rb7!? can also be considered.

24 dxc6	Rb6
25 c7	Rc6
26 e5	Ne8
27 Rad1	Rxc7
28 exd6	exd6
29 Rxd6	Ra7
30 Rd8	Bf6
31 Rc8	Kg7
32 Re1	Be7?!

This is very passive. How about 32...Rxa2!? 33 Rexe8 Rxe8 34 Rxe8 Rxb2, when Black's pawns could cause some problems.

33 Ne5	Bd6
34 a3	Re7
35 Kf1	Re6
36 Nd3	Rf6
37 g3	Nc7
38 Rxh8	Kxh8
39 Kg2	Bxf4
40 Nxf4	bxa3
41 bxa3	

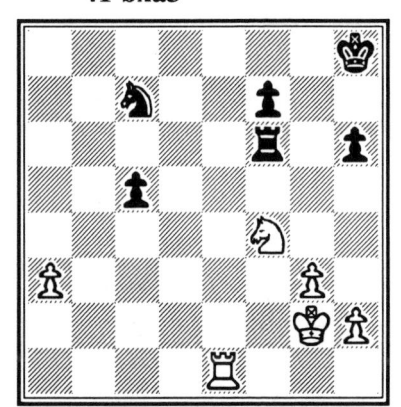

The position is completely equal.

41 ...	Rc6
42 Rc1	c4
43 Kf2	Kg7

43...Nb5!? is also possible.

44 a4	Na6
45 Ke3	c3
46 Kd4	c2
47 Nd3	f5
48 a5	Rc8
49 Ra1	Kf6
50 Nc1	Kg5
51 Ra4	Rc5
52 Kd3	Rc8
53 Kd2	Rc7
54 Nd3	Nc5??

54...Kf6! keeps things under control.

55 Nxc5	Rxc5
56 Kc1	f4
57 gxf4+	Kg4
58 a6	Rc8
59 a7	Ra8
60 Kxc2	Kh3
61 f5	Kxh2
62 f6	Kg3
63 f7	h5
64 Rb4	Rc8+
65 Kb2	

1-0

Game 15

**Chandler–Alburt
Hastings 1980/81**

1 d4	Nf6
2 c4	c5
3 d5	b5
4 cxb5	a6
5 f3	d6
6 e4	g6
7 Nc3	Bg7
8 a4	O-O
9 Bc4	Nbd7
10 Nge2	Ne5
11 b3	Nfd7

Attempting to break the blockade with 12...Nb6.

12 f4	Nxc4
13 bxc4	Qa5!

Black must play actively, otherwise White would consolidate his extra pawn.

14 Qd3	Nb6
15 Bd2	Qb4
16 a5	axb5!

Not 16...Nxc4? 17 Rb1 Nb2 18 Qc2, winning the Knight, or 16...Qxc4? 17 Qb1 Nd7 18 Ra4, picking up the Queen.

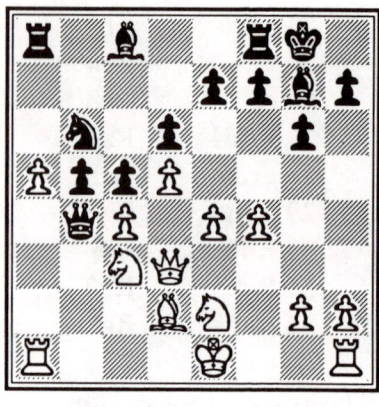

17 cxb5	Rxa5
18 Rxa5	Qxa5

Black has recovered his gambit pawn with positional advantage due to his two Bishops and secure pawn structure.

19 O-O	Qb4
20 f5	Bd7
21 Bg5	Bd4+
22 Kh1	f6
23 fxg6!	hxg6

The greedy 23...fxg5 just loses to 24 gxh7+ Kg7 25 Rxf8 Kxf8 26 Nxd4.

24 e5	Kg7
25 exf6+	exf6
26 Bf4	Bf5
27 Qg3	Nc4
28 h3	Ra8
29 Nxd4	cxd4
30 Ne2	Ne5

31 Kh2	d3
32 Ng1	Qxb5
33 Nf3	Qxd5
34 Nh4	Be4
35 Rc1	d2
36 Rd1	Nc4
37 Qg4	g5
38 Rf1	Ne5
39 Qg3	d1=Q
40 Bxg5	Qxf1

0-1

Game 16
Arkhipov–Hebden
Moscow 1986

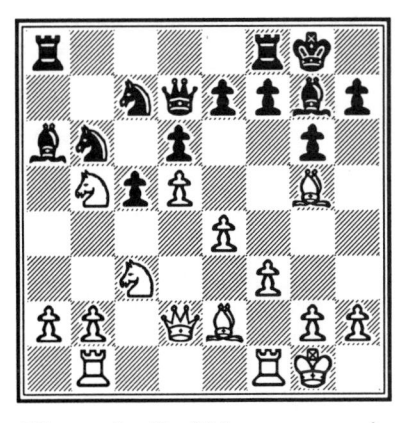

1 d4	Nf6
2 c4	c5
3 d5	b5
4 cxb5	a6
5 f3	g6
6 e4	d6
7 Na3	Bg7
8 Ne2	O-O
9 Nc3	Ne8
10 Be2	Nd7
11 O-O	Nc7
12 Rb1	Nb6
13 Bg5	Qd7
14 Qd2	axb5
15 Naxb5	Ba6

Through all of his maneuvering, Black has achieved what he wanted, namely a normal Benko.

16 a4	Bxc3
17 bxc3	Nxa4
18 Nxc7	Qxc7
19 c4	f6
20 Bh4	Rfb8
21 h3	Nb6
22 Qc3	Nd7
23 f4	Rxb1
24 Rxb1	Rb8
25 Rxb8+	Qxb8
26 Qa1	

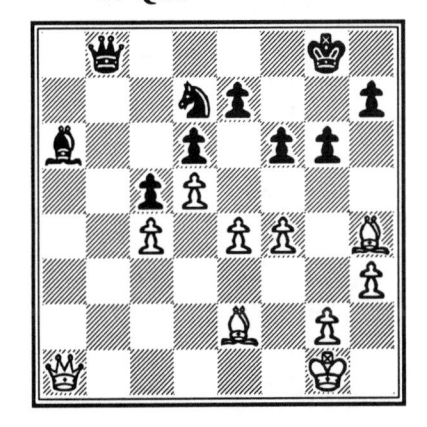

White has the better chances but it's difficult to crack Black's position.

26 ...	Bc8
27 Kh2	Kf7
28 Bg3	Qb7
29 e5	dxe5
30 fxe5	fxe5
31 Bxe5	Nxe5
32 Qxe5	Qb6
33 Qh8	Qd6+
34 Kg1	Bf5
35 Qxh7+	Ke8
36 Qh8+	Kd7
37 Qb2	Ke8
38 Qh8+	Kd7
39 Qb2	Ke8
40 Qa3	Qe5
41 Kf2	Qf4+
42 Qf3	Qh4+
43 Qg3	Qf6
44 Qf3	Qh4+
45 Qg3	Qf6
46 Kg1	Qd4+
47 Qf2	Qa1+
48 Kh2	Qe5+
49 Kg1	Qa1+
50 Kh2	Qe5+
51 Kh1	Kd7
52 Bf1	Kd6
53 Qd2	Qd4
54 Qe1	Qf4
55 Kg1	g5
56 Kh1	Be4
57 Kg1	Bf5
1/2-1/2	

White couldn't make progress.

Game 17

P. Nikolic–Fedorowicz
World Team Championship
Lucerne 1989

1 d4	Nf6
2 c4	c5
3 d5	b5
4 cxb5	a6
5 bxa6	g6
6 g3	d6
7 Bg2	Bg7
8 Nf3	Nbd7
9 O-O	Bxa6
10 Nc3	Nb6
11 Re1	O-O
12 Bf4	Nh5
13 Bg5	h6
14 Bc1	Nf6

So both sides have retreated their pieces, and the only thing White has accomplished is a small weakening of the g6 square.

15 Rb1

15 ... Bc4!?

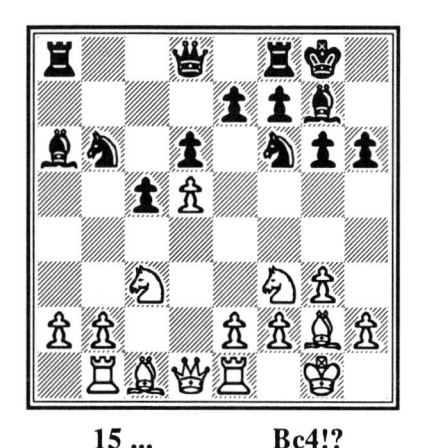

Black wins back his gambit pawn right away, but I'm not sure if this is best. 15...Nfd7 and 15...Nc4 are alternatives.

16 e4   Bxa2

Again, 16...Nfd7 may be better.

17 Nxa2   Rxa2
18 e5!?

Otherwise Black would consolidate with 18...Nfd7.

18 ...   Nfxd5
19 e6!

Weakening the g6 point even more.

19 ...   Nb4

Also to be considered was the incredibly sharp 19...c4!? 20 exf7+ Rxf7 21 Nh4 Nb4 22 Nxg6 Nd3, with very unclear play.

20 exf7+   Rxf7
21 Bh3   Kh7
22 Be6   Qf8
23 Bxf7   Qxf7

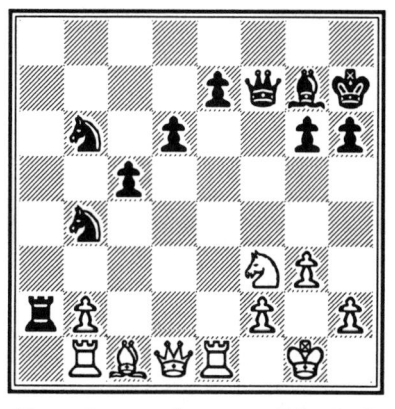

For the exchange, Black has good activity and an extra pawn.

24 Re4   Qd5!
25 Qe2

After 25 Qxd5 N6xd5, White is tied down to the defense of his b-pawn, while b2-b3 gives up the c3 square.

25 ...   e5
26 Re3   Qc4?

After this, White is on top. Black had a choice of the safe 26...Ra7 27 Ra3 Rb7 or 26...Nc4!? 27 Rc3 e4!?

28 Ng5+! hxg5 29 Rxc4 Qd3, with a complicated mess.

27 Qxc4	Nxc4
28 Rc3	d5

If the Knight moves away from c4, then 29 Ra3 is good.

29 Nd2!	Nd6

Not 29...e4 because 30 Nxc4! Bxc3 31 bxc3 wins material.

30 Rxc5	g5
31 Nb3	d4
32 Ra5	Rxa5
33 Nxa5	e4
34 Bd2	Nd3
35 b4	Ne5
36 Kg2	Nf3
37 Bc1	d3
38 Be3	Bc3
39 Nc6!	Ne1+
40 Kf1	Nc2

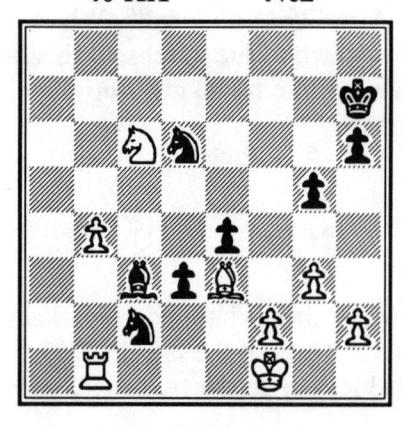

41 b5!

Giving up a pawn to activate his Rook.

41 ...	Na3
42 Rb3	Naxb5
43 Na7	Nxa7
44 Rxc3	Nab5
45 Rc5	Kg6
46 Ke1?	

Better is 46 h4!

46 ...	Kf6
47 Kd2	

47 h4! was still the best choice.

47 ...	Ke6
48 g4	Na3
49 Kc3	Nc2
50 Bd2	Nf7
51 f4	e3??

51...gxf4 left slim drawing chances.

52 Kxd3	exd2
53 Kxc2	gxf4
54 Rf5	Nd6
55 Rxf4	Ke5
56 Rf3	Ne4
57 Kd1	Kd4
58 Ke2	Kc4

59 Rf8	Kc3
60 Rc8+	Kd4
61 Rh8	

1-0

Game 18 *

Xu Jun–Fedorowicz
World Team Championship
Lucerne 1989

1 d4	Nf6
2 c4	c5
3 d5	b5
4 Nf3	Bb7
5 a4	b4!?

This cuts down on Black's option, but it's more solid than 5...bxc4.

6 Nbd2	d6
7 e4	e5

First the queenside is locked, next the center. This is Black's best chance for equality.

8 g3

8 dxe6 fxe6 cedes the advantage to Black, due to his control of d4.

8 ...	g6
9 Bg2	Bg7
10 O-O	O-O
11 Ne1	Nbd7

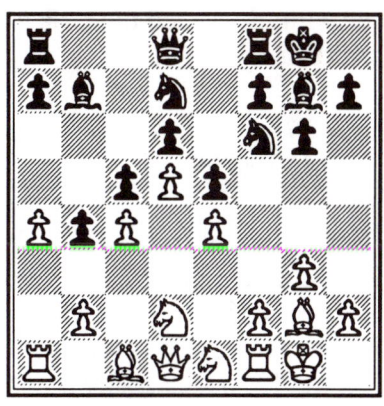

12 f4?!

Way too early. The lever f2-f4 is White's correct strategy, but he should prepare it with 12 Nd3, 13 b3, 14 Bb2, 15 Qc2 and 16 Rae1.

12 ...	exf4
13 gxf4	Nh5!

Playing for ...f7-f5.

14 Nd3	f5
15 exf5	Bd4+?

This stupid move amounts to a big waste of time. The immediate 15...Rxf5 was best.

16 Kh1	Rxf5

Black threatens 17...Ng3+.

17 Nf3!

Sending Black backwards, but, even with the wasted time, Black's position is solid.

17 ...　　　　Bg7
18 Be3?!

White should try 18 Ng5! Nb6 19 Bh3, as 19...Qf6? 20 Ne4 Qf8 21 Bxf5 Qxf5 22 Nxd6 wins for White. However, 19...Rf8 or 19...Rxg5!? 20 fxg5 Ba6!? is complicated and unclear.

18 ...　　　　Nb6!

Hitting c4.

19 Qc2?

After this, White is in trouble. Best is 19 Rc1 Ba6 20 b3.

19 ...　　　　Ba6
20 Nd2

Forced.

20 ...　　　　Rb8!

Black's threat of 21...b3 forces White's reply.

21 Qb3　　　　Rf8

Vacating f5 for either a Bishop or a Knight.

22 Rae1　　　　Bc8
23 Ne4　　　　Bf5
24 Ng5　　　　Qd7!

Black is prepared to give the exchange in order to wipe out White's queenside pawns.

25 Be4　　　　h6
26 Bxf5　　　　Qxf5
27 Nf3

27 Ne6 Ng3+! 28 hxg3 Qh3+ 29 Kg1 Qxg3+ 30 Kh1 Rf5! 31 Qd1! Qh3+ 32 Kg1 Rh5! wins.

27 ...　　　　a5

White's position is full of weaknesses, so he goes in for some desperation.

28 Nxc5　　　　dxc5
29 Bxc5　　　　Qh3
30 Bxf8　　　　Rxf8

Unless White queens his c- and d-pawns, Black's active pieces will decide the issue.

31 Rf2　　　　Nd7!

Blockading the c-pawn.

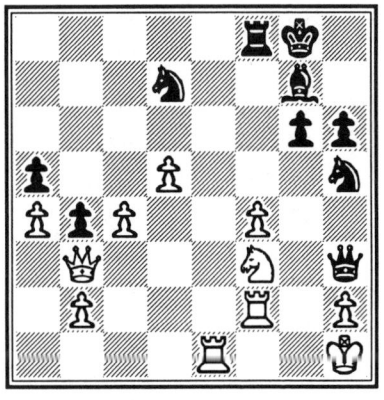

32 d6	Kh8
33 Nd4	Qh4
34 Qe3	Nxf4
35 Nc6	Nd3!

This simplification puts the wraps on the point.

36 Rxf8+	Nxf8
37 Rf1	Qxc4
38 Ne7	Kh7
39 Qg3	Ne5!
40 Rd1	b3
41 Qg2	h5
42 Qd5	Qf4
43 Qg2	Qxa4
0-1	

Game 19

Gulko–Alburt
US Championship
Long Beach 1989

1 d4	Nf6
2 c4	c5
3 d5	b5
4 Nd2	Qa5?!

If Black can get away with this, then it's fine.

5 Qc2?!

The big test is 5 b4!? Qxb4! 6 Rb1 Qa4!? 7 Rxb5 Qxd1+ 8 Kxd1 Na6 9 a3 d6, when Black has good play. Weaker is 5...cxb4 6 e4 bxc4 7 Bxc4, when White's rapid development guarantees him a good game.

5 ...	bxc4
6 e4	Ba6
7 Bxc4	d6

More accurate is 7...Bxc4 8 Qxc4 d6 9 Nf3 Nfd7 10 O-O g6 11 Re1 Qa6, with counterplay.

8 b3	g6
9 Bb2	Bxc4
10 bxc4	Bg7
11 Nf3	O-O
12 Bc3	Qa6
13 O-O	Nbd7
14 Rfe1	Nb6?

14...Ng4!? 15 Bxg7 Kxg7 isn't so bad for Black.

15 a4	Rab8
16 e5	Ne8
17 a5	Nd7
18 e6	

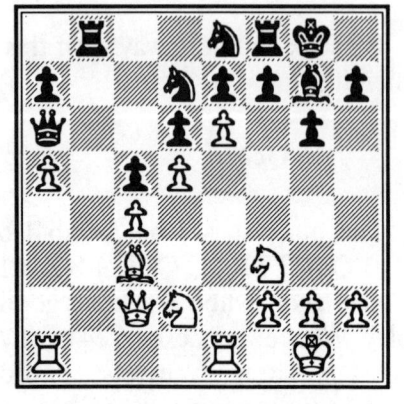

Black's game is unravelling.

18 ...	fxe6
19 Rxe6	Bf6

19...Rf7? is met by 20 Ng5!

20 Bxf6	exf6
21 Qa4	Rf7
22 Ne4!	Kg7
23 h4	h6

Now Black is completely busted.

24 h5!	gxh5
25 Ng3	Kf8
26 Nf5	Qb7
27 Rae1	Qb4
28 Qd1	Ne5
29 Qc1	Rh7
30 Nxd6	Nxf3+
31 gxf3	Nxd6
32 Rxd6	Rg7+
33 Kh2	Qxa5
34 Rxf6+	Kg8
35 Qe3	Qc7+
36 d6	Qd7
37 Qxc5	Rg5
38 Qe3	Rf8
39 Rxf8+	Kxf8
40 Qf4+	
1-0	

Not one of Alburt's better days.

Game 20

Seirawan–Fedorowicz
US Championship
Long Beach 1989

1 d4	Nf6
2 c4	c5
3 d5	b5
4 cxb5	a6
5 bxa6	g6
6 Nc3	Bxa6
7 e4	Bxf1
8 Kxf1	d6
9 g4	

The Seirawan specialty. White gains space on the kingside while keeping a close watch on the queenside.

9 ...	Bg7
10 Kg2	O-O!?

Black has other moves that give him satisfactory play. The most popular choice is 10...Qc8. Also 10...Nbd7 11 f3 Ne5 12 Nge2 Qc8 and ...Qc8-a6, eyeing d3, is all right.

11 f3	Nbd7
12 Nge2	Qa5

This prevents White from setting up with 13 b3 and 14 Bb2, as 13 b3? Nxg4! wins back the gambit pawn with much the better of it.

13 Bf4

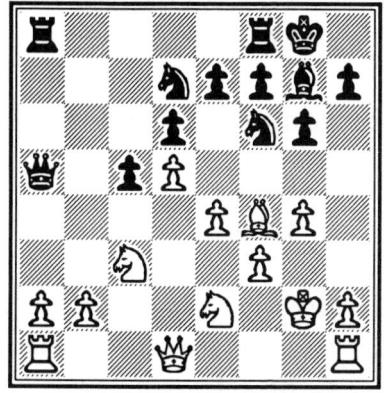

13 ... Rfb8?!

This may not be bad, but it's not the most accurate, as it allows White to consolidate his queenside by 14 Qd2, 15 Rac1, and 16 b3. Black's best is 13...Nb6!, intending ...Nb6-a4. By swapping Knights, Black weakens a2 and increases the pressure on the a1-h8 diagonal.

Sometimes Black pushes ...c5-c4, clearing the way for a Knight hop to d3. The drawback, of course, is that White gains the opportunity for Ne2-d4-c6. If Black gets in ...c5-c4 "for free," he greatly enhances his chances of breaking in on b2.

14 Qd2	Ne8
15 Rac1	Ne5?

15...c4!? looks best as 16 Rc2 Nc5 17 Nd4 Bxd4 18 Qxd4 Nd3 gets counterplay.

16 b3	Qa6

Looking for 17...Nd3.

17 Bxe5!

Very good understanding. White sees that his Knights are strong defenders, while Black's Bishop cannot participate in the queenside operation.

17 ...	Bxe5
18 Rc2	Rb4?

18...Rb7 is safer.

19 Nd1	Nf6

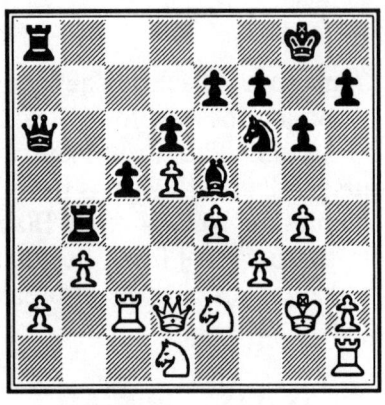

20 Ne3?

20 Nf2, followed by Nf2-d3, is unpleasant for Black.

20 ...	Nd7
21 Nc4	Bg7
22 Nc1	Nb6
23 Nxb6	

Not 23 Nd3? Rxc4! 24 bxc4 Nxc4 25 Qc1 Na3!, when Black is better.

23 ...	Qxb6
24 Ne2	Qa6

24...c4!? is possible.

25 Rd1	Rb7

25...Rab8 also merits consideration.

26 Qe3	Qb6

Black must organize the ...c5-c4 break, his only hope for counterplay.

27 Rdd2	Ra3?
28 f4!	Qd8
29 Ng1	Rb4
30 Qe2	Qd7
31 h3	

31 f5! looks nice for White.

31 ...	f5
32 gxf5	gxf5
33 Rc4	Rxc4
34 Qxc4	Qa7!

All of a sudden, Black is back in the game.

35 exf5

35 Nf3 Rxa2 36 Rxa2 Qxa2+ 37 Kg3 is an interesting try, since White's Knight is still better than Black's Bishop.

35 ...	Rxa2

36 Qe2	Rxd2
37 Qxd2	Qa1
38 Nf3	Qb1
39 Qe3	Qxf5
40 Qxe7	Qxd5
41 Qe8+	Bf8
42 Qe3	h6!
43 Kg3	Kf7
44 Qc3	

1/2-1/2

Game 21

Bareev–Adams
Hastings 1991/92

1 d4	Nf6
2 c4	c5
3 d5	b5
4 Nf3	bxc4
5 Nc3	g6
6 e4	d6
7 Bxc4	

7 e5! dxe5 8 Nxe5 Bg7 9 Bxc4 is also quite pleasant for White.

7 ...	Bg7
8 O-O	O-O
9 h3!	

Preventing ...Bg4xf3, which takes the sting out of e5 and unloads the ineffective Bishop.

9 ...	Nbd7

Another try is 9...Ba6!? but after 10 Bxa6 Nxa6 11 Re1 White is better with an eventual e5-break on the way.

10 a4	Nb6
11 Bb5	

Threatening a5, when Black's Nb6 must retreat to d7.

11 ...	Rb8
12 Re1	a6
13 Bf1	Na8
14 e5!	

Putting Black into difficulties.

14 ...	Nd7

After 14 ... dxe5 15 Nxe5, White's pieces are well-placed and Black's c5-pawn is weak.

15 exd6	exd6
16 Bf4	Nf6

On 16...Rxb2 17 Ne4 Ne5 18 Nxe5 dxe5 19 Bg5 f6 20 Bc1 and White is much better.

17 Nd2

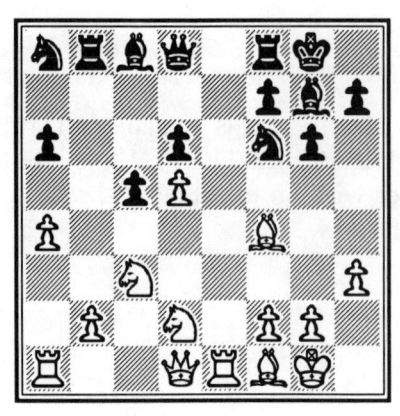

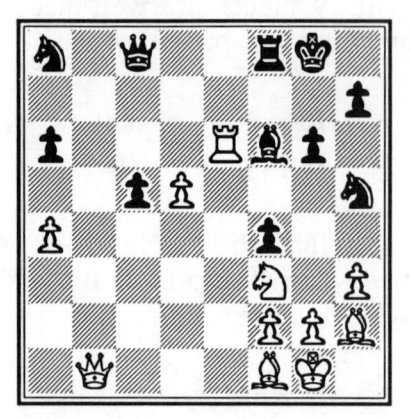

Black could already resign.

25 ...	Qd7
26 Qe4	Nc7
27 Rc6	Kh8
28 Rxc5	Bg7
29 Qc4	Ne8

The rest is a mop-up operation. Black has no attacking chances against White's King.

30 Qxa6	Nd6
31 Qc6	Qd8
32 Qc7	Ne4
33 Qxd8	Rxd8
34 Rc4	Nd6
35 Rc6	Nf5
36 Ng5	Rb8
37 d6	Nd4
38 Rc7	Bf6
39 Rxh7+	Kg8
40 Bc4+	Kf8
41 Rf7+	
1-0	

41...Ke8 42 d7+ Kd8 43 Rf8+ ends it. It's not clear where Black went wrong, but I have a feeling 4...bxc4 had something to do with it.

Game 22

Brenninkiweyer–Kaidanov
New York Open 1993

17 ...	Nh5
18 Bh2	Rxb2
19 Nce4	f5

Not 19...Bxe5 as after 20 Bxe5 dxe5 21 Nc4! White's passed d-pawn is very dangerous.

20 Nxd6	Bd4
21 Nxc8	Qxc8
22 Rb1	Rxb1
23 Qxb1	f4
24 Nf3	Bf6
25 Re6!	

1 d4	Nf6
2 c4	c5
3 d5	b5
4 cxb5	a6
5 b6	a5
6 Nc3	Ba6
7 e4	Bxf1
8 Kxf1	d6
9 b7	

Kaidanov accords this move an exclamation mark. White's idea is to misplace Black's Rook while enforcing a central push with e5.

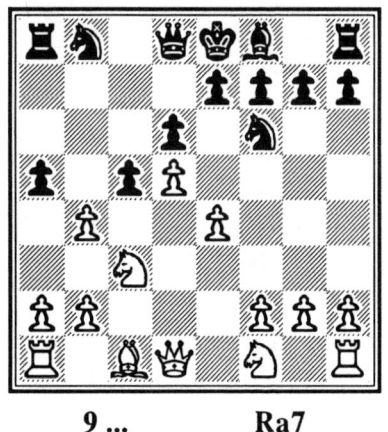

9 ...	Ra7

9...Ra6!? (covering the rank and especially the e6 square) 10 f4 g6 11 e5 dxe5 12 fxe5 Nfd7 13 Nf3 Bg7 14 Qe2 and White's position is preferable.

10 f4	e6!?

Kaidanov says that Black must play this to avoid an e5 to e6 shot. For instance, 10...Nbd7 11 Qa4!? with e5 threatened, Black must play ...e6.

11 dxe6	fxe6
12 Nf3	Qd7

12....Rxb7 13 e5 dxe5 14 Qxd8 Kxd8 15 Nxe5 and White's superior pawn structure gives him an edge.

13 Qe2	Rxb7

13...Qxb7? 14 Ng5 Qd7 15 f5! and White's Ng5 is hopping into e6 with great effect.

14 e5	dxe5
15 Nxe5	Qc8
16 Ne4	Be7
17 Nxf6+	Bxf6
18 Nc4!	Be7
19 Bd2	

Pawn snatching with 19 Nxa5 isn't advisable. After 19...Ra7 20 Nc4 O-O White's King isn't very safe and his development lags.

19 ...	Nc6
20 Re1?	

White's best setup is Qe4, g3, Kg2, Rac1 and the h-Rook on e1.

Black's three weak pawns aren't going anywhere.

20 ...	Nd4
21 Qe4	O-O
22 g3	Rb8
23 Kg2	Qa6!

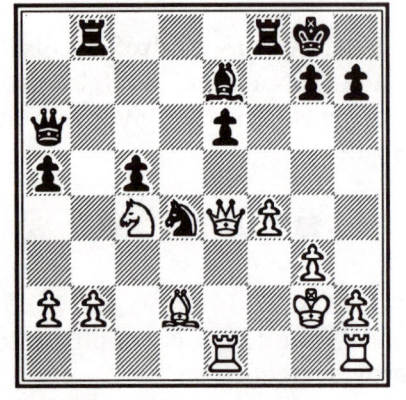

Forcing White to make a concession.

24 Rc1

24 b3? a4! and Black's pieces begin to make sense, or 24 Qd3 Rfd8 with ideas like ...Nb3, causing problems.

24 ...	a4
25 Rhe1	Rf6
26 Re3	Bf8
27 Ra3	Qb5
28 Rd3	Qa6
29 Ra3	Qb5
30 Rd3	Qa6
1/2-1/2	

White's b2-pawn makes it difficult for him to do anything constructive.

✳ Game 23 ✳

**Petursson–Fedorowicz
VISA Chess Challenge
Reykjavik 1990**

1 d4	Nf6
2 c4	c5
3 d5	b5
4 cxb5	a6
5 e3	g6
6 Nc3	Bg7
7 Nf3	O-O
8 a4	Bb7
9 Ra3	axb5
10 Bxb5	e6
11 dxe6	fxe6
12 Qd6	Bxf3
13 gxf3	Qc8
14 O-O	Ne8
15 Qg3	Nc6

Black is in no hurry to push ...d7-d5. If he can activate his Knights White could have kingside difficulties.

16 Ne4?!

Regrouping with 16 Rd1 and

Bf1 was White's best.

16 ...	Ne5
17 f4	Nf7
18 Ng5	d5
19 e4?	

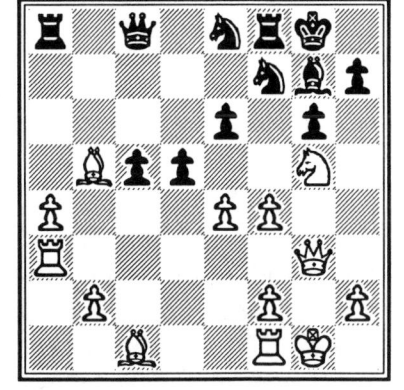

Probably the losing move. 19 Be2!? Ned6 20 Bg4 Nxg5 21 fxg5 Nf5 and Black is just a shade better.

19 ...	Ned6
20 exd5	exd5
21 Qd3	Nxg5
22 fxg5	Bd4!

Sometimes Black's queenside opening turns into a kingside attack.

23 Kg2	Qg4+
24 Qg3	Qe4+
25 f3	Qc2+
26 Kh1	Nxb5!
27 axb5	Rxa3

28 bxa3	Qd3!

Winning back the material with two passed pawns, better pieces and a safer King.

29 Qg2	Qxb5
30 f4	Qd7
31 Bb2	Bxb2
32 Qxb2	d4
33 Qb3+	Qf7
34 Qxf7+	Rxf7

Not 34...Kxf7? as 35 f5! confuses the issue.

35 Kg2	c4
36 Kf3	Re7

Making way for the Black King.

37 Rd1	d3
38 a4	Ra7
39 Ke4	

If 39 Ra1 c3 40 Ke3 Rd7! wins.

39 ...	Rxa4
40 Kd4	Kf7
41 Re1	d2
42 Rd1	Ke6
43 Rxd2	Kf5

Material equality has been restored once again but White's kingside is brittle.

44 Rf2	c3+!
45 Kxc3	Rxf4
46 Rg2	Rg4
47 Rf2+	Kxg5
48 Kd2	Re4!

Cutting the King off from the defense of the kingside.

49 Kd3	Re7
50 Rf3	Kh4
51 Kd2	g5
52 Ra3	h5
53 Rb3	Re5
54 Ra3	g4
55 Rb3	Ra5
0-1	

White's h2-pawn is a goner.

Game 24
Petursson–D. Gurevich
St. Martin 1993

1 d4	Nf6
2 c4	c5
3 d5	b5
4 cxb5	a6
5 f3	e6
6 e4	exd5
7 e5	Qe7
8 Qe2	Ng8
9 Nh3	Qd8
10 Nc3	Bb7
11 Nf4	Ne7
12 Kf2!?	

Taking care of King safety while the Black pieces are busy defending pawns (d5) and squares (d6). Another idea is 12 Bd2 followed by O-O-O but White doesn't want his King near Black's heavy pieces.

12 ...	c4

If Black tries developing his kingside he runs into trouble after 12...g6 13 bxa6 Nxa6 14 Nb5 Nf5 15 Nd6+ Bxd6 16 exd6+ Kf8 17 Qe5 and White's two Bishops and attacking chances give him the advantage.

13 Be3	Nf5

Sacrificing a pawn in order to get his pieces into play.

14 Nfxd5	Bxd5

15 Nxd5	Nxe3
16 Qxe3	axb5
17 Nf6+	

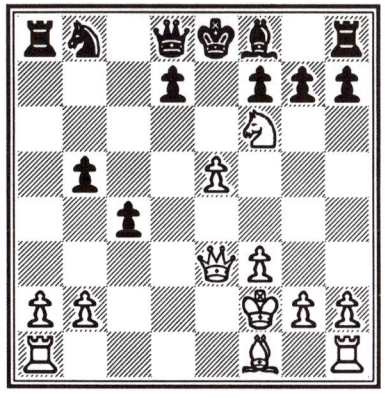

17 ...	gxf6
18 exf6+	Be7

Evidently this is the position White was banking on. It doesn't seem bad for Black.

19 fxe7	Qc7?!

This might be overly ambitious. Leaving such a big pawn on e7 is asking for it. After 19...Qe7! 20 Qxe7+ Kxe7 is fine for Black as is 20 Qd4 O-O. The sharpest looks like 20 Qh6 (idea Re1) Qc5+ when the White King lacks a good square. If it goes to the e-file then Re1 is no longer possible, while if White's King runs up to g3 then 21...Rg8+ is good for Black. At any rate, 19...Qxe7 is superior to 19...Qc7.

20 b3	d5

20...cxb3!? isn't as loose.

21 a4	Nc6
22 Be2	d4

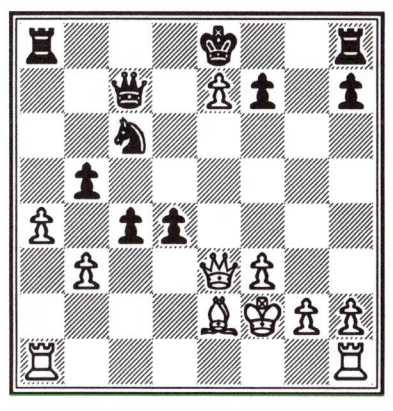

23 Qe4!

After this Black's game comes apart.

23 ...	f5

23...d3 24 axb5! Rxa1 25 Rxa1 with threats all over the place.

24 Qe6	d3
25 axb5	Qb6+
26 Qe3	Qxe3+
27 Kxe3	Rxa1
28 Rxa1	dxe2
29 bxc6	cxb3
30 Kxe2	Kxe7
31 Ra7+	Kd6

32 Rb7	Kxc6
33 Rxb3	Kd6
34 Ke3	

Once White's King gets to f4 Black's f5 comes under siege.

34 ...	Re8+
35 Kf4	Re2
36 Rd3+!	

Black's King must move further away from the kingside as ...Ke7 or ...Ke6 allows 37 Re3+! and a winning King and pawn ending.

36 ...	Kc5
37 g3	Rxh2
38 Kxf5	h5
39 f4	Kc4
40 Rd8	Rg2
41 Rh8	Rxg3
42 Rxh5	Kd5
43 Kf6+	Ke4
44 f5	Ra3
45 Rh1	Ra2
46 Rb1	Ra3
47 Rb4+	Kd5
48 Kf7	
1-0	

White's King and Rook usher the pawn in.

Game 25

Bronzik–Neobora
USSR 1991

1 d4	Nf6
2 c4	c5
3 d5	b5
4 cxb5	a6
5 b6	e6
6 Nc3	exd5
7 Nxd5	Nxd5
8 Qxd5	Nc6

Black hopes that after the recapture of the b6-pawn and kingside castling he can dislodge White's Queen and get good piece play.

9 Nf3	Rb8!

The innocent 9...Qxb6? runs into 10 Ne5! It's impossible to defend f7 without losing material.

10 e4	Be7
11 Bc4	O-O
12 O-O	Na5!

Forcing the Bc4 to a less aggressive diagonal and looking to attack the Queen with an eventual ...Bb7.

| 13 Bd3 | Qxb6 |

14 Bf4	d6
15 Qh5	

Stepping away from ...Bb7 and eyeing a kingside attack.

15 ...	c4

Once again forcing the Bishop to an inferior square.

16 Bc2	Qxb2!

Sacrificing the Exchange for the initiative.

17 Rab1

17 Rfc1 Rb5 18 e5 g6 19 Qh6 dxe5 20 Ng5 Bxg5 21 Bxg5 f5! is good for Black.

17 ...	Qxc2
18 Rxb8	Nc6

Removing the attacked Na5 with tempo.

19 Rb6	Qxe4
20 Ng5	Bxg5
21 Bxg5	

1/2-1/2

Here the players agreed to a draw even though Black has the better chances. For example, 21...Nd4 22 Rd6 Bg4 23 f3 (23 Qh4 Nf5!) Qe5 24 Qxg4 Qxd6 25 Be3 Rd8 and Black is up a clear pawn.

Game 26

M. Gurevich–Miles
Manila Interzonal 1990

1 d4	Nf6
2 c4	c5
3 d5	b5
4 cxb5	a6
5 f3!?	axb5
6 e4	Qa5+?!

At this point Black is advised to try either the extremely complicated 6...e6 or the calmer 6...d6 7 Bxb5+ Nbd7 aiming towards normal Benko positions after ...g6, ...Bg7, ...O-O and the unclogging of the b5-square.

7 Bd2	**b4**
8 Na3!	

Using the position of Black's Queen to develop his Nb1 and also control the key square c4.

8 ...	**Ba6**

For 8...d6, which may revive 6...Qa5+, see Game 30.

9 Nc4	**Qc7**
10 Nh3	**d6?!**

It's only move ten and Black's game is on the edge. Hurried King safety measures with 10...g6 are Black's only hope but even here he must look out for a killing d6 pawn sacrifice.

11 a3!	**Bxc4**

If 11...bxa3 12 Rxa3! Black's pieces on the a-line are tied up and 12...Bb7? 13 Rxa8 Bxa8 14 Qa4+ wins a piece.

12 Bxc4	**bxa3**

Otherwise White captures on b4, leaving Black with a very weak pawn.

13 Rxa3	**Rxa3**
14 bxa3	**g6**
15 Qa4+	**Nbd7**

15...Nfd7 16 Bc3! forces a fatal concession from Black.

16 Qa8+	**Qb8**
17 Qxb8+	**Nxb8**
18 Ke2!	

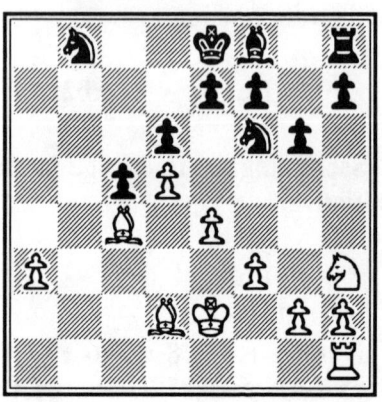

White's Rook is ready to enter the game with devastating effect.

18 ...	**Bg7**
19 Rb1	**O-O**
20 Rb7	**Rc8**

Black's Knights are in no position to stop the a-pawn's march.

21 a4	**Ne8**
22 Rxe7	**Nc7**
23 Bg5	**Nba6**
24 Rd7	
1-0	

If 24...Rb8, 25 Ng5 collapses Black's kingside. An amazingly simple win on White's part due to Black's inaccurate handling of the opening.

Game 27

C. Hansen–Fedorowicz
Amsterdam OHRA 1990

1 d4	Nf6
2 c4	c5
3 d5	b5
4 cxb5	a6
5 Nc3	axb5
6 e4	b4
7 Nb5	d6
8 Bf4	g5!?
9 Be3!?	Nxe4

It's hard to resist taking a central pawn but since it helps White bring his pieces out perhaps it's inaccurate. On 9...Bg7 10 Nf3 Ne4 11 Bd3 g4 12 Be4 gxf3 White's queenside looks very loose, or 9...Bg7 10 f3 g4 and it's not clear what White's best developing scheme is since Black's Knights are finding good squares (e5). It's important for Black to maintain his g4-pawn inhibiting White's kingside. One possible continuation after 10...g4 is 11 Bd3 O-O 12 Ne2 Nbd7 13 f4 Nb6 14 Ng3 e6 with an unbalanced game.

10 Bd3	Qa5
11 Ne2	f5

11...Bg7 is one reasonable alternative.

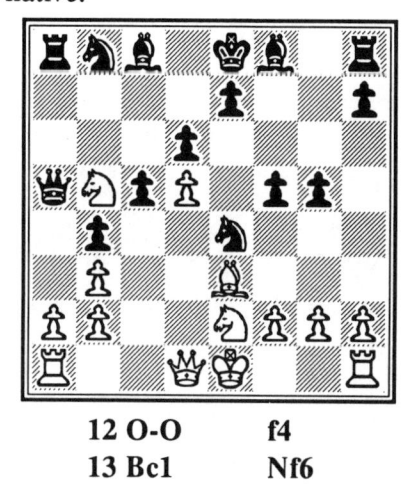

12 O-O	f4
13 Bc1	Nf6

13...Nd7 14 a4 Nef6 and Black has e5 for his Knight.

| 14 Re1 | Kf7 |

Removing the King from the dangerous e-line.

15 b3	Nbd7
16 Bb2	Ne5

16...Bg7!? looks safer.

| 17 Bxe5 | dxe5 |

18 Bc4	Kg7

18...Kg6 is another possibility, as in the game continuation Black's Kg7 was misplaced.

19 a4	Bd7
20 Ra2	h5
21 Qa1!	
1/2-1/2	

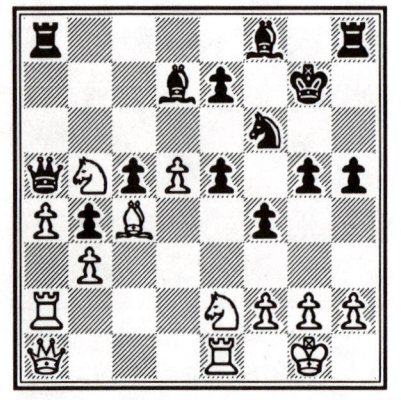

White offered a draw which Black accepted. During the game both players thought Black was doing well here but in fact he has some difficulties. For example, on 21...e4? White has 22 Qe5! Kh6 23 h4. Best looks to be 21...Bxb5 22 Bxb5 Qc7 23 Nc1 Kh6 24 Rxe5 Bg7, which isn't too bad.

Game 28

Basin–Kaidanov
US Open 1992

1 d4	Nf6
2 c4	c5
3 d5	b5
4 cxb5	a6
5 b6	a5!?

Preparing ...Ba6.

6 Nc3	Ba6
7 Qb3?!	

White's chances of keeping the b6-pawn are zero, so why misplace the Queen?

7 ...	d6
8 e4	Bxf1
9 Kxf1	Nbd7
10 b7	Rb8
11 Nf3	Qc7

Finally cornering the pawn.

12 a4	Qxb7
13 Qxb7	Rxb7

Black regains the pawn with good development and pressure on the b-line.

14 Nd2	Rb4!

Keeping the Knight off c4 for the moment.

Game 29

Ginsburg–Waitzkin
New York 1993

1 d4	Nf6
2 c4	c5
3 d5	b5
4 cxb5	a6
5 b6	e6
6 Nc3	Nxd5
7 Nxd5	exd5
8 Qxd5	Nc6
9 Nf3	Rb8
10 e4	Be7
11 Bc4	O-O
12 Qh5!?	

This is a possible improvement over 12 O-O Na5.

12 ...	d6

12 ... d5?! 13 exd5 g6 14 Qh6 Na5 15 Be2 Qxd5 16 O-O is good for White.

13 O-O	Be6
14 b3	

14 Bxe6 fxe6 15 Qg4 Qd7 16 Rd1 Rxb6 is a shade better for White.

14 ...	Rxb6

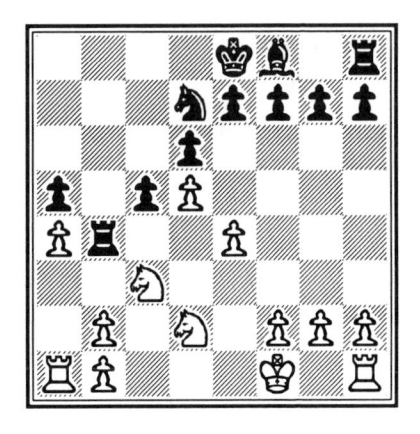

15 b3	g6
16 Ba3	Bg7!
17 Ke2?	

According to Kaidanov, White's best chance was 17 Bb4 cxb4 18 Nb5 Nxe4 19 Nxe4 Bxa1 20 Ke2 Be5 21 Rc1 with drawing chances.

17 ...	Rb8
18 Rhc1	Bh6
19 Rab1	O-O
20 Nb5?	

Losing immediately. Forced was 20 g3 Bxd2 and Black is better, but at least White is still playing.

20 ...	Bxd2
21 Kxd2	Nxe4+
22 Ke2	Nb6
0-1	

White is heading for further material losses.

Here 14...Bxc4!? 15 bxc4 Rxb6 is fine for Black.

15 Bd2	Qd7
16 Bxe6	fxe6
17 Rad1	Bf6
18 Be3	Qe7
19 Rfe1	Bc3
20 Bg5	Qf7
21 Qxf7+	Rxf7
22 Rxd6!?	

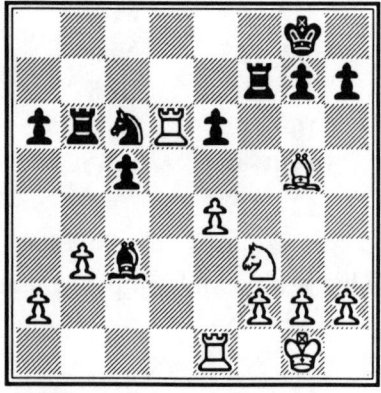

22 Re2 is about equal.

22 ...	Bxe1

22...Rxf3 23 Rc1.

23 Nxe1	Rfb7
24 Nd3	c4

24...Nd4?? 25 Rd8+ Kf7 26 Ne5 mate!

25 Nc5	cxb3
26 axb3	Rb8
27 h4	

27 f4!?

27 ...	Na5

Also possible was 27...Ne5 28 Rxd6 (28 Rd4 Rc6 29 b4 a5) 28...Rxb6 29 f3 with a probable draw.

28 e5!	Rb5

28...Rxd6 29 exd6 h6! 30 Bf4 with a draw in sight.

29 Nxa6	R8b7
30 b4	Nc4
31 Rd8+	

31 Rxe6 Rxe5 32 Rxe5 Nxe5 is also heading towards a draw.

31 ...	Kf7
32 Nc5	Rc7
33 Rf8+	Kxf8
34 Nxe6+	Kf7
35 Nxc7	Rxe5
36 Bf4	Re1+
37 Kh2	Rb1
38 b5	Na3
39 Be3	Nb5
40 Nxb5	Rxb5
41 g3	Ke6

42 Kg2	Kf5
43 Ba7	
1/2-1/2	

Game 30

M. Gurevich–Hertneck
Munich 1993

1 d4	Nf6
2 c4	c5
3 d5	b5
4 cxb5	a6
5 f3	axb5
6 e4	Qa5+
7 Bd2	b4
8 Na3	Qc7?!

A better try is 8...d6 9 Nc4 Qa7!? 10 a3 g6 11 Bd3 Bg7 12 Ne2 O-O 13 O-O bxa3 14 Ra3 Qb7 15 Nc3 (15 Rxa8 Qxa8 16 Nb6 Qb7 17 Nxc8 Rxc8 isn't too bad for Black.) 15...Nxa6 16 Qa1 Nd7 17 f4 Nb6 18 Na5 Qc7 19 Nc6 c4 20 Be2 Bb7 21 Be3 Bxc6 22 Rxa6 Bd7 23 Bxb6 Qxb6+! 24 Rxb6 Bd4+ 25 Kh1 Rxa1 26 Rxa1 Bxb6 27 Bxc4 1/2-1/2, Gelfand–Adams, Munich 1993. After 27...Bd4 Black's activity and two Bishops are compensation for the pawn.

One other game from the same event saw a slightly different approach by White. Hjartarson–Hertneck saw White try 10 a4 (Creating a passed "a" pawn.) 10...Nbd7 11 a5 Ba6 12 Qa4 Rb8 13 Bg5 Kd8!? 14 Qc2 g6 15 b3 Bg7 16 Ra2 Ne8 17 Nh3 h6 18 Bc1 Bc3+ 19 Bd2 Bd4 20 Bd3 Nc7 21 Nf4 Ne5 and Black has a slight edge. The idea of ...d6 and ...Qa7 gives the Benko player an interesting option against 5 f3.

9 Nc4	g6
10 a3	bxa3
11 Rxa3	Rxa3
12 bxa3	d6

Here 12...Bg7? 13 d6! exd6 14 Bf4 is horrible for Black.

13 Qa4+!

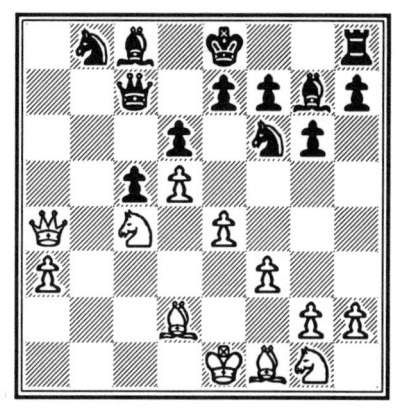

This check tangles up Black's pieces.

| 13 ... | Nfd7 |

14 Bc3!

Weakening Black's King position and his light squares.

14 ...	f6
15 Bd3	Bh6
16 Ne2	O-O
17 O-O	f5?

An ill-advised break. 17...Ne5 18 Bxe5 fxe5 19 Rb1 offers Black survival chances.

18 exf5	gxf5
19 Qc2	Ne5
20 Nxe5	dxe5
21 Ng3	Be3+
22 Kh1	

White is winning a pawn by force.

22 ...	f4
23 Bxh7+	Kh8
24 Qg6	e6
25 Nh5	
1-0	

Index of Variations

1 d4 Nf6 2 c4 c5 3 d5 b5

Part One: The Gambit Accepted

Fianchetto Variation:

4 cxb5 a6 5 bxa6 Bxa6?! 6 g3 d6 7 Bg2 g6 8 b3! Bg7 9 Bb2 O-O 10 Nh3
10...Nbd7 11 O-O 3
        11...Nb6?! 3
        11...Rb8 3
        11...Qb8 4
        11...Ra7 4
        11...Qb6 6
5...g6 8
    6 g3 8
    6 b3 11
    6 Nc3 13
        6...Bxa6 7 Nf3 Bg7 8 g3 d6 9 Bg2 15
            9...Nbd7 10 O-O 19
                10...Nb6 20
                    11 Re1! O-O 22
                        12 e4 23
                        12 Nd2 24
                        12 Bf4! 25
                10...O-O 28
                    11 Qc2 28
                        11...Qa5 29
                        11...Qb6 31
                        11...Ra7 32
                    11 h3 33
                    11 Re1 34
                        11...Qb6 34
                        11...Qa5 35
                        11...Qc7 36
                    11 Bf4! 37

Main Lines:

4 cxb5 a6 5 bxa6 g6 6 Nc3 Bxa6 7 e4	39
7...Bxf1 8 Kxf1 d6	41
9 f4!?	41
9 g4!?	43
9 Nge2	47
9 Nf3 Bg7	50
10 g3 O-O 11 Kg2 Nbd7	50
12 h3	51
12 Re1	54
12...Ng4	55
12...Ra7	57
12...Qa5	58
12...Qb8	60
12...Qc7	60
12...Nb6	61
12...Qb6	61
12 Qe2	64
12 Nd2	65
12 Qc2	66
10 h3	66

Modern Lines with 5 e3:

4 cxb5 a6 5 e3	70
5...axb5	70
6 Bxb5 Qa5+ 7 Nc3 Bb7	71
8 Bd2	73
8 Nge2	85
8...Bxd5	86
8...Nxd5 9 O-O	88
9...Nc7	88
9...Nf6	90
9...Nxc3	91
5...g6	94
6 Nc3 Bg7 7 a4 O-O	95
8 Bd2	95

8 Ra3	95
8 Bc4	96
8 e4	98
8 Nf3	99
8...d6	99
8...Bb7	102
8...e6	108
5...Bb7	110
5...e6	111

The Sharp System with 5 f3:

4 cxb5 a6 5 f3	115
5...g6 6 e4 d6	115
7 Nc3	116
7 Na3	116
7 a4	118
5...e6	119
5...axb5	122

The Zaitsev System:

4 cxb5 a6 5 Nc3 axb5	124
6 e4 b4 7 Nb5 d6	126
8 Bf4	126
8...Nxe4	126
8...g5	127
8...Na6	131
8...Nbd7	132
8...g6	135
8...e5	136
8 Nf3	136
8 Bc4	138

The 5 b6 Variation

4 cxb5 a6 5 b6!?	140
5...a5	141

        5...Bb7 144
        5...e6 6 Nc3 Nxd5 7 Nxd5 exd5 8 Qxd5 Nc6 9 Nf3 Rb8 145
                                 10 Ne5 146
                                   10 Bg5 146
                                   10 e4 148
                                   12 Ng5 148
                                   12 O-O... 149
        5...Qxb6 6 Nc3 149
            6...e6 149
            6...g6 150
                7 e4 150
                7 a4 151

The Central Storming Variation

4 cxb5 a6 5 bxa6 g6 6 Nc3 Bxa6 7 f4!? 154

Part Two: The Gambit Declined

Main Line Gambit Declined:

' Nf3 162
        4...Bb7 162
            5 a4 162
            5 Nfd2 169
            5 Nc3 170
            5 Nbd2 171
            5 e3 172
            5 Qb3 172
            5 g3 174
            5 Bg5 174
            5 cxb5 175
        4...b4 175
        4...bxc4 182
        4...e6 184
        4...a6 191

```
       4...g6 ............................................................................. 194
          5 a4 ............................................................................. 194
          5 Nbd2 ......................................................................... 196
          5 Nfd2 .......................................................................... 197
          5 Qc2 ............................................................................ 198
          5 cxb5 .......................................................................... 201
```

Miscellaneous Gambit Declined:

```
4 a4 ......................................................................................... 207
4 Nd2 ....................................................................................... 211
4 Qc2 ....................................................................................... 214
4 Bg5 ....................................................................................... 216
4 f3 .......................................................................................... 219
```

Bibliography

Benko Gambit Accepted by E. Gufeld
Benko Gambit by Pal Benko
Chess
Chess in the USSR #1-6
ECO Volume A
Informant #1-56
Inside Chess Magazine
New In Chess Magazine
New In Chess Yearbooks #1-27
Pergamon Chess Magazine
Russian Chess Review #1
Schachwoche
Tournament Chess #1-44

Notes

Notes

Notes

Notes

Notes

Notes

Notes

Notes